Le bébé surprise

*

La plus heureuse des familles

*

Un nouveau départ... à trois

TERESA CARPENTER

Le bébé surprise

Traduction française de
ALEXIS VINCENT

HARLEQUIN

Titre original :
THE BOSS'S SURPRISE SON

Ce roman a déjà été publié en 2017

HARPERCOLLINS FRANCE
83-85, boulevard Vincent-Auriol, 75646 PARIS CEDEX 13
Service Lectrices — Tél. : 01 45 82 47 47 - www.harlequin.fr
ISBN 978-2-2804-7690-4

Composé et édité par HarperCollins France.
Imprimé en août 2022 par CPI Black Print (Barcelone)
en utilisant 100% d'électricité renouvelable.
Dépôt légal : septembre 2022.

FSC
www.fsc.org
MIXTE
Papier issu de sources responsables
FSC® C159065

Pour limiter l'empreinte environnementale de ses livres, HarperCollins France s'engage à n'utiliser que du papier fabriqué à partir de bois provenant de forêts gérées durablement et de manière responsable.

1

Poussé par la faim, Rick Sullivan sortit de son bureau après une matinée entièrement passée en réunions. Apparemment, les objectifs de ventes de Sullivans Jewels allaient être dépassés. C'était une excellente nouvelle, d'autant plus qu'il entendait profiter du centenaire de la firme familiale l'année suivante pour ouvrir leur première boutique à l'étranger.

Oui, c'était une bonne période pour Sullivan Jewels, et il était débordé. Son assistante personnelle, Molly, ne pouvait donc choisir plus mauvais moment pour se faire opérer du genou…

Il remarqua avec soulagement que Savannah Jones, la remplaçante de Molly, ne se trouvait pas derrière son bureau. Il s'en approcha pour retourner le sablier qu'elle y avait placé. Un côté était en marbre blanc, l'autre en marbre noir, et elle lui avait demandé de tourner le côté noir en haut chaque fois qu'il quittait le bureau, pour qu'elle soit informée de son absence.

En prenant le sablier, il vit qu'il s'était trompé. Mlle Jones n'était effectivement pas derrière son bureau, mais *dessous*.

Rick leva les yeux au ciel. Il avouait deux faiblesses : le chocolat et sa grand-mère. Les deux pouvaient l'amener à agir inconsidérément. S'il parvenait le plus souvent à dire non au chocolat, en revanche, il ne pouvait résister à sa grand-mère. Et c'était à cause de l'insistance de cette dernière qu'il avait maintenant une vue plongeante sur le derrière de son assistante.

Son assistante par intérim, se corrigea-t-il mentalement. Son assistante en titre, l'efficace Molly Green, reviendrait dans six mois, deux semaines, cinq jours et… trois heures et quarante-cinq minutes. En attendant, il en était réduit à faire le compte à rebours.

Sa grand-mère connaissait la famille Jones depuis longtemps et, quand Rick avait dû renvoyer la troisième intérimaire en trois semaines, elle avait profité de son découragement pour promouvoir sa protégée, une « petite très méritante » qui travaillait dur et qui ne le décevrait pas.

Bien que le buste de Mlle Jones soit caché par la table, il n'avait aucun mal à reconnaître la partie inférieure de son corps, qui était visible. Le tissu de son pantalon de tailleur gris se tendait sur les rondeurs appétissantes de son postérieur, qu'il aurait reconnu n'importe où. Le regard irrésistiblement attiré par ce spectacle, Rick eut soudain plus chaud. Sans réfléchir, il contourna la table pour avoir une meilleure vue. Se rendant compte de ce qu'il venait de faire, il se sentit atrocement rougir et se reprit aussitôt.

— Pourriez-vous m'expliquer ce que vous fabriquez à quatre pattes, mademoiselle Jones ? demanda-t-il sèchement.

— Aïe ! fit-elle en se cognant la tête contre le plateau de la table. J'essaie de… de brancher ma nouvelle agrafeuse électrique… mais le fil est… coincé…

Elle gigotait tout en fourrageant sous son bureau, imprimant à son derrière des mouvements de rotation qui ne firent qu'aggraver le trouble de Rick. Qu'avait-il fait au bon Dieu pour mériter une chose pareille ? Il ne demandait pourtant pas l'impossible : il se servait son café lui-même, récupérait en personne ses costumes chez le teinturier et s'occupait sans aide de ses affaires personnelles. Il voulait juste une employée compétente, efficace et rapide. Etait-ce trop demander ?

Pour être tout à fait honnête, en quatre semaines, Mlle Jones avait fait preuve de ses compétences et de son professionnalisme, ce qui était bien mieux que les trois incapables qu'il avait dû remercier avant elle. Non, ce qu'il lui reprochait n'avait rien à voir avec son travail.

Un appareil métallique glissa sur le bureau, le ramenant à la situation présente.

— Pourquoi n'avez-vous pas appelé la maintenance pour régler le problème ?

— Je ne vais pas les appeler juste pour brancher une prise électrique, rétorqua-t-elle. Le fil est juste un peu trop court. J'aurai fini dans un instant. Avez-vous besoin de quelque chose ?

Son derrière gigota de nouveau et Rick éprouva soudain le besoin de desserrer le nœud de sa cravate. S'il avait besoin de quelque chose ? Elle plaisantait, sans doute ! A cet instant, il parvenait à peine à se rappeler son propre nom ! Il aurait mieux fait de tourner les talons et de sortir au plus vite, et pourtant son esprit chevaleresque refusait de l'abandonner dans une position si vulnérable. Il jeta un coup d'œil rapide vers la porte pour surveiller l'arrivée potentielle d'un autre homme. Personne n'approchait, heureusement.

— Mademoiselle Jones, j'insiste pour que vous sortiez de là tout de suite, reprit-il.

— J'ai presque fini, mais c'est coincé. Pouvez-vous tirer le fil électrique de ce côté, s'il vous plaît ?

Il aurait tout fait pour mettre un terme à cette situation mais, pour lui obéir, il devait se faufiler dans l'espace étroit derrière le bureau et enjamber justement la partie émergente du corps de Savannah…

— Rick ?

— Une seconde, bon sang !

Prenant une profonde inspiration, il s'aventura derrière la table et se pencha pour attraper l'agrafeuse électrique. Les fils étaient effectivement emmêlés et il dut presque se coucher sur le plateau pour attraper celui de l'appareil.

— Ah, s'écria-t-elle lorsqu'il y fut arrivé. Voilà, c'est fait !

Il se dégagea si précipitamment du recoin qu'il faillit emporter l'ordinateur avec lui. La jeune femme se tortilla de nouveau pour s'extirper de dessous sa table, et Rick s'efforça de fixer du regard la photo posée près du téléphone, la représentant avec son frère et sa sœur. Savannah se releva, s'essuya les mains avec un mouchoir en papier et tourna vers lui une paire d'yeux remplis d'innocence.

— Que puis-je faire pour vous ? reprit-elle.

Rick resta interdit. Oui, que voulait-il au juste, déjà ?

— Vous pourriez éviter de vous mettre à quatre pattes sous votre table, improvisa-t-il. Ce n'est pas pour rien que nous avons une équipe de maintenance ; la prochaine fois, faites appel à eux.

Tournant les talons, il retourna dans son bureau et ferma sa porte. Son estomac se remit à gargouiller, lui rappelant sa mission originale, mais il l'ignora. Il préférait sauter un repas que d'affronter une nouvelle fois son assistante trop sexy !

Savannah Jones se mit à sourire en voyant son patron retourner s'enfermer dans son bureau. Quelle mouche l'avait donc piqué ? Il ne lui avait même pas dit ce qu'il souhaitait ! Elle secoua la tête et s'assit sur sa chaise.

Son attitude froide et distante n'avait rien de nouveau. Ni sa brusquerie. Cet homme ne connaissait manifestement pas la définition du mot « courtoisie ». Son agitation et la manière dont il avait évité son regard, en revanche, n'étaient pas habituelles. Le rendait-elle nerveux ?

Intéressant…

D'autant qu'elle n'était pas insensible à son charme. Très grand, les épaules larges, les hanches étroites, les cheveux de jais, les yeux d'un bleu profond, Rick Sullivan était l'incarnation de la beauté virile. En tout cas, suivant les critères de Savannah.

Mais tout cela n'avait aucune importance, se rappela-t-elle, s'efforçant d'afficher une mine austère de secrétaire modèle. Ces considérations n'avaient pas leur place dans le monde professionnel. Ils étaient de simples collègues, rien de plus, et devaient le rester.

Savannah adorait son travail, les défis qu'il soulevait, la diversité de ses tâches, ses responsabilités. Etre l'assistante personnelle du président-directeur général de Sullivans Jewels, la chaîne de bijouteries qu'on retrouvait aux quatre coins du pays, dépassait toutes ses espérances. Après avoir été serveuse dans un restaurant, puis livreuse de fleurs pour une importante boutique de San Diego pendant deux ans, elle considérait ce poste comme un vrai rêve !

Aussi était-elle déterminée à faire du bon travail. Elle le devait bien aux Sullivan, surtout à Mme Sullivan, la grand-mère de Rick, qui l'avait pistonnée pour qu'elle obtienne ce poste et qui avait tant fait pour sa sœur. La famille Sullivan attribuait chaque année deux bourses de cinq mille dollars à des étudiants de Paradise Pines pour payer leurs frais scolaires, bourses qu'ils renouvelaient d'année en année si les résultats le justifiaient.

Claudia, la petite sœur de Savannah, en profitait depuis quatre ans, et cette aide inespérée lui permettrait d'obtenir son diplôme avec mention cette année. Sans les Sullivan, cela n'aurait jamais été possible.

Savannah laissa échapper un soupir. Elle n'avait pas fait d'études et n'avait obtenu son premier emploi qu'à vingt ans révolus. Elle avait passé ses années de lycée à s'occuper de sa mère malade et n'avait que dix-sept ans quand le cancer avait fini par l'emporter. Accablé de chagrin, son père s'était immergé dans le travail, la laissant élever son frère et sa sœur au lieu de suivre les études universitaires dont elle rêvait. Savannah n'avait pas été au-delà du bac et le regrettait beaucoup.

A présent son frère, Daniel, était policier à La Mesa, il

avait une ravissante épouse et une adorable fillette. Claudia, elle, finissait ses études. Il était temps que Savannah songe enfin à son propre avenir. L'époque où elle se contentait de petits jobs alimentaires était terminée. Elle ne pourrait peut-être pas réaliser son rêve de devenir enseignante, mais elle voulait se bâtir une vraie carrière.

Levant les yeux vers la porte du bureau de son patron, elle se fit la réflexion que, même si Rick était incroyablement séduisant, il n'avait aucun effet sur elle. Quand bien même Rick n'aurait pas vu d'inconvénient à mélanger travail et sentiments — et son attitude indiquait clairement que ce n'était nullement le cas — elle ne voulait de toute façon pas d'un homme obsédé par son travail. Son père vivait ainsi et cela l'avait vaccinée ! Rick Sullivan passait sa vie à son bureau. Il ne pensait qu'à son entreprise et négligeait même les relations les plus anodines avec ses collègues, à tel point que tout le monde le considérait comme une sorte d'handicapé social…

Savannah était d'ailleurs immanquablement déstabilisée par son mutisme, lorsqu'elle se trouvait seule avec lui. Elle ne pouvait s'empêcher de meubler son silence en lui racontant toutes les petites histoires du personnel, pendant qu'il lisait les rapports ou son courrier. Il ne l'écoutait pas, évidemment, et il levait même parfois la main pour réclamer le silence. Sans doute pour faire cesser ce bruit de fond qui l'empêchait de se concentrer…

Sortant brusquement de ses pensées, la jeune femme remarqua soudain qu'il avait retourné le sablier, ce qui signifiait qu'il avait l'intention de sortir lorsqu'il l'avait surprise agenouillée sous sa table. Sans doute pour aller déjeuner, puisqu'il n'avait aucun rendez-vous à l'extérieur. Pourquoi alors était-il retourné s'enfermer dans son bureau ?

Etait-ce parce qu'à son tour elle l'avait déstabilisé ?

Son sourire revint alors qu'elle décrochait son téléphone pour lui commander un sandwich chez le traiteur du coin.

Ils ne partageraient sans doute jamais rien d'autre que le travail, cependant, contraindre un homme aussi déterminé et autoritaire que Rick Sullivan à battre précipitamment en retraite dans son bureau était un exploit qui regonflait à bloc son amour-propre !

Elle sortit ensuite son poudrier de son sac à main et examina son reflet. Etre l'assistante personnelle du directeur de Sullivans Jewels nécessitait une apparence impeccable. Comme les années passées à la maison à s'occuper de sa famille ne l'avaient pas habituée à se pomponner, elle avait installé un programme dans son ordinateur qui sonnait toutes les heures pour lui rappeler de se remettre un peu de rouge à lèvres, ou de recoiffer la masse épaisse de ses cheveux qui, sinon, serait vite retournée à son état anarchique naturel. Une rapide inspection la rassura. Sa gymnastique sous le bureau n'avait eu aucune conséquence et elle présentait toujours l'image de la secrétaire tirée à quatre épingles.

Lorsque le livreur arriva, elle frappa à la porte de Rick et entra, pendant qu'il l'observait d'un air suspicieux.

— J'ai pensé que vous aviez faim, déclara-t-elle en posant le sac sur sa table.

— Merci, marmonna-t-il.

— Il n'y a pas de quoi, rétorqua-t-elle avec un grand sourire.

Elle fit demi-tour et se dirigea vers la porte. Mais, parce qu'une fille a bien le droit de s'amuser un peu, elle accentua légèrement le balancement naturel de ses hanches. Un bruit bizarre, comme un gémissement étranglé, accompagna sa sortie. Et c'est avec un grand sourire et une énergie redoublée qu'elle reprit son poste et attaqua son après-midi.

Le lendemain matin, Savannah se dépêcha d'entrer dans la salle de conférences pour sa première réunion mensuelle de ventes, encombrée de deux cartons, une tasse de café, son bloc-notes et une liasse de copies. Elle savait qu'elle était en retard.

Rick se trouvait évidemment déjà à sa place et il la contempla d'un air contrarié déposer son chargement sur la table.

— Vous êtes en retard, mademoiselle Jones. Qu'est-ce que c'est que tout ça ?

— Des copies des rapports que vous avez demandées, plus des beignets et quelques viennoiseries. Vous avez oublié de me dire quoi prendre, j'espère que cela ira.

— Je n'ai rien oublié du tout, répliqua-t-il. C'est une séance de travail, pas un brunch !

Une réunion à 8 h 30 sans rien à manger ? Savannah le contempla sans répondre. Cet homme était vraiment un robot !

— J'ai pensé que ce serait un moyen délicat de montrer à vos employés que vous les appréciez, rétorqua-t-elle en ouvrant les deux cartons. C'est moi qui vous invite aujourd'hui.

Son froncement de sourcils hostile la laissa de marbre : la maladie de sa mère lui avait appris à ne jamais se laisser démoraliser par la mauvaise humeur de quelqu'un d'autre. Elle posa un carton à chaque bout de la table et lui en tendit un. Il avait beau être revêche, il avait aussi un estomac…

Contrairement à ce qu'elle attendait, Rick hésita une seconde et prit un beignet au chocolat.

— Merci.

— Des beignets ? Quelle bonne idée, s'écria Rett Sullivan en entrant dans la pièce. Tu aurais dû y penser depuis longtemps, Rick !

Rett était le jumeau de Rick et un des actionnaires de Sullivan Jewels, comme leurs quatre autres frères et leur sœur. Il attrapa une pâtisserie et y mordit à pleines dents.

— C'est l'idée de Mlle Jones pas la mienne, grommela Rick.

— Mademoiselle Jones, vous êtes non seulement ravissante mais intelligente et généreuse, déclara Rett en levant sa tasse de café en sa direction. Vous aurez droit à ma gratitude éternelle.

— Un simple merci lui suffira, reprit son frère sèchement.

Rett adressa un clin d'œil à la jeune femme avant de prendre sa place. Les deux hommes se ressemblaient comme deux gouttes d'eau, et pourtant on n'aurait pu imaginer deux personnalités plus différentes. Vice-président de l'entreprise, directeur de la création et des achats, Rett avait les cheveux un peu plus longs que Rick et il détestait les costumes sombres qu'affectionnait celui-ci. A la place, il avait opté pour un style plus décontracté — tout en restant très élégant.

Ce matin-là, il portait un pantalon de velours vert bronze et une veste de tweed sur sa chemise écrue. C'était un homme agréable, qui dès le départ avait flirté avec elle. Ils étaient devenus amis quand elle lui avait demandé de lui apprendre à travailler avec des pierres précieuses, afin de pouvoir réaliser un beau cadeau pour fêter la remise de diplôme de sa sœur.

Les directeurs des ventes commencèrent à remplir la salle de réunion et firent honneur à ses viennoiseries. Après avoir déposé une copie du rapport hebdomadaire à chaque place, la jeune femme regagna son siège et jeta un œil vers Rick. Celui-ci observait les personnes présentes comme s'il ne les avait jamais vues. Etait-ce bon signe ?

Il commença la réunion à 8 h 30 précises, et tout se déroula sans encombre. Quand ils eurent terminé, chacun retourna vaquer à ses affaires et Savannah resta pour faire un peu de rangement.

— Mademoiselle Jones ? lui demanda Rick lorsqu'ils furent seuls dans la salle. Que se passe-t-il avec Rett ?

Savannah réprima un mouvement de frustration. A cause de la remarque humoristique de Rett, Rick s'imaginait maintenant qu'elle avait une aventure avec son frère ! Elle aurait pu lui parler de ses leçons, qui n'avaient rien de secret, mais son instinct lui disait qu'il ne les approuverait pas. Du reste, cela n'aurait pas suffi à le convaincre qu'il n'y avait rien entre eux, aussi décida-t-elle de ruser.

— Aujourd'hui, rien du tout, mais vous m'avez demandé d'assister à la réunion pour la mise aux normes de la sécurité demain matin.

— Je voulais dire… Est-ce que vous le voyez ? insista-t-il.

— Oui, tous les jours.

Elle cligna des paupières d'un air naïf et il parut troublé.

— Il m'a donné l'impression qu'il y avait une sorte de complicité entre vous, reprit-il. Comme si vous… sortiez ensemble.

— Mon Dieu, qu'allez-vous imaginer, s'écria la jeune femme en prenant une mine stupéfaite. Vous connaissez Rett mieux que moi, vous devriez savoir qu'il adore flirter avec toutes les femmes ! A moins qu'il y ait quelque chose que je n'aie pas saisi ? Peut-être devrais-je lui en parler pour en avoir le cœur net.

— Non !… Je veux dire, c'est inutile. Bon, reprit-il, l'air mal à l'aise, pourriez-vous passer au service légal avant de retourner à votre bureau ? Je voudrais savoir si le contrat Emerson est arrivé.

— Bien sûr, je m'en occupe.

Savannah réprima un soupir de soulagement. Rick finirait bien par découvrir que son frère lui donnait des cours, mais le plus tard serait le mieux. Si ses rapides progrès dans le dessin de bijoux la remplissaient de joie, un professionnel aguerri et aussi peu complaisant que lui les jugerait cependant très sévèrement, et elle n'avait aucune envie d'entendre ses critiques.

Sans compter qu'elle n'aimait pas évoquer ses cours. Pendant des années, les rares qu'elle avait suivis avaient été sa seule marge de liberté, son seul moyen d'échapper à ses responsabilités domestiques. Pour protéger ce jardin secret, elle avait pris l'habitude de n'en parler à personne.

Rick se tournait pour sortir de la pièce lorsqu'il s'arrêta.

— A propos, déclara-t-il, merci pour les pâtisseries. C'était une bonne idée. Faites donc une note de frais, pour vous faire rembourser.

Savannah le regarda partir, étonnée. Il n'était pas si rigide que ça, finalement…

Rick décida qu'il avait mérité une pause et il s'arrêta dans l'atelier de Rett pour voir si celui-ci avait envie de faire du kayak. Son frère écouta sa proposition sans relever les yeux de son travail.

— Ce serait avec plaisir, mais j'ai un rendez-vous avec un client dans vingt minutes. Tu peux attendre une heure ?

— Non, je n'ai pas le temps. Tant pis, j'y vais tout seul. J'ai vraiment besoin de faire un peu d'exercice.

— Très bien. Fais-moi signe quand tu reviens, que je n'envoie pas les gardes-côtes à ta recherche…

Un moment plus tard, Rick se glissait dans son kayak et commençait à pagayer contre les vagues. Il avait vraiment besoin d'air pur et de cet effort physique. Lutter contre l'océan, mobiliser ses muscles et son esprit pour battre les éléments lui procurait un sentiment de liberté qu'il ne trouvait nulle part ailleurs.

Malheureusement, cela lui laissait aussi le loisir de penser à Savannah. Il redoubla d'effort en ravalant un juron. Comme s'il ne pensait pas déjà assez à elle pendant son travail !

L'idée qu'elle puisse sortir avec son frère le tourmentait, il devait bien le reconnaître. Et pas seulement parce qu'il réprouvait les relations sentimentales au sein de l'entreprise. Après tout, Rett suivait ses propres règles dans ce domaine. Mais Savannah était à lui et il n'avait aucune envie de la partager avec quiconque, pas même son jumeau !

A peine avait-il formulé cette pensée que Rick prit conscience de son absurdité. Il avait évidemment remarqué ses formes voluptueuses, ses jambes interminables et minces. Il était un homme, après tout ! Mais le physique de sa secrétaire ne le concernait pas : elle était son assistante, pas sa petite amie. Et elle ne lui appartenait pas.

Ces idées incongrues soulignaient combien il avait raison de séparer de manière rigoureuse le travail du plaisir. Enfreindre cette règle ne pouvait qu'amener des ennuis.

Ses muscles le brûlaient et l'air chargé d'embruns lui rafraîchissait les tempes. Les ennuis... D'après son expérience, c'était ce qu'apportaient toutes les relations sentimentales. Les ennuis et les peines. Mieux valait concentrer son énergie dans le travail. Quant à Savannah, il souhaitait qu'elle sorte de sa vie au plus vite.

Rick fit demi-tour et se mit à ramer plus fort en direction de la plage. Il avait un travail à effectuer, et pas de temps à perdre à rêvasser sur les courbes de son assistante.

2

Rick venait de sortir déjeuner lorsqu'une ravissante rousse précédée d'une poussette s'arrêta devant le bureau de Savannah.

— Bonjour, je suis Jesse, la belle-sœur de Rick, déclara-t-elle. La femme de Brock. Est-il là ?

— Non, je regrette, il vient de sortir. Je suis sa nouvelle assistante, Savannah. Puis-je vous aider ?

— Savannah Jones ? demanda la jeune femme en lui tendant la main. Je suis ravie de vous rencontrer. Grand-mère parle de vous en termes très élogieux.

— Mme Sullivan est trop gentille, répondit Savannah en lui serrant la main, et je lui suis très reconnaissante de m'avoir recommandée à Rick. Travailler ici est une merveilleuse opportunité professionnelle.

Le bébé se mit à pleurer dans sa poussette et Jesse se pencha pour le prendre dans ses bras.

— J'ai un rendez-vous avec Rett pour discuter du cadeau que nous allons faire à grand-mère pour ses quatre-vingt-cinq ans, reprit-elle. On organise une grande fête et il faut que la surprise soit spectaculaire.

— Quand a lieu son anniversaire ?

— Dans plusieurs mois. Je m'y prends très en avance, mais notre projet va demander beaucoup de travail à Rett. Et comme Troy, mon fils, est réveillé, il a besoin qu'on s'occupe de lui. Je me demandais si Rick ne voudrait pas le garder un moment, le temps que je discute avec Rett.

Savannah avait beaucoup de mal à imaginer son patron surveiller un bébé, fût-il son neveu !

— De combien de temps avez-vous besoin ? demanda-t-elle.

— Une vingtaine de minutes devrait suffire. Rett et moi devons juste nous mettre d'accord sur ce que nous voulons préparer. Tant pis, ajouta Jesse en soupirant, Troy viendra avec moi. J'espère juste qu'il nous laissera travailler un peu.

Savannah jeta un œil au sablier. Presque tout le sable s'était écoulé, et Rick prenait rarement plus d'une heure pour déjeuner.

— Votre beau-frère devrait bientôt rentrer, déclara-t-elle. Si vous voulez me laisser votre fils, je m'occuperai de lui en attendant son retour.

— Vraiment ? C'est très gentil à vous, merci, s'exclama Jesse.

— Quel âge a-t-il ?

— Cinq mois, répondit Jesse en lui donnant le sac contenant les affaires du bébé. Je viens juste de le changer, vous ne devriez pas avoir de problème. Je fais aussi vite que possible.

— Prenez votre temps.

Savannah prit le petit Troy dans ses bras et l'embrassa sur le front. Le bébé lui adressa un beau sourire et la jeune femme reprit sa place à son bureau en le gardant sur ses genoux. Il resta tranquille trente secondes, puis attrapa une feuille. Elle réussit à la lui reprendre, mais il fit alors tomber son stylo.

— Tu es un petit garçon très énergique, déclara-t-elle en riant. Veux-tu devenir comme ton oncle Rick, un véritable bourreau de travail ?

Troy fit un nouveau sourire, puis laissa échapper un peu de lait de sa petite bouche. Savannah poussa une exclamation et se mit à chercher une serviette dans le sac de Jesse.

— C'est mieux, murmura-t-elle après lui avoir essuyé le menton, mais allons voir si on ne peut pas te laver un peu.

Elle cala le bébé contre son épaule, attrapa le sac et entra dans le bureau de Rick, qui était doté d'une petite salle d'eau particulière.

En rentrant de déjeuner, Rick s'arrêta au seuil de son bureau en découvrant un sac de toile décoré de petits ours bleus et roses posé sur sa table. Que se passait-il ? Savannah n'était pas là et ne pouvait donc lui donner aucune explication. Tout cela ne lui inspirait guère confiance…

Son assistante devait sans doute garder un bébé. Les employés de l'entreprise devaient l'avoir déjà repérée comme une personne serviable et commençaient à abuser de sa gentillesse, mais il allait y mettre bon ordre sans tarder !

Sa patience avait des limites, et les bébés se trouvaient clairement de l'autre côté de la ligne de démarcation. Ses frères en produisaient régulièrement, et il gardait prudemment ses distances. Il n'avait rien contre, mais les nourrissons rendaient très vite la vie très compliquée. Il fallait leur prêter une attention de chaque instant, les changer, les nourrir, les éduquer… Oui, c'était compliqué !

Un cri de bébé le fit tressaillir, et il vit Savannah sortir de sa salle de bains privée avec un petit garçon dans les bras.

— Ainsi il y a bien un enfant ici, s'exclama-t-il.

Il allait continuer sur un ton peu amène lorsque la physionomie du bébé éveilla sa suspicion.

— Appartient-il à un de mes frères ? reprit-il d'un ton méfiant.

— Oui, c'est votre neveu Troy, rétorqua la jeune femme en souriant au bébé. Pensez-vous que cinq mois ce soit trop jeune pour commencer son apprentissage chez Sullivans ?

— Il faudrait juste ajouter une nounou au personnel, déclara-t-il. Où sont Brock et Jesse ?

— Jesse est en bas avec Rett, pour discuter d'un projet

de bijou pour l'anniversaire de votre grand-mère. Voulez-vous le tenir ?

— Non, s'écria Rick en reculant d'un pas.

Savannah ne put cacher sa surprise, face à cette réaction. Il détestait donc les enfants à ce point ?

— Non ? Pourtant, avec votre nombreuse famille, je pensais que vous aviez l'habitude des enfants.

— Oui, eh bien… les enfants ne sont pas vraiment ma tasse de thé, dit-il, l'air bougon.

— Vraiment ? Comment pouvez-vous résister à un tel charmeur ? demanda-t-elle, attendrie, en contemplant le visage de Troy. Il est vraiment adorable. Et les bébés sont si faciles ! Il suffit de leur faire des câlins pour gagner leur cœur.

Pour confirmer ses dires, elle embrassa le petit garçon, qui éclata de rire et battit des mains.

— Vous voyez, c'est facile !

— Reprenez-vous, mademoiselle Jones, rétorqua Rick d'un ton glacé. Je n'ai pas l'habitude de faire des câlins !

Il la contemplait d'un air sévère qui lui rappela brusquement qu'elle discutait avec le patron de l'entreprise. Pourtant, Savannah trouvait regrettable qu'il ne soit pas plus attentif à son neveu. Peut-être qu'en le prenant dans ses bras constaterait-il qu'il n'avait aucune raison de redouter le contact avec les bébés ?

La sonnerie soudaine du téléphone lui offrit l'occasion de réaliser son plan.

— Il faut que je réponde, déclara-t-elle. Prenez Troy une minute.

Elle lui passa le bébé sans lui demander son avis. Bien que manifestement surpris, Rick prit quand même l'enfant et le serra instinctivement contre son épaule. Elle décrocha le combiné sans les lâcher des yeux. Pourquoi le fait de tenir un bébé dans leurs bras rendait-il les hommes si sexy ?

Quoique, à la réflexion, Rick n'avait pas besoin d'un bébé pour être sexy …

Elle expédia rapidement l'appel et raccrochait juste lorsque Troy eut de nouveau un petit renvoi sur le costume sur mesure de son oncle. Celui-ci étouffa un juron et tendit les bras pour écarter le fauteur de trouble de sa veste.

— Ce n'est rien, s'écria Savannah en attrapant une serviette dans le sac. Je m'occupe de tout.

Après avoir essuyé le visage de Troy, elle se tourna vers Rick pour nettoyer les dégâts. Quand elle releva les yeux, ce fut pour croiser le regard bleu d'acier de son patron, qui la contemplait avec un mélange déconcertant d'irritation et de gêne.

— Pardon, je ne peux… pas faire mieux, dit-elle en balbutiant.

— Merci, répondit-il. Je pense qu'il serait préférable que vous le gardiez en attendant le retour de Jesse.

— Bien sûr…

Le téléphone sonna de nouveau et elle se tourna vers le bureau sans savoir que faire.

— Laissez-le sonner, lui ordonna-t-il. J'ai besoin que vous teniez Troy pendant que je change de chemise.

Joignant le geste à la parole, il lui passa le bébé. Il décrocha alors le combiné d'une main et, après avoir retiré sa veste, commença à déboutonner sa chemise de l'autre. Savannah déglutit avec peine en voyant apparaître la musculature d'athlète qui jouait sous sa peau bronzée.

— Savannah ?

Son nom, prononcé avec irritation, la fit sortir de la douce stupeur dans laquelle ce spectacle la plongeait. Sentant le feu lui monter aux joues, elle sursauta et saisit le téléphone que Rick lui fourrait entre les mains.

— Prenez les détails de cet appel pour moi. Je reviens dans une minute.

— Oui, bien sûr.

Tentant de réprimer son trouble, elle ne put toutefois s'empêcher d'admirer son dos musclé, tandis qu'il se dirigeait vers sa salle de bains. Une voix impatiente sortant du combiné lui remit soudain tout à fait les pieds sur terre. Le correspondant était le responsable de la branche de San Francisco, et elle nota soigneusement les informations qu'il lui donnait.

Quand Rick revint une minute plus tard, vêtu d'une chemise propre, elle lui remit la fiche de renseignements et se dirigea précipitamment vers la porte, le bébé dans les bras.

— J'attendrai Jesse avec Troy, annonça-t-elle, se retournant.

Elle vit Rick reprendre sa place derrière son bureau, l'air de nouveau parfaitement maître de lui et contrôlant totalement la situation.

Mais Savannah, en refermant la porte, fut incapable d'oublier l'image de son torse musclé.

Troy fit un sourire à Rick par-dessus l'épaule de Savannah, comme s'il se réjouissait de l'avoir pour lui tout seul. Cela arracha un sourire à son oncle. Ce gamin était un vrai Sullivan !

Savannah, en revanche… Rick ne la soupçonnait pas d'être aussi nerveuse. C'était idiot, évidemment, mais ça lui avait plu de la voir rougir jusqu'à la racine des cheveux une minute plus tôt alors qu'il ôtait sa chemise ! Elle méritait bien ça, pour lui avoir littéralement jeté Troy dans les bras sous prétexte de répondre au téléphone. Puis pour l'avoir serré de si près afin d'essuyer sa veste et sa chemise, au point qu'il avait bien cru ne pas pouvoir contenir l'élan qu'il avait alors ressenti pour elle. Il pouvait encore sentir le parfum délicat de ses beaux cheveux soyeux, ce parfum si sensuel qui lui avait soudain fait prendre conscience qu'il était un homme viril, face à une femme particulièrement ravissante…

Une pensée tout à fait inconvenante ! Il n'avait aucune envie de fantasmer sur sa secrétaire. En réalité, il aurait mieux valu qu'elle quitte l'entreprise. Quel prétexte aurait-il pu invoquer pour la renvoyer ? Elle était terriblement bavarde, certes, mais travaillait très bien et ne rechignait pas à faire des heures supplémentaires. Sauf lorsque ses propres obligations familiales ne le lui permettaient pas, ce qui était rare.

D'ailleurs, Rick l'approuvait sur ce dernier point. La famille passait avant tout. Il avait six frères et sœur et savait ce que signifiait le fait d'appartenir à un clan uni et soudé.

Pourtant, il se sentait souvent seul, même au milieu de cette famille nombreuse, et cela depuis son enfance. Il avait beau aimer ses frères et sa sœur , il ne parvenait pas à sortir d'une certaine réserve avec eux. Sauf avec Rett. Lorsque ses fiançailles avaient été rompues des années plus tôt, il n'avait pu ouvrir son cœur qu'à son frère jumeau. Et était-ce si terrible ? Cette expérience lui avait démontré une nouvelle fois que les liens affectifs, au bout du compte, finissaient toujours par faire souffrir. La solitude, sûre et sans risque, était la solution alternative idéale, il l'avait compris depuis longtemps.

— Salut !

La voix de sa belle-sœur le tira de ses pensées ; levant les yeux, il la vit entrer dans son bureau, Troy dans les bras.

— C'est vraiment gentil à toi et à Savannah d'avoir gardé mon fils, dit-elle en souriant, après qu'ils se furent embrassés. Rett et moi avons trouvé une bonne idée pour le cadeau de grand-mère.

Ils échangèrent quelques banalités, puis Jesse reprit le sac contenant les affaires de son fils.

— Bien, il faut que j'y aille à présent, je dois passer chercher Allie à l'école.

Rick l'accompagna jusqu'à l'ascenseur. Il s'apprêtait à faire demi-tour, quand Jesse retint la porte au moment où celle-ci se refermait.

— J'allais oublier ! Connais-tu la date d'anniversaire de ton grand-père ? Nous voulons joindre la pierre de son mois de naissance au bijou de grand-mère.

— Non, je ne sais plus, avoua Rick en secouant la tête. C'est en été, il me semble…

— Le 23 juillet, déclara Savannah dans son dos.

Interloqué, il se retourna pour contempler sa secrétaire, qui lui adressa en retour un petit sourire de triomphe.

— Je viens de lire l'histoire de l'entreprise qu'a écrite Molly, expliqua-t-elle. Charles Sullivan est né un 23 juillet. Si vous avez besoin de l'année, je peux la retrouver.

— Non, inutile, s'exclama Jesse, ravie. Savannah, vous nous sauvez la vie ! Pouvez-vous le dire à Rett ?

— Je lui envoie un e-mail tout de suite.

— Merci, vous êtes formidable ! Et merci encore d'avoir pris soin de Tr…

La porte de l'ascenseur, en se refermant, coupa la fin de sa phrase. Un silence bienfaisant tomba dans la pièce. Rick laissa échapper un soupir en fermant les yeux de soulagement. Quand il les rouvrit, ce fut pour se retrouver face au regard narquois de son assistante.

— Je sais, dit-elle en cachant son sourire. Vous les adorez et vous adorez les voir partir !

Il était étrange qu'une quasi-inconnue parvienne si facilement à lire ses pensées, se dit Rick en souriant à son tour. Et encore plus étrange qu'elle tente d'établir un contact avec lui. D'habitude, les gens essayaient plutôt de l'éviter ! Ce qui lui convenait du reste fort bien. Pourtant, cette complicité entre eux lui réchauffait le cœur d'une manière bizarre. Décontenancé, il lui fit un signe de la tête et retourna dans son bureau.

Le lendemain, le téléphone de Savannah sonnait lorsqu'elle rentra de sa pause déjeuner.

— Oh ! mon Dieu, Savannah, je t'adore, j'adore Mme Sullivan, j'adore Rick Sullivan, j'adore toute la famille Sullivan !

La jeune femme éclata de rire en reconnaissant la voix surexcitée de sa petite sœur, Claudia.

— Du calme, s'écria-t-elle. De quoi parles-tu ? Qu'a donc fait Rick ?

— Je viens juste d'apprendre que, parce que je rentrais à Paradise Pines après mon diplôme, ils m'attribuaient une allocation pour faciliter mon installation ! Ça veut dire que…

— Une seconde, l'interrompit Savannah. Es-tu en train de m'expliquer que les Sullivan t'ont attribué une nouvelle bourse ?

— Oui ! Cinq mille dollars, tu te rends compte ? Je vais pouvoir tout de suite louer mon propre appartement et acheter un ordinateur. Et me racheter des vêtements plus appropriés pour la vie de salariée que d'étudiante ! Je voulais absolument remercier Mme Sullivan, mais son téléphone ne répond pas, alors j'ai pensé à Rick. Est-il là ?

— C'est incroyablement généreux.

— Oui, je n'arrive pas à y croire !

Savannah, elle, le pouvait. Son expérience dans l'entreprise lui avait appris que toute la famille Sullivan se montrait souvent d'une grande générosité. Même Rick, en dépit de l'incident des beignets. Savannah savait qu'il avait une grande part de responsabilité dans ce don : Mme Sullivan lui avait expliqué un jour qu'en tant que directeur de l'entreprise c'était lui qui avait le dernier mot sur toutes les bourses attribuées par la fondation Sullivan.

— Il faut absolument que je remercie quelqu'un, reprit Claudia. Est-ce que Rick est là ?

— Il a une vidéoconférence en ce moment, répondit Savannah. Mais je lui dirai que tu as appelé.

— D'accord ; promets-moi de lui faire une grosse bise de ma part pour le remercier ! Je t'adore, grande sœur. A très vite.

— Claudia !

Mais cette dernière avait déjà raccroché, la laissant aux

prises avec un délicieux embarras. Après l'incident de Troy la veille, elle ne pouvait que trop bien imaginer se lover contre lui pour l'embrasser ! Jamais un homme ne l'avait troublée à ce point. Il était si masculin qu'en comparaison tous ses anciens flirts lui faisaient penser à des gamins…

Il fallait reconnaître cependant qu'elle n'avait pas eu tant de flirts que ça. A l'âge où les jeunes filles sortaient danser avec leurs amoureux, elle consacrait tout son temps libre à s'occuper de sa mère et de sa famille. Aussi avait-elle plutôt l'impression d'être quelque peu en retard en matière de relations amoureuses…

Et, depuis qu'elle travaillait pour Rick, cette lacune lui semblait de plus en plus handicapante…

Quelques minutes après la fin de sa vidéoconférence, Rick entendit des coups frappés à sa porte, suivis de l'entrée de Savannah dans son bureau.

— Ah, vous avez fini, tant mieux, dit-elle en approchant.

Au lieu de s'arrêter devant lui, elle contourna la table. Etonné, Rick se leva. La jeune femme vint se planter juste devant lui, se hissa sur la pointe des pieds et déposa un baiser sur sa joue, déclenchant chez lui un frisson de désir, décuplé par l'odeur de son parfum, qui l'enveloppa soudain d'une caresse sensuelle.

— C'est de la part de Claudia, expliqua-t-elle, se reculant. Et celui-ci, c'est de ma part, ajouta-t-elle en l'embrassant sur l'autre joue.

Cette fois-ci ses cheveux soyeux lui effleurèrent le cou lorsqu'elle s'écarta, et il dut faire un effort pour ne pas la prendre dans ses bras et la serrer contre lui. Affolé par la puissance des sensations que son contact déclenchait en lui, il en oublia presque de demander ce qui lui valait un tel traitement.

— Votre famille a été incroyablement généreuse avec

ma sœur, lui expliqua son assistante, et la bourse que vous lui avez offerte pour qu'elle revienne s'installer à Paradise Pines a porté sa reconnaissance à son comble.

Elle fit une pause, avec l'air d'hésiter à continuer. Voulait-elle ajouter autre chose ? Ou l'embrasser de nouveau ? Il n'aurait rien eu contre ! Elle parut se raviser, fit demi-tour et se dirigea vers la porte, le laissant quelque peu perplexe. Etrange. Aujourd'hui, il la trouvait calme, posée et un peu distante malgré ces deux baisers.

Cela lui convenait très bien. Lui aussi aurait bien fait de rester calme et posé ! La voir sortir de son bureau, avec ses longues jambes qui se laissaient deviner dans la fente de sa jupe longue, lui donnait envie d'arracher sa cravate et de pousser l'air conditionné à fond. La température ne venait-elle pas de monter brutalement de plusieurs degrés ?

— Savannah ?

La jeune femme se retourna et lui jeta un regard interrogateur. Rick resta pétrifié par sa propre audace. N'était-il pas sur le point de lui dire quelque chose de totalement déplacé, par exemple qu'il la trouvait incroyablement sexy et attirante ?

Il s'éclaircit la gorge. Il devait absolument reprendre le contrôle de la situation !

— Je suis ravi que votre sœur soit contente, déclara-t-il d'une voix qu'il voulut affirmée, avant de se rasseoir et de se plonger dans le premier dossier qui tomba sous sa main.

3

— Votre croquis est parfait !

Le lundi suivant, comme chaque semaine après son travail, Savannah avait rejoint Rett dans son atelier pour leur leçon hebdomadaire. Son professeur examina son dessin d'un œil de professionnel aguerri.

— Ce pendentif sera très beau en or, et j'aime beaucoup la manière dont l'émeraude s'intègre à la monture. La symétrie est très esthétique. Votre sœur sera heureuse de posséder une telle pièce, conclut-il en reposant le dessin.

— Merci. Vous ne pensez pas que c'est trop ambitieux ?

— C'était déjà ambitieux de vouloir dessiner vous-même ce bijou, fit-il, alors ne commencez pas à avoir des doutes maintenant !

Savannah sourit. Le soutien d'un expert comme Rett était très important pour elle, d'autant plus que la parure que formerait ce pendentif, assorti aux boucles d'oreilles qu'elle avait déjà dessinées, célébrerait le diplôme de Claudia et devait donc être parfaite. L'approbation de Rett la rendait encore plus impatiente de réaliser son projet.

— Je suis intimidée, lui avoua-t-elle. J'ai certes joué à faire des bijoux fantaisie avec des perles et des strass quand j'étais plus jeune, mais c'est la première fois que je vais travailler des matériaux nobles, comme l'or et les pierres précieuses.

— Ne vous inquiétez pas, vous avez compris le principe et c'est l'essentiel. Votre dessin est à la fois assez complexe pour être intéressant et assez simple pour garder un côté classique. De toute façon, c'est moi qui m'occuperai de sertir les pierres.

— Je sais et je vous en suis très reconnaissante, répondit-elle en souriant de nouveau. Plus tard, j'aimerais bien apprendre à tailler les pierres également.

— Chaque chose en son temps, répondit-il, l'air amusé. Tenez, regardez donc ça, ajouta-t-il en lui tendant une boîte.

— Qu'est-ce que c'est ?

— Ouvrez, vous verrez…

La jeune femme souleva le couvercle et découvrit deux boucles d'oreilles, où un cabochon d'émeraude formait le centre d'une spirale en or.

— C'est mon dessin ! s'écria-t-elle.

— Vous aviez oublié votre croquis sur mon établi la semaine dernière.

— Et vous l'avez réalisé ?

— C'est notre métier chez Sullivan, lui rappela-t-il en souriant.

Savannah fut submergée par une immense joie et une très grande fierté.

— Mais… je ne suis qu'une débutante, protesta-t-elle.

— Exactement, déclara une voix dans son dos.

Ils se retournèrent tous les deux et découvrirent Rick, qui entrait dans l'atelier. Il contourna les établis pour approcher de celui de son frère.

— Tu travailles avec des novices à présent ? lui demanda-t-il.

— Il faut bien commencer à un moment ou à un autre, rétorqua Rett, et la petite est douée : juges-en par toi-même.

La jeune femme se mordilla la lèvre pendant que Rick examinait son travail. Si le jugement de Rett l'intimidait, celui de Rick était franchement terrifiant ! Rett était un créatif, et son professeur. Rick, lui, observait les bijoux d'un œil de chef d'entreprise et elle savait qu'il serait incapable de tempérer son opinion s'il trouvait que ces pièces ne valaient rien.

— C'est élégant, simple et en même temps stylé, déclara-t-il enfin. Je suis impressionné. Ainsi c'était cela que vous complotiez tous les deux depuis un moment ?

Savannah, ravie de ces éloges, ignora sa question. Il aimait son travail ! Reprenant toute sa confiance en elle, elle ne put s'empêcher de lui adresser un grand sourire reconnaissant.

— Que fais-tu ici ? reprit Rett, intrigué.

— J'ai reçu des nouvelles du groupe Emerson, répondit Rick, détachant son regard du sourire de Savannah. Ils reportent les négociations de notre contrat.

— Bon sang, mais pourquoi ? s'exclama Rett en fronçant les sourcils. Jack Emerson semblait pourtant impatient de conclure notre accord. Que s'est-il passé ?

Savannah comprenait leur confusion. Le groupe hôtelier Emerson était le partenaire avec lequel ils espéraient ouvrir leur première boutique à l'étranger, et voilà que le projet semblait tomber à l'eau…

— Il a eu une crise cardiaque la semaine dernière, répondit Rick. C'est pour cette raison que nous n'avons jamais reçu les documents que nous attendions. Son comité de direction invoque la clause de retrait.

— Oh ! le pauvre ! s'exclama Savannah. Je lui ai parlé plusieurs fois au téléphone, c'est un homme charmant ! Comment va-t-il ?

— Il a subi un triple pontage. Il a bien supporté l'opération mais sa convalescence sera longue.

— Je suis désolé, déclara Rett en donnant une tape sur l'épaule de son frère. Je sais combien tu as travaillé dur pour ce contrat.

Savannah ne pouvait qu'acquiescer. Rick se consacrait corps et âme à l'entreprise familiale. Durant les dix dernières années, il avait supervisé l'ouverture de boutiques à Beverly Hills, San Francisco, Las Vegas, Dallas, Chicago et New York, et il entendait bien ouvrir la première boutique à l'étranger pour fêter le centenaire de Sullivans Jewels. Ce projet semblait désormais bien compromis…

— Trop dur pour abandonner si près du but, répondit-il avec une grimace. J'ai revu mes notes sur les autres candidats et Crosse International vient juste en deuxième choix. Albert Crosse est d'accord pour me rencontrer mardi en huit. Cela nous laisse une semaine pour travailler sur ce dossier et établir un nouveau contrat. Savannah, j'ai besoin que vous rédigiez un mémo récapitulant nos négociations passées, et que vous dressiez une liste des points d'accord que nous avions trouvés et des points sur lesquels nous n'avions pas trouvé de compromis.

— Entendu. J'y travaillerai tout le week-end si c'est nécessaire.

— Merci, mais nous serons dans l'avion ce week-end. La réunion a lieu à Londres, et Albert Crosse nous a déjà réservé une suite dans son hôtel.

— Nous ? répéta-t-elle, étonnée.

— Oui. J'ai besoin que vous m'accompagniez à Londres.

Elle le contempla, incapable de prononcer le moindre mot, tandis que des images de Big Ben, de Buckingham Palace et de l'abbaye de Westminster défilaient devant ses yeux.

— Savannah ?

La voix de Rick la tira de sa stupeur.

— Vous voulez que j'aille avec vous en Angleterre ? répéta-t-elle pour être sûre d'avoir bien compris.

— Oui, c'est exactement ce que je viens de vous dire. D'ailleurs, pouvez-vous rester plus tard ce soir ? ajouta-t-il en regardant sa montre. J'ai absolument besoin que vous travailliez avec moi sur le contrat Crosse. Si nous voulons ouvrir notre boutique en novembre l'an prochain, nous devons signer au plus tard fin décembre. Cela nous laisse deux semaines pour finaliser les négociations.

— Je m'y mets sans tarder, répondit-elle.

Elle avait du mal à croire à sa chance. Se retrouver impliquée dans ces négociations allait lui offrir l'occasion de faire ses preuves et serait un excellent atout pour son curriculum vitæ. Sans même parler de ce voyage en Europe avec Rick !

Elle avait beau se répéter qu'il s'agissait d'un déplacement professionnel et non de vacances romantiques, l'idée de partir quelques jours avec son séduisant patron la remplissait d'une excitation qu'elle avait du mal à refréner.

Le jeudi soir, fatigué après sa longue journée de travail, Rick laissa vagabonder ses pensées, assis à sa table dans son bureau.

En prenant la direction de Sullivans Jewels, sa seule ambition était de rendre l'entreprise familiale assez solide pour ne plus se retrouver au bord de la faillite, comme cela avait été le cas à l'époque où son père la dirigeait.

Ils avaient bien failli perdre l'atelier et la boutique à la mort de ses parents. Sa grand-mère avait alors repris les rênes et sa ferme détermination avait réussi à les sauver de la ruine. Rick et ses frères l'avaient aidée autant qu'ils le pouvaient. Lui et Rett n'avaient alors que dix ans, mais ils passaient tous leurs week-ends à l'atelier avec elle. Les années passant, Rick l'avait davantage secondée dans la gestion pendant que Rett, de son côté, se dédiait à la création.

Quand leur grand-mère avait annoncé son intention de prendre sa retraite et lui avait confié la direction de l'entreprise, il avait été obligé de faire un choix difficile : il avait renoncé à ses fiançailles pour rester à San Diego et se consacrer entièrement à Sullivans Jewels.

Peut-être qu'en ouvrant leur première boutique à l'étranger se prouverait-il sans hésitation possible qu'il avait enfin réussi là où son père avait échoué ?

Emerson venait de lui faire perdre six mois de travail. S'il voulait vraiment atteindre son but, il devait mettre les bouchées doubles…

Savannah lui avait été d'une aide précieuse ces derniers jours. Ensemble, ils avaient réussi à synthétiser les démarches déjà effectuées avec Emerson afin de constituer un dossier solide, qui leur servirait de base dans leurs futures négociations avec Crosse International.

Un coup frappé à sa porte le tira de sa rêverie et il vit Savannah entrer dans la pièce.

— Voici le tableau des profits et des pertes pour les deux dernières années, déclara-t-elle. Le service comptable travaille encore sur les projections corrigées de cette année.

Elle lui tendit un dossier, s'assit dans le fauteuil qui faisait face au bureau et croisa les jambes en attendant sa réponse. Rick ne put s'empêcher de jeter un œil appréciateur à ses jambes avant de détourner précipitamment la tête et de se plonger dans les documents.

En relevant le nez un moment plus tard, il la surprit en train d'étouffer un bâillement. Elle avait abandonné sa veste dans la journée mais semblait aussi fraîche qu'à son arrivée en début de matinée.

La lumière accentuait la teinte cuivrée de ses cheveux auburn, qu'elle portait ramenés en chignon. Quelques longues mèches rebelles s'en échappaient et retombaient sur le côté de son visage. Elle n'était peut-être pas aussi impeccable qu'en arrivant au bureau, rectifia-t-il, mais était toujours aussi sexy.

Trop sexy. Il allait devoir lui donner des indications précises concernant la manière de s'habiller au bureau. Pour commencer, il ne voulait plus la voir dans des chemisiers sans manches. La quantité de peau laiteuse et veloutée qu'offrait à la vue celui qu'elle portait était tout simplement indécente !

Mal à l'aise, Rick détourna les yeux et se corrigea mentalement. Ce n'était pas son chemisier qui était indécent, c'était la manière dont il la regardait ! Il avait besoin d'une pause, songea-t-il, soudain épuisé. N'avaient-ils pas travaillé plus de treize heures par jour depuis le début de la semaine ?

Rett entra juste à cet instant dans la pièce.

— Vous êtes encore là ? Je croyais que vous aviez terminé de rédiger la proposition de contrat…

— En effet, nous l'avons envoyée à l'avocat. Nous ne pouvons plus rien faire avant d'avoir ses commentaires, et j'allais proposer qu'on en finisse pour aujourd'hui. On attaquera tôt demain matin…

— Un peu de calme, protesta Rett. Vous allez avoir un vol de quinze heures samedi, cela vous laissera le temps de réviser les détails. Tu ferais mieux de donner sa journée de demain à Savannah. Je suis sûr qu'elle n'a même pas eu le temps de préparer ses affaires. Je me trompe ?

Il se tourna vers la jeune femme, qui acquiesça de la tête.

— Tu vois ! reprit-il, triomphant. Vous avez tous les deux besoin de lever le pied. Allons dîner ensemble. Vous méritez un bon repas.

— Je ferais mieux de rentrer, protesta Savannah.

— Pas question, insista Rett. Vous avez travaillé dur et vous méritez que je vous offre un dîner digne de ce nom. Dites oui, s'il vous plaît !

Rick n'aimait pas mélanger le plaisir et le travail, aussi l'idée de dîner avec son assistante ne lui disait rien de bon. Si ses qualités professionnelles étaient incontestables, il avait de plus en plus de mal à ignorer le charme sensuel qui émanait de toute sa personne. Aussi se surprit-il à prier pour qu'elle refuse.

Malheureusement pour lui, les prières de son frère finirent par la convaincre, et ils convinrent de se retrouver une heure plus tard directement au restaurant.

Assis au volant de sa voiture, Rick tenta de se rassurer pour calmer l'appréhension qu'il sentait monter en lui. Ce ne serait qu'un dîner professionnel. Ils discuteraient de l'ouverture de cette nouvelle boutique et la conversation n'aurait absolument rien d'intime.

Il était en train de se garer lorsque son frère l'appela pour le prévenir qu'il ne pouvait finalement pas venir. Rick étouffa un juron. Savannah attendait juste devant la porte de l'établissement, de nouveau impeccable et sans plus aucune mèche folle.

— Rick vient de se décommander, lui annonça-t-il en la rejoignant. Nous ne sommes que tous les deux.

— Peut-être ferais-je mieux de rentrer, suggéra-t-elle, l'air embarrassé. La journée a été longue…

Ne pouvant détacher les yeux de la moue indécise qui donnait à Savannah une mine enfantine absolument irrésistible, il décida de refuser la perche qu'elle lui tendait.

— Non, restez, dit-il en poussant la porte du restaurant. Il faut bien manger quelque chose, et ce sera toujours mieux que la nourriture toute prête que vous pourriez acheter en rentrant chez vous.

Le maître d'hôtel les escorta jusqu'à leur table et leur donna la carte.

— J'ai besoin de quelque chose de consistant à me mettre sous la dent, déclara Rick d'un air gourmand, comme il parcourait la carte.

Sa remarque donna la chair de poule à Savannah. Il avait soudain l'air d'un véritable carnassier, et cela la troublait délicieusement ! Elle plongea le nez dans le menu pour cacher ses joues en feu. En réalité, elle aurait mieux fait de rentrer directement chez elle au lieu d'accepter de dîner en tête à tête avec un homme aussi sexy que son patron. Surtout que, dans son état de fatigue, elle n'était pas sûre de pouvoir garder le contrôle d'elle-même…

Le maître d'hôtel leur apporta les apéritifs qu'ils avaient choisis et prit leur commande. Rick déplia alors sa serviette.

— Je pense que nous devrions ouvrir notre première boutique à Londres ou à Paris. Je sais que vous avez dressé une liste de villes intéressantes hier. Qu'en pensez-vous ?

Savannah savait que, pour éviter que leur dîner ne prenne

une tournure intime, la meilleure recette consistait à ne parler que de travail, et elle appréciait qu'il lui demande son avis, mais c'était au-dessus de ses forces !

— Pourrions-nous parler d'autre chose ? lui demanda-t-elle abruptement.

— Pardon ?

— J'ai la cervelle en compote. Je ne veux plus parler travail !

Rick la contempla sans voix un instant avant de se caler contre le dossier de sa chaise.

— Entendu. Nous parlerons de ce que vous voudrez.

— Cachez votre enthousiasme, rétorqua-t-elle en étouffant un rire nerveux.

Rick parut une fois encore pris de court. Il était incroyablement séduisant dans ce costume gris anthracite, et ce soir la jeune femme n'arrivait pas à penser à autre chose qu'à l'attraction qu'exerçait sur elle son patron. Elle aurait été mieux inspirée de faire un effort, d'autant plus que lui-même semblait éprouver un plaisir certain à la contempler, mais elle n'avait plus assez d'énergie pour lutter.

Rick prit une profonde inspiration.

— D'accord. J'ai remarqué que vous saviez parfaitement lire un bilan comptable. Où avez-vous appris cela ?

— En prenant des cours du soir. J'ai étudié plusieurs matières ainsi.

— Vraiment ? Lesquelles ?

— Des choses vraiment très différentes, avoua-t-elle en haussant les épaules. La psychologie infantile, le management, l'informatique, le design, et j'ai même suivi un cours de développement personnel, où l'on nous apprenait à dégager nos priorités dans la vie et à renforcer notre psychisme au quotidien.

— Ah ? Cela semble… ennuyeux.

Sa franchise la fit éclater de rire.

— Certains de ces cours n'étaient effectivement pas

très intéressants, admit-elle. Je crois que ce qui me plaisait surtout, c'était de sortir de la maison et d'étudier.

— Comme le design de bijoux et la taille de pierres précieuses ?

— Exactement.

Le serveur qui apportait leurs entrées interrompit leur conversation un instant.

— Parlez-moi de ce que vous avez appris de plus ridicule, reprit Rick lorsqu'ils furent de nouveau seuls.

La jeune femme réfléchit une seconde avant de trouver la réponse.

— Dans mon cours sur la psychologie du couple, pour comprendre le point de vue de notre partenaire, on est supposé s'allonger tout nu sur un lit et imaginer qu'on est un homme.

— Je *suis* un homme, rétorqua-t-il.

Comme s'il avait besoin de le lui rappeler !

— Vous devriez imaginer que vous êtes une femme.

— Effectivement, c'est vraiment ridicule, fit-il, l'air incrédule. Qui a imaginé une chose pareille ?

— Des psychologues. L'idée, c'est d'arriver à se mettre dans la peau du conjoint.

— Un exercice sur la sensibilité, dit-il pensivement. Je comprends. A vous écouter, cela semble presque intéressant, en fait.

Elle aimait qu'il la trouve intéressante. En revanche, elle ne partageait pas son léger dédain pour le sujet. Peut-être parce que, face à Rick, son imagination opérait un raccourci saisissant entre les mots « nu », « lit » et « homme » ?

— Pourquoi avez-vous suivi un cours sur la psychologie de couple ? reprit-il. Je croyais que vous étiez célibataire…

— Certes, mais ça ne veut pas dire que je compte le rester toute ma vie.

— Vous aimeriez rencontrer un homme qui imagine qu'il est une femme ?

Amusée, elle le contempla en fronçant un sourcil.

— Vous vous moquez de moi ! Il ne s'agissait que d'un exercice, je vous le rappelle. A propos, vous êtes-vous réconcilié avec Diana ?

Rick avait rompu avec cette dernière juste après l'arrivée de Savannah. Elle savait que Diana avait appelé plusieurs fois au bureau de Rick durant les dernières semaines, mais leurs conversations avaient toujours été très brèves.

— Tout est fini, déclara-t-il. Nous avons eu de bons moments ensemble, mais elle voulait changer les règles du jeu, aussi valait-il mieux en rester là.

— Ah, bien sûr, j'aurais dû me douter que vous suiviez des règles dans les relations amoureuses, fit Savannah, narquoise. Je me demande ce que vous avez contre le mariage… Presque tous vos frères sont heureux en ménage et, pour autant que je le sache, vos parents et vos grands-parents l'étaient également. Pourquoi y êtes-vous si opposé ?

— Je ne suis pas opposé au mariage, protesta-t-il, je pense juste que ce n'est pas pour moi.

— Pourquoi non ? N'avez-vous pas envie de fonder votre famille un jour ?

— Je n'ai pas besoin d'avoir des enfants. J'ai beaucoup de neveux et de nièces, cela me suffit. Mon travail me donne toutes les satisfactions dont j'ai besoin.

Rick n'était pas le genre d'homme qui inspirait la pitié, et pourtant la jeune femme ne put s'empêcher de le plaindre intérieurement d'avoir choisi de vivre dans la solitude.

— J'aime beaucoup mon travail, rétorqua-t-elle, mais cela ne me suffit pas. Je compte bien me marier et avoir des enfants dans l'avenir.

— Vous serez prête à sacrifier votre carrière à votre famille ?

— Je ne vois pas pourquoi je ne pourrais pas avoir les deux. Vos frères ont des enfants et ça ne les empêche pas de travailler, que je sache.

— En effet, admit-il, mais ils ne travaillent pas treize heures par jour comme moi !

Le serveur repassa à leur table pour leur apporter leur plat de résistance, et ils restèrent un instant silencieux en attaquant leur succulent bar rôti au beurre blanc. Tout en découpant son poisson, Savannah songea que c'était la première fois que Rick se confiait à elle ainsi.

— Je sais que vous aimez votre travail, reprit-elle, mais ne souhaitez-vous pas avoir quelqu'un dans votre vie ?

— Si, mais je ne veux pas d'amour ni de mariage, rétorqua-t-il, catégorique. L'amour n'apporte que des désagréments.

Ainsi il avait souffert ! Son ton indiquait même une blessure dont le souvenir restait sensible. Il avait perdu très jeune ses parents, et Savannah était bien placée pour savoir que cela signifiait une infinie tristesse, une sensibilité à vif, un profond sentiment d'abandon… Contrairement aux apparences, Rick semblait bien connaître ces émotions.

— Je trouve triste que vous réagissiez ainsi. L'amour peut faire mal car c'est un sentiment important, déclara-t-elle en posant la main sur celle de Rick. Ce n'est pas parce que vous avez souffert une fois que vous devez y renoncer à jamais.

Le visage de Rick se referma brusquement et il retira sa main.

— Y renoncer n'a rien de triste si ce n'est pas ce qu'on veut, rétorqua-t-il froidement.

Prise de court, la jeune femme avala une gorgée de l'excellent vin blanc pour se donner une contenance. Après tout, pourquoi laisser son attitude la blesser ? Chacun choisissait le chemin qu'il voulait dans l'existence, et personne ne pouvait affirmer qu'un choix était meilleur qu'un autre. Tout était affaire de personnalité… Et elle n'était pas là pour faire sa psychanalyse !

— Vous avez raison, admit-elle en reposant son verre. Comment en est-on venus à parler de ça, d'ailleurs ?

— Parce que vous avez dit que vous vouliez fonder une famille un jour, lui rappela-t-il.

— Ah oui, c'est vrai. Mais pas avant très longtemps !

Savannah acquiesça lorsque le serveur leur proposa un café et tenta de chasser le sérieux de la conversation par un petit rire.

— Je ne cherche aucune relation stable pour l'instant, reprit-elle. Aussi j'aimerais bien en savoir un peu plus sur ces fameuses règles du jeu dont vous parliez.

4

— J'ai envie de m'inscrire à l'université pour passer un diplôme d'enseignante, annonça Savannah à sa sœur le lendemain après-midi.

Claudia quitta des yeux la jolie robe de créateur qu'elles admiraient dans un élégant magasin du centre commercial et examina sa sœur d'un air pensif.

— Je pense que tu serais une excellente prof.

— Vraiment ? Tu ne dis pas ça juste pour me faire plaisir ?

— Tu me connais assez pour savoir que ce n'est pas mon genre, répondit la jeune fille. Tu es intelligente, énergique et créative, et ce sont des qualités précieuses pour enseigner. Tu devrais vraiment le faire.

— Tu ne penses pas que je suis trop âgée pour me lancer là-dedans ?

— Pas du tout ! Si tu as peur de te retrouver avec des étudiants trop jeunes, tu peux toujours suivre des cours en ligne. De nos jours, on peut préparer n'importe quel diplôme de cette manière. Mais qu'est-ce qui t'a donné cette idée ?

— J'ai toujours eu envie de faire des études sans jamais trop savoir quoi étudier. Et, hier soir, Rick m'a dit quelque chose qui m'a fait réfléchir.

— Quoi donc ?

— Nous dînions ensemble et il m'a dit que j'arrivais à rendre intéressant quelque chose de ridicule.

— Vous dîniez ensemble ? répéta Claudia, l'air intrigué.

— Il m'avait invitée pour me remercier après une longue journée de travail, dit Savannah, cherchant à se justifier.

— Et avez-vous passé une soirée agréable tous les deux ?

— Oui. Enfin non, pas comme tu l'entends. Du reste, crois-moi, je n'étais pas très à l'aise.

Et elle lui raconta comment elle avait tenté de changer de sujet lorsque la conversation était devenue trop embarrassante.

— Tu lui as demandé quelles étaient les règles qu'il appliquait quand il sortait avec une femme ? s'exclama Claudia en pouffant. Eh bien, tu n'y es pas allée par quatre chemins !

— Ce n'était pas du tout ce que j'avais en tête, s'écria Savannah. J'ai dit la première chose qui me passait par la tête pour changer de conversation, sans penser aux sous-entendus possibles…

Claudia rit de plus belle et décrocha une minuscule robe bustier rouge vif de la tringle pour l'observer de plus près. Sa sœur secoua négativement la tête. Claudia la rangea donc et poussa soudain une exclamation admirative.

— Oh ! voilà, c'est exactement ce que nous cherchions !

Savannah resta muette devant la petite merveille que sa sœur venait de dénicher. La robe noire était composée d'un caraco de dentelle qui couvrait les épaules et les bras ; le corsage et la jupe, en crêpe noir, formaient un magnifique drapé qui s'évasait vers le bas.

— Elle est superbe, admit-elle, mais bien trop chère sans doute, et je te rappelle que c'est un voyage d'affaires. Je n'aurai pas l'occasion de porter une robe de cocktail.

— Tu ne peux pas le savoir. Il faut toujours avoir une petite robe noire dans sa valise, juste au cas où. Allez, essaie-la au moins.

Cédant à la tentation, la jeune femme passa dans la cabine et enfila la toilette qui, comme elle s'y attendait, lui allait à merveille. D'ailleurs, en la découvrant, Claudia se pâma d'admiration.

— On dirait qu'elle a été dessinée pour toi ! Tu dois

l'acheter. Si tu refuses, je te l'offrirai, et tu sais que je n'ai pas les moyens.

— Ce n'est pas assez chaud pour être porté en Angleterre, protesta Savannah.

— Tu ne vas pas au pôle Nord et ils ont le chauffage central, que je sache ! Achète-la, je t'en supplie ! Porte-la pour dîner avec Rick et tu verras qu'il oubliera toutes ses règles !

— Oh ! non, non, sûrement pas, rétorqua Savannah. Je ne veux pas qu'il s'imagine que je cherche à me faire épouser par le patron !

Claudia éclata de rire.

— Après ce que tu lui as demandé, je crois qu'il te prend plutôt pour une sorte de femme fatale !

— Oh ! mon Dieu ! Tu le crois vraiment ? dit Savannah, soudain en proie à la panique.

— Du calme, Savannah ! Je plaisantais.

— Non, tu as raison. Maintenant que j'y repense, je sais que tu as raison. Je voulais juste détendre l'atmosphère et avoir l'air sophistiqué et badin, mais en réalité il a dû croire que je lui faisais des avances.

— Quel mélodrame !s'écria Claudia en levant les yeux au ciel. Que t'a-t-il répondu, du reste ?

— Rien du tout. Le serveur est arrivé avec l'addition et c'était la fin du dîner.

— Il est juste parti ? demanda Claudia interloquée. Comme ça, sans te répondre ?

— Rick est trop gentleman pour agir ainsi, déclara Savannah. Il m'a raccompagnée jusqu'à ma voiture et il m'a dit que je pouvais prendre ma journée et qu'on se retrouverait demain directement à l'aéroport. Oh ! non, ajouta-t-elle en écarquillant les yeux. C'est pire que je pensais. Il ne voulait pas me voir aujourd'hui, voilà pourquoi il m'a donné ma journée. D'abord je l'ai embrassé, ensuite je lui ai fait des avances… Je vais sans doute trouver un message en rentrant m'annonçant que finalement il préfère partir pour Londres avec Tammy, de la comptabilité.

— Comment ? Une seconde, s'exclama Claudia en levant un sourcil incrédule. Tu n'as jamais parlé d'un baiser ! Raconte-moi ça, et sans omettre un seul détail.

Savannah sentit le feu lui monter aux joues.

— Tout est ta faute ! C'est toi qui m'as fait promettre de l'embrasser pour le remercier de la bourse supplémentaire.

— Tu l'as véritablement embrassé ? Sur la bouche ?

— Bien sûr que non, sur la joue !

— Oui, oui, je comprends mieux maintenant, répondit Claudia en se retenant maladroitement de rire. En deux jours, tu l'as embrassé et tu lui as fait des avances ! Mais quelle mouche a donc piqué ma trop sage grande sœur ?

Un gémissement accablé échappa à la « trop sage grande sœur », qui afficha un air désespéré.

— Et voilà, je vais perdre un poste en or et un voyage en Europe par ma seule bêtise !

— Il te fait vraiment un sacré effet, lança Claudia. Je ne t'ai jamais vue aussi déstabilisée par un homme.

— Ce n'est pas un homme, c'est mon *patron*.

— Ma grande, crois-moi, Rick Sullivan est un homme jusqu'au bout des doigts, et ce n'est pas étonnant que tu sois dans un tel pétrin si tu prétends l'ignorer !

— Tu ne m'aides pas beaucoup…

— T'aider ? Si j'ai bien compris, tu veux surtout savoir s'il s'est rendu compte que tu lui tendais une perche…

Savannah serra les dents et ne répondit rien, ce qui ranima l'amusement de sa petite sœur.

— Bon, a-t-il de nouveau parlé travail après ça ? reprit celle-ci.

— Non. Il m'a juste demandé si le projet en cours pour l'anniversaire de sa grand-mère avançait normalement.

— Dans ce cas, tout va bien pour toi, conclut Claudia. Il aurait sorti la carte « travail » s'il avait voulu te remettre à ta place. Je pense qu'en réalité il ne souhaitait simplement pas te parler de sa vie amoureuse.

— Il n'y a pas d'amour dans sa vie, répliqua Savannah. C'est ça, la véritable règle de ses relations.

— Raison de plus pour ne pas te répondre. Personne te connaissant ne pourrait t'imaginer impliquée dans une relation sans amour…

En attachant la ceinture de sécurité de son siège en classe affaires, Savannah résolut d'adopter une attitude strictement professionnelle dès que Rick la rejoindrait. Pas question de parler de règles amoureuses ou de relations sentimentales cette fois ! Elle n'aborderait plus jamais ce sujet avec lui.

Si toutefois il arrivait avant le décollage, songea-t-elle en se penchant pour guetter le bout de l'allée centrale de l'avion. Où était-il donc ? Ne pas le trouver en salle d'attente l'avait surprise, mais elle avait embarqué quand même quand on l'avait appelée. Il n'aurait pas dû rencontrer d'embouteillage aussi tard le soir… Ils prenaient l'avion de nuit qui les déposerait aux premières heures de l'aube à New York, d'où ils reprendraient un autre vol pour Londres. Que ferait-elle s'il n'arrivait pas ?

Elle allait appeler le steward pour l'interroger lorsqu'elle vit Rick arriver enfin. Elle ne put s'empêcher de l'admirer, le souffle coupé.

En costume strict, il était un modèle d'élégance, de contrôle de soi et de raffinement. Mais cette fois-ci, en jean et en T-shirt, avec ses épaules larges, ses bras musclés et son torse moulés dans le fin vêtement, il était l'incarnation de la virilité et du sex-appeal !

Quand il glissa son sac dans le coffre à bagages, son T-shirt se souleva et dévoila ses abdominaux saillants. Cette vision faillit faire tomber Savannah en syncope.

Elle ne reprit ses esprits qu'une fois qu'il fut attaché

dans son siège et qu'il tourna un visage interrogateur dans sa direction.

— Hum… jétais en train de me demander si je devais partir sans vous ou descendre de l'avion, lui dit-elle, d'une voix qu'elle chercha à rendre la plus neutre possible.

— Rett m'a accompagné en voiture, rétorqua-t-il.

— Oh… Et il était en retard ?

— Pas d'après ses critères. Rett a une idée précise du temps d'avance nécessaire lorsqu'on prend l'avion.

A en juger par sa mine renfrognée, il devait s'agir d'un sujet de discorde récurrent entre les deux frères…

— Je vois, dit-elle. Pourquoi alors lui avoir demandé de vous accompagner ?

— Parce que, comme il l'a souligné à plusieurs reprises durant le trajet, je n'ai jamais raté aucun avion.

— Ce n'était pas avec celui-ci qu'il fallait commencer, fit-elle, encore un peu stressée par son attente.

— Détendez-vous, mademoiselle Jones, répondit Rick, ayant manifestement remarqué sa nervosité. Je suis arrivé à temps, sain et sauf.

— Espérons que ça durera…, murmura-t-elle.

— Comment ?

— Non, rien.

Au lieu de diminuer, son anxiété redoubla lorsque l'équipage ferma les portes de l'appareil et que celui-ci se mit à vibrer et à rouler sur le tarmac. Ses mains se crispèrent sur les accoudoirs. Le retard de Rick l'avait distraite, mais désormais plus rien ne pouvait l'empêcher de penser avec appréhension qu'ils allaient monter à dix mille mètres d'altitude dans cet énorme et très lourd tube de métal. A cette idée, elle sentit brusquement la panique l'envahir.

Une main large et solide se posa alors sur la sienne, ce qui calma momentanément ses nerfs. Ses yeux suivirent l'avant-bras musculeux, les biceps épais, l'épaule ronde moulée par le T-shirt, le cou solide, la mâchoire carrée et les yeux perçants qui la contemplaient avec suspicion.

— Ne me dites pas que vous avez peur de l'avion ! déclara-t-il d'un ton accusateur.

— Je n'en sais rien, c'est la première fois que j'en prends un. Je suis sûre que tout se passera bien, mais là, tout de suite, j'avoue que je ne suis pas rassurée…

Il eut l'air de compatir et hocha la tête.

— Auriez-vous un comprimé de Valium, ou quelque chose d'approchant, pour vous calmer ?

— Je n'ai pas besoin de médicament, protesta-t-elle, vexée. J'ai besoin qu'on me fasse penser à autre chose !

Elle faillit changer d'avis lorsque les moteurs, poussés à plein régime, la plaquèrent contre son siège en propulsant l'avion à toute vitesse sur la piste de décollage dans un vacarme impressionnant. Par le hublot, elle vit soudain la terre s'éloigner sous eux. Ils volaient. Elle attendit quelques minutes, anxieuse, mais tout semblait se passer normalement. Cette constatation la rassura quelque peu.

— Ne vous inquiétez pas, je ne vais pas sauter sur vos genoux dans un mouvement de panique, reprit-elle après s'être éclairci la gorge.

— C'est bon à savoir, répondit-il en regardant les ongles que la jeune femme enfonçait dans son avant-bras.

— Oh ! excusez-moi.

A peu près tranquille, Savannah fouilla dans son sac pour y rechercher le dernier roman policier palpitant de son auteur préféré et le sachet contenant les biscuits au chocolat faits maison la veille au soir. Il n'y avait rien de plus apaisant qu'un vrai cookie au chocolat ! Elle en avala une bouchée et se cala dans son siège en soupirant d'aise.

Dans le fauteuil voisin, Rick sortit la tête du journal qu'il avait déjà ouvert et renifla en direction du sachet.

— Ce sont des cookies au chocolat ? demanda-t-il, une lueur gourmande dans le regard.

— Oui. Mais vous n'avez pas voulu me tenir la main, alors vous n'en aurez pas !

— Ça n'est pas une manière très gentille de me souhaiter une bonne nuit, fit-il, la lueur dans ses yeux se faisant soudain taquine.

— Ce sont mes nerfs, je n'y peux rien.

Mais, comme elle n'était pas rancunière, elle lui tendit le sachet.

— En gage de paix ? ajouta-t-elle avec un sourire.

— Merci, répondit-il en prenant un biscuit. Mais cela ne vous donne quand même pas le droit de sauter sur mes genoux.

— Quel rabat-joie vous faites ! plaisanta Savannah.

— En revanche, je peux vous donner la main occasionnellement si vous en avez besoin.

Cette proposition lui réchauffa le cœur. Il n'était pas si froid que ça, finalement !

— Merci, dit-elle en lui proposant un second biscuit. Je me sens déjà beaucoup mieux.

— Tant mieux, car le vol est long. Pensez-vous que vous arriverez à dormir ?

Tout en parlant, il passa la langue sur ses lèvres pour capturer quelques miettes de biscuits qui y restaient, et ce geste sensuel la captiva tant qu'elle en resta muette.

— Savannah ?

— Hum ?

— Vous croyez que vous arriverez à dormir ? répéta-t-il.

— Oh oui, je dors n'importe où, répondit-elle, tentant de reprendre ses esprits. Et vous ?

— Je somnolerai.

— C'est vous qui auriez besoin d'un Valium !

Il éclata de rire et, en entendant ce son chaud et réconfortant, la jeune femme se rendit compte que c'était la première fois qu'il riait franchement en sa présence.

Comme c'était triste ! Cela faisait deux mois qu'ils travaillaient côte à côte et il n'avait encore jamais ri. Elle eut tout de suite envie qu'il recommence. Il avait besoin d'un peu de joie et de détente dans sa vie si sérieuse.

Cette dernière pensée la refroidit brusquement. Un peu de fantaisie lui aurait sans doute fait beaucoup de bien, mais elle ne pouvait pas la lui apporter, en tout cas pas sans se mettre en danger sur le plan émotionnel. Et il n'en était pas question. Plus jamais elle ne se mettrait dans une situation de vulnérabilité face à un homme obsédé par son travail et sa réussite professionnelle. La solitude, l'isolement, l'absence de véritable complicité, la déception… elle connaissait tout ça par cœur et n'avait aucune intention d'y goûter de nouveau !

— Cela vous ennuie si je lis un peu ? reprit-elle plus froidement.

Rick perdit son sourire et parut vieillir de quelques années d'un seul coup.

— Pas du tout. Je vais travailler de mon côté.

Quelques heures plus tard, Rick finit par se redresser sur son siège. Impossible de trouver le sommeil. Le parfum délicat qui flottait autour de lui et où se mêlaient le chèvrefeuille et le savon titillait ses sens et l'empêchait d'oublier la femme endormie dans le fauteuil voisin.

Au moins elle sommeillait maintenant ! Il l'observa un moment, touché par sa grâce juvénile et sa beauté. Ses boucles auburn caressaient sa peau de pêche, et des cils interminables ourlaient ses paupières. Ses lèvres surtout attiraient son regard. Elle avait des lèvres pleines et sensuelles, au dessin ferme et plein, et il devait résister de toutes ses forces à l'envie d'y poser les siennes et de l'embrasser à en perdre haleine…

« Tu perds la tête, Sullivan », se dit-il en se redressant dans son siège. La fatigue, sans doute.

Il fixa le dossier du siège devant lui en se demandant pourquoi diable il lui avait demandé de l'accompagner dans ce voyage. Il aurait mieux fait d'emmener une employée du service légal, quinquagénaire et austère ! Certes, Savannah l'avait considérablement aidé à préparer cette réunion, et cette expérience ne pourrait lui faire que du bien ; il la trouvait toujours plus optimiste qu'organisée, totalement imprévisible et bien trop intrépide.

Et pourtant… depuis quand une femme ne l'avait-elle pas fait rire ? Cela remontait à si loin qu'il ne s'en souvenait plus. A quel moment était-il devenu un vieux grincheux ? Il ne s'intéressait plus qu'à son travail et à l'avenir de l'entreprise familiale. Cela lui interdisait-il de s'amuser de temps en temps ? Cela l'obligeait-il à laisser passer toutes les opportunités agréables que la vie offrait ?

Bien sûr que non, se dit-il. Dès leur retour, il allait changer d'existence. Il devait élargir son horizon, passer plus de temps avec ses frères. Et rechercher davantage la compagnie des femmes…

C'était la sagesse même, songea-t-il en fermant les yeux. Il espérait simplement qu'à son retour l'idée lui semblerait plus souriante que maintenant.

Des turbulences secouèrent brutalement l'avion et le tirèrent de sa somnolence. Il attrapa instinctivement l'accoudoir, et sa main se referma sur un bras. Savannah… Elle dormait toujours mais un pli soucieux barrait à présent son front lisse. Il libéra son bras, et le pli devint franchement contrarié. Il lui prit donc la main. La jeune femme entrelaça leurs doigts et replongea dans un sommeil paisible.

Il la contemplait depuis quelques minutes, fasciné par la douceur de ses traits, lorsque l'avion subit de nouvelles secousses. Quelqu'un cria et Savannah ouvrit les paupières.

— Quoi ? dit-elle. Que se passe-t-il ?

— Juste des trous d'air.

— Mesdames et messieurs, déclara une voix dans les haut-parleurs, nous traversons en ce moment une zone de turbulences. Merci de regagner vos places et d'attacher vos ceintures de sécurité.

Les doigts de Savannah se serrèrent davantage autour des siens et elle le contempla avec inquiétude.

— Vous êtes sûr que tout va bien ? murmura-t-elle.

— Je n'ai jamais entendu dire qu'un avion était tombé en plein vol à cause de simples turbulences, lui dit-il, prenant un ton rassurant. Le pilote va sans doute tenter d'éviter cette zone, cela ne devrait pas durer.

— Ça serait vraiment mieux…

Elle fronça les sourcils sans même apparemment remarquer qu'elle lui écrasait la main. Il ne s'attendait évidemment pas à ce que l'avion s'écrase, mais ce contact le rassurait lui aussi, il devait l'admettre.

Le calme revint dans l'avion pendant une dizaine de minutes, et tout le monde commençait à se détendre lorsque la cabine fut une nouvelle fois sévèrement secouée. L'avion devait de nouveau traverser un trou d'air car il sentit son siège se dérober sous lui. Mais le cri qu'étouffa Savannah l'émut bien davantage. Sans réfléchir, il lui passa le bras autour des épaules et elle se blottit aussitôt contre lui.

— Vous ne pouvez rien faire pour arrêter ça ? demanda-t-elle.

Elle le contemplait d'un air si anxieux et si suppliant qu'il perdit brusquement la raison. Sans répondre, il baissa la tête et, posant ses lèvres sur les siennes, l'embrassa.

5

Savannah eut l'impression que l'avion effectuait un looping. Elle oublia le monde extérieur, la terre au-dessous d'eux, le ciel au-dessus de leurs têtes, et cet avion qui les secouait. Il n'y avait plus que Rick qui l'embrassait, l'odeur grisante de sa peau, poivrée et musquée, la chaleur de son corps musclé, la force de ses bras qui l'enlaçaient.

Tout cela lui fit complètement perdre la notion du temps et de l'espace. Cédant sans hésiter à cette exquise étreinte, Savannah répondit avec ardeur à son baiser.

— Mesdames et messieurs, nous venons de sortir de la zone de turbulence. L'équipage va maintenant vous servir un rafraîchissement.

L'annonce leur fit l'effet d'une douche écossaise. Ils se séparèrent instantanément et la jeune femme resta pétrifiée une seconde. Elle était en train d'embrasser son patron ! Le monde extérieur reprit immédiatement sa place. Les turbulences, les autres passagers, son travail… Pendant un court instant, la peur lui avait fait croire que tout cela n'existait plus. Ce n'était plus le cas.

Sa seule consolation était d'avoir senti que le cœur de Rick battait aussi vite que le sien pendant leur baiser.

— Je… je m'absente un instant, bafouilla-t-elle en détachant sa ceinture de sécurité.

Elle se releva et se précipita vers les toilettes. Heureusement, plusieurs personnes y faisaient la queue. Avec un peu de chance, cela durerait jusqu'à ce qu'ils atteignent New York…

C'était trop demander à une queue de cinq personnes et à deux heures de vol. Seulement quelques instants plus tard, elle retrouva son siège. Une fois attachée, elle se concentra sur la notice de sécurité glissée dans la pochette devant son fauteuil, pendant que Rick observait avec insistance le plafond. Ils ne pouvaient pas passer le reste de leur voyage ainsi. Elle devait réagir…

— Merci, déclara-t-elle. J'ai eu très peur et vous… vous m'avez aidée. C'était très gentil à vous.

— N'en parlons plus, s'il vous plaît, répondit-il.

— Je ne vous faisais pas des avances, insista-t-elle.

Il tourna la tête pour la regarder avec curiosité.

— De quoi parlez-vous ?

— L'autre soir au restaurant, quand je vous ai demandé quelles étaient vos règles pour les relations sentimentales : je ne vous faisais pas des avances. Je préfère le préciser au cas où vous auriez pensé que je flirtais avec vous.

— Non, ce n'est pas le cas.

Il releva la tête et se remit à contempler le plafond. Au lieu de la rassurer, sa réponse la contraria. Pouvait-il nier qu'il existait quelque chose d'alchimique entre eux ? Quelque chose qui faisait des étincelles chaque fois qu'ils s'approchaient l'un de l'autre ?

Incapable de se taire, elle croisa les bras sur sa poitrine.

— Ah bon ? Et pourquoi pas ?

— Je sais reconnaître une femme qui me fait des avances, répondit-il. Et flirter ne vous ressemble pas, vous êtes trop directe.

— Dans ce cas, pourquoi ne m'avez-vous pas expliqué vos règles ?

— Parce qu'il n'y a pas le moindre espoir que vous vous y pliiez.

— Je ne sais pas comment vous pouvez en être si sûr, objecta-t-elle.

— Mes règles posent des bornes qui empêchent la relation de devenir trop personnelle. Et vous, vous avez des relations personnelles avec tout le monde.

— Pas tout le monde, protesta-t-elle.

— Tout le monde, répéta-t-il. Même le livreur de Fedex.

— Il était dans le même lycée que ma sœur, alors bien sûr, nous bavardons quand il passe apporter un colis !

— Et quel est le nom de sa petite amie ?

— Amber.

— Voilà où je voulais en venir.

Savannah fronça les sourcils.

— Ça prouve juste que j'écoute ce qu'on me raconte !

— Je travaille avec Molly depuis douze ans et je ne connais même pas le nom de sa fille.

— Je ne vois pas où vous voulez en venir.

— Je voulais vous démontrer que mes règles ne vous conviennent pas.

La jeune femme se renfrogna. Ne lui disait-il pas en clair qu'il n'était pas pour elle ?

Au bout de quelques secondes de réflexion, elle dut cependant admettre qu'il avait raison. Quelqu'un qui pouvait travailler douze longues années avec une femme aussi sympathique que Molly sans connaître le nom de sa fille n'était effectivement pas fait pour elle !

— Diana, dit-elle en reprenant son livre. La fille de Molly s'appelle Diana…

Au grand soulagement de Savannah, le voyage se poursuivit sans incident, et ils arrivèrent à Londres fatigués mais prêts à affronter leurs négociations.

— L'hôtel est très beau, fit-elle en traversant le hall. Je

comprends ce qui vous a poussé à négocier avec Crosse International.

— Que voulez-vous dire ?

— L'ambiance. C'est chic, décontracté mais raffiné. L'élégance confortable.

Rick acquiesça d'un hochement de tête distrait. L'avait-il seulement écoutée ? A part pour parler travail, ils n'avaient pas échangé un mot depuis leur baiser. Elle était lasse de cette situation et n'avait qu'une hâte, se retrouver seule, au calme, dans sa chambre d'hôtel.

Finalement, les émotions que suscitait son patron en elle n'étaient pas aussi faciles à ignorer qu'elle l'aurait souhaité. Mais, s'il pouvait feindre l'indifférence après le baiser passionné qu'ils avaient échangé, alors il n'y avait aucune raison pour qu'elle n'y parvienne pas également !

Savannah dormit d'un sommeil de plomb et ne se réveilla que lorsque l'alarme de son réveil sonna. Après une douche rapide, elle enfila le tailleur bleu marine dont elle savait qu'il lui donnait un air élégant et professionnel, puis elle entra dans le salon qui séparait sa chambre de celle de Rick. Ce dernier était déjà assis à table et lisait le journal devant un petit déjeuner appétissant.

— Bonjour, lui dit-il en levant à peine les yeux.

Il devait avoir peur qu'elle ne commence à bavarder, mais ses craintes étaient vaines : Savannah ne pouvait pas dire un mot le matin avant d'avoir avalé une copieuse ration de café et de tartines. Elle attrapa des pages du journal qu'il avait déjà lues et se plongea à son tour dans les nouvelles.

Leur première réunion avait lieu dans l'hôtel, ce qui leur permit de quitter leur chambre à 10 h 10. Le rendez-vous se révéla vite très éprouvant. Parfaitement à l'aise avec son dossier, Rick présenta les chiffres et les projections, mais sa confiance en lui et sa manière autoritaire de parler confinaient à l'arrogance. Albert Crosse, un homme qui approchait de la soixantaine, flanqué de ses deux fils, l'écouta en cachant à peine son agacement. Et plus Rick parlait, plus Albert semblait exaspéré.

La jeune femme tenta d'attirer l'attention de son patron, mais il l'ignorait complètement. Finalement, n'y tenant plus, elle décida d'intervenir.

— Monsieur Crosse, lequel de vos hôtels suggérez-vous pour l'installation de la boutique ?

— Mademoiselle Jones, intervint Rick en lui jetant un regard noir, je ne pense pas que le moment…

— Je vous en prie, appelez-moi Albert, l'interrompit M. Crosse en le faisant taire d'un geste de la main. En fait, je pensais que cet hôtel-ci serait idéal. Il a un taux de remplissage de soixante-quinze pour cent. Nous avons déjà transformé les bureaux du rez-de-chaussée en boutiques et deux sont encore disponibles.

C'était parfait, songea Savannah. Sortir de cette pièce pour aller voir les locaux serait un moyen idéal d'alléger l'atmosphère de la réunion et de discuter discrètement avec Rick.

— Ici même ? lança-t-elle. Ce serait merveilleux. Est-il possible de les visiter maintenant ? Après notre long vol d'hier et cette matinée passée à discuter, nous dégourdir les jambes nous ferait du bien.

— Mademoiselle Jones…

Savannah se retourna vers Rick et lui jeta un regard sévère pour le faire taire.

— Je sais que nous avons un rendez-vous avec le manager plus tard, déclara-t-elle, mais Albert sera un bien meilleur guide, ne croyez-vous pas ?

— Excellente idée, intervint celui-ci en ignorant les objections de Rick.

Tout le monde se leva et Rick parut soudain un peu perdu.

— Notre réunion reprendra-t-elle plus tard ?

— J'ai pas mal de choses à faire aujourd'hui, mais je

demanderai à mon assistante de vous contacter pour convenir d'une heure demain, rétorqua M. Crosse un peu sèchement.

Ils sortirent tous de la salle. Albert partit en avant avec ses deux fils, et Rick resta en arrière avec Savannah.

— Quelle mouche vous a donc piquée ? lui demanda-t-il furieusement à voix basse.

— N'avez-vous pas remarqué qu'il ne vous écoutait plus ? Il fallait absolument une distraction avant qu'il ne refuse notre offre.

— C'est ridicule ! Notre proposition est très intéressante.

— Oui, mais il connaissait déjà vos statistiques, vous les lui aviez déjà montrées avant de changer d'avis et d'entamer des négociations avec un concurrent. Maintenant, il est méfiant et se demande ce qui vous retiendrait de conclure avec quelqu'un d'autre si une meilleure offre se présentait.

— Sullivans Jewels a une réputation solide, insista Rick, et notre offre l'est également.

Savannah leva les yeux au ciel. Comment un chef d'entreprise aussi doué pouvait-il se montrer aussi obtus dans les rapports humains ?

— Ecoutez, vous êtes un excellent stratège en affaires, mais là, c'est une question de psychologie. Il est question de loyauté, d'amour-propre et de confiance. Vous n'avez qu'à imaginer que les rôles sont inversés.

Il fronça les sourcils et resta silencieux. Apparemment, il commençait à comprendre son point de vue !

— Vous m'avez déjà dit que j'avais le contact facile, reprit-elle en lui prenant le bras, alors faites-moi confiance et laissez-moi agir. Et surtout, n'essayez pas de reparler de ce contrat pendant la visite. Notre priorité, c'est d'établir un contact humain avec lui.

Cela l'ennuyait de l'admettre, mais Rick devait reconnaître que Savannah avait raison.

Et tant mieux pour elle car, si elle avait fait capoter ce contrat, il n'aurait pas hésité à la congédier, quoi que sa grand-mère puisse dire !

Il savait que Crosse était un peu susceptible et cependant, au lieu d'essayer d'arrondir les angles, il avait agi comme il le faisait toujours, avec autorité. Se retrouver dans une position où il devait attendre qu'un autre prenne une décision lui déplaisait. D'habitude, c'était lui qui avait les rênes en main. Heureusement, Savannah semblait avoir parfaitement cerné les difficultés et il la laissa agir à sa guise pendant la visite.

Et il comprit vite qu'elle maîtrisait totalement la situation. En sa compagnie, Albert Crosse se détendit et perdit la mine renfrognée qu'il n'avait pas quittée un instant pendant leur réunion.

— Albert, merci pour cette visite, déclara Rick lorsqu'ils eurent terminé. On dit que rien n'arrive sans raison et je suis d'accord. Vous savez que nous étions en négociations avec Emerson, car il me semblait que leur image classique était plus en accord avec celle de Sullivans Jewels. Après avoir passé la nuit ici et avoir discuté avec vous et vos fils, je comprends que j'avais tort. La réalité, c'est que vous et moi dirigeons des entreprises familiales et que notre style est le même : une « élégance confortable », comme le disait hier soir Savannah. Je sais que vous hésitez encore à conclure notre accord de joint-venture, admit-il très honnêtement, et j'espère que vous finirez par vous décider pour, car je pense que nous pourrons réaliser de grandes choses ensemble. Et la perspective de travailler avec vous me plaît beaucoup. Je pense que j'aurais beaucoup à apprendre avec vous.

Albert le contempla avec une expression mitigée. Il semblait d'un côté réticent, de l'autre intéressé. Il finit par se retourner vers Savannah et lui adressa un sourire charmeur.

— Mademoiselle, que dois-je penser de cet homme ? Tout à l'heure, il était froid et calculateur, ne parlant que de courbes et de statistiques, et maintenant il semble vivant et chaleureux. Lequel des deux est le vrai Sullivan ?

— Les deux, bien sûr, rétorqua-t-elle avec un sourire. Dans vos bureaux, il était l'homme d'affaires plongé dans les chiffres et les projections, pensant à l'avenir. Et ici, ajouta-t-elle en désignant les locaux vides, tout devient palpable et réel, il voit la boutique, il en respire l'atmosphère, il redevient un artisan sensible.

— Belle et loyale, répondit Crosse en hochant la tête. Vous avez de la chance d'avoir une assistante pareille, Rick !

— Je sais, avoua ce dernier.

— Bien, je dois encore réfléchir à tout ça, reprit Albert, mais on se revoit demain sans faute.

Bien emmitouflée dans son manteau, Savannah s'installa à l'arrière du taxi, près de Rick, dont la chaleur du corps, tout à côté d'elle, l'envahit aussitôt. Elle fit un effort pour se concentrer sur le paysage. A quoi servait de rouler dans Londres si la seule chose qui la préoccupait était son patron et le fait qu'il se tenait presque contre elle sur la vieille banquette ?

— Oh ! regardez, le panneau indique Buckingham Palace, s'exclama-t-elle. Cela doit être tout près ; on peut y passer ?

— Oui, bien sûr…

Il se pencha pour prévenir le chauffeur. Leur visite des hôtels de la chaîne Crosse leur avait pris tout l'après-midi et les avait menés aux quatre coins de la ville. Ces trajets leur avaient permis d'apercevoir les principaux monuments : la cathédrale saint-Paul, le pont du Millennium, la Tour…

Les apercevoir, mais pas les visiter, au grand regret de Savannah.

— Merci, reprit-elle. Je sais qu'il s'agit d'un voyage d'affaires, mais je vous en prie, dites-moi qu'on aura au moins le temps de faire un peu de tourisme !

— Je suppose que vous méritez bien une récompense après votre intervention de ce matin, admit-il en souriant. Vous aviez raison à propos de Crosse. Il avait besoin d'être rassuré. Sans vous, le contrat serait sans doute tombé à l'eau.

Le compliment la fit rougir de plaisir.

— Merci. Je le trouve sympathique.

— Lui aussi vous aime bien.

— Et vous ?

— Oui, répondit Rick. C'est un homme avisé et sage.

— Non, ce n'est pas ma question. Est-ce que vous aussi vous m'aimez bien ?

Le beau visage de son patron se figea, et il tourna lentement la tête pour la contempler d'un air épuisé.

— Que voulez-vous dire ?

— Non, rien, fit-elle en haussant les épaules.

Elle se mordit la lèvre. Pourquoi lui posait-elle des questions si personnelles ? La réponse avait beau être importante à ses yeux, il n'était après tout que son patron…

— Si, de quoi parlez-vous ? insista-t-il, intrigué. Tout le monde vous aime bien.

— Oui, mais vous ? Je sais que vous me trouvez trop bavarde…

— En effet, admit-il. Mais je m'y habitue. J'apprends même des choses, comme le concept d'*élégance décontractée*.

— J'ai remarqué que vous utilisiez cette expression.

« Et que vous éludez ma question », ajouta-t-elle mentalement.

Mais le taxi déboucha soudain sur une vaste esplanade et le spectacle lui fit oublier leur conversation. Devant eux se dressaient les grilles du palais de Buckingham, et le château alignait sa longue façade au fond de la cour d'honneur.

Savannah ne put alors retenir un cri d'excitation. La vue était du côté de son patron et elle lui grimpa pratiquement sur les genoux pour mieux voir par la vitre du taxi. Le parfum si particulier de Rick, ce mélange de savon, de linge propre et d'une pointe épicée lui fit aussitôt tourner la tête.

— Savannah ! murmura-t-il d'un ton réprobateur.

— Oh ! pardon ! Chauffeur, arrêtez-vous, s'il vous plaît !

— Que faites-vous ?

— Je descends. Je ne peux pas passer à Londres sans aller voir le palais. Je rentrerai toute seule, ne m'attendez pas.

— Mais il fait un froid polaire ! protesta-t-il.

— Ce n'est pas grave. J'en profiterai pour m'acheter des gants.

Elle attrapa son sac, ouvrit sa portière et se tournait vers lui pour lui dire au revoir lorsqu'elle fut frappée par l'expression de solitude et de vulnérabilité que laissaient voir ses yeux bleus. Pendant un très bref instant, le bel homme d'affaires eut l'air d'un petit garçon seul et abandonné de tous.

— Venez donc avec moi ! lui dit-elle. Nous irons manger des *fish and chips* et boire quelque chose dans un pub.

Il hésita un quart de seconde et acquiesça, à sa grande surprise.

— D'accord !

6

Buckingham Palace était vraiment un endroit magique. Savannah admira son altière façade et la relève de la garde, et elle décida qu'il lui faudrait absolument revenir un jour pour participer à une visite guidée.

— Merci d'être venu avec moi, dit-elle à Rick lorsqu'ils se remirent en marche. C'est bien plus agréable de se promener accompagnée que toute seule.

Ils finirent par trouver un pub et, un moment plus tard, ils s'installaient sur un coin de table dans une salle sombre décorée de trophées de rugby.

— Il y a un tournoi de fléchettes ce soir, les prévint la serveuse, ça risque d'être un peu bruyant.

— Aucune importance, rétorqua Savannah avec un grand sourire. Je suis une touriste, cela fait partie du dépaysement !

— Ah, alors je parie que vous allez me commander des *fish and chips* et une pinte de bière, rétorqua la jeune femme en riant. D'où venez-vous ?

— De San Diego, où il fait bien plus chaud que chez vous, répondit joyeusement Savannah. Et oui, je voudrais goûter les *fish and chips*. Et, puisque vous le proposez, une pinte de bière sera la bienvenue !

— Je vous sers ça tout de suite, ma belle. Un cornet de *fish and chips* et une bière blonde.

— La même chose pour moi, déclara Rick.

— Pour vous, ce sera une brune. Vous êtes assez viril pour encaisser ça !

Après lui avoir adressé un clin d'œil, la serveuse disparut dans l'assemblée. Savannah pouffa de rire.

— On dirait que vous lui avez tapé dans l'œil, s'exclama-t-elle. Prévenez-moi si vous voulez que je m'éclipse.

— Effectivement, elle semble prête à me croquer tout cru, reconnut-il. Je vous interdis de me laisser seul avec elle.

— Vous ferait-elle peur ?

— Je suis un homme raisonnable, rétorqua-t-il, alors, oui, diablement peur !

Savannah éclata de rire.

— Ne vous inquiétez pas, je protégerai votre vertu. Mais pourquoi cette angoisse ? Craignez-vous qu'elle ne respecte pas vos fameuses règles amoureuses ?

— Une des règles essentielles est que personne ne doit souffrir, expliqua-t-il en jetant un œil vers la serveuse bien charpentée. Et cette femme ne semble pas avoir peur de souffrir.

— La souffrance peut être parfois un plaisir, déclara Savannah.

— Mademoiselle Jones, vous me choquez !

Elle éclata de rire de nouveau, grisée par la chaleur du pub après l'air glacé du dehors et par la perspective d'un moment tranquille avec lui et du repas qu'ils allaient partager.

— Je ne suis pas si innocente que vous avez l'air de le croire, annonça-t-elle.

— Si, vous l'êtes. Je ne sais pas combien de petits amis vous avez eus, mais vous êtes généreuse, sincère et compatissante. Votre contact éveille ce qu'il y a de meilleur chez les gens.

Son compliment lui arracha une exclamation de plaisir.

— Aha ! Ainsi vous m'aimez bien, tout compte fait !

— Hum... parfois, répondit-il avec un petit sourire en coin.

— Soyez gentil. La serveuse approche avec notre commande...

— Vous n'êtes peut-être pas si innocente que ça, après tout, répliqua-t-il. Il y a quelque chose de démoniaque en vous.

— Oh ! je crois que je ne suis qu'une végétarienne comparée à cette croqueuse d'hommes.

Sans cesser de plaisanter agréablement, ils mangèrent leurs *fish and chips* en suivant de loin le tournoi de fléchettes, qui générait par instants une clameur formidable dans la salle basse du pub, pour la grande joie de toute l'assemblée. Reposés et rassasiés, ils finirent par reprendre leurs manteaux et se retrouvèrent dans les rues balayées par un vent humide et froid. Ils allaient héler un taxi pour rentrer à leur hôtel lorsque Rick la prit par le bras.

— Regardez ! On va vous acheter des gants…

Sans attendre sa réponse, il la poussa dans la boutique devant laquelle ils passaient, et une bonne odeur de cuir les assaillit. Savannah admira un instant le décor ancien de bois verni et les magnifiques présentoirs de verre et de cuivre, puis se concentra sur les marchandises. Son embarras ne fit que croître quand Rick la poussa à essayer plusieurs paires de gants. L'une d'elles lui allait particulièrement bien, et elle resta admirative devant la qualité des peaux, le raffinement des finitions et la doublure de fourrure qui devait être incroyablement chaude.

— Ils vous plaisent ? lui demanda-t-il.

— Oui, bien sûr, mais… je ne peux vraiment pas me les offrir, avoua-t-elle à voix basse.

— Mais ils vous plaisent vraiment ?

— Ils sont magnifiques, oui, mais ce n'est pas la question.

— Si, justement. Nous allons prendre ces paires.

Il tendit celle que Savannah venait de retirer et une autre pour homme qu'il avait essayée une minute plus tôt. Savannah ne put s'empêcher de rougir.

— Rick, non ! Je ne peux pas !

— C'est un cadeau, rétorqua-t-il. Pour vous remercier de votre aide ce matin.

— Pourquoi ? Vous n'avez pas besoin de faire ça…

Il paya ses achats sans lui répondre et lui tendit le sac avec un sourire.

— Merci, Savannah.

— C'est moi qui vous remercie !

Sans réfléchir, elle se mit sur la pointe des pieds et lui déposa un baiser sur la joue. Le désir se mit aussitôt à briller dans les yeux de Rick. Il parut y résister une fraction de seconde, puis baissa la tête pour l'embrasser sur la bouche. Pendant un court instant, la jeune femme eut l'impression que son sang se transformait en lave dans ses veines. Quand il releva finalement la tête, elle avait complètement oublié où ils se trouvaient.

— Pardon, murmura-t-il. Cela n'arrivera plus.

Incapable de répondre quoi que ce soit, elle acquiesça à tout hasard en essayant de reprendre contact avec le monde réel.

— Nous devrions rentrer à notre hôtel à présent, ajouta-t-il.

Le lendemain matin, Rick s'observa attentivement dans le miroir de sa salle de bains après s'être rasé. Il n'avait pas l'air différent. Il ne se sentait pas différent non plus. Pourtant, quelque chose avait changé.

Peut-être était-ce le décalage horaire ? Ou quelque chose dans l'eau londonienne ? Il y avait forcément une explication à son comportement irrationnel. Faire du tourisme, flirter avec sa secrétaire, l'embrasser… Perdait-il la tête ? Il n'était pas là pour s'amuser !

Bon, admit-il après une seconde de réflexion, il méritait lui aussi de se détendre un peu de temps à autre, comme tout le monde. Mais pas avec Savannah ! La prochaine fois qu'elle voudrait se promener, elle irait seule.

Loin de le soulager, cette décision le plongea dans un étrange désarroi. Comment la laisser se promener toute seule dans cette ville ? Elle n'hésiterait pas une seconde, il en aurait mis sa main à couper. Et elle réussirait même à sympathiser avec des gens, comme avec la serveuse de la veille.

Ils avaient vraiment passé une bonne soirée ensemble, songea-t-il en attrapant sa bouteille de parfum. Savannah était amusante, énergique, pleine de vie, et elle réussissait toujours à le surprendre.

Cela devait cesser, se dit-il en réprimant le sourire niais qu'il voyait se refléter dans le miroir de la salle de bains. Plus de rires, plus de flirt, plus de petits cadeaux et certainement plus de baisers ! Il devait mettre un terme définitif à ces égarements.

Maintenant, il se sentait carrément déprimé. Oui, c'était sans doute le décalage horaire…

Le téléphone sonnait quand il entra dans le salon de leur suite. Installée à la table du petit déjeuner, Savannah mangeait un muffin. Il lui fit signe de rester assise et décrocha le téléphone.

C'était Crosse, qui lui proposait un rendez-vous à 16 heures.

— Ses avocats sont en train de réviser notre contrat et il nous proposera une contre-offre dans les jours qui viennent, expliqua-t-il après avoir raccroché. Nous aurons alors deux jours pour l'examiner et y répondre. Il espère que nous pourrons dîner ensemble avant notre départ.

— Eh bien, ce sont de bonnes nouvelles, déclara-t-elle. Vous a-t-il dit quels changements ses avocats voulaient apporter à notre proposition ?

— Non, mais il a précisé qu'ils seraient mineurs. Je ne m'attends à rien de trop drastique, répondit-il, confiant.

Il avait raison. Lorsque le nouveau projet arriva, la plupart des modifications proposées faisaient partie de ce que Rick avait déjà laissé ouvert à la négociation. Un seul point nécessitait qu'il s'entretienne au téléphone avec l'avocat de Sullivans Jewels, qui donna son aval. La signature d'un contrat définitif semblait approcher de plus en plus sûrement, ce qui le réjouissait. Et sa gratitude envers Savannah ne faisait que croître. Sans son intervention, qui avait réussi à briser la glace entre lui et Crosse, il ne serait certainement jamais allé aussi loin dans les discussions.

Ils passèrent le reste de la semaine à visiter des entreprises pour prendre les contacts nécessaires aux futurs travaux d'aménagement de la boutique. Puis, le dernier jour, il donna sa journée à Savannah pour ces visites touristiques qui lui tenaient tant à cœur, à la condition qu'elle soit de retour à temps pour leur dîner avec M. Crosse.

— Je ne sais pas par où commencer, avoua-t-elle en souriant. Que voulez-vous voir ?

— Allez-y sans moi, déclara-t-il. J'ai encore des petites choses à régler.

Fidèle à sa décision, il la laissa partir de son côté. Puis, une fois seul, il prit un taxi et se rendit à la Tour de Londres pour admirer les bijoux de la Couronne d'un œil de professionnel.

Une fois de retour à son hôtel, il fit un brin de toilette et se changea, puis répondit à ses mails en attendant Savannah.

Celle-ci sortit de sa chambre exactement un quart d'heure avant leur rendez-vous avec les Crosse, dans le hall de l'hôtel. Rick se félicita de sa ponctualité et, après avoir éteint son ordinateur, il leva la tête et la regarda.

En la découvrant vêtue d'une petite robe de cocktail noire, il sentit une bouffée de chaleur l'envahir. La couleur sombre mettait en valeur son teint éclatant, et ses talons aiguilles accentuaient le galbe de ses longues jambes. Sans compter que son rouge à lèvres brillant était une invitation aux baisers les plus brûlants !

La suivant jusque dans le hall, il comprit que sa décision ne serait décidément pas facile à respecter.

Les Crosse avaient réservé une table au restaurant Criterion, un des fleurons de la restauration londonienne depuis 1873. Impressionnée de se retrouver dans cet établissement prestigieux, Savannah fut éblouie par les plafonds de mosaïques dorées, le décor mauresque et les marbres de la grande salle. Prenant place à leur table, elle remercia mentalement sa petite sœur d'avoir tant insisté pour lui faire emporter dans sa valise la belle robe de cocktail noire. Grâce à cette tenue élégante, elle ne se sentait pas trop en décalage avec Pauline, la belle épouse d'Albert, qui incarnait l'élégance et la sophistication.

Se sentant pourtant totalement dépassée par la situation, Savannah était prête à ne pas prononcer un mot de la soirée et à se laisser oublier. C'était sans compter avec l'aisance de Pauline, qui se montra très amicale et cordiale, et qui la poussa à participer à la conversation.

Savannah finit par se détendre au fur et à mesure que le repas avançait. Quand les hommes commandèrent un cognac, il devint clair que Rick hésitait entre deux des établissements du groupe Crosse. En l'observant expliquer ses raisons de sa voix grave et chaude, elle sentit un frisson de désir lui parcourir l'échine. Il était si sexy quand il parlait ainsi !

La direction que prenaient ses pensées la fit réagir et, pour cacher son trouble, elle déclara la première chose qui lui vint à l'esprit.

— Je crois que Rett préférerait que la boutique se trouve dans l'hôtel où nous sommes.

Rick fronça légèrement un sourcil à cette interruption.

— Rett est mon frère jumeau, expliqua-t-il aux Crosse. C'est lui qui dirige le service des achats et de la création.

— Vraiment ? Je connais son travail, alors, déclara Pauline en touchant le pendentif qui ornait son décolleté.

— Est-ce l'une de ses pièces ? demanda Savannah, intriguée. Je l'admire depuis le début de la soirée.

— Oui, et je l'adore, répondit Pauline en caressant la main

de son mari sur la table. Albert me l'a acheté lorsqu'il était à San Diego au printemps dernier. Pourquoi pensez-vous que Rett préférerait l'hôtel de Knightsbridge ?

— Il est plus petit que l'autre et il a davantage de caractère et de personnalité. Et de plus grandes vitrines, ce qui signifie plus de lumière naturelle.

— La sécurité est plus importante que la situation, déclara Rick.

C'était l'éternel sujet de discussion entre les deux frères et Savannah ne put s'empêcher de sourire.

— Pas pour Rett…

— Mais Savannah, vous êtes *mon* assistante, c'est à *moi* que vous devez être loyale !

— Mais Rett m'enseigne le design, fit-elle en riant. Sans compter qu'il n'est pas présent ce soir pour défendre son point de vue.

— S'il vous parle du choix entre les deux boutiques, vous pourrez lui dire que nous avons longuement pesé le pour et le contre.

— Pas du tout, je lui rapporterai très précisément cette conversation !

Le rire de Pauline les interrompit, et elle saisit la main de son mari avant d'échanger avec lui un regard complice.

— Ne forment-ils pas un couple adorable ? lança-t-elle avec un sourire malicieux. Ils me rappellent toi et moi, lorsque nous nous chamaillions sans arrêt ainsi. Tu t'en souviens ? Tu adorais me contredire !

— C'est vrai, admit Albert en adressant un clin d'œil à son épouse. Tu montais si vite sur tes grands chevaux ! Elle le fait toujours, ajouta-t-il à l'adresse de leurs invités.

— Oh ! non ! Nous ne sommes pas un couple. Je suis juste l'assistante de Rick, indiqua Savannah.

— Et j'étais une des secrétaires d'Albert quand nous nous sommes connus, répondit Pauline.

— Ah oui ? J'avais cru comprendre que vous étiez conservatrice à la Tate Gallery, dit Savannah, intriguée. Quelles études avez-vous faites, si ce n'est pas indiscret ?

— J'ai pris des cours du soir. Ma famille n'avait pas les moyens de m'envoyer à l'université, expliqua Pauline, aussi ai-je commencé à travailler comme réceptionniste en sortant du lycée. Cela n'a pas gêné Albert.

— Pourquoi cela m'aurait-il gêné ? rétorqua celui-ci. Je ne suis pas allé à l'université, moi non plus. Dès que nos fils ont été scolarisés, Pauline a entrepris de brillantes études d'histoire de l'art.

— Albert, arrête, protesta son épouse en rougissant. Ma carrière ne les intéresse pas !

Au contraire, Savannah trouvait ce sujet extrêmement intéressant. Elle envisageait de reprendre ses études, et le hasard la plaçait justement face à une femme belle et intelligente qui avait obtenu ses diplômes après avoir fondé une famille. Voilà qui la motivait beaucoup pour réaliser son rêve !

— Mais si ! rétorqua-t-elle. Je trouve votre réussite très impressionnante. Cela a dû être très difficile, non ?

— Un peu, admit Pauline, mais le résultat en valait la peine. Albert a été un soutien sans pareil, malgré les inconvénients que cela représentait pour lui.

— C'est normal, reprit son mari. Une des bases du mariage, c'est de savoir faire des concessions. Il saute aux yeux que vous tenez beaucoup l'un à l'autre et, si vous permettez à un vieux bonhomme de vous donner un conseil pour réussir votre vie de couple, alors apprenez à vous montrer conciliants l'un avec l'autre.

— Il a raison, renchérit son épouse. L'amour est la flamme qui réchauffe le couple. Ce qui le cimente, c'est la volonté de traverser toutes les épreuves ensemble.

Ils avaient l'air si sincères, si affectueux que Savannah ne put trouver le courage de les démentir.

— Ne vous y trompez pas, reprit Albert, cela demande beaucoup d'efforts, mais la vie de couple les justifie. Je sais combien vous travaillez dur tous les deux, je suis sûr que vous y arriverez si vous le désirez vraiment. Allez, ma chérie, il est tard, ajouta-t-il en se levant, et ces jeunes gens ont sans doute des projets pour le reste de la soirée.

Pauline se leva à son tour et leur adressa un sourire plein d'une tendresse toute maternelle.

— Je suis sûre que vous y arriverez, déclara-t-elle. Il est évident que vous êtes faits l'un pour l'autre.

— Ma femme se trompe rarement sur ces choses-là, certifia Albert en la contemplant d'un œil tendre. Passez une bonne soirée. J'ai été très heureux de travailler avec vous et je suis sûr que notre collaboration sera très fructueuse.

Un peu gênée, Savannah ne savait vraiment pas quoi dire, mais Rick la prit par la taille dans un geste tendre alors qu'ils prenaient congé des Crosse, et ce contact si intime la troubla tant qu'elle ne trouva rien à ajouter. Pauline se pencha pour l'embrasser sur la joue et lui adressa un petit clin d'œil avant de partir.

Quand ils furent seuls, Savannah se dégagea de l'étreinte de Rick. Celui-ci affichait un air joyeux qu'elle ne lui connaissait pas. Sans doute causé par l'atmosphère luxueuse des lieux, la conclusion positive de leur semaine de tractations, l'excellent vin et le vieux cognac qu'on leur avait servis…

— Avez-vous perdu la tête ? murmura-t-elle sans parvenir à se fâcher.

— Quoi ? Ils voulaient un couple d'amoureux, j'ai joué le jeu ! Cela a permis de finir la soirée sur une note légère.

— Ainsi c'était uniquement pour la galerie ? Je vous remercie !

— Je ne peux pas dire non plus que c'était une corvée, admit-il.

— Trop flatteur !

Elle le regarda et son expression si terriblement sexy la grisa mieux que tous les vins de la terre. Sans réfléchir davantage, elle se pencha vers lui doucement, savourant avec délectation la surprise qui se peignit sur son beau visage viril. Le souvenir de leur baiser ne cessait de la tarauder depuis qu'il lui avait pris la taille, et soudain la tentation fut trop forte. Elle lui prit le visage entre ses mains et déposa un baiser sur sa bouche.

Le regard de Rick s'enflamma instantanément d'un désir incandescent. Il fit un geste pour la prendre dans ses bras, mais elle s'écarta.

Il voulait jouer le jeu ? Elle allait lui montrer comment on finissait la soirée sur une note légère !

Elle ramassa son sac à main et se leva.

— Bonne nuit, *mon chéri* !

7

Evidemment, Rick gâcha sa sortie théâtrale en la suivant. Savannah lui échappa en se réfugiant dans les toilettes pour dames, regrettant déjà d'avoir agi ainsi. « Bonne nuit, mon chéri ! » Avait-elle perdu la tête ?

Mais il avait l'air si content de lui, assis là, son verre de cognac à la main et son petit sourire en coin, après l'avoir prise par la taille devant tout le monde, qu'elle n'avait pas pu se retenir de lui jouer un tour à sa façon.

Sauf que, maintenant, elle était particulièrement embarrassée…

Comme il lui était impossible de se cacher toute la nuit dans les toilettes, elle finit par sortir et retrouva Rick dans le hall du restaurant, tenant son manteau et son écharpe.

— Pourquoi Albert Crosse a-t-il dit que nous avions d'autres projets pour la soirée ? s'enquit-elle en le rejoignant. Voulez-vous que je rentre seule à l'hôtel ?

— Non, j'ai une surprise pour notre dernière soirée à Londres, rétorqua-t-il en l'aidant à enfiler son manteau.

— Vraiment ? Je n'aime pas les surprises…

— Vous me surprenez ; en tout cas je suis sûr que celle-ci vous plaira.

Ils sortirent ensemble et Rick héla un taxi. Un moment plus tard, elle descendit à contrecœur du véhicule arrêté devant la grande roue du Millennium.

— J'ai réservé une cabine juste pour nous deux, chuchota-t-il. On dit que, la nuit, c'est comme se retrouver au milieu des étoiles.

Il avait ôté sa veste et se tenait là, les cheveux un peu décoiffés et les yeux brillants d'excitation. Jamais elle ne l'avait vu aussi enthousiaste.

— Oh ! Rick, je ne suis pas sûre d'être assez courageuse, avoua-t-elle, levant un regard plein d'appréhension vers la grande roue.

— Si je sais quelque chose sur vous, Savannah, rétorqua-t-il, c'est que vous ne connaissez pas la peur.

Si seulement il avait eu raison ! Elle connaissait la peur, c'était juste qu'elle ne la laissait pas l'arrêter. Sauf quand il s'agissait de monter dans un engin d'une hauteur aussi vertigineuse !

— Avez-vous confiance en moi ? reprit-il plus doucement, plongeant son regard dans le sien.

— Oui, bien sûr, répondit-elle, troublée.

— Alors laissez-moi vous offrir les étoiles sur un plateau.

Elle ne put s'empêcher de sourire. Comment pouvait-on résister lorsqu'un homme comme lui disait une phrase pareille ?

— Entendu mais, si demain vous devez me porter parce que mes genoux se seront déboîtés à force d'avoir tremblé, vous saurez à qui vous en prendre !

— Avec moi, vous ne risquez rien.

Cette promesse, accompagnée du regard pressant qu'il lui adressait, suffit à la convaincre que finalement la roue n'était peut-être pas le pire danger qui la guettait.

La bouteille de champagne qui les attendait dans la cabine l'aida à se détendre. Un employé les servit dès qu'ils furent montés à bord et s'installa discrètement dans un recoin pour se faire oublier. Savannah fut surprise de constater que la roue ne s'arrêtait pas pour laisser les gens monter ou descendre des cabines : en fait, elle tournait assez lentement pour que ce soit inutile. Cette lenteur sans à-coup l'aida également à surmonter son anxiété et à profiter pleinement du spectacle époustouflant qui s'offrait à leurs yeux par les parois entièrement vitrées de la nacelle de verre.

— Quel calme ! murmura-t-elle, éblouie. On a l'impression d'être au milieu du ciel, parmi les étoiles.

— Quand je fais une promesse à une femme, je la tiens, répondit-il.

— C'est vrai, admit-elle en riant. Merci d'avoir insisté pour que je monte.

Ils se tenaient tout près l'un de l'autre, leur coupe de champagne à la main, et elle vit le désir enflammer son beau regard bleu. Il baissa lentement la tête et posa la bouche sur ses lèvres. Elle ferma les yeux et vit encore plus d'étoiles que n'en comptait le firmament.

Cette soirée était un vrai rêve. Trop belle pour être réelle, se corrigea-t-elle. Tôt ou tard, il redeviendrait son patron distant, froid et entièrement concentré sur son travail. Mais qu'importe ! C'était si bon de se retrouver avec lui au milieu du ciel nocturne, entourée d'étoiles et avec à ses pieds le tapis étincelant des lumières de Londres !

Leur baiser s'acheva doucement, et ils firent de nouveau face au somptueux panorama. Rick la serrait toujours dans ses bras et ils restèrent une minute à admirer le spectacle en silence avant qu'il ne reprenne la parole.

— Pourquoi n'aimez-vous pas les surprises ?

Sa question lui rappela le souvenir pénible de promesses faites et jamais honorées. Elle aimait tendrement son père, mais il l'avait déçue si souvent qu'elle avait perdu foi en lui.

— L'expérience, répondit-elle. Quand on vous promet des surprises qui n'arrivent jamais, on finit par les associer à la déception plus qu'à l'espoir.

— Aïe ! fit-il. Votre père ?

— Oui. Quand ma mère est tombée malade, il a disparu de notre existence quotidienne. Pas littéralement, bien sûr : il rentrait à la maison tous les soirs, mais il était totalement coupé de nous sur le plan affectif. Il a été présent pour ma mère jusqu'à la fin, mais cela lui a pris toute son énergie. Il s'est complètement isolé de nous, ses enfants.

— Cela a dû être très dur pour vous tous. Ma grand-mère m'a dit que vous aviez perdu votre mère il y a longtemps. Vous deviez être très jeune.

— J'avais quatorze ans quand elle est tombée malade et dix-sept quand elle est morte. Papa n'est même pas venu assister à ma remise de diplôme quand j'ai eu le bac. Il s'est totalement immergé dans son travail.

Les bras de Rick l'enlacèrent plus fort, comme pour la réconforter.

— Vous pensiez à lui lorsque vous évoquiez les gens qui ne vivent que pour leur travail ?

— Oui. Claudia et Daniel étaient encore très jeunes ; ils ont quatre et cinq ans de moins que moi, mais ils ont vite compris qu'on ne pouvait plus compter sur notre père.

— C'était différent pour eux, ils vous avaient. Je sais quelle différence cela fait, parce que ma grand-mère a toujours été présente pour nous.

C'était la première fois qu'ils avaient une véritable conversation, une discussion à cœur ouvert, et Savannah se sentait plus proche de lui qu'elle ne l'avait jamais été. Ils continuèrent à parler de tout et de rien. Rick la faisait rire, la faisait réfléchir, et quand il lui parla de son père il faillit la faire pleurer.

— Nous allions à la pêche ensemble, il jouait au base-ball avec nous. Je trouvais que c'était le meilleur père au monde.

— A vous entendre, on le croirait. Votre description me rappelle mon propre père, avant la maladie de ma mère.

— Oui, mais j'ai appris la vérité sur notre entreprise plus tard, quand j'ai vu grand-mère en ramasser les morceaux après la mort de mes parents. Si elle n'avait pas eu un tel sens des affaires, nous aurions tout perdu.

— Vous vous plaignez donc qu'il ait passé autant de temps avec vous ?

— Il aurait dû s'occuper de l'entreprise avant tout. Bien sûr, c'était bien de partager des moments avec lui, mais ça n'a pas été très amusant de perdre notre maison. Nous avions deux mensualités de retard quand ils sont morts. Nous avons dû emménager chez ma grand-mère, qui a vendu la maison de mes parents pour réinjecter de l'argent frais dans l'entreprise. C'est ça qui nous a sauvés.

Ainsi, à dix ans, Rick avait perdu le père qu'il adorait et appris au même moment que celui-ci avait été un rêveur sans aucun sens des affaires. Pas étonnant qu'il travaille si dur depuis, songea Savannah en avalant une gorgée de champagne. Il tentait de compenser les lacunes de son père et peut-être inconsciemment de le racheter auprès de sa grand-mère.

— Il vous aimait, déclara-t-elle en lui prenant la main, et il a mis ses enfants avant son travail. Cela en dit long sur l'homme qu'il était !

— Cela dit qu'il était faible.

— Pas du tout, fit-elle doucement. Cela signifie qu'à ses yeux vous étiez plus importants que son entreprise, que vous étiez ce qu'il avait de plus cher.

— Cette entreprise était notre gagne-pain, lui rappela-t-il. Pendant soixante-dix ans, les Sullivan ont travaillé dur pour la maintenir à flot. Je ne sais pas pourquoi je vous raconte tout ça, ajouta-t-il soudain, détournant le regard. Personne n'a besoin de connaître ces histoires sans intérêt.

— Elles sont intéressantes à mes yeux et, rassurez-vous, votre secret sera bien gardé avec moi. Dites-moi, poursuivit-elle, n'avez-vous jamais imaginé que vous pouviez à la fois être un bon chef d'entreprise et avoir une vie sentimentale bien remplie ?

— Je n'ai pas toujours été aussi strict dans ma vie privée,

si c'est ce que vous voulez savoir. Quand j'étais à l'université, j'ai rencontré une jeune femme ravissante de Boston. Je lui avais même demandé sa main, et elle avait accepté. Puis, finalement, sa famille lui manquait trop et elle a décidé de rentrer dans le Massachusetts.

— Vous n'avez pas envisagé de la suivre ?

— Si, mais je me suis alors dit qu'elle ne m'aimait pas assez pour rester. Je ne l'aimais pas assez non plus pour la suivre. La rupture a été pénible, malgré tout.

— Je n'en doute pas. S'il y a une chose que j'ai apprise à votre sujet, Rick, c'est que vous êtes bien plus sensible que vous ne le laissez croire. Je suis désolée que vous ayez renoncé à l'amour, car je suis sûre que vous aviez beaucoup à offrir à une femme.

Il ouvrait la bouche pour répondre quand une voix sortit d'un haut-parleur au-dessus de leurs têtes.

— La cabine va arriver au quai dans une minute, il faut vous préparer à descendre.

Savannah échangea un regard avec Rick. Ils étaient si absorbés par leur conversation qu'ils n'avaient même pas remarqué que leur tour était terminé. Et que leur moment d'intimité s'achevait.

Le lendemain, tout redeviendrait normal.

Une fois dans leur suite, Savannah ôta ses gants et son écharpe. Elle tourna la tête vers Rick, qui se tenait tout près, et lui adressa un sourire.

— Merci pour cette délicieuse soirée. Jamais je ne l'oublierai.

— Je n'ai pas envie qu'elle se termine si tôt, avoua-t-il en lui prenant les mains.

Il l'attira doucement dans ses bras et l'embrassa. Savannah répondit à son baiser avec passion. Elle non plus ne voulait pas que s'arrête si tôt cette exquise soirée !

Cependant, elle prit soudain conscience de ce que cela signifiait et se détourna. Ils avaient sans doute trop bu ! Il n'y avait que cette explication pour un comportement aussi absurde…

— Nous devrions arrêter maintenant, murmura-t-elle.

— C'est vraiment ce que vous voulez ? souffla-t-il sans la lâcher.

« Non ! Non, pas du tout », criait son cœur. Mais son esprit tenait un autre langage.

— Vous le regretterez demain matin, dit-elle, tentant de se montrer raisonnable.

— Pas une seconde. La vie est une longue suite d'heures laborieuses entrecoupée de rares moments de plaisir extrême. Je crois qu'ensemble nous pourrions trouver une nouvelle définition au mot « extrême ».

Tout en parlant, il lui caressait doucement la taille. Si séduisant, si attirant…

— Je suis sûre que c'est une mauvaise idée, chuchota-t-elle, levant la tête vers lui.

— Sans doute, mais c'est si bon !

Le baiser qu'il lui donna la réduisit au silence. Savannah y répondit avec fougue et, quand il la serra contre lui, le désir la submergea. Elle passa les bras autour de son cou et s'abandonna totalement au feu brûlant qu'il éveillait dans chaque fibre de son être.

Sans réfléchir, elle entreprit de lui déboutonner sa chemise pendant qu'il faisait glisser la fermeture Eclair de sa petite robe noire. Un instant plus tard, leurs vêtements gisaient sur le tapis de la chambre et ils tombaient sur le lit où ils purent enfin donner libre cours à leur passion.

Si certains trouvaient Rick froid et distant, Savannah avait toujours soupçonné que sous cette glace couvait un feu ardent. Il ne lui fallut pas longtemps pour découvrir que son instinct ne l'avait pas trompée !

Rick était dans la salle de bains quand elle se réveilla. Un peu intimidée, elle sortit du lit et se faufila dans sa chambre pour prendre sa douche, s'habiller et finir de faire sa valise. Ils eurent à peine le temps d'avaler un café qu'ils se retrouvaient déjà dans un taxi, en route pour l'aéroport.

— Tu es bien silencieuse, fit-il alors qu'ils étaient installés dans leurs sièges et que leur avion décollait. Crois-tu que tu arriveras à dormir ?

— Je l'espère, répondit-elle. J'espère surtout que nous ne traverserons pas de nouvelles turbulences. Mais ne t'inquiète pas, je ne paniquerai pas cette fois. Ce voyage a été merveilleux, reprit-elle en soupirant. Je voulais te remercier.

— Oui, nous avons fait du bon travail et Rett sera content.

— Je suis contente que cela se soit bien passé pour l'entreprise, mais… je pensais plutôt à nous. Même si je comprends que tout s'arrêtera dès que nous atterrirons à San Diego.

Il la contempla une seconde avec une expression de vague désarroi. Peut-être n'était-il pas si strict avec ses fameuses règles du jeu, finalement ?

— Tu vas me manquer, ajouta-t-elle à voix basse.

— On se verra tous les jours, lui répliqua-t-il.

— Bien sûr…

Elle en était consciente. Et cette proximité risquait de rendre encore plus difficile le retour à la normale, songea-t-elle.

— Tu penses que cela va te poser un problème ? demanda-t-il.

— Non, répondit-elle fermement. La nuit dernière restera inoubliable, mais je ne suis pas le genre de femme à vivre des aventures sans lendemain. Si je rencontre l'homme idéal, je veux être certaine qu'à ses yeux je passe avant tout le reste. Je t'ai raconté comment mon père nous a pratiquement abandonnés au profit de son travail. Je sais qu'il nous aime, mais cela ne suffit pas. J'attends autre chose de la vie qu'une éternelle seconde place.

— Et tu penses que c'est comme ça que je traite les femmes que je rencontre ? En leur donnant la seconde place ?

— Oui. Tu as le droit de vivre comme tu l'entends, ajouta-t-elle aussitôt, ce n'est pas un reproche. Tu m'as prévenue que tu n'avais aucune intention de te marier et je respecte ta décision. J'espère simplement que tu rencontreras un jour celle qui t'apportera davantage de satisfaction que les statistiques de ventes mensuelles de Sullivans Jewels.

— Merci…

Elle s'efforça de sourire et baissa les yeux. Leurs mains se tenaient sur le large accoudoir de leurs sièges de première classe, séparées par quelques centimètres. « C'est très symbolique », songea-t-elle en soupirant.

— Je crois que je vais dormir un peu, déclara-t-elle.

Il ne répondit rien mais, un moment plus tard, sa main recouvrit celle de Savannah.

8

— Savannah, je vais faire un tour à la boutique du centre-ville. Appelle-moi si tu as besoin de moi, déclara Rick en s'arrêtant devant le bureau de sa secrétaire.

— N'avais-tu pas une réunion avec le service des ressources humaines pour choisir la mutuelle de la maison ?

— J'ai changé d'avis.

Surprise, Savannah le contempla un instant avant de reprendre ses esprits.

— Ah bon ? Et tu veux que j'assiste à la réunion à ta place et que je prenne des notes ?

— Non, le directeur du personnel peut s'en charger. Vas-tu déjeuner avec Jesse aujourd'hui ?

Elle leva la tête, étonnée.

— Oui, comment le sais-tu ?

Il la regarda en haussant légèrement un sourcil, comme pour lui rappeler en silence que Jesse était sa belle-sœur.

— Comptes-tu l'interroger sur son diplôme d'enseignante ?

— Peut-être…

— Tu devrais en parler aux ressources humaines. Nous avons un programme de formation continue.

— Je suis ici à titre temporaire, lui rappela-t-elle. Et devenir enseignante ne me permettrait pas de continuer à travailler pour vous.

Rick hocha la tête d'un air pensif. Il semblait avoir du mal à s'en aller, songea-t-elle, non sans plaisir, elle devait le reconnaître. Ces volte-face la rendaient folle ! Depuis leur retour à San Diego un mois plus tôt, ils avaient repris des relations purement professionnelles. Elle avait beau l'avoir su dès le début, redevenir une assistante dévouée après avoir été l'amante de Rick n'était pas toujours facile ! Surtout lorsque celui-ci, occasionnellement, laissait tomber le masque du patron distant et froid et lui rappelait l'homme prévenant et tendre qui se cachait derrière…

— Et le design, y as-tu pensé ? reprit-il. Tu as un certain talent dans ce domaine.

— J'y ai pensé, avoua-t-elle, mais le problème reste le même. A moins que tu ne m'offres un poste fixe chez Sullivans ?

— Un poste fixe, répéta-t-il pensivement.

L'expression qui flottait sur son visage reflétait les sentiments contradictoires qu'éprouvait Savannah : un mélange d'espoir et d'anxiété. Ce qui lui confirmait une nouvelle fois qu'il était loin d'être aussi froid qu'il le prétendait…

Malgré cela, la jeune femme savait très bien qu'elle n'hésiterait pas une seconde à accepter un poste fixe s'il lui en proposait un, en dépit de son instinct qui lui conseillait de s'éloigner au plus vite de Rick Sullivan. La nuit, elle arrivait même à se convaincre que seule sa loyauté envers Mme Sullivan l'empêchait de démissionner. Le jour, en revanche, elle le guettait en silence, frissonnait en entendant sa voix délicieusement grave et chaude, ou plus encore quand elle capturait dans l'air la trace infime de son eau de toilette musquée mêlée au parfum si sensuel de sa peau…

Quand il était au bureau, évidemment. Depuis leur retour, il avait décidé d'inspecter tous leurs points de vente nationaux. L'évitait-il ?

— Je n'arrive pas à te suivre, Rick, s'exclama-t-elle, soudain agacée. Je ne comprends pas si tu veux que je reste ou si tu as hâte de me voir partir.

— Bonne question, répondit-il avec une expression

indéchiffrable. Quand j'aurai la réponse, tu seras la première prévenue.

Il retourna le sablier et sortit de la pièce sans rien ajouter. Savannah laissa échapper un soupir et retourna à son travail.

Son déjeuner avec Jesse ne fit qu'ajouter à sa confusion.

— Je ne sais pas ce qui s'est passé en Angleterre, déclara cette dernière en la regardant avec curiosité, mais depuis son retour Rick est un autre homme.

— Vraiment ? Comment ça ?

— Il est plus disponible, plus attentif. Cet après-midi, il joue au handball avec Brock. Et c'est super de l'avoir de nouveau aux déjeuners du dimanche. Tu ne peux pas savoir combien grand-mère est heureuse.

— Il est très attaché à la famille, ce n'est pas nouveau, fit Savannah.

— Certes, mais il a toujours été distant. Bien sûr, il assistait à toutes les réunions importantes, mais il évitait souvent le déjeuner du dimanche. Quelque chose s'est passé à Londres qui l'a fait changer.

Jesse s'interrompit pendant que le serveur leur apportait leurs plats, et Savannah, soudain un peu nauséeuse devant sa nourriture, écarta légèrement sa salade composée.

— La signature de ce contrat représente beaucoup pour lui, dit-elle. Il s'était fixé ce but pour l'anniversaire de l'entreprise.

— En effet, acquiesça Jesse en avalant une bouchée de son poulet à la thaïlandaise. Il nous a tous invités à Londres pour l'ouverture de la boutique en novembre. Mais assez parlé de Rick. J'adore mon métier et je serais ravie de t'aider à devenir professeur. As-tu une matière dans laquelle tu voudrais te spécialiser ?

A partir de là, leur conversation tourna autour de l'enseignement, mais Savannah ne parvenait pas à oublier les remarques de Jesse au sujet de Rick. Ce voyage en Grande-Bretagne les avait vraiment changés tous les deux. Sa conversation avec Pauline l'avait décidée à franchir le pas et à réaliser son rêve. Et sa nuit avec Rick avait été un moment fabuleux, qu'elle chérirait longtemps.

Elle regrettait juste que leurs priorités soient si opposées. Ils n'avaient aucun avenir ensemble, elle ne pouvait plus l'ignorer, et cela lui fendait le cœur.

De plus en plus nauséeuse, la jeune femme repoussa définitivement son assiette.

Incrédule, Savannah contempla le signe qui s'inscrivait sur le stick en plastique. Tout à la fois horrifiée et excitée, elle finit par admettre la confirmation de ses soupçons et regagna sa chambre à coucher.

— Je suis enceinte, murmura-t-elle, abasourdie.

Les mots sonnaient étrangement à ses oreilles. Claudia la contempla avec des yeux comme des soucoupes avant de la prendre dans ses bras.

— Oh ! Savannah ! Tout va bien se passer, ne t'inquiète pas.

— Je suis enceinte de mon patron, rien ne peut bien se passer, répliqua-t-elle, soudain paniquée.

— Calme-toi. Ce n'est qu'un test et il n'est pas à cent pour cent fiable. Il s'agit peut-être d'une erreur.

Savannah leva les yeux au ciel, exaspérée.

— Claudia, c'est le troisième que je fais ! J'ai été malade tous les après-midi et je suis toujours fatiguée. Non, il faut que j'admette la vérité. J'attends le bébé de Rick.

Sa sœur la fixa d'un air ébahi.

— Mais… tu prends pourtant la pilule, non ?

— Oui, je la prends toujours à la même heure, parce que mon gynécologue m'a dit que c'était plus efficace. Mais j'y ai réfléchi et, avec ce voyage à Londres, ce long trajet en avion, le décalage horaire… je crois que j'ai oublié de la prendre une journée.

— Vous n'avez pas utilisé d'autre protection ? demanda Claudia.

— Eh bien, nous aurions dû, sans doute, mais disons que… Rick m'a fait perdre la tête.

— Là, tu exagères !

— Non, je t'assure, c'était… incroyable ! C'était la nuit la plus intense de toute ma vie.

— Eh bien, Savannah, s'exclama Claudia en riant. Rien que ça ! Je suis fière de toi.

— Fière de moi ? Ce n'est pas la réaction que j'attendais de ma petite sœur.

— Tu es trop sage, sans doute parce que tu as dû remplacer maman auprès de Daniel et de moi. Je suis heureuse que tu aies rencontré quelqu'un qui sache te faire sortir de ta réserve et avec qui tu puisses t'amuser.

— Je ne suis pas sûre que je m'amuse beaucoup dans l'immédiat, rétorqua Savannah en posant la main sur son ventre.

Claudia s'approcha et la serra dans ses bras.

— Pour moi, ce bébé est une bénédiction. Tu seras une mère merveilleuse.

— Merci, tu es gentille, répondit Savannah, émue, avec un faible sourire. Il faut juste que je dépasse le stade de la panique. Je viens de m'inscrire à l'université et je me retrouve enceinte. Comment vais-je faire ? Et je dois prévenir Rick ! Il va être catastrophé !

— D'après ce que tu m'as raconté à son sujet, je suis certaine qu'il se montrera à la hauteur.

— Oui, sans doute, il est un homme de devoir et il ne se dérobera pas devant ses responsabilités. Mais je suis sûre qu'il va me demander en mariage et je n'en ai pas du tout envie.

— Une seconde ! Je pensais que tu avais peur de devoir assumer cet enfant toute seule. Rick est riche, c'est un homme bien, il est incroyablement séduisant, et tu ne veux pas l'épouser ? Même si, en prime, ça fait des étincelles entre vous lorsque vous vous retrouvez au lit ensemble ? Là, je ne te comprends plus !

— Le problème, c'est que je veux être aimée, expliqua Savannah. Je veux que mon mari soit un vrai partenaire dans ma vie. Sans cela, je préfère rester seule.

— Je vois… et je suis d'accord avec toi. Envisages-tu donc d'élever cet enfant toute seule ? Tu pourras compter sur moi, bien sûr, ajouta Claudia.

— Je sais, répondit Savannah en souriant. Le problème c'est que, même si Rick me demande en mariage par sens du devoir, je ne pourrai de toute façon pas compter sur lui. Son travail est sa seule passion, sa seule priorité. Jesse, sa belle-sœur, m'a dit qu'il avait changé, mais je n'ai rien remarqué. En comparaison, papa était un tranquille père au foyer !

— Tu exagères !

— Pas du tout, tu peux me croire.

Claudia resta pensive un instant sans la quitter des yeux.

— Que vas-tu faire ?

Dans l'immédiat, Savannah avait envie de se cacher la tête sous les couvertures, de fermer les yeux et de faire comme si tout cela n'était qu'un rêve. Mais cela n'y aurait rien changé. Cette grossesse avait beau être inattendue, elle devait faire face sans fléchir !

— Pour le moment, je vais devoir quitter mon travail, déclara-t-elle.

Savannah avait vraiment mal au cœur. La nausée ne lui avait pas laissé un moment de répit depuis son réveil, et elle n'arrivait à rien avaler.

C'était le jour où elle avait décidé de donner sa démission à Rick. La lettre était déjà imprimée, mais impossible de remettre la main dessus. Mais, sans doute à cause de son état, son cerveau n'arrivait pas à fonctionner normalement et elle ne la retrouvait plus…

Depuis son test de grossesse le mois précédent, Savannah avait trouvé un médecin et fait les examens d'usage. Elle avait également trouvé et accepté un emploi dans l'administration d'une école privée.

Sullivans Jewels lui manquerait, mais mieux valait ne plus travailler sous l'autorité de Rick lorsqu'elle lui annoncerait la nouvelle. Il pouvait se montrer autoritaire et elle préférait être en situation de force face à lui, pour pouvoir lui prouver qu'elle serait parfaitement capable de prendre soin de leur enfant sans lui. Savannah ne voulait évidemment pas l'empêcher de s'occuper de lui ; au contraire, elle était prête à lui laisser toutes les responsabilités qu'il souhaiterait prendre dans l'éducation de leur futur enfant.

Mais elle tenait à garder son indépendance.

Elle entrait dans son bureau quand des pleurs de bébé retentirent derrière la porte de Rick.

Celui-ci se trouvait debout, en bras de chemise, les mains sur les hanches, et il contemplait d'un air perplexe et frustré le bébé qui pleurait dans son siège posé sur la table.

— Dieu merci tu es là, s'écria-t-il en la voyant entrer.

— Est-ce que Jesse est avec Rett ? demanda la jeune femme.

— Oui, et grâce à toi elle s'imagine que je me réjouis de ces occasions de passer du temps avec Troy…

— Tu devrais, lâcha-t-elle. C'est ton neveu après tout. Depuis combien de temps est-il là ?

— Vingt minutes. Il vient juste de se réveiller. Si seulement il savait parler, il pourrait me dire ce qui ne va pas !

Savannah se pencha sur le petit garçon, qui agitait furieusement les jambes en essayant de se détacher de la ceinture qui le retenait. Elle poussa Rick vers lui.

— Regarde-le donc : tu ne vois pas qu'il veut sortir de son siège ? C'est l'occasion idéale de mieux faire connaissance avec lui.

— Heu…, fit-il, interloqué. Il est attaché.

— Eh bien, détache-le ! Ce n'est qu'une boucle, je pense que tu devrais y arriver.

L'air piqué par son ton ironique, il se pencha et détacha le bébé. Troy lui tendit les bras, excité à l'idée de recouvrer sa liberté. Mais son oncle resta pétrifié devant lui, ne sachant plus que faire.

— Il ne va pas se briser, reprit Savannah. Tu peux le prendre sans risque.

— Je n'ai vraiment pas le temps, j'ai un rendez-vous avec Anderson !

— Dans une heure…

Rick continuait d'hésiter et Troy s'agitait de plus en plus.

— Froussard.

Il lui jeta un regard furibond qui la laissa de glace. Que pouvait-il faire ? La mettre à la porte ? Le risque n'était pas bien grand, avec sa lettre de démission égarée quelque part dans ses papiers…

Son estomac se noua cependant à l'idée de sa future et inévitable conversation avec lui…

Rick se pencha enfin et souleva Troy comme s'il s'agissait d'une arme chargée, presque à bout de bras. Excité par cette nouvelle liberté, le petit garçon gesticula en tous sens et réussit à attraper le nez de son oncle.

— Tu vois, il t'aime déjà, fit Savannah, amusée.

Il libéra son nez de l'emprise du petit et le berça doucement, déclenchant le rire du bébé. Rick se tourna vers elle, un grand sourire aux lèvres.

— Eh bien, je vois que vous vous entendez bien tous les deux, déclara la jeune femme. Je vous laisse entre hommes.

— Non, s'écria Rick, l'air soudain pris de panique.

Son ton autoritaire figea Troy, qui le regarda d'un air inquiet. Rick le cala contre son épaule et le berça de nouveau.

— Ne pars pas, reprit-il plus doucement. Je crois que nous ne sommes pas prêts à voler en solo.

Elle s'approcha, touchée par sa vulnérabilité. C'était la première fois depuis Londres qu'il lui semblait si proche, et au lieu d'aller chercher un peu de calme loin de lui, à l'abri derrière son bureau, elle resta avec eux, à les regarder faire connaissance.

Rick avait sans doute connu assez de petits enfants dans sa famille pour savoir comment en porter un dans ses bras et il n'avait pas besoin de son aide pour ça. Aussi se contenta-t-elle de les observer en silence, tenaillée par une étrange mélancolie. Dès que Jesse revint de son entrevue avec Rett, Savannah s'éclipsa, trop heureuse de s'éloigner de Rick.

Elle se remit alors à rechercher sa lettre de démission, toujours introuvable. Jesse la salua d'un geste amical en repartant, et quelques minutes plus tard un papier familier atterrit brutalement sur sa table.

— Pourrais-tu m'expliquer ce que cela veut dire ?

Savannah sursauta, faisant tomber un dossier. Des feuilles s'éparpillèrent partout sur le sol. Rick se pencha pour les ramasser et ils se retrouvèrent tous deux à genoux par terre.

— Je crois que j'ai droit à une explication, reprit-il, les sourcils froncés, une fois qu'ils eurent déposé les feuilles sur le bureau.

— Apparemment, tu as lu ma lettre. C'est très clair.

— Ne fais pas l'idiote, Savannah. Ça ne marche pas ! Tu m'écris que tu veux partir pour des raisons personnelles, mais qu'est-ce que cela veut dire ? Que tu n'es pas à l'aise avec moi ?

Voilà, ils y étaient. La grande explication. Elle ne pouvait plus y échapper maintenant. Et Rick, malgré son expression relativement neutre, était très contrarié, elle le savait.

— Oui, répondit-elle.

— Il me semblait pourtant qu'on gérait assez bien la situation.

— Rick, sois honnête. Tu m'adresses à peine la parole, protesta-t-elle. Nous communiquons par mails, par répondeur ou par Post-it.

— Et alors, ça suffit bien !

— Non, ça ne suffit pas, rétorqua-t-elle. Ça me rend nerveuse et tu es de mauvaise humeur.

— Je ne suis pas de mauvaise humeur !

— Si !

Elle croisa les bras, ne sachant quelle posture adopter. Cette conversation la mettait mal à l'aise car chaque phrase les rapprochait de leur nuit d'amour à Londres, qu'elle ne tenait pas du tout à évoquer, de peur qu'il ne finisse par comprendre la nouvelle qu'elle souhaitait encore garder secrète.

— Je ne comprends pas pourquoi tu es si contrarié, reprit-elle.

— Parce que je ne veux pas avoir à former une nouvelle assistante. Surtout que tu n'as aucune raison valable de partir.

— Tu n'écoutes pas ce que je te dis, déclara-t-elle en serrant les dents.

— Tu n'as rien dit qui mérite d'être écouté, rétorqua-t-il.

Savannah reprit place sur son siège en tentant de maîtriser la nausée qui la menaçait encore. Il voulait une raison valable ? Elle allait lui en donner une !

— D'accord. Voilà la vérité. Tu as peut-être réussi à oublier ce qui nous est arrivé à Londres, mais pas moi. Aussi je pense qu'il vaut mieux que j'aille de l'avant.

— Juste comme ça ? s'écria-t-il. En me donnant un préavis de deux semaines ?

— C'est mieux ainsi. Former une nouvelle assistante sera plus facile que de continuer à nous voir tous les jours et lutter contre cette attirance à laquelle nous n'avons pas l'intention de céder de nouveau. Et tu sais que j'ai raison.

Rick fronça de nouveau les sourcils, apparemment perdu par ce raisonnement.

— Tu attends que je te présente des excuses ? A cause de Londres ?

— Non ! Je ne veux pas que tu t'excuses pour ça.

— Alors que veux-tu ?

— Rien ! Oh ! non…

Une vague de nausée la submergea soudain. Elle se sentit pâlir et se précipita vers les toilettes les plus proches, celles de Rick. Il la suivit d'un air inquiet.

— Tout va bien ? s'enquit-il en la voyant agenouillée devant la cuvette.

— Laisse-moi seule, l'implora-t-elle, secouée par un spasme violent.

Mais il n'écouta rien. Attrapant une serviette-éponge, il la passa sous l'eau fraîche et lui en tamponna le front. Il resta près d'elle jusqu'à ce que la nausée se calme, après quoi il l'aida à se relever et lui offrit un verre d'eau, qu'elle accepta avec reconnaissance.

— Ça va mieux, merci. Tu veux bien m'accorder une minute ? ajouta-t-elle en apercevant son visage défait dans le miroir.

— Oui, bien sûr, répondit-il d'une voix douce en lui ramenant une mèche de cheveux derrière l'oreille. Prends tout ton temps.

Ce geste si gentil faillit lui faire perdre le peu de calme qui lui restait. D'un seul coup, elle venait de se rappeler combien il avait été tendre et attentionné à Londres, et cela lui brisait le cœur.

Elle trouva une brosse à dents neuve dans un tiroir et fit un brin de toilette. Une fois à peu près rafraîchie, elle sortit avec réticence de la salle d'eau. Heureusement, le bureau de Rick était désert. Un soupir de soulagement lui échappa.

— Tu es enceinte, n'est-ce pas ?

— Ah ! cria-t-elle en bondissant sur place, effrayée.

Rick se tenait appuyé au mur derrière la porte de la salle d'eau, les bras croisés sur la poitrine. Montait-il la garde au cas où elle aurait eu besoin d'aide, ou voulait-il l'empêcher de s'enfuir ?

— Mon Dieu, tu m'as fait peur ! Tu veux me faire faire une crise cardiaque ? dit-elle, le cœur battant à tout rompre.

— Ce n'est pas la première fois que tu es malade durant

ces dernières semaines. Tu es très pâle, tu as perdu du poids et tu es sans cesse fatiguée. Ce sont les symptômes d'une grossesse. Et à présent tu menaces de quitter Sullivans Jewels. Dis-moi ce qui se passe, Savannah.

Elle réfléchit à toute vitesse, cherchant vainement un moyen de se tirer d'affaire sans lui avouer la vérité. Elle n'avait pas l'intention de lui en parler si vite, mais elle ne voulait pas lui mentir non plus. Une situation inextricable.

— Je… je ne sais pas quoi te dire, ni comment t'expliquer…, bredouilla-t-elle enfin.

— Je n'ai pas besoin d'une explication, l'interrompit-il. Je sais comment arrive ce genre de chose ! Ce que je veux, c'est une confirmation. Es-tu enceinte ou non ?

Elle acquiesça en silence.

— Alors nous allons nous marier, rétorqua-t-il.

Et voilà. Tout se déroulait exactement comme elle l'avait prévu ! Pourtant, même si elle s'y attendait, son offre la toucha. Certains hommes auraient cherché un moyen de se tirer d'affaire à moindre frais, tandis que lui affrontait spontanément ses responsabilités sans flancher. Claudia avait raison, c'était vraiment quelqu'un de bien.

Les larmes lui montèrent aux yeux et l'émotion l'étreignit. Comme elle l'aimait !

Cette révélation lui fit l'effet d'une bombe. Savannah battit furieusement des paupières et tenta de remonter le fil de ses pensées. Oui, elle l'aimait ! Même si son entêtement l'avait empêchée de l'admettre plus tôt, c'était la pure vérité. Elle avait naïvement cru que le connaître la protégerait, que faire l'amour avec lui en toute connaissance de cause et sans nourrir le moindre espoir de le faire changer serait un talisman contre l'amour.

Son cœur venait de lui prouver qu'elle s'était trompée. Il avait pris sa décision sans tenir compte de la situation.

Dans un geste impulsif, elle tendit les bras et l'enlaça. Rick la serra très fort contre lui. Comme cela aurait été simple d'accepter sa demande en mariage ! Il lui offrait une vie sans soucis, un grand confort matériel pour élever leur enfant et une sympathique famille nombreuse. Tout cela comptait beaucoup, c'est vrai.

Mais ça ne lui suffisait pas. Savannah ne voulait pas renoncer à son rêve d'amour.

— Merci, lui dit-elle en s'écartant de lui, mais c'est inutile. Tu m'as clairement expliqué que tu n'avais jamais eu l'intention de te marier ou de devenir père. Je respecte ta décision et je suis prête à élever cet enfant toute seule.

— Ne pas me marier ni avoir d'enfants était un choix, lui rappela-t-il. Mais, maintenant que tu es enceinte, je dois suivre mon devoir.

Il retourna à son bureau et se mit à feuilleter son calendrier.

— Nous devrions nous marier dès que possible. Si nous nous contentons d'une cérémonie civile, nous pourrions le faire d'ici à la fin de la semaine. J'imagine que tu aurais préféré un mariage à l'église, avec tout le tintouin ? ajouta-t-il en voyant sa mine déconfite.

— Oui, le jour de mon mariage, j'aimerais avoir « tout le tintouin », comme tu dis. Mais je ne t'épouserai pas et me bousculer ne me fera pas changer d'avis. Si tu veux participer à l'éducation de notre enfant, aucun problème, mais tu ne seras pas mon mari.

Rick la contempla pensivement en fronçant un sourcil perplexe.

— C'est à cause de ton père, n'est-ce pas ?

— C'est à cause de moi et du fait que je mérite un conjoint qui m'aime, qui me veuille pour ce que je suis, et pas juste parce que c'est son devoir de m'épouser.

— Je comprends, mais il faut penser au bébé...

— Ce qui peut lui arriver de mieux, c'est de grandir dans un environnement aimant. Nous pouvons lui apporter cela sans nous livrer à une parodie conjugale.

Rick hocha la tête et lui caressa doucement la joue.

— Notre mariage ne serait pas uniquement une comédie, Savannah, déclara-t-il. Je tiens à toi. Et je ne suis pas comme ton père. J'ai déjà commencé à déléguer mon autorité à mes managers. Je ne prévoyais pas d'avoir un enfant mais, puisque celui-ci est en route, je veux faire tout mon possible pour être un bon père.

— Je suis sûre que tu essaieras et je suis très sensible à ta proposition, dit-elle en reculant d'un pas, mais je ne veux pas prendre ce risque. Notre bébé et moi-même serons bien mieux si tu n'es qu'un visiteur dans notre vie. Ainsi nous n'attendrons pas trop de ta part, et ta liberté sera respectée.

— Ne veux-tu pas au moins t'accorder le temps de la réflexion ?

Ne comprenait-il donc rien ? Elle laissa échapper un soupir exaspéré.

— Peux-tu me dire que tu es amoureux de moi ?

Le silence fut sa seule réponse.

— Alors ma décision est la bonne, conclut-elle en hochant la tête. Tu as fait ton devoir en me proposant le mariage, tu n'as rien à te reprocher.

Sur ces mots, elle tourna les talons et se dirigea vers la porte.

— Savannah ! Tu avais bien l'intention de me dire que tu étais enceinte, n'est-ce pas ? lui demanda-t-il.

Elle se mordit la lèvre et se retourna vers lui.

— Evidemment !

9

Rett entra dans le bureau de son frère peu après 17 heures. Rick, au téléphone avec un de leurs vendeurs, lui fit signe de s'asseoir. Rett se laissa tomber dans un fauteuil et croisa les jambes.

— Salut, déclara Rick en raccrochant enfin. Ça va ?

— Ça va bien, merci. Toutes mes félicitations, papa !

— Merci.

Mal à l'aise, Rick se leva et alla se servir un verre d'eau.

— Quoi ? Quelque chose ne va pas ? Tu devrais sauter de joie !

— Oui, bien sûr, rétorqua Rick, amer.

Le souvenir du refus de Savannah continuait de le contrarier. Elle lui avait dit qu'il était dégagé de ses obligations ; pourtant, ce n'était pas du tout ce qu'il ressentait.

— Que se passe-t-il ? Quand tu m'as appelé, je pensais que c'était pour fêter la nouvelle ! Il y a déjà de l'eau dans le gaz entre vous deux ?

— Il n'y a surtout pas de *nous deux*. Savannah a refusé de m'épouser.

Rick lui expliqua brièvement la situation et Rett l'écouta attentivement.

— Il faut la courtiser un peu, déclara-t-il enfin. Cela ne devrait pas être trop difficile puisque vous passez vos journées ensemble.

— C'est fini, elle a démissionné. Elle a trouvé un poste

dans l'administration d'une école. Et je ne sais pas quand je trouverais le temps de la voir, car en plus de son travail elle a décidé de reprendre ses études pour devenir enseignante.

— Tu plaisantes !

— J'en ai l'air ?

— Non, admit Rett, tu as l'air d'avoir avalé un balai.

Déconcerté par le commentaire incongru, Rick contempla son frère sans répondre, puis fut brusquement submergé par un fou rire inextinguible. Rett avait vraiment le don de lui remettre les idées en place !

Lorsqu'il fut un peu calmé, il s'assit dans le fauteuil qui faisait face à celui de son jumeau.

— Je ne sais pas comment je ferais si tu n'étais pas là, avoua-t-il, soudain sérieux. Tu as raison, toute cette histoire me contrarie beaucoup. Je ne veux pas que Savannah s'en aille.

— Tu as commis l'erreur de laisser ta fiancée partir il y a des années alors que tu l'aimais, lui rappela Rett.

Ce souvenir lui donnait toujours un coup au cœur, mais cette fois cela lui parut bien minime comparé à la perte de Savannah.

— C'était il y a quinze ans, j'étais jeune et idéaliste. Tout est différent aujourd'hui. Elle attend mon enfant et je dois arriver à la faire changer d'avis.

— Bonne chance, répondit Rett. Je n'aimerais pas être à ta place si grand-mère apprend que tu vas avoir un bébé sans être marié !

— Justement, je vais la voir demain. Ça ne devrait pas être si terrible : n'est-ce pas elle qui insiste pour que je me trouve une gentille épouse et que je fonde une famille ?

— Oui, mais je ne suis pas sûr que ce soit la situation qu'elle avait en tête, conclut Rett avec un sourire.

Rick se gara devant chez sa grand-mère. Il se sentait presque chez lui dans cette belle et grande maison victorienne toute blanche, car c'était là qu'ils avaient tous emménagé après la mort de ses parents, quand sa grand-mère les avait pris en charge pour les élever. C'était aussi pour cette raison qu'il voulait la mettre au courant en personne. Il allait être père… Lui-même avait encore du mal à concevoir ce que cela signifiait vraiment !

Cette perspective ne l'effrayait pas autant qu'il l'aurait imaginé, surtout si l'on tenait compte du fait qu'il avait totalement écarté cette éventualité de ses projets d'avenir. Il aurait dû être totalement pris de panique ; en réalité, cette naissance le remplissait d'excitation !

Cela n'arrangerait cependant pas la tâche qui l'attendait. Sa grand-mère n'allait sans doute pas bien prendre le fait qu'il ait mis enceinte la jeune femme qu'elle lui avait envoyée pour remplacer Molly Green. Ni que Savannah refuse de l'épouser, du reste. La vieille dame avait des principes…

Comme prévu, elle prit très bien la première partie de la nouvelle.

— J'avais presque abandonné tout espoir que tu fondes une famille ! s'exclama-t-elle en joignant les mains. Et qui est la maman ?

— Tu la connais, c'est Savannah Jones.

— Tu ne pouvais pas mieux choisir, mon chéri ! C'est une enfant si énergique, si gentille !

— Ce n'est plus vraiment une enfant, sinon nous ne serions pas dans cette situation, déclara-t-il.

— Cette situation ? répéta sa grand-mère, soudain suspicieuse. Derrick Francis Sullivan, j'espère bien que tu vas l'épouser, n'est-ce pas ?

— En réalité, c'est un peu compliqué…, lâcha-t-il.

Sa grand-mère ne le laissa pas terminer. Lui jetant un regard soudain sévère, elle perdit son sourire et prit le ton autoritaire qu'il ne connaissait que trop et qui le fit frémir, comme lorsqu'il était petit garçon.

— J'ai placé cette jeune femme sous ta responsabilité,

je ne peux pas croire que tu aies abusé d'elle, que tu lui aies fait un enfant pour ne pas l'épouser ensuite ! J'attends des explications !

— Mais je lui *ai* demandé de m'épouser, protesta-t-il. Et… elle a refusé.

— Mmh…, fit sa grand-mère, soupçonneuse. Es-tu certain que tu lui as *demandé* sa main, et pas que tu as juste affirmé que vous deviez vous marier ?

— Je ne vois pas la différence, rétorqua-t-il en rougissant. Je veux l'épouser, ce n'est pas tout ce qui compte ?

— Eh bien, avec un tel enthousiasme, je comprends que la pauvre petite ait repoussé ta proposition, répliqua-t-elle d'un ton ironique.

— Nous allons avoir un bébé, lui rappela-t-il. Nous ne pouvons pas juste penser à nous-mêmes.

— Quelle raison t'a-t-elle donnée pour justifier son refus ?

— Elle m'a dit qu'elle voulait faire un mariage d'amour et qu'elle refusait d'avoir un mari qui passe sa vie à son travail, à l'image de son père.

— Je vois. Effectivement, Savannah a pratiquement élevé son frère et sa sœur à partir du moment où sa mère est tombée malade et elle était à peine plus qu'une enfant.

— Oui. Apparemment, son père s'est réfugié dans son travail quand on a diagnostiqué le cancer de sa mère.

Sa grand-mère eut une moue de compassion.

— La pauvre ! Ça a dû être très dur pour elle.

— Justement, elle devrait m'épouser pour que je puisse l'aider, cette fois.

— Je ne sais pas… peut-être a-t-elle raison.

Rick la contempla avec indignation. Comment sa grand-mère pouvait-elle prendre le parti de Savannah ?

— Pourquoi dis-tu ça ? Je ne suis pas comme son père !

— Savannah est ta secrétaire, aussi je suppose qu'elle connaît ta manière… particulière de travailler. Ce qui ne posait pas de problème tant que tu étais célibataire ; mais les vieilles habitudes sont difficiles à perdre.

— Diriger l'entreprise est ma manière de faire vivre ma famille.

— Une épouse attend davantage de son mari qu'un salaire mensuel, lui rappela-t-elle.

— Je le sais bien. Je peux prendre quelques heures sur mon travail hebdomadaire.

— Mon garçon, il s'agit d'autre chose que d'un changement d'emploi du temps. Il faut changer sa manière de penser. J'ai déjà essayé de te parler de ton père, mais tu n'as jamais voulu m'écouter.

Non, effectivement, Rick ne voulait rien entendre. A quoi bon détailler toutes les raisons de l'échec paternel ? Il se leva et se mit à faire les cent pas dans la pièce.

— Il a failli nous ruiner, c'est tout ce que j'ai besoin de savoir.

— La vie est rarement si simple, tu devrais l'avoir compris, fit la vieille dame en soupirant. Tu considères que ton père était un faible parce qu'il a choisi de consacrer plus de temps à sa famille qu'à la firme.

— Il avait le devoir de nous faire vivre, l'interrompit Rick. Papa était ton fils, je comprends que tu ne veuilles pas dire du mal de lui, mais comment aurions-nous fait si l'entreprise avait fait faillite ?

— Ça ne serait pas arrivé. Viens t'asseoir et écoute-moi.

— Grand-mère…

— Assieds-toi !

Rick reprit docilement sa place en baissant la tête.

— Sais-tu que ta mère a quitté ton père autrefois ?

— Quoi ? s'exclama-t-il, interloqué. Je ne te crois pas !

— Oh ! si, elle l'a quitté. Les affaires n'ont jamais été une passion pour ton père ; il préférait l'archéologie. Il a connu ta mère sur un champ de fouilles. Même après votre naissance, ils partaient tous les ans fouiller un site archéologique. Ils ont cependant traversé une période difficile après ta naissance et celle de Rett. Ton grand-père est mort cette année-là et ton père a dû reprendre la direction de l'entreprise. Son travail lui prenait beaucoup de temps et ta mère s'est retrouvée presque seule à s'occuper de ses enfants.

Rick l'écoutait attentivement. Jamais il n'avait entendu cette version de l'histoire familiale. Sa grand-mère posa une main sur les siennes et poursuivit :

— Quand ta mère est tombée enceinte de Ford, elle a dit à ton père que s'il ne l'aidait pas davantage à la maison elle partirait. Il le lui a promis, et je pense qu'il était sincère. Mais il n'a pas changé grand-chose, ajouta-t-elle en soupirant. Et ta mère vous a pris et est retournée chez ses parents. Cela a été un choc terrible pour ton père. Il a cependant réussi à la convaincre qu'il allait vraiment changer de vie et il l'a fait. Au bout d'un moment, les effets se sont fait ressentir sur les affaires, aussi a-t-il engagé un gérant. Puis la crise est arrivée, et peu après tes parents sont morts. J'ai alors décidé de renvoyer le gérant et d'assurer la direction de l'entreprise moi-même, ce qui n'était sans doute pas très bon pour vous, car vous aviez besoin qu'on s'occupe mieux de vous que je ne l'ai fait. Tu connais la suite.

Stupéfait, Rick resta muet un instant. Il ignorait ces détails, et soudain l'attitude de son père ne lui paraissait plus si condamnable.

— Je ne savais pas tout cela… Je me suis sans doute montré trop sévère à l'égard de papa, admit-il enfin.

— C'est ce que je voulais te faire comprendre. Dans la vie, on ne peut faire que de son mieux. Parfois ça marche, parfois c'est insuffisant. Il faut alors essayer de nouveau. Ton père a changé parce qu'il avait beaucoup à perdre. Promettre qu'on va changer et ne pas faire de réel effort ne sert à rien, sinon qu'à faire souffrir les autres. Aussi prend garde de ne jamais faire de promesse que tu ne sois absolument certain de pouvoir tenir, mon petit.

10

Deux mois plus tard, Rick était assis avec Savannah dans le cabinet d'un médecin et il contemplait l'écran face à eux, pendant que le radiologue promenait la sonde de l'échographe sur le ventre de la jeune femme.

— Voici la tête du bébé et ses pieds, déclara le médecin. Et là… vous voyez son cœur qui bat.

Rick acquiesça, terriblement ému devant l'image en noir et blanc. Le cœur de son bébé !

— Rick, tu le vois ? murmura Savannah en cherchant sa main.

— Oui. Notre bébé ! Il est magnifique.

D'un seul coup, son univers venait de basculer plus radicalement qu'il n'aurait jamais pu l'imaginer. A son sens du devoir et des responsabilités venait de s'ajouter une émotion indescriptible. Un amour plus fort que tout ce qu'il avait jamais expérimenté.

— Docteur, c'est un garçon ou une fille ? s'enquit-elle.

— Un petit garçon.

Rick pensa à son père. Avait-il été lui aussi submergé par autant d'amour à la naissance de chacun de ses enfants ? Cela lui paraissait impossible d'éprouver six fois de suite une émotion aussi violente.

— Je n'ai jamais rien vu d'aussi incroyable, déclara-t-il.

— Moi non plus.

Quand leurs regards se croisèrent, il comprit qu'ils partageaient exactement le même émerveillement, et il fut pris d'un élan soudain.

— Epouse-moi, Savannah, murmura-t-il. Formons une vraie famille !

Elle resta silencieuse et lui jeta un regard énigmatique, avant de retourner la tête vers l'écran. Puis, sans prononcer un mot, elle secoua négativement la tête.

Après son échographie, Savannah prit sa voiture et profita d'un feu rouge pour appeler sa sœur. Pendant que le téléphone de Claudia sonnait, elle songea à la seconde demande en mariage de Rick qu'elle venait de repousser. La répétition ne rendait pas ses refus plus faciles.

— Allô ?

— C'est un garçon, annonça Savannah sans préambule.

— Oh ! un neveu, super ! J'en étais sûre. J'avais parié avec Daniel que tu aurais un fils. L'as-tu dit à Rick ?

— Il était avec moi. Et oui, il est très heureux.

— Ainsi il t'a encore accompagnée ?

— Oui.

Qu'il tienne absolument à assister à tous ses rendez-vous médicaux la surprenait encore. Ils se voyaient pratiquement aussi souvent que lorsqu'ils travaillaient ensemble ! Jamais elle n'aurait imaginé en quittant son poste chez Sullivans qu'il la poursuivrait ainsi de ses assiduités. Les soirs où elle n'avait pas de cours, il passait sans prévenir en apportant le dîner, ou la forçait presque à l'accompagner au restaurant, de la manière la plus galante !

Les soirs où Savannah n'avait vraiment pas envie de sortir, il lui arrivait également de préparer un repas improvisé pour eux deux. Rick semblait préférer ces soirées aux autres. Si bien qu'au bout d'un moment elle avait fini par comprendre que, même s'il prétendait avoir une âme de célibataire, il aimait beaucoup la vie de famille, tout comme ses frères.

— Je vais téléphoner à Daniel pour lui dire que tu avais raison, reprit-elle. On se voit toujours samedi ?

Le feu passa au vert et elle démarrait quand un crissement de freins attira son attention. Une berline, arrivant de sa droite, lui fonçait droit dessus !

Sans réfléchir, elle écrasa la pédale de frein et poussa un cri d'horreur. Dans son oreillette, elle entendit Claudia l'appeler.

Puis le monde bascula dans l'obscurité.

Allongée dans son lit d'hôpital, Savannah ravalait ses larmes en tenant son ventre à deux mains. Elle avait saigné et les médecins semblaient inquiets…

Elle était terrifiée. Et seule.

Elle se rappelait sa conversation avec Claudia. Après cela, tout était allé très vite. La berline qui venait de passer au feu rouge avait percuté l'avant de sa petite voiture. Un policier lui avait affirmé que sans son réflexe de piler sur place le chauffard l'aurait frappée en plein flanc, et que la force du choc aurait pu la tuer.

— Monsieur, vous ne pouvez pas entrer… Monsieur !

Une main tira le rideau et Rick apparut près de son lit. Il la prit aussitôt dans ses bras et Savannah l'enlaça en laissant enfin couler ses pleurs.

— Je suis là, Savannah, lui murmura-t-il à l'oreille. Tout va bien.

— Le bébé !

— Notre fils est fort, il s'en sortira. Mais toi, comment vas-tu ? As-tu été blessée ? On n'a rien voulu me dire.

— Un peu sonnée, avoua-t-elle. L'airbag m'a sauvée, mais j'ai été heurtée à l'abdomen et je saigne. Je… je suis désolée…

— Ce n'est pas ta faute, protesta-t-il. Tu n'as pas à te sentir coupable !

Il resta à son chevet et, au bout d'un moment, Savannah se sentit assez calme pour lui répéter tout ce qu'on lui avait expliqué. Après quelques minutes, une infirmière vint les prévenir que les médecins avaient prescrit une échographie et qu'on la transférerait en radiologie un peu plus tard.

Rick ne la quitta pas un instant, et sa présence la réconforta, surtout lorsque les médecins déclarèrent qu'ils voulaient la garder en observation pour la nuit.

— Un hématome rétroplacentaire est une séparation du placenta et de la paroi utérine, expliquait le Dr Wilcox. Je pense que c'est l'accident qui a provoqué cette pathologie.

Le cœur battant à grands coups, Savannah serra la main de Rick.

— Cela semble grave…

— Ça l'est, je ne vous le cache pas, reconnut le Dr Wilcox. Le placenta est essentiel pour la vie du fœtus. S'il se sépare de l'utérus, cela peut interrompre l'apport en oxygène et en éléments nutritifs.

— Etes-vous en train de nous dire qu'elle va perdre le bébé ? demanda Rick.

— Nous n'avons rien remarqué de tel jusqu'à présent et c'est bon signe. Il a un bon rythme cardiaque, ce qui est d'un excellent pronostic. Mais il faut vous montrer prudente, madame. Je vous recommande un repos complet pendant le mois à venir, et il est nécessaire que le bébé soit monitoré pendant la semaine qui vient.

Il continua à leur expliquer les précautions nécessaires et Savannah se demanda comment elle allait pouvoir les suivre, surtout lorsqu'il lui expliqua que quelqu'un devrait rester avec elle jour et nuit…

La nouvelle et l'anxiété furent telles que le reste de la journée se noya dans un brouillard confus. Rick ne la quitta pas un instant et il était encore là quand elle finit par s'endormir, épuisée et en larmes.

— Alors, vas-tu te décider à m'épouser ?

Debout devant la fenêtre, Rick regardait dehors tout en lui parlant. Savannah tira la couverture sur sa poitrine et laissa échapper un soupir.

— Tu n'hésites donc pas à abuser de la faiblesse d'une pauvre femme enceinte pour obtenir ce que tu veux ? demanda-t-elle.

— Si ça peut marcher… Cela me semble la solution la plus pratique, ajouta-t-il en lui faisant face.

— Essaie de trouver un moyen plus romantique la prochaine fois, dit-elle, agacée.

— Cela aurait des chances de marcher ?

— Non, mais ça me changerait !

Soudain, il fut auprès de son lit et il la prit dans ses bras pour l'embrasser avec fougue. Quand il se redressa, une flamme pleine de détermination brûlait dans ses yeux.

— Je te préviens tout de suite que je te le demanderai jusqu'à ce que tu acceptes.

Elle le regarda et ne put s'empêcher de sourire. Il compensait certainement son manque de romantisme par une ténacité indéniable !

— Tu n'es pas censé harceler une femme malade, lui rappela-t-elle. Quatre mois au lit ! Je vais devenir folle…

Rick l'embrassa de nouveau, cette fois avec tendresse.

— Je te connais, tu trouveras un moyen d'occuper ton temps.

— Dans une chambre d'hôpital, cela me semble difficile !

Les médecins lui avaient prescrit un repos complet pendant les quatre mois suivants puis, éventuellement, une activité modérée pendant la fin de sa grossesse, si le bébé se portait bien. Le problème, c'était que quatre mois de repos complet signifiaient ne pas quitter son lit, et cela lui était impossible sans quelqu'un pour l'aider. Ils lui avaient proposé d'aller dans une maison de repos, mais cette simple idée lui donnait envie de pleurer.

Mais de là à épouser Rick ? Juste pour ne pas s'ennuyer toute seule à l'hôpital ? Elle lui avait clairement dit qu'il n'en était pas question.

— J'ai une proposition à te faire, déclara-t-il en approchant une chaise de son lit. Viens vivre chez moi. J'ai parlé avec ma femme de ménage hier, et elle est disposée à venir tous les jours de 8 à 16 heures. Ainsi tu ne serais seule que quelques heures par jour.

— Vraiment ? Tu es sérieux ? Même si je refuse de t'épouser ?

— Oui, même si tu refuses de m'épouser.

— Quel est le piège ? ajouta-t-elle, méfiante.

— Eh bien, tu dormiras avec moi.

— Le médecin a dit « pas de relations sexuelles », lui rappela-t-elle.

— Oui, j'étais là quand il l'a dit.

— Alors pourquoi… ?

— Parce que je ne pourrai pas dormir si je dois m'inquiéter pour toi.

— Oh ! je t'en prie ! protesta-t-elle.

— Je suis sérieux. Qu'arriverait-il si ton état s'aggravait brutalement, ou si tu tombais dans la salle de bains ? Je ne t'entendrais pas forcément m'appeler. Aussi je veux pouvoir garder un œil sur toi tout le temps.

Son ton terriblement sérieux la réduisit au silence. Mais pouvait-elle vraiment accepter son offre et dormir chaque nuit près de lui pendant les mois à venir ? L'idée lui semblait totalement surréaliste. Mais quelle solution alternative y avait-il ? Une chambre stérile parfumée à l'antiseptique, et la télévision comme unique distraction ?

Dans son ventre, un tout petit mouvement se produisit. Savannah retint son souffle et resta totalement immobile.

— Que se passe-t-il ? demanda Rick en lui prenant la main. Tu as mal ? C'est le bébé ?

— Oui, c'est lui. Il a bougé ! Touche ici, tu le sens ?

Elle lui prit la main et la posa sur son ventre. Rick resta pétrifié une seconde et, quand leur enfant bougea de nouveau, une intense émotion se peignit sur son visage.

— Oui, je le sens, s'exclama-t-il.

Il se pencha pour poser la joue sur son abdomen et Savannah, attendrie, lui caressa doucement les cheveux. Leur bébé allait bien, son instinct le lui disait clairement, et cette certitude lui redonna des forces.

— Tu me promets de ne plus me harceler avec tes demandes en mariage ? lui demanda-t-elle.

— Pas plus d'une fois par jour.

Elle sourit. Ce qu'il pouvait être têtu !

— Bon, alors j'accepte de venir habiter chez toi.

Savannah emménagea chez Rick le samedi suivant. Pour lui, ce fut un vrai triomphe. Il l'installa dans son lit, puis la contempla pendant qu'elle examinait la pièce.

Pour la première fois, il voyait sa chambre à coucher à travers les yeux de quelqu'un d'autre, et cela lui donna un regard neuf. Allait-elle aimer ce style classique et confortable ? Le plancher de bois verni ? Les murs tendus de tissu chocolat ? Le tapis et le couvre-lit de couleur beige ?

— Cela te plaît ?

— C'est très joli, déclara-t-elle d'un ton poli.

Il comprenait son manque d'enthousiasme. Claudia se voyait remettre son diplôme de fin d'études le jour même et Savannah, qui s'en faisait une fête depuis si longtemps, ne pouvait assister à la cérémonie…

— J'ai quelque chose pour toi, dit-il.

Il approcha une de ces tables d'hôpital conçues pour les personnes alitées et la poussa vers le lit. Sur le plateau se trouvait son ordinateur portable.

— Voilà ton lien avec le monde, annonça-t-il en l'allumant.

— Rick, tu es un amour, dit-elle en lui souriant faiblement.

Il pianota sur le clavier pendant une minute, puis tourna l'écran vers elle.

— Qu'est-ce que c'est ? Un film pris avec une webcam ? Oh ! mon Dieu, c'est la remise de diplôme de Claudia !

— Je savais que tu tenais à y assister, aussi ai-je demandé à Daniel d'y aller avec son ordinateur portable et de la transmettre en direct sur internet. Je voulais te faire la surprise.

— Rick, tu es formidable, s'écria-t-elle, avec un sourire qui illumina son beau visage.

— Quand la cérémonie sera terminée, ajouta-t-il, tu ferais mieux de te reposer un peu, parce que toute ta famille va nous rejoindre plus tard.

— Ils viennent ici ? s'enquit-elle, l'air incrédule.

— Oui, directement en sortant de l'université. Ton père sera là lui aussi. Cela ne te contrarie pas ?

— Pas du tout. J'ai été très heureuse de le voir à l'hôpital hier. Et Daniel m'a dit qu'il passait de plus en plus souvent les voir pour jouer avec sa petite-fille. Finalement, s'il n'a pas été un père fantastique, peut-être a-t-il décidé de devenir un bon grand-père ?

— La sagesse vient souvent avec l'âge, assura Rick en posant la main sur son ventre.

11

Savannah serra le ruban noir autour du papier argenté. La semaine précédente, Jesse avait mentionné l'anniversaire de Rett et Rick, et elle avait préparé une petite surprise pour remercier ce dernier de tout ce qu'il avait fait pour elle.

Un sourire passa sur ses lèvres. C'était bon de sentir qu'on pouvait de nouveau faire quelque chose ! Cela n'avait rien d'extraordinaire puisqu'elle devait encore garder le lit, mais au moins elle avait un programme et pouvait le réaliser.

Une appétissante odeur de gâteau au chocolat flottait dans l'air depuis la cuisine. Elle téléphona au restaurant italien préféré de Rick pour commander un plat de lasagnes, une salade et du pain puis, à 15 h 30, elle prit un bain et se lava soigneusement les cheveux pendant que la femme de ménage cherchait dans ses affaires une toilette un peu plus habillée qu'un survêtement.

Celle-ci lui proposa l'élégante robe que Jesse lui avait offerte pour la consoler de devoir garder le lit. Il s'agissait d'une ravissante robe de grossesse de soie imprimée, parfaite pour la température chaude de la Californie.

— Merci, Sybille, c'est parfait, déclara-t-elle.

— Ce bleu marine mettra en valeur votre mine magnifique et vos beaux cheveux, répondit Sybille en la déposant sur le lit. Maintenant, vous n'avez plus qu'à vous maquiller un peu.

— Que pensez-vous de ce rouge à lèvres ?

Sybille fit une moue désapprobatrice devant le rose fuchsia.

— Il vous faut un rouge plus soutenu, pour accentuer la teinte auburn de vos cheveux.

Savannah, qui avait appris à faire confiance à la pimpante quinquagénaire en matière de goût, fouilla dans sa trousse de maquillage.

— Je n'ai rien de ce genre…

— Aucun problème, j'ai exactement ce qu'il vous faut.

Sybille sortit une minute pour aller chercher son sac à main mais, en revenant dans la chambre, elle le garda contre son buste d'un geste possessif.

— Me permettez-vous de faire votre maquillage ? lui demanda-t-elle.

Savannah hésita, une fraction de seconde seulement. Après tout, Sybille semblait s'y connaître à merveille en maquillage. Elle avait l'air toujours impeccable, même après avoir passé l'aspirateur ou en terminant de préparer le dîner.

Elle acquiesça et Sybille l'aida d'abord à enfiler sa robe. Puis elle s'installa au bord du lit et commença à la maquiller.

— Le glaçage du gâteau est terminé, murmura-t-elle en travaillant. Voulez-vous que je dresse la table ici ?

— Non, je pensais plutôt dans le salon. Y a-t-il assez de place sur la table basse pour mettre le couvert ? Le dîner devrait être livré juste après le retour de Nick, et tout sera prêt.

— Il va être très surpris.

— J'espère que ce sera une bonne surprise…

— Quand il vous verra, oui, ce sera vraiment une bonne surprise, répondit Sybille, l'air malicieux.

Elle termina le maquillage, s'écarta un peu comme pour vérifier que tout était en ordre, puis lui tendit le miroir. Savannah contempla son reflet et poussa un cri de ravissement. Grâce à la touche magique de Sybille, une femme splendide et sophistiquée la contemplait !

— Oh ! vous êtes un ange, s'exclama-t-elle. Vous avez réussi à me rendre si… belle !

— La beauté était déjà là, je n'ai fait que la mettre en valeur.

— Merci. Merci pour tout !

— Il n'y a pas de quoi. Y a-t-il encore quelque chose que je puisse faire ?

— Non, je pense qu'une fois la table dressée je n'aurai plus qu'à l'attendre.

Son attente fut cependant plus longue qu'elle ne l'imaginait. Au lieu d'accueillir Nick vers 17 heures comme chaque jour, elle reçut un appel téléphonique la prévenant qu'il aurait une heure de retard. Rett voulait aller boire un verre, sans doute pour célébrer leur anniversaire…

Une heure et demie plus tard, la porte de l'appartement s'ouvrit et Sybille la rejoignit. Rick avait été retenu plus longtemps que prévu et il lui avait demandé de retourner auprès de la future maman. Cette dernière cacha tant bien que mal sa déception. Après tout, il ignorait qu'une surprise l'attendait. Pourtant, cela lui rappelait de mauvais souvenirs, trop amers pour qu'elle prenne cette déception d'un cœur léger.

Pourquoi ne l'avait-il pas appelée lui-même au lieu de demander à la femme de ménage de revenir la garder comme un bébé ?

— Je suis désolée, déclara cette dernière en s'asseyant au bord du lit. Je sais combien cette soirée comptait pour vous.

— Ce n'est pas grave, rétorqua Savannah avec un sourire crispé. Pouvez-vous mettre les lasagnes au congélateur, s'il vous plaît ? Je n'ai pas très faim. Nous pourrons manger votre gâteau demain.

Elle fit un effort pour garder une mine avenante, mais dans ses veines coulait le venin amer de la déception…

Rick contempla le visage de ses frères réunis autour de la table. Ils étaient tous venus les retrouver dans le bar où Rett et lui avaient décidé de prendre un verre, pour leur faire la surprise. C'était très gentil et cela lui faisait vraiment plaisir de les voir tous, et pourtant…

Pourtant, il aurait préféré célébrer son anniversaire tranquillement chez lui, avec Savannah.

Il s'était vite habitué à vivre avec elle. Cela lui faisait comprendre tout ce à quoi il avait renoncé en décidant de rester célibataire. Une présence, les rires partagés, le soutien moral… La vie au quotidien se révélait bien plus agréable qu'il ne l'avait imaginée. En tout cas avec Savannah.

Et c'était de cela qu'il avait envie ce soir-là.

— C'est très gentil de votre part d'être venus ce soir, déclara-t-il en se levant de table. Ça me touche beaucoup, mais je dois vraiment rentrer maintenant.

— Quoi ? s'écria Rett. Je croyais que tu dînais avec nous !

— Savannah est seule à la maison, et je trouve injuste de m'amuser avec vous ici pendant qu'elle s'ennuie sans pouvoir bouger.

— Mais tu as déjà envoyé ta femme de ménage lui tenir compagnie…

— La surprise n'en sera que meilleure quand j'arriverai.

— Une surprise ? répéta Ford. Très bonne idée. Appelons tous nos chères et tendres et retrouvons-nous tous chez toi.

— Non, restez ici et passez une bonne soirée, insista Rick. On se revoit au déjeuner de dimanche.

Après les avoir tous embrassés, il les quitta et prit le chemin de la maison.

Quand il arriva chez lui, il fut ébahi de découvrir Savannah, vêtue d'une très seyante petite robe bleue, allongée sur le canapé du salon, devant un couvert pour deux et un magnifique gâteau au chocolat.

Il la vit détourner la tête, mais pas assez vite pour lui cacher les larmes qui lui remplissaient les yeux.

De toute évidence, elle avait voulu lui faire une surprise et il avait tout gâché en restant avec ses frères. Cela lui rappela ses confidences sur la manière dont son père l'avait déçue autrefois.

— Oh ! bon sang, lâcha-t-il tout bas. Je suis vraiment désolé, Savannah !

— Je croyais que tu dînais avec tes frères, répondit-elle sans relever la tête.

— Je n'ai pas voulu rester avec eux ; je préférais passer la soirée avec toi, dit-il, s'approchant d'elle.

— Vraiment ? murmura-t-elle.

— Oui, et je suis content d'être rentré. Tu es magnifique ! ajouta-t-il en se penchant pour l'embrasser. Bien plus appétissante que ce gâteau !

La remarque réussit à lui arracher un petit sourire. Rick prit place à côté d'elle sur le canapé et il l'enlaça tendrement pour la réconforter.

— Je suis contente que tu sois là, dit-elle.

— Moi aussi, répondit-il en lui volant un petit baiser. J'espère qu'il y a de quoi manger, car mon petit doigt me dit que nous allons avoir de la visite. J'ai essayé de dissuader mes frères de me suivre ici, mais je ne suis pas sûr qu'ils ne vont pas tous débarquer très bientôt.

— Ils t'aiment et ils veulent passer du temps avec toi, répondit-elle en lui caressant la joue. Comment pourrais-je leur en vouloir ?

Un coup de pied vigoureux tira Savannah du sommeil. Elle sourit dans le noir et se caressa le ventre. Derrick Charles Sullivan débordait d'énergie. Ou Adam Joseph, suivant qui gagnerait le concours des prénoms… Rick et elle en étaient encore au stade des négociations.

Celui-ci roula dans le lit et se serra contre son dos, puis glissa la main sur son ventre, tout près de la sienne.

— Adam s'agite beaucoup ce soir, murmura-t-il.

— Tu veux dire Derrick ?

Ils se mirent à rire tout bas.

— Le médecin avait l'air très satisfait de votre état à tous les deux ce matin, reprit-il.

— Oui, son optimisme m'a soulagée, avoua-t-elle.

— Tu n'es pas déçue de devoir encore rester alitée ? Je sais que cela te pèse.

— Si c'est pour le bien de notre enfant, cela ne me dérange pas.

— Tu es sûre ? Je sais que ta liberté te manque.

Elle se retourna pour lui faire face et arrangea son oreiller pour bien se caler.

— Non, pas la nuit, quand je suis avec toi, reprit-elle. J'avoue que les journées sont longues. Heureusement, j'ai les visites quotidiennes de Jesse ! Elle a été très gentille de me laisser participer à l'organisation de la réception pour votre grand-mère. Elle aurait très bien pu se débrouiller sans moi, mais ce travail me fait du bien.

— Et tes cours en ligne ?

— Ils me prennent beaucoup de temps également, avoua-t-elle. En réalité, je ne m'ennuie pas, c'est juste que par moments j'ai vraiment envie de sortir d'ici ! C'est peut-être pour ça que je pleurniche souvent.

— Il vaut mieux pleurnicher que de se laisser miner par des frustrations refoulées.

— Comment peux-tu être aussi gentil avec moi alors que je ressemble à une baleine échouée sur la plage ?

Sa comparaison le fit rire dans l'obscurité.

— Je te trouve magnifique, protesta-t-il. Quoi que tu fasses, tu ne peux qu'être superbe.

— Et on dit que, de vous deux, c'est Rett le dragueur ?

— Je ne dis que la vérité, répondit-il d'un ton sérieux.

Il ne mentait pas. Savannah le savait, et cela la laissa sans voix quelques secondes.

— Merci, reprit-elle enfin. Ça me touche beaucoup.

— Cela signifie que tu acceptes de m'épouser ?

« Oui ! »

Le mot faillit lui échapper. A mesure que passaient les jours, il devenait de plus en plus difficile de lui opposer une fin de non-recevoir… Il se montrait si attentif avec elle ! Il rentrait chaque jour en fin d'après-midi et passait la soirée à lui faire la conversation, à échanger des nouvelles de leurs journées. Pas une seule fois il n'avait perdu patience, pas même quand l'ennui, l'anxiété ou ses hormones anarchiques la rendaient irritable. Et sa taille avait beau s'arrondir chaque jour davantage, il parvenait toujours à lui donner l'impression qu'il la désirait ardemment.

En effet, il ne ratait jamais une occasion de la toucher, de la serrer contre lui ou de l'embrasser. Tout en gardant sous contrôle son désir.

— Ce n'est pas juste, répondit-elle. Tu m'as déjà demandé ma main aujourd'hui.

— Techniquement, c'était hier, répliqua-t-il.

— Alors il est trop tôt. Mes défenses ne sont pas assez fortes.

Il la serra tendrement contre lui et l'embrassa sur la bouche.

— Tant mieux, reprit-il. Dis-moi oui !

— Je ne peux pas…

Parce qu'elle l'aimait et qu'elle savait mieux que personne combien l'amour pouvait faire souffrir lorsqu'il n'était pas totalement réciproque… Elle ne parvenait pas à oublier son adolescence et l'absence de son père, les cruelles déceptions, l'intense solitude qui lui avait pesé toutes ces années. Cette perpétuelle frustration l'avait transformée en une jeune fille impatiente, lunatique et avide d'affection dont le souvenir lui était odieux. Elle ne voulait pas redevenir une créature aussi pitoyable, ni l'imposer à Rick ou à leur enfant. Ni l'un ni l'autre ne méritaient ça.

Elle brûlait de l'envie d'avouer son amour à Rick, évidemment, mais redoutait cette faiblesse. Il devait le lui dire le premier, de sa propre initiative. Et, s'il lui faisait jamais cet aveu, Savannah n'était pas même sûre qu'elle pourrait le croire. N'avait-il pas affirmé être prêt à tout pour obtenir sa main ?

— Je sais que tu fais des efforts, reprit-elle. Mais cela ne dure que depuis quelques mois.

— Je ne suis pas ton père, rétorqua-t-il fermement. Ne me punis pas pour les fautes qu'il a commises.

— J'essaie, je te le jure. Remarque, toi aussi tu es hanté par le fantôme de ton père, ajouta-t-elle. Je suis certaine que tu l'aimais, mais tu lui en veux toujours. Je ne suis pas sûre que tu seras un jour capable de mettre ta famille en tête de tes priorités.

— M'occuper de la firme, c'est m'occuper de ma famille, affirma-t-il.

— Pas toujours. Et sauras-tu comprendre quand il faudra faire passer ta famille en premier ?

Il n'avait aucune réponse à cette question, manifestement, car il resta silencieux. Et, pour la première fois depuis qu'elle avait emménagé chez lui, ils s'endormirent sans s'embrasser une dernière fois.

— Quelle jolie réception ! J'adore les bouquets. Et quelle bonne idée d'avoir disposé des sièges confortables entre les tables de cocktail. Cela encourage les invités à bavarder entre eux lorsqu'ils reviennent de la piste de danse.

Resplendissante dans une robe de lamée, Mme Sullivan trônait dans un fauteuil tout près du canapé où Savannah était allongée.

— J'ai appris que vous aviez beaucoup aidé à l'organisation de la soirée, reprit-elle en tapotant la main de la future maman. Merci.

— C'est Jesse qui a fait l'essentiel du travail, protesta Savannah, et très franchement j'étais très heureuse d'avoir cette distraction.

Elle voulut redresser un de ses coussins, et le mouvement

lui fit mal au dos. A force de rester allongée tout le temps, elle ne parvenait même plus à bouger !

— Attention, mon petit, déclara Mme Sullivan en l'aidant à mieux s'installer. Rick m'a donné des instructions très strictes : je dois le prévenir dès que vous montrez le moindre signe de fatigue.

— Oh ! ne lui dites rien, il m'obligerait à monter me reposer, et je m'amuse trop ici ! Je ne suis pas la seule, ajouta-t-elle en caressant son ventre rebondi. Ce petit bonhomme a dansé toute la soirée !

Ravie, Mme Sullivan tendit la main.

— Je peux ?

— Bien sûr !

Savannah lui prit la main et la posa à l'endroit où elle sentait son bébé gigoter. Les yeux bleus de Mme Sullivan s'humidifièrent de manière suspecte.

— Vous devez m'appeler grand-mère désormais, déclara-t-elle en s'éclaircissant la voix. Vous faites partie de la famille maintenant. A cause de ce petit, et plus encore pour le bonheur que vous apportez à mon petit-fils. Merci de nous l'avoir rendu. C'est le plus beau cadeau d'anniversaire que l'on pouvait me faire.

— Vous l'avoir rendu ? répéta Savannah, intriguée. Comment ça ?

— Rick s'éloignait de notre famille avec les années ; on le voyait de moins en moins à nos déjeuners du dimanche. Je le sentais absent…

— L'esprit ailleurs ? Occupé par son travail ?

Savannah connaissait bien ces symptômes, qu'elle avait eu tout le loisir d'observer chez son propre père…

— Oui, le travail était son excuse, acquiesça Mme Sullivan. Tout a cependant changé à votre retour d'Angleterre. J'ai été très étonnée qu'il propose à plusieurs reprises qu'on organise notre déjeuner dominical chez lui. Cela n'était jamais arrivé, et c'est à vous qu'on doit ce changement, j'en suis convaincue.

— Il cherche à me distraire par tous les moyens possibles, admit Savannah.

— C'est plus que ça. Il nous a officiellement déclaré que vous étiez son épouse, que vous acceptiez de l'épouser ou pas. J'espère que vous changerez d'avis. J'en ai parlé toute la soirée avec le révérend John.

— Madame Sullivan !

— Grand-mère, fit cette dernière.

— Grand-mère…

Savannah eut un peu de mal à l'appeler ainsi. L'accueil généreux de cette famille la touchait profondément. Et la grand-mère de Rick méritait de connaître la vérité.

— Vous ne devriez pas trop y compter. Rick a été merveilleux, certes, parce que cet enfant et moi sommes sous sa responsabilité. C'est un homme de devoir.

— Vous êtes trop intelligente pour ne pas deviner la nature de ses sentiments à votre égard, rétorqua la vieille dame. En réalité, je pense que vous avez tout simplement peur d'admettre qu'il est amoureux de vous.

Ces mots firent naître une bouffée d'espoir dans le cœur de Savannah, qu'elle étouffa aussitôt. Mieux valait ne pas rêver…

— J'ai peur quant à moi que vous ne preniez sa sollicitude pour autre chose, répondit-elle, prudente.

— Ma chère, renchérit Mme Sullivan avec un sourire sage, je connais mon petit-fils et je ne l'ai jamais vu aussi apaisé, aussi serein de sa vie. Depuis qu'il vous connaît, il rit de nouveau, comme quand ses parents étaient encore de ce monde. Et je vois bien l'effet qu'il a sur vous. Vous êtes faits l'un pour l'autre.

— J'aimerais vous croire, mais je ne peux me permettre de céder à ces mirages. J'ai vécu des années en attendant qu'un miracle se produise, et cela ne m'a apporté que désillusions et déceptions. Je ne veux plus vivre ainsi et je ne veux pas cela pour mon enfant non plus. Rick n'a vécu que pour son travail pendant trop longtemps pour changer. Pour l'instant, son sens des responsabilités le force à se montrer plus attentif mais, quand notre bébé sera là, il reprendra progressivement ses anciennes habitudes. Et c'est normal, car c'est son travail qui le rend heureux. J'en attends simplement davantage de l'homme que j'épouserai.

— Mon petit, vous vous trompez. Pourquoi ne lui laissez-vous pas une chance de vous prouver qu'il dit la vérité ? Rick le mérite. Je vous aime beaucoup, Savannah. Vous avez eu une adolescence difficile et vous méritez effectivement un homme qui vous aime et vous chérisse tendrement. Mais je vais vous dire une chose : ce qui est pire que le manque d'amour, dans un couple, c'est le manque de confiance.

12

Rick ferma sa valise et la posa sur le sol. Son vol pour Londres partait deux heures plus tard et Rett devait passer le chercher d'un instant à l'autre. Il n'avait aucune envie de partir et de quitter Savannah. Mais, sans personne sur place pour surveiller les travaux, les rénovations du local de leur prochaine boutique avançaient trop lentement. Rick avait l'intention d'engager un gérant à Londres pour le décharger de cette responsabilité.

Allongée sur le lit, Savannah le regardait. Il la trouvait fatiguée.

— Tu es toute pâle, fit-il. Je n'ai pas été assez sévère avec toi à la fête de grand-mère.

— Je vais bien, protesta-t-elle en souriant. Et tu me manques déjà.

Il s'agenouilla au bord du lit et l'embrassa tendrement.

— Tu n'as qu'un mot à dire et j'envoie Rett à ma place.

— Nous savons tous les deux que tu piaffes à l'idée d'y aller et de tonner contre tout le monde pour faire avancer les travaux !

— Peut-être…

Une partie de lui était impatiente, en effet. L'homme d'affaires qu'il avait été. Pas celui qu'il était devenu.

— Tu sais que c'est vrai, insista-t-elle.

— Je sais que tu vas me manquer.

— Alors pars vite pour rentrer plus vite encore. Ahhh ! cria-t-elle soudain.

— Quoi ? Qu'y a-t-il ?

— Rien, juste ton fils qui s'entraîne à jouer au base-ball.

— Ça doit être ton fils. Le mien joue au football.

Non, il n'était plus uniquement un homme d'affaires désormais. Il était un futur père de famille. Il avait du mal à croire que ses priorités aient changé si vite ! Avant la grossesse de Savannah, rien n'aurait été plus important à ses yeux que l'aménagement de la boutique londonienne. Alors que, maintenant, ce local passait loin derrière elle et leur bébé. Et il savait au plus profond de son cœur que cela ne changerait jamais.

C'était exactement ce qu'elle lui avait demandé. De les faire toujours passer en premier.

Il l'aimait.

La réalité de cet amour le frappa comme un coup à l'estomac. C'était si simple, si évident, si clair qu'il avait envie de le crier sur tous les toits !

Il allait justement le lui dire lorsqu'on frappa à la porte. Rick se ravisa. Mieux valait attendre son retour d'Angleterre pour lui faire cette déclaration. Il aurait alors tout le temps de la convaincre qu'il disait la vérité. Et de la persuader de devenir son épouse !

— Rett est arrivé, déclara Claudia en poussant la porte de la chambre.

— Merci.

— Embrasse-moi avant qu'il ne t'arrache à moi, déclara Savannah.

Il déposa un baiser brûlant de passion sur ses lèvres et se redressa à contrecœur.

— Il faudra qu'on discute à mon retour, lui dit-il.

— De quoi ?

— Tu verras. En attendant, ajouta-t-il en se relevant, sois sage et essaie de ne pas accoucher avant que je ne rentre !

— Claudia !

Savannah reprit aussitôt ses exercices de respiration. Elle avait eu un peu mal toute la matinée, mais cela avait empiré depuis le départ de Rick. Au point qu'elle ne pouvait plus se voiler la face davantage…

— Tu m'as appelée ? demanda sa sœur en entrant dans la chambre.

— Oui ; peux-tu prendre mon sac de voyage et mettre quelques affaires dedans ?

— Aucun problème. On dit qu'il faut toujours l'avoir tout prêt, au cas où. Je m'en occupe dès qu'on a déjeuné. Je suis en train de faire une salade de poulet, et il y a des mangues et des yaourts, ça te va ?

Savannah ravala une remarque impatiente en se rendant compte que sa sœur ne l'avait pas bien comprise.

— Non, nous n'avons pas le temps pour une salade de poulet. J'ai besoin que tu fasses mon sac *maintenant* !

La panique et la fébrilité menaçaient de lui faire perdre son contrôle de soi, aussi fit-elle un effort pour rester concentrée. Il lui fallait garder son calme !

— J'ai téléphoné au Dr Wilcox, reprit-elle en s'asseyant dans le lit. Il nous attend à la maternité.

— Quoi ? cria Claudia en écarquillant les yeux. Tu veux dire que tu vas accoucher maintenant ? Oh ! mon Dieu ! As-tu appelé Rick ? Son avion ne doit pas encore être parti. Il peut encore te retrouver à l'hôpital.

Claudia avait laissé tomber son torchon et elle remplissait déjà le sac de sa sœur avec le linge nécessaire.

— Je n'appellerai pas Rick, annonça Savannah.

Elle voulait qu'il soit présent, elle avait besoin de lui et, pourtant, elle refusait de lui téléphoner. Les travaux de la boutique étaient importants pour lui et, s'il n'allait pas à Londres, il ne réaliserait pas son rêve d'ouvrir sa première filiale à l'étranger pour le centième anniversaire de l'entreprise familiale.

Savannah préférait garder le silence que de lui faire rater ce but qu'il poursuivait depuis si longtemps.

— Mais son vol ne part que dans trente minutes, protesta Claudia. Si tu l'appelles tout de suite, tu peux le joindre avant l'embarquement.

— Non, il vaut mieux qu'il aille en Angleterre.

— Je ne comprends pas, insista sa sœur, incrédule. Tu ne vas pas le prévenir que tu accouches ?

— Non. Et je ne veux pas que tu le préviennes non plus.

— Savannah, il a le droit d'être là.

— C'est moi qui suis en train d'accoucher et j'ai dit non ! s'écria Savannah avec une grimace de douleur.

Elle savait que cela n'était pas raisonnable. Mais comment pourrait-elle prétendre élever cet enfant seule si elle ne pouvait pas se passer de Rick quelques jours ? Cette séparation serait l'épreuve du feu. Et prouverait par la même occasion à tout le monde qu'elle était de taille à affronter seule ses responsabilités.

Le Dr Wilcox l'attendait à la maternité. Savannah fut admise immédiatement, et après un rapide examen il donna l'ordre à l'infirmière de la préparer pour une césarienne. Il la quitta ensuite pour aller se préparer lui-même.

Claudia, qui avait accompagné sa sœur jusqu'en salle de travail, dut également s'absenter pour enfiler une tenue adaptée. Momentanément seule, Savannah resta à fixer le plafond en songeant que l'avion de Rick devait sans doute décoller de San Diego au même moment. Elle ne trouvait pas le calme et se surprenait à chercher sans cesse sa présence, sa main, pour y puiser un peu de réconfort. Pendant ces derniers mois, il avait été aussi solide qu'un roc, toujours présent quand elle en avait besoin, la rassurant, la consolant quand ses nerfs la lâchaient, lui tenant compagnie quand sa frustration la rendait irritable…

Depuis son arrivée à la maternité, chaque fois que ses yeux le cherchaient instinctivement sans le trouver, cela lui rappelait toutes les occasions où il avait été présent durant sa grossesse. Il lui avait prouvé son attachement par mille petites attentions quotidiennes, et elle avait été trop aveugle pour croire en sa sincérité.

Il allait être si furieux qu'elle ne l'ait pas appelé !

Il aurait dû être présent. C'était ce qu'il voulait, et elle aussi. Elle avait laissé ses angoisses le priver de la naissance de son fils. Comment pourrait-il jamais le lui pardonner ? Comment pourrait-elle se le pardonner à elle-même ?

Les paroles de Mme Sullivan lui revinrent à la mémoire et firent écho à ses propres scrupules.

Il n'y avait personne dans la pièce, mais l'infirmière reviendrait très vite. Elle devait agir tout de suite. Peut-être que le vol avait été retardé ? D'une main tremblante, elle composa son numéro sur son téléphone. Savannah voulait le prévenir et lui dire qu'elle regrettait d'avoir été si têtue, si obtuse.

La communication fut automatiquement transférée vers son répondeur. Trop tard ! Une immense déception lui fit monter les larmes aux yeux.

— Rick, oh, Rick, je suis tellement désolée, s'écria-t-elle dans l'appareil en essuyant ses joues. J'aurais dû t'appeler plus tôt, j'aurais dû avoir foi en toi, mais j'ai été tellement stupide !

La porte s'ouvrit dans son dos et Savannah se pencha de l'autre côté dans l'espoir que l'infirmière lui laisserait encore une minute pour terminer.

— J'avais peur d'être déçue, j'avais peur que tu ne te détournes de moi, murmura-t-elle dans le combiné, mais je comprends à présent qu'au fond de mon cœur je sais depuis un moment déjà que tu as vraiment changé. Tu es l'homme le plus droit, le plus merveilleux que j'ai jamais rencontré, et je t'aime, je t'aime tellement !

Une forme se dressa tout près d'elle et elle battit des paupières, croyant à un mirage.

Lui !

— J'espère que c'est à moi que tu téléphonais, déclara-t-il en lui prenant l'appareil des mains.

— Rick !

Il la serra dans ses bras, et Savannah eut enfin l'impression d'être complète et d'avoir recouvré son équilibre.

— Claudia t'a appelé quand même, Dieu soit loué ! murmura-t-elle en l'étreignant de toutes ses forces.

— Tu aurais dû le faire.

— Je sais. Pardonne-moi, je suis désolée. Tu t'es montré si patient avec moi, si généreux, et je n'ai fait que douter de toi. Je t'aime, Rick. Je ne voulais pas te l'avouer car je croyais que cela te donnerait trop de pouvoir sur moi. Mais l'amour n'est pas quelque chose qu'on peut tenir en laisse ou contrôler. Cacher mes sentiments n'a fait que m'affaiblir et me faire souffrir. Je sais que tu ne m'aimes pas…

— Mais si, je t'aime ! l'interrompit-il.

Elle resta muette de surprise.

— Pardon ?

— Je t'aime ! Je voulais te le dire tout à l'heure avant de quitter la maison, mais j'ai été interrompu par ta sœur.

— Tu m'aimes ? souffla-t-elle, incrédule. Vraiment ?

— Savannah, répondit-il en lui embrassant la main, Claudia m'a joint à l'aéroport, mais j'avais déjà échangé ma réservation avec Rett. Je te trouvais pâle et je ne voulais pas te quitter. Je t'aime et j'aime notre bébé. Je veux vivre le reste de ma vie avec toi.

— Alors tu ne m'en veux pas ?

— Bien sûr que non ! Nous sommes ensemble maintenant et il n'y a que cela qui compte. Je m'agenouillerais volontiers, mais je ne pourrais plus te voir. Savannah Jones, je t'aime. Veux-tu m'épouser ?

Une contraction la fit grimacer et elle se cramponna à la

main de Rick. Celui-ci perdit totalement son calme et devint pâle comme un linge tout en cherchant désespérément de l'aide autour d'eux.

— Ne bouge pas, je vais chercher l'infirmière ! dit-il enfin.

Savannah acquiesça tout en effectuant ses exercices de respiration. Elle ne risquait pas de partir bien loin ! L'infirmière revint un moment plus tard avec Rick et déclara qu'il était prêt à l'accompagner en salle d'accouchement.

La jeune femme n'eut alors plus l'occasion de lui parler en tête à tête. Elle avait trop à faire avec la naissance de leur bébé…

Quelques heures plus tard, Rick se tenait au chevet de Savannah, le bras passé sous sa tête, et ils regardaient tous deux Mme Sullivan bercer son arrière-petit-fils dans ses bras.

Toute la famille se pressait dans la chambre et dans le couloir pour venir féliciter les heureux parents et admirer le nouveau Sullivan. Rick se pencha vers la jeune maman, épuisée mais radieuse.

— Merci, ma chérie, lui murmura-t-il. Merci pour notre fils.

— Il s'appelle Charles Joseph, répondit-elle. Comme ton grand-père. Grand-mère est ravie !

Rick n'avait jamais été aussi heureux de sa vie. Si heureux qu'il ne pouvait imaginer l'être davantage. Sauf peut-être si on le laissait seul avec Savannah et leur bébé.

— Oui, dit-elle doucement.

— Pardon ?

— Oui. Je t'aime. Et oui, je veux bien devenir ta femme.

Son cœur fondit dans sa poitrine. Enfin !

Il découvrit alors qu'il pouvait effectivement être encore plus heureux.

Avec son *épouse* et leur bébé !

LIZ FIELDING

La plus heureuse des familles

Traduction française de
PIERRE ALEXIS

HARLEQUIN

Titre original :
THE LAST WOMAN HE'D EVER DATE

Ce roman a déjà été publié en 2018.

1

Le domaine de Cranbrook à vendre ?

L'avenir du domaine de Cranbrook fait, depuis une semaine, l'objet d'intenses spéculations depuis que l'administration lui a imposé un important redressement fiscal.

Le domaine, qui occupe l'ancien site d'une abbaye du XIIe *siècle dont les ruines sont toujours visibles, appartient à la même famille depuis le* XVe *siècle. Construit pendant l'ère Tudor par Thomas Cranbrook, le petit bâtiment originel n'a cessé de s'agrandir. Le parc, dessiné à la fin du* XVIIIe *par Humphrey Repton, a souvent été mis à disposition d'événements caritatifs par l'actuel baronnet, sir Robert Cranbrook.*

Contacté par le Maybridge Observer, *le bureau du domaine s'est refusé à tout commentaire.*

Maybridge Observer, *jeudi 21 avril.*

Sir Robert Cranbrook regarda droit devant lui. Même en chaise roulante et ravagé par une attaque, il restait impressionnant. Sa main trembla cependant lorsqu'il saisit le stylo que son avocat lui tendait. Il allait signer un document qui balayait le pouvoir et les privilèges de la famille Cranbrook depuis des siècles.

— Tu veux aussi un échantillon de mon ADN, gamin ? Le voici, dit-il, sa mission accomplie, en jetant avec dédain le stylo sur la table.

Une vie entière d'arrogance et de supériorité se lisait dans son regard glaçant.

— Tu veux devenir baronnet ? Tu comptes traîner ta mère au tribunal et salir sa réputation pour parvenir à tes fins ? Mais je te préviens : je me battrai pour t'empêcher d'hériter de mon titre.

Sir Robert Cranbrook avait perdu son immense fortune mais il se raccrochait à l'idée que son titre signifiait encore quelque chose.

A son tour, Hal North saisit le stylo de l'avocat pour contresigner le document.

D'une main ferme.

L'immense domaine de Cranbrook, avec son parc, son lac et ses cottages ne signifiait qu'une seule chose pour lui : il avait atteint son objectif. Il avait eu le pouvoir de faire asseoir son ennemi en face de lui pour le forcer à le regarder, ce qui n'était déjà pas si mal.

Quoique insuffisant.

Un personnage central du puzzle du domaine, Peter Thackeray, n'avait pas vécu assez longtemps pour être témoin de cette déchéance, et Hal le regrettait. Mais il chasserait sa fille du domaine, et bouclerait ainsi la boucle.

— Tu n'as plus les moyens de te battre contre moi, Cranbrook, dit-il, recapuchonnant soigneusement le stylo avant de le rendre à l'avocat. Tu dois ton âme au fisc et, sans moi pour te tirer d'affaire, tu ne serais qu'un quidam en faillite vivant de la charité de l'Etat.

— Monsieur North…, fit l'homme de loi.

Hal poursuivit sans l'entendre.

— Tu as refusé de me reconnaître à l'époque où cela signifiait encore quelque chose pour moi. Aujourd'hui, je n'ai plus envie de dire que tu es mon père. Je n'ai plus besoin de ton nom et je ne veux pas de ton titre. Contrairement à toi, je n'ai pas attendu la mort de mon père pour trouver ma place dans le monde et devenir un homme.

Il attrapa le titre de propriété dont le rouleau, maintenu par un ruban rouge, était cacheté du sceau royal. *Son* titre de propriété.

— Je ne dois ce que je suis devenu qu'à moi-même, Cranbrook. Et il en va de même de ce domaine, que tu as perdu par paresse et goût de la vie facile. Pour réussir, je n'ai pas reculé devant les difficultés. Contrairement à toi qui t'es toujours trouvé trop bien pour mettre les mains dans le cambouis, je n'ai pas eu honte de mouiller ma chemise.

— Tu es un braconnier, un voleur de poules…

— … qui dîne aujourd'hui avec les présidents et les premiers ministres pendant que tu attends le miracle, réfugié dans la petite chambre de ta maison de retraite. Désormais, au lieu du parc floral créé par Humphrey Repton, ton ancêtre, tu as vue sur de vulgaires plates-bandes.

Sur ces mots, Hal se leva et, se tournant vers son avocat, lui remit l'acte de propriété comme s'il s'agissait d'un journal bon à finir à la corbeille.

— Nous n'avons plus rien à faire ici.

Il voulait s'en aller. Respirer de l'air pur. Cranbrook parvint vaille que vaille, en se cramponnant à la table, à se dresser sur ses jambes.

— Ne crois pas cela ! s'écria-t-il. Ta mère était une sale tricheuse. Elle t'a remis en cachette l'argent que je lui avais donné pour vivre, tandis que son ivrogne de mari se la coulait douce.

Hal North n'était pas devenu milliardaire en affichant ses émotions au mauvais moment. Son visage resta impassible, ses poings ne se crispèrent même pas.

— Personne ne peut salir un innocent, Cranbrook.

— Elle était à moi ! Je l'avais achetée et payée !

— Hal…, dit calmement l'avocat de North, vous vouliez partir…

— Dormir dans le lit d'une reine ne changera pas qui elle est, dit Cranbrook, et aucune somme d'argent ne fera de toi autre chose qu'une ordure.

L'index qu'il brandissait vers Hal ne tremblait plus, et ce fut d'une voix métallique qu'il poursuivit :

— C'est la haine que je t'inspire qui t'a guidé pendant toutes ces années, Henry North. A présent, tu t'imagines avoir gagné parce que tes rêves se sont accomplis.

Oh oui…

— Eh bien, savoure cet instant. A partir de demain, tu chercheras chaque matin une bonne raison de te lever et tu n'en trouveras pas. Ta femme t'a quitté et tu n'as pas d'enfants. Nous sommes pareils, toi et moi…

— Jamais de la vie !

— Pareils, asséna Cranbrook. On ne peut rien contre ses gènes.

Les lèvres de Cranbrook s'étaient étirées en une parodie de sourire. Il se laissa massivement retomber dans son fauteuil.

— Voilà ce que je me dirai quand ils me réintuberont à ma prochaine attaque cardiaque. Et j'en mourrai de rire !

Quittant la route principale, Claire Thackeray s'engagea à vélo sur le sentier piéton qui traversait le domaine de Cranbrook.

Le panneau « Interdit aux cyclistes » avait été renversé avant Noël par des utilisateurs de quads, et ce n'était pas le bon jour pour arriver en retard au travail. Alors, tant pis pour le règlement, d'autant que le sentier était très peu utilisé à cette heure matinale. Il n'y avait d'ailleurs personne en vue, hormis un pêcheur trop occupé à taquiner les truites de sir

Robert pour que cela le dérange. Il ne restait donc que l'âne Archie, qui regardait par chance de l'autre côté.

Mais alors qu'elle approchait, il se précipita vers la haie. Il aurait voulu que tout le monde marche au pas. Ceux qui ne s'attendaient pas à ce qu'il charge le trouvaient terrifiant, les autres, très agaçant. Les habitués, eux, connaissaient le truc, aussi simple qu'infaillible, pour le calmer : lui jeter une friandise en passant. Claire tendit la main vers son panier mais ne trouva que l'air à brasser. Tandis que l'âne brayait sa désapprobation, elle revit la pomme rouge restée sur la table de sa cuisine alors qu'elle quittait la pièce.

Sa première erreur fut, au lieu de s'arrêter, de forcer un peu sur les pédales, ce qui eut pour effet d'augmenter sa vitesse et par conséquent la fureur de l'animal.

La seconde fut de regarder en arrière pour évaluer à quelle distance il se trouvait d'elle. Cela l'incita immédiatement à charger de nouveau. L'instant suivant, l'élan de Claire était sauvagement interrompu et elle se retrouvait face contre terre, ou plus exactement contre les campanules qui poussaient sous la haie. Il lui sembla que son corps était en plusieurs morceaux, dont certains ne lui appartenaient pas…

Archie s'arrêta, satisfait, la renifla et repartit se cacher dans l'attente de sa prochaine victime. Il portait bien son nom, cet âne…

— Nom de nom ! s'écria une voix d'homme.

Elle ne pouvait pas le voir mais c'était sans doute à lui qu'appartenaient les deux autres jambes emmêlées autour de la bicyclette. Il reprit :

— Ce n'est pas possible, qu'est-ce que vous fabriquez par terre ?

— A votre avis ? répondit Claire qui passait mentalement en revue les innombrables messages de douleur que lui envoyait son cerveau. Je respire les campanules, bien sûr.

Elle tenta de bouger les mains : coincées sous les poignées

du vélo. Sans doute l'homme faisait-il lui aussi le bilan des dégâts car il ne dit plus rien.

— Elles sentent bon, vous ne trouvez pas ? dit-elle d'une voix un peu chevrotante.

Sa tentative pour détendre l'atmosphère fut saluée par un grognement désapprobateur.

— Vous circuliez à vélo sur un sentier piéton.

— C'est vrai, dit-elle tout en songeant que, pour raisonner de la sorte, Grincheux ne devait pas être gravement blessé. Je suis vraiment désolée de vous avoir percuté !

Désolée aussi que ses fèves aient été attaquées par un parasite. D'avoir oublié la pomme du baudet. Que cet homme ait croisé son chemin.

Trente secondes plus tôt, elle n'était pas en avance. A présent, elle était définitivement en retard… Son rédacteur en chef allait la faire remplacer au rendez-vous du Comité de planification, cela ne faisait aucun doute. C'était pourtant à elle, qui avait vécu toute sa vie sur le domaine de Cranbrook, de couvrir l'événement.

— Non contente d'utiliser ce sentier comme piste de course, fit Grincheux, vous…

Génial… Elle venait d'avoir un accident qui la clouait à terre, et cet homme ne trouvait rien de mieux que de lui faire la morale.

— … ne regardiez pas où vous alliez.

— Vous n'avez visiblement pas remarqué, mais j'étais prise en chasse par un stupide bourricot.

— J'ai vu.

Dieu qu'il était pénible ! Malgré ses bleus et ses contusions, elle n'allait pas se laisser faire.

Du reste, qui était-il ? Grincheux en personne ? Malgré son angle de vision très réduit, elle crut voir qu'il portait une sorte de combinaison vert foncé. Et il lui semblait avoir entraperçu une paire de bottes une demi-seconde avant de s'écraser sur le bas-côté.

— Je parierais que vous n'avez même pas votre permis de pêche, dit-elle avec une certaine hargne.

— Et vous gagneriez, répondit-il sans la moindre trace de remords. Etes-vous blessée ?

Tout de même...

— Parce que, poursuivit-il, je ne pourrai pas me relever tant que vous n'aurez pas bougé.

Ah, c'est pour cela. Quel homme généreux...

— Vous m'en voyez désolée, mais je vous signale que, après un accident, il ne faut pas bouger.

Ayant signé l'article « Les gestes qui sauvent après un accident », elle connaissait son sujet. Allait-il faire preuve d'un minimum de sympathie et d'attention à son égard, à présent ?

— Que suggérez-vous, alors ? Que nous restions imbriqués sous votre vélo jusqu'à l'improbable passage d'un masseur-kinésithérapeute ?

Tiens, tiens, c'est lui qui devient sarcastique, à présent.

— J'ai un téléphone dans mon sac, dit-elle.

La bandoulière s'était à moitié entortillée autour de son bras, ce qui était aussi bien, en un sens, car elle aurait facilement été tentée d'assommer Grincheux avec.

— Si vous arrivez à l'atteindre, puisque vous êtes derrière moi, composez donc le numéro des secours.

— Etes-vous blessée ?

Le message semblait avoir enfin franchi son crâne épais et atteint son cerveau.

— Car je ne dérangerai pas les secours pour une simple blessure d'ego, dit-il.

Décidément, Grincheux avait besoin qu'elle lui mette les points sur les *i*.

— J'ai peut-être une commotion cérébrale. Ou bien *vous*...

La seconde hypothèse lui aurait d'ailleurs plu davantage...

— Si vous êtes commotionnée, répondit-il du tac au tac,

ne vous en prenez qu'à vous-même. Votre casque est fait pour votre tête, pas pour décorer votre panier.

Grincheux avait raison, mais le directeur du Comité de planification était un vieux macho. Si elles devaient l'interviewer, les journalistes avaient intérêt à se présenter en robe et talons hauts. Ayant poussé la conscience professionnelle jusqu'à relever ses cheveux en chignon, elle n'avait pas voulu tout gâcher en écrasant sa coiffure avec son casque de vélo.

— Combien ma main a-t-elle de doigts ? demanda soudain Grincheux.

L'une d'elle reposait sur ses reins et y dispensait une douce chaleur, qui se propageait dans tout son dos. Mais mieux valait ne pas y penser, et se concentrer sur celle qui venait d'apparaître devant elle, maculée de boue, mais longue et fine.

— Euh… trois ?

— A peu près.

Drôle de réponse. Elle avait dû se tromper.

— Pourriez-vous recommencer, s'il vous plaît ?

— Garantissez-moi avant que vous savez compter jusqu'à plus de trois.

— Pour le moment, je ne suis même pas sûre de me rappeler comment je m'appelle.

— Que diriez-vous de *Claire Thackeray* ?

Stupéfaite, elle releva la tête de son petit parterre de campanules pour jeter un coup d'œil ahuri à l'homme, qu'elle n'avait pas encore vu.

Mal lui en prit. Elle se retrouva dans la seconde avec la bouche sèche, le souffle court et les mains moites.

Grincheux n'avait pas le nez en patate et ne portait pas de ridicule barbe blanche. Il n'était pas non plus petit et âgé. Loin de là.

Il était dans la plénitude de l'âge.

Pourtant Hal North n'avait jamais été tellement beau.

Petit garçon efflanqué et sauvage, il l'attirait autant qu'il l'effrayait.

Quelques années plus tard, adolescente, elle avait nourri de coupables pensées pour le mauvais garçon de Maybridge, ce qui aurait sans doute fait cauchemarder sa mère si elle avait pu le soupçonner.

Hal North, lui, n'avait jamais remarqué qu'elle existait. Elle était trop jeune. Les filles du même âge que lui ne manquaient pas, déjà tout en courbes et fascinées par le risque qu'il représentait à leurs yeux. En proie à des émotions qu'elle ne comprenait pas, elle avait souvent et beaucoup frissonné en songeant à ce jeune homme ténébreux. Différente des adolescentes qui s'entraînaient à devenir des femmes, elle était restée cantonnée aux aventures par procuration des héroïnes des romans du XIXe siècle.

Le village avait beaucoup jasé sur Hal lorsqu'il s'était fait bannir du domaine par sir Robert Cranbrook après un événement apparemment grave. Lequel ? Elle n'en avait jamais rien su. Sa mère avait un jour chuchoté la chose à son père, et avait changé de sujet dès qu'elle s'était approchée. Et comme Claire n'avait pas d'amie avec qui partager petits et grands secrets, elle restait encore aujourd'hui dans l'ignorance de ce qui avait causé l'éviction brutale de Hal North.

C'était à son journal intime qu'elle avait confié ses idées les plus folles sur les raisons de son départ et sur l'endroit où il s'était réfugié. Il avait longtemps continué à la fasciner.

Puis les années avaient passé et le journal avait échoué au fond d'un tiroir où elle l'avait peu à peu oublié pour se plonger dans la vie.

Même dans ses rêveries les plus naïves elle n'aurait jamais imaginé revoir Hal dans des circonstances pareilles. Surtout, elle découvrait que l'attraction qu'il exerçait sur elle n'avait fait que s'exacerber. D'autant que le jeune homme efflanqué avait fait place à un homme magnifique aux pommettes hautes, aux yeux de braise et aux lèvres infiniment sensuelles, appétissantes…

Elle se rappela heureusement à temps qu'elle avait vingt-six ans, un métier passionnant et un enfant à élever. Cela ne lui laissait pas le temps de nourrir de vieux fantasmes d'adolescente.

— Je suis surprise que tu m'aies reconnue, dit-elle, se faisant presque violence pour le tutoyer.

Comment ignorer à présent les battements de son cœur, sa respiration accélérée, les traces de boue qui lui maculaient les joues, et sa main, toujours coincée sous une jambe ferme et musclée qui ne lui appartenait pas ?

Mais elle ne prononça pas le prénom qu'elle avait pourtant murmuré sans fin dans l'obscurité complice de sa chambre d'adolescente.

— Tu n'as pas beaucoup changé, dit-il sur un ton qui n'évoquait guère le compliment. Toujours aussi guindée. Emprunter un sentier piéton à vélo est sûrement la seule règle que tu aies jamais enfreinte de toute ton existence.

— Il n'y a rien de particulièrement glorieux à enfreindre les règles, répondit-elle sans s'émouvoir. Pas plus que de se cacher pour attraper les truites de sir Robert sans permis de pêche. Mais ce n'est pas la seule règle que tu aies enfreinte au cours de ton existence.

— Tu as tout de même la langue mieux pendue qu'avant, dit-il, de plus en plus crispant. Quant aux truites, elles n'ont jamais appartenu à Robert Cranbrook. Il avait seulement le droit de les pêcher, droit dont il ne peut d'ailleurs même plus se réclamer aujourd'hui.

— Peut-être, mais il y a bien quelqu'un qui le possède. A en croire les rumeurs sur les finances de sir Robert, il n'apprécierait sûrement pas que tu te serves dans ses réserves.

Guindée et ergoteuse.

— Mais ne t'inquiète pas, dit-elle, j'oublierai ce que j'ai vu si, de ton côté, tu promets d'oublier mon petit délit.

— Pour ma part, j'aimerais autant, pour écouter ton plaidoyer, que nous nous extirpions de ton vélo.

Quel plaidoyer… ? N'avait-il pas compris qu'elle plaisantait ? Et dire que c'était lui qui la trouvait collet monté…

— Donc, poursuivit-il avec sa logique bornée, à moins que tu me dises que tu ne sens plus tes jambes ou que tu t'es fracturé quelque chose, on se relève.

— Je vérifie.

Elle passa son corps en revue, de ses orteils au bout de ses doigts.

— Alors ?

— Bleus et contusions partout.

— Mais pas de commotion.

C'était une affirmation.

— Disons qu'il me reste assez de sensibilité pour localiser ta main juste au-dessous de ma taille.

Elle attendit.

S'excuser ? Lui ? Jamais…

— Et toi ? demanda-t-elle, plus pour dire quelque chose que par intérêt réel.

— Je la sens aussi, ma main. Sur le haut de tes reins.

Les lèvres de Hal s'étirèrent un court instant, ce qui eut pour effet immédiat d'empêcher Claire de respirer.

2

— Tu es en un seul morceau ? demanda Claire en ignorant son cœur qui cognait dans sa poitrine.

— A peu près, et toi ?

— Je survivrai.

Le sourire de Hal — enfin, le léger tremblement de sa lèvre inférieure — augmenta le rythme des battements. Constatant qu'elle ne bougeait plus du tout, il demanda :

— On se lève ?

Elle sursauta.

— Oui, bien sûr, je... suis encore un peu sonnée.

Tout bien considéré, Hal North en Grincheux était préférable à Hal North en prince charmant.

— Tu vas rouler sur le côté, et j'essaierai de nous désimbriquer.

Le mot était curieux mais résumait bien le problème. Elle s'exécuta, sentant la main de Hal prendre légèrement appui sur ses reins pour se dégager. Sa jambe glissa, toujours aussi ferme et musclée, le long de sa cuisse.

Elle frissonna.

— Je te fais mal ?

— Non !

Elle avait presque crié. Il la regarda, interdit, tandis qu'elle bredouillait :

— Tu as les mains froides.

— C'est fréquent, quand on taquine la truite, répondit-il.

Ainsi, il confirmait implicitement qu'il sortait de la rivière au moment où elle se faisait attaquer par cet âne stupide.

— Vends-tu toujours tes prises au patron du restaurant Les Plumes ?

La question le prit tellement de court qu'il en eut le souffle coupé.

— Ne me dis pas qu'il se fournit toujours en produits de braconnage !

Pourquoi prétendre avoir oublié toutes les fois où, passant par la porte arrière de l'établissement, il avait supplié le propriétaire de lui acheter son poisson ? Il poursuivit :

— Si c'est le cas, j'espère qu'il paie ces truites à peine sortie de l'eau plus cher qu'à mon époque, car il profitait de ma situation précaire pour me voler !

Elle eut un petit rire.

— Personne n'échappe à l'inflation… Quant à ta canne à pêche, j'espère qu'elle ne s'est pas brisée dans notre… collision.

D'une petite grimace, il lui indiqua que c'était le cas.

— Encore désolée, décidément je…

— Elle n'est pas à moi. Je venais de la confisquer à un jeune homme qui pêchait sans permis.

— « Confisquer » ?

Comme il s'asseyait, elle remarqua sur sa veste l'écusson du domaine de Cranbrook. Il travaillait donc dans le parc. Le braconnier s'était fait gardien… C'était une bonne idée, il connaissait l'endroit comme sa poche. Pourtant, elle déplaisait un peu à Claire.

— Ce doit être très ennuyeux pour lui. Les cannes à pêche sont devenues très chères et…

Il l'interrompit.

— Il la récupérera quand il aura réglé son amende.

— Parce que tu lui as donné une amende ! Je te signale qu'il ne fait rien de plus que ce que tu faisais au même âge !

— Oui, mais j'étais assez malin pour ne pas me faire prendre.

— Pas de quoi être fier…

— Un peu quand même.

— Connais-tu ce garçon ?

— Oui, répondit-il. Gary Harker. Sa mère travaille à l'administration du domaine. Il a fini l'école l'été dernier. Depuis, faute d'avoir trouvé du travail, il rôde par ici.

— Il y a encore quelques années, le domaine l'aurait formé et employé. Pourquoi ne pas parler de lui à la recruteuse ?

Hal haussa un sourcil.

— Non seulement tu voudrais que je lui rende sa canne, mais en plus que je lui trouve du travail…

— Certains stages rémunérés lui conviendraient peut-être… Si tu es trop occupé pour chercher, j'essaierai de trouver un peu de temps pour le faire. Et, Hal… si je lui parle, le laisseras-tu tranquille ?

— Et si je lui parle, moi, me laisseras-tu tranquille ?

— Mieux que cela, je te cuisinerai une délicieuse tarte. Que préfères-tu ? Aux pommes ? Au chocolat ? Au citron ?

L'espace d'un instant, elle crut avoir son attention, mais il la détrompa sur-le-champ.

— La roue avant est voilée, dit-il.

Elle ravala sa déception.

— Génial… Tout cela pour une pomme que j'ai laissée sur la table de ma cuisine. Bref, c'est réparable ?

— Peut-être, mais est-ce que cela en vaut la peine ? Il a au moins cinquante ans, ton vélo…

— Bien plus, répondit-elle sans se troubler. Tu n'as qu'à calculer : il appartenait à la nounou de sir Robert !

Elle accepta son aide pour se relever. Il avait la main froide ou bien c'était la sienne qui était chaude. Toujours est-il qu'il se passa quelque chose au moment où leurs doigts se nouèrent et qu'il l'attira vers lui. Elle baissa les yeux vers sa paume. Du sang perlait à la racine de son pouce, où un minuscule morceau de verre était resté fiché.

— Vais-je encore longtemps collectionner les catastrophes ? demanda-t-elle sur un ton désolé en retirant le petit débris.

— Pas si ton vaccin antitétanique est à jour…

Et le vaccin contre les hommes dangereux ? Il n'en existait pas, et c'était bien dommage…

— Tiens, dit-il en lui tendant un mouchoir fraîchement repassé alors qu'elle cherchait le sien au fond de ses poches.

Le geste était prévenant, mais il gâcha tout en ajoutant :

— Tu devrais vraiment faire un effort pour te lever plus tôt.

— Pardon ?

Pour mieux le toiser, elle essaya d'ignorer combien il était séduisant, avec sa barbe naissante et ses lèvres magnifiquement ourlées.

Décidément très dangereux.

— Je suppose que tu partais travailler et que tu étais en retard ?

Il avait d'épais cheveux noirs qui lui tombaient sur les yeux. Même les traces de boue sur son front l'embellissaient. Et ses yeux étaient-ils vraiment de ce vert foncé qu'elle n'avait jamais vu ailleurs ?

Il fallait de toute urgence rétablir une distance décente entre eux.

— J'étais en retard pour mon rendez-vous de 9 heures, en effet, mais pas pour avoir paressé au lit. A présent, je vais être en retard à celui que j'ai pris à 10 heures à l'hôtel de ville avec le président du Comité de planification. Et cela m'embête beaucoup plus…

L'accident était une chose, mais la crainte de perdre son travail était bien pire.

Hal regarda sa montre.

— Tu ne pourras pas être à l'heure.

— C'est ce que je suis en train de dire ! répondit-elle avec impatience. Si au moins tu ne me barrais pas le passage, je pourrais l'appeler pour reporter ce rendez-vous.

— Faites attention, mademoiselle Thackeray, ou je vous laisse en plan ici.

Elle retint la repartie qui lui montait aux lèvres. Après tout, il pouvait lui être utile. S'il travaillait au domaine, il devait être parfaitement au courant de ce qui se passait à Cranbrook. Peut-être même plus que le président du Comité de planification.

— La rumeur prétend qu'un investisseur aurait racheté le domaine.

Ce n'était pas tout à fait vrai. Une rumeur circulait effectivement à Maybridge sur la vente de la propriété, mais l'investisseur sortait tout droit de son imagination. Hal ne résisterait pas plus qu'un autre à l'envie de démêler le vrai du faux et il lui raconterait ce qu'il savait.

— En quoi cela t'intéresse-t-il ?

Raté… Après avoir été un enfant différent des autres, Hal North n'était pas devenu un adulte comme les autres.

— C'est le domaine qui me loge, répondit-elle.

— Tu es détentrice d'un bail.

Qui expirait dans moins de trois mois.

— En effet, mais sir Robert me connaît depuis que j'ai quatre ans… Le nouveau propriétaire n'aura pas la même considération pour moi. Il peut ne pas vouloir renouveler mon bail, qui expire dans trois mois, ou augmenter le loyer. Mais dans quelles proportions ?

Perdre son travail. Perdre sa maison. Ces deux hantises ne la quittaient pas.

— Il y a aussi d'autres rumeurs, à propos d'une zone industrielle qui serait construite de l'autre côté du village, exactement là où j'habite.

Il arqua un sourcil.

— Tu n'habites pas le cottage Primrose, celui où je vivais !

— Si, répondit-elle sans douceur, énervée par son air choqué. Tu pensais qu'il allait être transformé en musée… ?

— Cette zone industrielle fournirait du travail aux habitants. N'y as-tu pas songé ?

— Je suis journaliste et tous les points de vue m'intéressent. L'emploi en est un. La protection du site aussi.

— Seulement aux yeux d'une poignée de privilégiés.

— Le domaine a toujours été considéré comme un lieu d'agrément local.

— Pas pour les pêcheurs à la ligne. Tu travailles sans doute pour la feuille de chou régionale.

— Pour *le Maybridge Observer*, répondit-elle sans relever le sarcasme, s'efforçant de garder un agréable sourire aux lèvres.

Elle voulait savoir ce qu'il savait.

— Toutes les études que tu as faites, et qui ont coûté une fortune à tes parents, pour en arriver là…

— C'est extrêmement désobligeant de ta part, de dire cela…

Le beau sourire s'était envolé.

Pourtant, elle comprenait pourquoi il s'était souvenu d'elle et même de son nom. En uniforme gris et rose de la Dower House School, elle détonnait terriblement au milieu des sweat-shirts d'un rouge éclatant de la Maybridge High. Du reste, tous les enfants du village s'étaient moqués de sa différence. De son côté, malgré sa prétendue indifférence, elle avait rêvé de leur ressembler, d'appartenir au petit groupe qui se rassemblait tous les matins à l'arrêt de bus tandis qu'on la conduisait en voiture dans l'autre direction.

— Ta mère répétait assez que tu étais promise à Oxbridge puis à un poste haut placé dans un journal national.

— Vraiment ? fit-elle.

Pourtant, elle n'avait rien oublié de son embarras à entendre sa mère se répandre sans modestie à travers le village, faisant d'elle la risée de tout le monde. Elle s'éclaircit la gorge.

— Je n'étais probablement pas aussi brillante qu'elle le croyait.

— Si tu me donnais la vraie raison ?

Elle aurait dû être flattée qu'il ne la croie pas, mais ce sentiment fut balayé par un autre, beaucoup plus oppressant.

— Probablement le bébé que j'ai eu.

Si Hal était de retour au village, il saurait tôt ou tard qu'elle avait une fille.

— A l'époque, cela a beaucoup fait ragoter.

— J'imagine. Personne que je connaisse ? Le père, précisa-t-il comme s'il n'était pas sûr qu'elle comprenne.

Même après toutes ces années, certains souvenirs restaient douloureux. Aussi répondit-elle adroitement pour éviter de les faire affluer :

— Tu ne dois pas te souvenir de grand monde de l'époque. Avec le chômage, bien des gens sont partis. Année après année, les affaires de sir Robert se sont dégradées. Il a commencé à moins entretenir les maisons qu'il louait, certaines sont tombées en ruine.

Tout en lui prêtant une oreille attentive, Hal ôtait en silence les brindilles restées accrochées à son corsage. Malgré cette illusoire douceur, et même s'il lui en coûtait, elle décida de revenir au sujet qui l'intéressait.

— Peux-tu me dire ce qui se passe au domaine ?

S'il ne savait rien, peut-être la découverte de son ignorance l'inciterait-elle à ouvrir le débat.

— Il y aura une annonce officielle dans un jour ou deux, répondit-il.

Il serait trop tard ! Elle voulait faire la une avec une nouvelle fracassante !

— Qui est le nouveau ou la nouvelle propriétaire ?

— Chercherais-tu par hasard à obtenir un scoop pour l'*Observer*, Claire ? Ou de quoi papoter chez le coiffeur ?

— Tu dois me confondre avec une autre. Moi, je travaille

à plein temps et j'élève mon enfant seule. Les commérages de séchoir, dont j'ai horreur, ne sont pas pour moi.

— Le père du bébé ne vit donc pas à proximité.

— Quel admirable sens de la déduction ! Allez, Hal, tu sais quelque chose, c'est évident !

Avec le président du Comité de planification, il lui aurait suffi de battre des cils pour apprendre ce qu'elle voulait. Mais avec Hal North, c'était apparemment une autre affaire.

— De toute façon, dit-elle, insistante, tu l'as dit toi-même, la nouvelle sera divulguée sous peu.

— Tu n'auras donc pas longtemps à attendre.

— Bon, d'accord, ne me donne pas de nom. Mais dis-moi au moins ce qui va arriver aux bâtiments actuels. Est-il vrai qu'ils vont être transformés en hôtel et en centre de conférences ?

C'était en fait tout ce dont elle avait besoin pour faire la une du lendemain.

— Je croyais que tu cherchais la vérité sur la rumeur de la petite zone industrielle ?

— Tu sais ce que c'est... Une rumeur chasse l'autre...

— Pourquoi ne te contentes-tu pas de les reprendre ?

— Parce qu'un quotidien local ne peut se contenter de relayer des on-dit.

Son esprit fonctionnait à plein régime, mais physiquement elle se sentait beaucoup moins vaillante. Heureusement, Hal la tenait par la taille. Elle ferma brièvement les paupières. Il avait une odeur divine.

— Si tu veux bien m'excuser, fit-elle à la hâte en le repoussant par les épaules, je dois y aller à présent.

— Je veux bien, mais... n'aurais-tu pas oublié quelque chose ?

— Ah..., ma chaussure.

Elle avait atterri dans la boue. Il aurait pu se charger d'aller la chercher.

— Non, dit-il, je faisais allusion au fait que tu circulais

en deux-roues sur un sentier pédestre, Claire, et que tu enfreignais le règlement.

Elle le considéra avec un large sourire.

— Tu plaisantes, je suppose.

Silence. Il ne plaisantait pas. Mais alors, à quoi rimait le regard intense qu'il posait sur elle et qui lui faisait battre le cœur plus vite ? Elle changea de tactique dans la seconde.

— Tu as tout à fait raison. J'ai eu tort et je ne le referai plus.

— Je ne te crois pas.

— Comment cela ? Que pourrais-je faire pour te convaincre ?

Il resta de marbre, le visage tendu. Oh non ! Il ne prenait tout de même pas sa phrase pour une invite ! Remarquant qu'il ne quittait pas sa bouche des yeux, elle se sentit gagnée par un mélange de peur et d'excitation. L'espace d'un instant, elle crut même qu'il allait la prendre contre lui et l'embrasser, réalisant ainsi les rêves qu'elle confiait, adolescente, à son journal intime, avant de rencontrer Jared.

Se reprenant soudain, elle se libéra du cercle de ses bras, dans un geste qui le prit par surprise. Mais les dieux n'étaient sans doute pas avec elle ce jour-là. En reculant d'un pas, son pied dérapa sur la terre détrempée par les pluies du matin. Elle serait tombée s'il ne l'avait retenue par la taille.

— Tu as emprunté ce sentier à vélo chaque jour de la semaine, dit-il sans la moindre trace d'émotion, et je ne vois pas pourquoi tu arrêterais sans raison.

— Archie en est une.

— Pas pour les petites malignes comme toi qui connaissent son faible pour les pommes et partent tous les matins en retard au travail…

Comment pouvait-il déjà connaître ses habitudes ? Depuis quand était-il de retour ? Et surtout, pourquoi n'avait-elle pas entendu parler de lui dans les magasins ou au bureau de poste ? Même si peu de gens se souvenaient de Hal North, l'arrivée d'un aussi bel homme au village aurait dû être commentée. Surtout chez les femmes.

— Etait-ce pour me surprendre que tu t'étais caché ?

— J'ai mieux à faire de mon temps, crois-moi. Tu n'as simplement pas eu de chance.

— Bon, alors, que vas-tu faire ? Ameuter le quartier parce que j'ai circulé à vélo sur un sentier piéton ?

— Non, te donner une amende à payer sur place.

Cette fois, elle n'en douta plus. Il ne plaisantait pas.

Hal North garde forestier… L'adolescent braconneur était passé de l'autre côté du manche. Drôle de revanche…

— De toute façon, dit-elle en cherchant son portefeuille, je n'ai que dix livres. C'est à prendre ou à laisser.

— Je laisse.

Elle soupira de soulagement une fraction de seconde trop tôt car il poursuivit :

— Pour avoir un rôle dissuasif sur toi, la somme devra être substantielle.

Elle voulut protester. Ses fins de mois étaient déjà assez difficiles à boucler ! Mais sa phrase vira au borborygme lorsqu'il l'attira contre lui. Ses hanches se plaquèrent contre les siennes.

— Quel montant t'aiderait à réfléchir, Claire ?

Elle le fusilla du regard. Comment avait-elle pu le trouver doux ? Elle se le demandait encore lorsque, penchant le visage vers le sien, il chercha ses lèvres et les prit.

Incroyable. Totalement choquant. Mais exactement comme elle l'avait si souvent imaginé.

3

Tandis que son chignon se défaisait sous les doigts de Hal et que ses cheveux glissaient sur ses épaules, Claire oublia tout.

Puis elle recula, involontairement comique à cause de sa chaussure unique, mais il se garda bien de rire. Elle semblait si affectée par la situation que tout ce qu'il aurait le malheur de dire ou de faire provoquerait un drame.

Cependant, une chose était à peu près certaine : elle ne réemprunterait pas de sitôt ce sentier pédestre à vélo. Ou, si l'envie l'en reprenait, elle n'oublierait plus de se munir d'une pomme …

Se baissant pour extirper la chaussure à talon de la terre glaise, il la posa dans le panier à l'avant du vélo, attrapa la canne à pêche confisquée à Gary Harker, et suivit Claire.

C'était la première fois depuis des années qu'il perdait son self-control. Et à deux reprises. D'abord en embrassant Claire, ensuite en ne la punissant pas d'être une Thackeray.

Car il avait perdu tous ses moyens face à la douceur de ses lèvres, à l'incroyable façon dont elle s'était accrochée à lui — qui n'était pas du tout celle d'une collet monté — et à son regard après leur baiser. A sa place, n'importe quelle femme aurait eu le regard brumeux, le teint rose et les commissures des lèvres légèrement relevées dans l'anticipation de ce qui allait suivre. Claire Thackeray, elle, l'avait fixé comme un lapin pris dans les phares d'une voiture. Sous les traces de boue qui lui barraient la joue, elle lui avait semblé d'une choquante pâleur. Elle ne lui avait même pas demandé de se justifier. De toute façon, qu'aurait-il pu dire ? « Je suis désolé… » Non, pas à la fille de Peter Thackeray, celle qui, à l'époque, se trouvait trop bien pour les enfants du village, ni à celle qui, aujourd'hui, alors que la chance avait tourné et qu'elle occupait la maison la plus délabrée du village, jouait à la dame patronnesse. Elle était bien la digne fille de sa mère, qui procurait du travail aux pauvres *méritants* et envoyait tous les autres au diable.

Il baissa la tête. Pourquoi songer à tout cela puisque, de toute façon, Claire s'était éloignée sans un mot ni un regard en arrière. A ses yeux, il était toujours le vaurien pour lequel son père avait tant de mépris, et elle la petite princesse du domaine de Cranbrook.

La roue voilée, prise dans la glaise, refusait absolument de tourner. Soulevant le vélo, il le posa contre un arbre, récupéra la chaussure à talon dans le panier et s'élança en courant derrière la silhouette qui s'éloignait clopin-clopant.

— Claire ! Attends, nom d'un chien !

Claire aurait voulu mourir.

Non, c'était ridicule. Elle n'était plus l'adolescente naïve entichée du mauvais garçon du coin, mais une femme adulte et responsable.

Qui aurait voulu mourir.

Comment avait-il pu ?

Parce qu'il avait toujours agi comme il l'entendait.

Et elle, comment avait-elle pu non seulement accepter son baiser sans protester mais aussi le lui rendre comme si elle l'avait attendu toute sa vie ? Pour couronner le tout, elle avait encore les sens en feu. Elle était comme naufragée volontaire sur un océan de désir où rien ne comptait que Hal North, plus que sa dignité, plus même que son enfant… Oui, ce baiser avait produit sur elle exactement l'effet dont sa jeune imagination d'adolescente avait toujours rêvé.

Ce qu'il venait de faire n'était-il pas effroyable ?

Elle tentait de s'en convaincre pour repousser le plaisir que lui procuraient encore l'odeur sauvage de sa peau et le goût de ses lèvres douces et voraces.

— Claire, tu ne m'entends pas ?

Bien sûr que si, elle l'entendait.

— Attends-moi, bon sang !

En plus, il était en colère ! M. Je-fais-ce-qui-me-plaît venait de l'embrasser sans même lui demander son avis, et c'était lui qui était fâché !

— Je te rapporte ta chaussure !

Sans le regarder, sans ralentir le pas, elle la lui arracha des mains et l'envoya valser dans le fossé.

— Ce n'est pas malin.

Sans doute. Elle reviendrait la chercher plus tard.

— Quel est le montant de l'amende à régler sur-le-champ pour abandon de déchets ? demanda-t-elle.

— Tu veux vraiment la réponse ?

Elle allait répondre quand elle se prit le pied dans une racine. Une fois encore, ce fut lui qui l'empêcha de tomber. Ce qu'il pouvait être énervant !

— Fiche-moi la paix, dit-elle. Tu ne vas pas m'escorter jusque chez moi, non !

— Je fais cela pour ta sécurité.

— Quelle sécurité ? Maintenant que je claudique, cet âne borné d'Archie ne risque plus de me courir après. En revanche, qui va me protéger de toi ?

— Tu viens de subir un choc, répondit-il sans se départir de son calme, ce qui eut pour effet de la faire enrager plus encore.

Si elle avait reçu un choc, ce n'était certainement pas celui provoqué par sa chute…

— Il est un peu tard pour jouer au chevalier servant, tu ne trouves pas ?

— Tu dois me confondre avec un autre.

— Pas le moindre risque !

Elle ne le quittait pas du regard, serrant les dents pour qu'il ne remarque pas qu'elle avait de plus en plus mal. La seconde d'après pourtant, il la prenait par la taille et la serrait fermement contre lui, ne lui laissant d'autre choix que de prendre appui sur lui pour poursuivre son chemin.

Se débattre ne servirait qu'à prolonger une situation dont elle avait hâte de sortir. La tentation était grande de céder au confort de ses bras, résister à l'impression de sécurité lui aurait demandé un effort considérable.

Il ne la libéra que lorsqu'ils furent arrivés devant la barrière de la petite maison. Il lui tendit la canne à pêche de Gary, probablement pour qu'elle la lui remette lorsqu'elle le verrait. C'était son premier geste gentil et désintéressé, aussi le remercia-t-elle.

Mais la fin du mot s'étrangla dans sa bouche car, l'arrachant soudain de terre, il la prit dans ses bras et se dirigea vers le seuil, prêt à le lui faire franchir comme à une jeune mariée. Handicapée par la canne à pêche, elle ne put qu'arrimer les bras autour de son cou pour ne pas tomber. Il s'engagea sur le sentier de gravier qui menait au petit porche.

— La clé…, demanda-t-il en la déposant sans la moindre délicatesse devant la porte.

— Je suis arrivée chez moi, merci, fit-elle pour toute réponse. Ta mission est accomplie.

Le message était clair et la dispensait de ne devoir rien ajouter. Surtout pas merci. Plutôt être damnée que prononcer ce mot une seconde fois. A présent et en toute logique, il ne restait plus à Hal North qu'à disparaître.

Mais la logique n'était apparemment pas son fort.

— Ne complique pas tout, s'il te plaît ! dit-il.

— Je dis et fais ce que je veux !

Sa clé resterait là où elle était.

Avec un haussement d'épaules, il se pencha sans hésiter vers la brique sous laquelle elle la dissimulait.

— Ma mère utilisait la même cachette, dit-il en réponse à son air sidéré.

— Va-t'en.

— Pas avant que tu m'aies offert la réconfortante tasse de thé à laquelle j'aspire et que je mérite, répondit-il en la suivant à l'intérieur.

Il retira ses bottes et les aligna à côté des chaussures qui s'y trouvaient déjà.

La tenue de Claire était mouillée et maculée de boue, son pied la lançait et son corps lui faisait mal partout. Elle avait besoin de calme, de soins, de repos.

La sonnerie du téléphone qui retentit à ce moment lui mit les nerfs à vif et elle commença par l'ignorer, espérant qu'elle s'arrête. Peine perdue. A la septième sonnerie, elle se dirigea en boitillant vers le combiné de la cuisine.

Comme elle allait passer la porte, Hal se faufila agilement devant elle, tira une chaise, délogea les deux chats qui y dormaient, la prit par le bras et la fit asseoir. Puis il saisit tranquillement la bouilloire et la remplit d'eau.

Elle décrocha, plus heureuse qu'elle n'aurait su le dire de le voir s'affairer autour d'elle.

— Claire ?

— Oh ! Brian…

— Il y a un problème ?

Brian Gouh, le rédacteur en chef du *Maybridge Observer*, semblait plus inquiet qu'agacé. Probablement parce que Claire avait la réputation bien méritée d'être fiable à deux cents pour cent. Tout le monde, au journal, savait que sa fille passait avant tout et que, pour l'élever, elle acceptait tous les reportages, parfois au détriment de ses ambitions personnelles.

— Charlie vient de m'appeler.

Charlie Peascod, le chef du Comité de planification, son rendez-vous de 10 heures. Elle jeta un coup d'œil à sa montre, et ce simple geste lui arracha un petit grognement de souffrance.

— Je suis désolée, Brian, mais j'ai eu un… accident.

— Un accident ! Quel accident ? Tu vas bien, au moins ?

— Oui, oui…, répondit-elle tout en se mettant à trembler sans comprendre pourquoi.

— Tu es sûre ? Je reconnais à peine ta voix…

— Ça va aller.

Derrière elle, le sifflement de la bouilloire la rassurait. Elle entendit le couvercle de la boîte de biscuits que l'on ouvrait.

— J'allais… t'appeler. En fait, je… suis tombée de vélo.

— Tu es allée à l'hôpital, j'espère ! s'exclama Brian avec inquiétude.

— Ce n'était pas utile. J'ai juste quelques ecchymoses, tu sais, rien d'extraordinaire. Simplement, avec la boue, ça paraît tout de suite plus grave… Mais ça ira mieux dès que j'aurai pris une douche. Avec un peu de chance, je pourrai même attraper le bus de 11 heures.

— Non, non, tu dois être sous le choc. On va se débrouiller sans toi.

Le genre de phrase agréable à entendre… Sa première réaction fut de protester, mais, pour une raison qui la dépassait, elle tremblait à présent comme une feuille et serait tombée dans les pommes si elle n'avait pas été assise.

— Repose-toi quelques jours, le temps de récupérer. On fera un point lundi au bureau.

— Si tu insistes…

C'était bien Brian qui lui proposait de ne pas venir travailler. Pas elle qui le lui avait demandé…

— Je vais appeler M. Peascod pour m'excuser et fixer une nouvelle date.

— Inutile, ne t'inquiète pas. Charlie et moi déjeunons

ensemble demain et tu sais comme moi qu'il est beaucoup plus détendu après un ou deux verres de bon vin.

Evidemment… C'était tellement plus facile pour un homme ! Brian, lui, n'aurait pas besoin de se coiffer ni de se maquiller pour arracher à Charlie des confidences sur ce qui se passait à Cranbrook ! Il l'emmènerait au *King's Head* et le ferait tranquillement parler devant une bonne assiette de rosbif…

Elle poussa un soupir découragé. A ce train, elle couvrirait bientôt les réunions mensuelles de la Guilde des cueilleurs de champignons… Heureusement que le site internet du Armstrong Newspaper Group lui avait confié la responsabilité du blog *Pucerons et Pissenlits.* Cela, au moins, elle était la seule au journal capable de l'écrire.

Mais à quoi avaient donc servi les études qu'elle avait suivies et qui avaient coûté si cher ? Où l'avaient-elles menée ? Pas plus loin que si elle n'avait jamais obtenu le moindre diplôme… Malgré cela, sa mère s'obstinait à lui rabâcher qu'elle avait plus de chance qu'elle n'en méritait !

Sauf que la conjoncture économique était mauvaise et que le *Maybridge Observer* licenciait. Elle n'était qu'une jeune journaliste peu expérimentée avec une petite fille à charge. Qui, à la direction du journal, miserait le moindre espoir sur elle ?

— Le problème est réglé ? demanda Hal lorsqu'elle eut raccroché.

Elle le regarda, presque émerveillée, sortir deux bols du placard et verser l'eau chaude de la bouilloire dans la théière, et le reste dans une bassine.

— Oui, oui.

— Tu n'appelles pas l'hôtel de ville pour te faire excuser ?

— Pas la peine…

Elle regarda le téléphone qu'elle tenait encore en main et le posa, désabusée, sur la table.

— Le rédacteur en chef s'en occupe.

— Parfait, nous allons donc pouvoir nettoyer cette blessure.

Elle fronça les sourcils en le voyant poser la bassine à ses pieds.

— Ce n'est pas la peine. Une douche sera beaucoup plus pratique. J'attends juste que tu sois parti pour aller la prendre.

— Tu t'es coupée. Il y a du sang par terre.

— Ah bon ?

Elle tourna la tête. Au sol, des empreintes de boue et de sang lui arrachèrent un juron qu'elle retint à moitié.

— Je me suis probablement fait cela en marchant sur une pierre.

Il fit la moue.

— Ou un morceau de verre, dit-il, ou encore une capsule de canette. Ce ne sont pas les détritus qui manquent là-bas…

— Beaucoup viennent du chemin de halage, ils sont poussés par le vent. Cela rendait mon père fou.

— Je n'étais donc pas le seul responsable…

Il avait parlé très vite et enchaîna avant qu'elle n'ait le temps de réagir.

— Plonge ton pied dans l'eau chaude et enlève la boue, que je vérifie qu'il ne reste pas de corps étranger dans la plaie.

Il avait raison. Elle pâlit, et se pencha en avant pour s'exécuter. Lui alla préparer le thé en silence.

Il n'aurait pas dû venir à Cranbrook, ce n'était d'ailleurs pas prévu. Pas encore. Pas avant que tout soit réglé. Pourtant, l'envie n'avait cessé de le tarauder, comme une dent douloureuse qui ne se laisse pas oublier.

— Tu as de l'antiseptique quelque part ?

— Sous l'évier, dans la trousse de secours.

— Une serviette ?

— Dans le placard de la salle de bains, en haut de l'esc…

— Je connais.

En passant, il attrapa un biscuit au chocolat et lui en tendit un.

— Tiens.

— Je n'ai pas très f…

Il avait déjà tourné les talons et ouvert la porte menant à l'étage.

L'escalier lui sembla plus étroit que dans son souvenir. Il posa le pied sur la première marche et les grimpa deux à deux.

Que faisait-il ici ? Il était arrivé à l'aube pour savourer son triomphe en faisant tranquillement le tour de *son* domaine. Voir cet adolescent en train de pêcher précisément à la place qui avait été si longtemps la sienne avait tout détraqué. A moins que son énervement n'ait été dû au manque d'expérience du gamin. Sa canne était belle et ancienne et il avait juré la tenir de son grand-père, mais Hal était à peu près certain qu'elle provenait d'un larcin.

Après cet épisode peu engageant, il était resté planté là, à laisser remonter les souvenirs de la période où lui aussi vivait en enfant sauvage. Mais, remarquant que la rive d'en face avait été sérieusement abîmée par les pluies torrentielles de l'hiver, il avait attrapé ses bottes et sa salopette dans le coffre de sa Land Rover, et traversé le cours d'eau pour étudier le problème de plus près. C'était alors qu'il avait heurté Claire et son vélo.

Et voilà qu'il se retrouvait dans la maison de son enfance. Or, s'il ne se sentait pas mûr pour revenir à Cranbrook, il l'était encore moins pour retrouver le cottage Primrose. La petite demeure était blottie en limite du village. Elle avait toujours été jolie mais son père, Jack North, l'entretenait à peine, sous prétexte qu'il n'en était que le locataire. Robert Cranbrook, lui, l'avait sciemment laissé se dégrader, s'abstenant d'entreprendre les travaux qui s'imposaient. Hal n'avait jamais compris pourquoi sa mère avait tout de même voulu y rester tout ce temps.

Aujourd'hui, le cottage n'avait plus rien à voir avec ce qu'il avait connu.

Dehors, les mauvaises herbes ne partaient plus à l'assaut de la pelouse ni du gravier où, adolescent, il avait passé des heures à réparer son vieux vélomoteur. A la place, un ravissant jardin merveilleusement aménagé forçait l'admiration.

A l'intérieur aussi tout avait changé. Du temps où il vivait là, Jack brisait régulièrement les vitres lors de ses accès éthyliques, et elles avaient fini bouchées avec du carton. Désormais, les petites fenêtres avaient été remplacées, et les battants et les poignées peints du jaune pâle des primevères qui poussaient le long de la barrière. L'ancien papier peint avait fait place à une jolie peinture couleur lavande. Les marches de l'escalier, recouvertes en leur milieu d'un tapis à fleurs rouge sombre, ne craquaient plus. Il le réalisa en posant le pied sur la cinquième marche, qu'il évitait avec soin lorsque, adolescent, il s'échappait en catimini pendant la nuit.

A l'étage, même surprise. Les posters de motos qu'il avait punaisés partout avaient été remplacés par un beau papier peint ivoire.

Mais Claire Thackeray ressemblait-elle à sa mère — sourire de rigueur et chemisier amidonné — ou à son père ?

Nerveux, il secoua la tête. Qu'est-ce que cela pouvait lui faire ? Les murs propres, le parquet ciré, les jolis rideaux qu'elle avait posés..., tout cela ne changeait rien. Au contraire. Tout lui prendre, lui imposer le sort que Peter Thackeray avait fait subir à la famille North serait d'autant plus jubilatoire que le cottage, aujourd'hui, valait quelque chose.

Mais il ne devait pas s'égarer, il était là pour trouver une serviette...

La porte de la chambre principale était fermée, et il ne l'ouvrit pas. Claire le perturbait déjà suffisamment pour qu'il n'accentue pas leur intimité en pénétrant « chez elle ». La pièce du fond, en revanche, était ouverte et il vit en passant qu'elle y avait installé son bureau.

Une table vert foncé à tiroirs était placée au centre, encombrée d'un antique ordinateur portable, d'une imprimante et d'une pile de livres. En s'arrêtant pour mieux regarder, il aperçut le jardin par la fenêtre et resta bouche bée. Une merveille.

Elle avait personnalisé l'ancienne pelouse en créant de plus petits espaces grâce à des arbustes, des buissons de fleurs ou des transats : une aire de repos, une autre de jeux, et surtout un extraordinaire jardin potager, de ceux que l'on ne voit que dans des reportages télévisés et que l'on soupçonne de ne pas exister vraiment.

S'enhardissant, il entra jeter un coup d'œil aux livres. Sûr de trouver des dictionnaires et autres ouvrages de référence pour journalistes, il resta éberlué en découvrant également des écrits sur le jardinage et la décoration.

Claire aurait donc fait elle-même tout ce qu'il voyait autour de lui ?

Ce n'était pas possible. Elle avait dû se faire aider par des amis, des collègues. Il replaça le livre qu'il avait sorti du rayonnage. En tournant les talons, son regard tomba sur un panneau de liège couvert des photos d'une petite fille depuis sa naissance jusqu'à aujourd'hui.

Ses cheveux étaient d'un noir de jais, et sa peau dorée n'était pas due qu'au soleil. Seuls ses yeux gris rappelaient Claire et il imagina sans peine l'onde de choc qui avait dû se répandre, à l'époque, dans le village…

4

— Tu as bien fait le tour là-haut ? demanda Claire sans ambages lorsqu'il la rejoignit dans la cuisine.

Préférant s'éviter le ridicule de nier, il essaya de s'en sortir avec élégance.

— Je voulais te laisser le temps de laver tes plaies. Tout a été transformé… Tu n'as pas fait cela toute seule… !

Elle leva les yeux au ciel.

— A quoi servent les magasins de bricolage, à ton avis ?

Après un temps, elle ajouta :

— Je ne pouvais me payer les services d'un artisan.

— Mais c'est au propriétaire de payer les travaux de cette nature.

— Vraiment ? Cela n'a pas paru fonctionner avec ta mère. Elle aussi aurait pu acheter quelques pots de peinture et faire le travail elle-même.

— Elle n'en aurait pas été capable.

Il avait décidément les yeux d'un vert profond et de jolies ridules qui n'attendaient qu'un sourire pour s'exprimer. Mais, pour l'heure, il avait les mâchoires serrées et son regard était farouche. Ce n'était manifestement pas le moment de lui demander pourquoi une jolie femme en aussi bonne santé que sa mère avait accepté de vivre ainsi.

— Sir Robert n'a accepté de me louer le cottage qu'à condition que je prenne les travaux à ma charge, dit-elle.

— Quelle mesquinerie…

— Il paraît qu'il ne restait plus d'argent dans les caisses du domaine pour les rénovations.

— Alors il s'est débrouillé pour que ce soit toi qui paies.

— Je n'avais nulle part où aller. Il m'a fait une faveur.

De plus, décorer, réparer et arranger une jolie maison pour Ally et elle lui avait donné un but pendant les premiers mois de sa nouvelle existence où, sans travail et sans famille, elle s'était sentie complètement déstabilisée. Mais elle garda ces précisions pour elle.

— Il a profité de ta détresse.

— Je dirais plutôt que nous avons tous deux fait une bonne affaire. Si le cottage avait été en bon état, Hal, jamais je n'aurais pu le louer au prix que sir Robert m'aurait réclamé ! En plus, il m'a acheté le matériel dans un salon réservé aux professionnels et il a remplacé lui-même les fenêtres et les gouttières.

— Pourquoi ne suis-je pas surpris ?

— Je ne sais pas. Oui, pourquoi ?

Il secoua la tête.

— Es-tu chatouilleuse ?

Elle fut décontenancée par le changement de sujet.

— Quoi ? Pas tellement… Mais que fais-tu ?

Sans répondre, il posa un genou à terre, plongea les mains dans l'eau savonneuse de la bassine et lui saisit le pied.

Elle retint sa respiration tandis qu'il lui passait la main sur le talon.

— Ça fait mal ?

— Ça lance un peu.

C'était un mensonge. La douleur s'évanouissait chaque fois qu'il lui effleurait un centimètre carré de peau.

— Ce matin, dit-elle, décidée à penser à autre chose, Ally a commencé à se plaindre du papier peint de sa chambre.

— Ally ?

— Alice Louise, ma fille. En hommage à sa grand-mère qui s'appelait ainsi.

— Ah oui…, répondit-il vaguement.

Ainsi, il avait vu les photos sur le panneau de liège de son bureau.

— Je sais qu'elle a passé l'âge des contes de fées, dit-elle, mais j'ai tout de même du mal à me dire qu'elle va sur ses huit ans.

— Est-ce vraiment trop vieux pour les contes de fées ?

— Malheureusement.

— Qu'est-ce qui vient après ? La danse classique ? L'équitation ?

Elle était fascinée par ses longs doigts qui exploraient son pied. Ils étaient couverts de minuscules cicatrices, de celles que laisse le métal brûlant. Des mains de mécanicien.

— La danse classique ne l'attire pas. Quant aux chevaux, elle les adore, mais mes moyens ne me permettent pas d'encourager cette passion. Je voudrais juste qu'elle profite pleinement de son enfance. Elle passe si vite, de nos jours !

— Plus qu'à notre époque ?

— Je ne sais pas, De toute façon, j'ai l'impression d'être passée à côté de la mienne. Trop de *bonne* éducation.

Et pas assez de liberté pour déambuler dans le village avec une bande de filles et de garçons. Non que les filles l'auraient très bien accueillie… Des garçons, en revanche, elle avait souvent reçu des regards silencieux et appuyés mais aucun n'avait été assez courageux pour faire le premier pas. Si bien qu'à dix-huit ans, elle était encore d'une incommensurable naïveté, ne sachant pas faire la différence entre amour et désir.

Mais ce n'était pas le moment de s'attarder sur ces sujets.

— Bientôt, dit-elle très vite, j'emmènerai ma fille un samedi dans un magasin de bricolage. Nous choisirons un nouveau papier peint pour sa chambre.

— Tu ferais peut-être mieux de connaître les intentions du nouveau propriétaire avant d'investir davantage d'argent dans une maison qui n'est pas la tienne…

— Quelques rouleaux et un pot de colle ne grèveront pas

mon budget, et puis…, fit-elle avec un brin de malice dans les yeux, en découvrant mes talents, le nouveau propriétaire me suppliera de rester.

Sans commenter, Hal se releva, approcha une chaise, la recouvrit de la serviette et, soulevant la jambe de Claire, la posa dessus.

Puis il alla vider le contenu de la bassine dans l'évier et y versa de l'eau tiède dans laquelle il ajouta une dose d'antiseptique.

— Ne devrais-tu pas être en train de travailler ? demanda-t-elle, inquiète.

Elle aurait dit n'importe quoi pour cesser de songer à ses mains sur son pied, autour de ses chevilles. C'était si bon de se sentir prise en charge.

— Pas avant d'en avoir fini avec ceci, répondit-il en retrouvant la chaise en face d'elle.

Mais cette fois, il lui posa le pied entre ses genoux et se mit à l'ausculter avec un incroyable sérieux.

— Pas de verre ni de fer, heureusement, décréta-t-il enfin en posant une gaze stérile sur la plaie. Il s'agit juste une vilaine petite coupure. Mais ta peau est froide. Bois un peu de thé.

— Il est trop sucré.

— Pas grave. Imagine qu'il s'agisse d'un médicament à avaler.

— Cela retire pas mal de charme à un breuvage censé être agréable.

Il allait répondre quand son téléphone sonna dans sa poche. Il l'en sortit et consulta l'écran sans prendre la communication.

— Je dois y aller.

Elle replia sa jambe pour qu'il puisse se lever.

— Surveille bien tes plaies, dit-il. A la moindre rougeur, tu n'hésites pas : antibiotiques et anti-inflammatoires.

— Bien, docteur.

La minute d'après, il avait rincé la bassine dans l'évier et passé la porte.

— Merci docteur, fit-elle pour elle-même en écoutant le bruit de ses pas qui s'éloignaient sur le gravier.

Le silence tomba.

Elle ne bougea pas.

Claire venait de sortir de sa douche quand un grattement contre la porte fit battre son cœur plus vite.

— Claire ? C'est Penny.

Ainsi, ce n'était pas Hal, mais la mère de Gary. Claire ouvrit la fenêtre.

— Ne bouge pas, Penny, j'arrive.

Grognant de douleur lorsqu'elle devait lever les bras, elle enfila un T-shirt, un slip de coton et son jean le plus confortable.

— Ça va ? demanda Penny en la regardant boitiller jusqu'à la bouilloire. J'étais à l'épicerie quand Mme Judd a dit qu'elle avait vu un homme t'aider à rentrer chez toi.

La vie à Maybridge avait changé en dix ans, mais pas l'impossibilité de faire le moindre geste sans que tout le village en soit avisé sur-le-champ. Ce qui signifiait que Hal North ne vivait pas au village. Sinon, tout le monde l'aurait su dans les cinq minutes.

— Ici, la Terre. Claire me reçoit-elle ?

Elle sursauta.

— Désolée, Penny. Je ne suis pas dans mon assiette. Une petite chute de vélo.

Dix minutes plus tard, Penny était au courant de tout. Mais elle travaillait au domaine, peut-être pourrait-elle également lui donner des informations.

— Il paraît aussi que le domaine a été vendu, dit Claire. Sais-tu à qui ? Rassure-toi, je, mais si je pouvais grappiller quelques détails…

— En fait…, fit Penny en étirant la fin du mot.

Piochant un biscuit dans la boîte, elle posa les coudes sur la table.

— … d'après le clerc de notaire, il a été vendu à un homme d'affaires milliardaire.

Evidemment. Qui, à part quelqu'un de richissime, pouvait s'offrir Cranbrook et engager les frais pharaoniques pour le remettre en état ? Pour l'économie locale, c'était d'ailleurs une bonne nouvelle.

— Sais-tu dans quelle branche il est ? Est-il marié ? A-t-il des enfants ?

Les lecteurs du *Maybridge Observer* étaient friands de ce genre de détails.

Penny hésita.

— Désolée mais, ce matin, j'ai reçu l'appel d'une certaine Béatrice Webb qui veut discuter de mon avenir professionnel au domaine.

Ainsi, la nouvelle propriétaire était une femme…

— J'aurais pu en profiter pour lui demander davantage d'informations, mais j'étais trop sous le choc et je me suis contentée d'accepter le rendez-vous qu'elle me proposait.

Claire refréna son impatience.

— C'est plutôt bon signe…

— Espérons, car avec Steve en CDD et Gary qui n'a pas le moindre espoir de trouver du travail…

Pourtant, ce n'était pas en braconnant des poissons, et en se faisant prendre, que Gary allait aider sa mère !

Penny reprit :

— Mes quelques heures de travail au domaine et l'argent que tu me donnes pour garder Ally sont tout ce que j'ai pour me maintenir à peu près à flot.

— Le domaine va avoir besoin de mains, Penny, et la nouvelle ou le nouveau propriétaire aura besoin de toi.

Claire ne mentionna pas le problème avec Gary ni sa tentative auprès de Hal pour qu'il se montre clément.

Penny eut une moue hésitante.

— Pas sûr… Mlle Webb paraissait assez énergique pour diriger le domaine d'une main avec l'autre attachée dans le dos…

— Il est également possible que son travail la retienne à Londres.

— Pourquoi Londres ?

— Voyons, Penny, on ne devient pas milliardaire en s'établissant en plein champ ! Aux yeux d'une milliardaire, le domaine de Cranbrook tout entier n'est probablement qu'une grande maison de campagne avec un jardin autour.

Les deux amies réfléchirent en silence. Mais Claire avait une information d'avance sur Penny. Si Mlle Webb avait l'intention d'utiliser le domaine pour y organiser des parties de chasse et de pêche, nul doute qu'elle y avait déjà envoyé un intendant. Et que celui-ci s'appelait Hal North …

Claire croqua nerveusement dans un biscuit.

— D'après le dernier bruit qui court, dit Penny, le manoir serait transformé en complexe, avec un hôtel et un centre de conférences.

— De mon côté, j'ai entendu parler d'un terrain de golf.

— Ce n'est pas impossible. Il y aurait suffisamment de place pour cela.

— Quoi qu'il en soit, ne perdons pas de vue que ce changement de propriétaire signifie du travail pour les entreprises locales et les artisans du coin ainsi que des emplois pour des gens comme Steve.

— Voire Gary, dit Penny avec un large sourire. Et s'il pouvait y avoir quelques heures en plus pour moi…

— Absolument, répondit Claire. Gary est-il à la maison aujourd'hui ?

— A l'en croire, il étudie. Mais quoi ? Mystère. Le vol des mouches probablement.

— S'il avait le temps, crois-tu qu'il pourrait aller récupérer mon vélo, il est resté sur le sentier ?

— Je lui en parlerai quand il apparaîtra ce soir pour son raid quotidien dans le réfrigérateur.

Rassurée sur l'état de santé de Claire, et sur son mystérieux sauveur, Penny prit congé. Moins d'une minute après son départ, Claire saisissait son téléphone et composait le numéro du domaine.

— Cranbrook Hall ?

La voix, qu'elle ne connaissait pas, avait un timbre velouté.

— Mademoiselle Webb ? Bienvenue à Cranbrook. Je suis Claire Thackeray…

— Oui ?

Pas de « Que puis-je faire pour vous ? » Cela n'allait pas être simple.

— … du *Maybridge Observer.* J'ai entendu dire que Cranbrook avait une nouvelle ou un nouveau propriétaire.

Elle marqua une très légère pause. Rien. Elle enchaîna.

— Comme vous l'imaginez, de nombreuses rumeurs circulent à ce sujet, dont certaines sur les emplois. La possibilité d'une transformation au moins partielle du manoir ou du domaine en espaces à usage commercial apporterait du travail aux locaux.

Toujours pas de réponse. Peu importait. Ce n'était pas cela qui allait l'arrêter.

— Entre le domaine de Cranbrook et la municipalité, il a toujours existé une véritable connivence, dont l'organisation d'événements caritatifs est la meilleure preuve.

Le silence devenait assourdissant. Doux Jésus ! Mieux valait en venir au fait.

— Je me demandais donc si vous pourriez m'accorder une demi-heure pour me parler de l'avenir du domaine.

— Ne communiquez-vous pas les uns avec les autres ? répondit impatiemment Mlle Webb. Votre rédacteur en chef m'a appelée il y a une demi-heure et je lui ai déjà répondu ceci : « M. North ne fait pas de déclarations à la presse. »

Outche.

— Je suis désolée, je n'étais pas au bureau ce matin. De plus, le rédacteur est à la recherche d'éléments factuels, et je suis, moi, davantage intéressée par l'aspect humain des choses. Comme je vous le disais, Cranbrook a toujours été très ancré dans notre communauté et…

Le nom se mit à scintiller devant ses yeux.

North.

Elle devait avoir mal entendu. Ou alors il y avait un autre North et il s'agissait d'une coïncidence. Cela ne pouvait pas…

— Vous avez bien dit « North » ?

— Interrogez votre rédacteur en chef, mademoiselle Thackeray. Je lui ai transmis tous les détails.

— Eh bien…, merci, répondit Claire en bredouillant.

Mlle Webb avait déjà coupé la communication.

Non, non, non et cent fois non…

Se répétant la phrase comme un mantra, elle monta au premier étage, pénétra dans son bureau et alluma son antique ordinateur. Celui-là…, il lui fallait un siècle pour se mettre en route.

Vite, internet.

Hal… non, Henry North.

La recherche lui parut longue. Il existait apparemment des Henry North dans le monde entier, impossible de passer toutes les réponses en revue. *Via* les photos, ce serait plus rapide. Elle cliqua sur le lien. Des dizaines de Henry North apparurent aussitôt, et elle crut perdre le souffle en reconnaissant *le sien*. Hal… Elle fit glisser le pointeur sur une icône, refusant d'y croire. Une fenêtre s'ouvrit. Le Hal North qu'elle avait renversé quelques heures plus tôt ne faisait bel et bien qu'un avec Henry North, propriétaire de la compagnie de fret international Halgo, dont le logo noir et argent se rencontrait partout. Véhicules utilitaires, camions, fourgonnettes, sans parler des transports aérien et maritime.

Hal North était donc le P.-D.G. d'une entreprise aux

ramifications mondiales dont le bénéfice annuel se chiffrait en milliards.

— Hal ! Enfin ! Mais où étais-tu donc passé ?

Béa Webb s'énervait rarement, mais, là, accueillant son patron devant les bureaux du domaine, elle bouillait.

— J'avais organisé des réunions avec le personnel lundi mais je dois finalement rentrer à Londres, et toi aussi.

— J'étais parti jeter un coup d'œil au parc et j'ai été… détourné de mon chemin.

— Par une envie soudaine de bric-à-brac ? demanda-t-elle avec un regard au vélo de Claire à l'arrière de la Land Rover.

Il opta pour le mensonge — c'était plus simple.

— Je ne pouvais pas le laisser où il était dans cet état-là.

— Nous avons un arrangement avec un entrepreneur qui va venir nettoyer le domaine et donner un coup de blanc aux dépendances. Veux-tu que j'envoie d'abord quelqu'un trier ce qui reste dans les greniers ?

Elle eut un rire un peu hautain :

— Des fois qu'une porcelaine de Chine se serait égarée au milieu des vases en plastique…

— Aucune chance. Cranbrook avait ses propres experts, ils ont tout passé au peigne fin dans l'espoir de tomber sur un trésor oublié.

Oui, sir Robert aurait tenté n'importe quoi pour que ses créditeurs ne l'obligent pas à vendre le domaine à ce fils dont il n'avait jamais voulu et qu'il avait refusé de reconnaître.

— Le sentier ouvert au public qui longe le ruisseau a été raviné et risque de s'écrouler, dit-il sur un ton concerné. En attendant l'intervention d'un professionnel, je vais placer une barrière de sécurité. La dernière chose dont j'ai besoin est que quelqu'un se blesse.

— Génial… Redis-moi pourquoi tu as acheté cet endroit ?

— Parce que le Cran est un vrai réservoir à truites et que je songe sérieusement à me remettre à la pêche.

Béa ne rit pas. Elle ne se récria pas non plus.

— En tout cas, pas aujourd'hui. Tu as un conseil d'administration à 14 h 30 auquel tu vas arriver en retard si nous ne partons pas tout de suite.

— J'ai appelé Angus pour lui demander de me représenter.

Comme les sourcils de Béa se fronçaient davantage, il ajouta :

— Il va très bien se débrouiller. On a besoin de moi ici.

— Dis plutôt que tu veux t'amuser avec ton nouveau et très coûteux joujou.

— Nous avons tous besoin d'un passe-temps. Pourquoi pas la pêche ?

Béa le regarda bien en face.

— Louer un ruisseau à truites te serait revenu beaucoup moins cher… De plus, je croyais que tu voulais confier tous ces problèmes à des professionnels et rester personnellement invisible…

— Impossible.

— Pourquoi ?

— A cause de la presse locale. Elle est omniprésente et très lue. Tu n'oublies pas la barrière de sécurité… ?

Béa hocha la tête — Hal ne perdait jamais le fil de ses idées — et se plongea dans son smartphone à la recherche d'un loueur.

— Pas d'appels ? demanda-t-il sur un ton désinvolte.

— Tu en attendais ?

— Non, mais, puisque nous évoquions la presse locale, je me disais qu'elle aurait pu essayer de te contacter.

— Elle ne s'est pas contentée d'essayer, elle l'a fait ! Et à deux reprises. C'est d'abord le rédacteur en chef qui a appelé, presque aussitôt suivi par une fille qui se disait… « davantage intéressée par l'aspect humain », mais…

La sonnerie de son téléphone interrompit Béa au milieu de sa phrase.

— … tu n'as pas à t'inquiéter, Hal. Je lui ai fait clairement comprendre que tu n'accordais pas d'entretiens.

Il retint un petit rire. « Une fille ».

Inutile de demander son nom.

La chute de vélo de Mlle Thackeray ne l'avait visiblement pas empêchée de poursuivre ses investigations concernant le domaine de Cranbrook…

— Ne quitte pas, un instant, Katie.

Béa posa l'appareil contre sa poitrine.

— Y a-t-il autre chose, Hal ? Sinon, j'apprécierais beaucoup de pouvoir rentrer. L'école de Katie organise une fête en fin d'après-midi.

— Tu peux t'y rendre sans problème, répondit-il en sortant le vélo de sa voiture. Dis aussi à Katie qu'elle peut venir passer ses vacances de fin de trimestre ici. Je suis sûr qu'elle adorera voir le cerf.

— Tu vas rester ? Combien de temps ?

— Une semaine, peut-être deux. L'intervention sur le toit est urgente.

La sentant sur le point de le désapprouver, il ajouta très vite :

— Depuis le temps que tu me conseilles de prendre des vacances !

— Installer des barrières sur une berge qui s'effondre et grimper sur un toit ne sont pas vraiment les vacances que j'imaginais pour toi. Quant à Katie, merci pour l'invitation, mais nous avons déjà nos billets pour le Portugal et son beau soleil. Du reste, si cela te tente, nous t'emmenons.

— J'y penserai.

Mais ils savaient tous deux qu'il ne le ferait pas.

Il voyageait tant pour son travail qu'il n'aspirait qu'à enfourcher sa moto et sillonner *son* domaine comme il le faisait des années auparavant. Mais aujourd'hui, il n'y aurait ni jardinier furieux ni garde-chasse pour le poursuivre sur leur quad tout terrain…

Il gardait un souvenir amusé de cette époque… ! Si l'on exceptait la voix sarcastique de Robert Cranbrook, dont il se souvenait précisément, et qu'il repoussa aussitôt en regardant autour de lui. Des raisons de se lever le matin ? Il en voyait déjà plus qu'il ne lui en fallait ! Tout partait en ruine ici ! Il y avait des mauvaises herbes partout, des fuites dans les murs, des gouttières crevées là où, dans son enfance, tout était soigneusement entretenu pour le seul plaisir d'une petite élite fortunée.

A l'époque, brisant les règles, il avait pris de gros risques pour déjouer la surveillance du personnel et explorer les immenses salles inoccupées du domaine. Il ne chapardait rien, pas même les belles pommes rouges dans les coupes de fruits. Son but était seulement de fouler les parquets séculaires, d'effleurer du doigt le linge bien plié, de regarder les tableaux, de s'approprier, en parcourant les pièces, cette histoire à laquelle on lui refusait l'accès.

Tendre négligemment l'acte notarié de la vente à son avocat avait été pour lui un savoureux moment de triomphe. Même les vociférations de sir Robert n'avaient pu le gâcher. Mais maintenant que Cranbrook était à lui, il prenait conscience d'une étrange ironie du sort. La seule construction du domaine où le toit ne s'écroulait pas, où les fenêtres n'étaient pas de guingois et où les peintures, loin de s'écailler, reluisaient était… la maison où il avait vécu.

Et c'était à la fille de Peter Thackeray qu'il le devait, Claire, qu'il ne pouvait sortir de son esprit tant le souvenir de la finesse de sa cheville entre ses doigts le troublait encore.

5

Claire avait le regard rivé sur l'écran.

Hal North avait été chassé du domaine par sir Robert le jour de ses dix-neuf ans, avec un vélomoteur pour tout bagage. Et c'était en P.-D.G. d'une entreprise internationale qu'il revenait aujourd'hui. Dire qu'elle avait accusé ce milliardaire de pêcher sans permis, et lui avait proposé son dernier billet de dix livres.

Il devait être effondré de rire.

Eh bien, qu'il rie !

Déterminée à apprendre tout ce qu'elle pourrait sur le parcours de ce monsieur et comment il avait réussi à faire fortune, elle cliqua, furieuse, sur un nouveau lien. Ce qu'elle allait collecter sur lui risquait de faire sensation à Maybridge… Cela lui apprendrait à faire des commentaires désobligeants sur le journal local.

Elle était plongée dans son travail quand le téléphone sonna. Le nom de son rédacteur en chef s'afficha sur le petit écran.

— Salut, Brian, dit-elle en décrochant.

— Claire… Comment te sens-tu à présent ?

Il n'attendit pas la réponse.

— Peux-tu faire une recherche sur le nouveau propriétaire de Cranbrook ? Tu n'auras même pas besoin de quitter ta maison !

— Que veux-tu savoir ?

— Qui il est, d'où il vient, sa famille, ce genre de choses…

Il y eut un silence qu'il interpréta mal.

— Si c'est trop te demander je peux…

— Non, pas du tout. C'est juste que je pensais utiliser mon arrêt maladie pour travailler sur mon blog de jardinage, mais cela peut attendre.

— Brave fille.

— Gros lourdingue, fit-elle en grommelant.

Mais seulement après qu'il eut raccroché.

Une demi-heure plus tard, elle décidait de passer à son bureau au journal.

Là elle trouva, comme elle en avait eu l'intuition, les communiqués de presse, sous embargo jusqu'au lundi, apprenant au monde que Henry North avait acheté le domaine de Cranbrook.

Elle reprit aussitôt ses recherches sur Hal — parents, cursus scolaire — et envoya un courriel à son ancienne institutrice, depuis peu à la retraite, et à ses professeurs de collège. Puis elle alla sur internet pour reconstituer son parcours depuis qu'il avait quitté Cranbrook et comprendre comment, de jeune rebelle crâneur, il était devenu milliardaire. Car la grande question était là.

Elle se heurta à un mur.

Mlle Webb ne plaisantait pas en affirmant que Hal n'accordait pas d'entretiens aux journalistes. Et visiblement, il ne recherchait pas davantage la publicité : pas de fiancées actrices ou chanteuses, pas de photos de lui dans les lieux branchés. S'il y en avait eu, du reste, elle aurait fait le rapprochement depuis longtemps. Quant à savoir s'il filait le parfait amour, le secret restait bien gardé. Mais le baiser qui brûlait encore ses lèvres lui souffla que non.

Lorsqu'elle décida de mettre son ordinateur en veille pour aller chercher Ally, elle avait rassemblé des photos de lui à l'école, des anecdotes de ses professeurs et suffisamment de matériel pour tout envoyer à Brian avec une demande de déplacement pour Londres. Là-bas seulement, elle trouverait les informations sur le passé récent du monsieur. La réponse de son rédacteur en chef lui parvint par retour de courriel. Il avait manifestement entamé ses propres recherches de son côté et fait chou blanc.

Elle venait de sortir par la porte de derrière quand elle entendit crisser le gravier. Elle se retourna, s'attendant à découvrir Gary avec son vélo.

Hal North venait de tourner le coin de la rue.

— Tu partais ?

— Je vais chercher Ally à l'école.

— Comment va ton pied ?

— Quoi ? Comme un pied neuf !

En fait, son talon la lançait et marcher sur le gravier lui était pénible.

— Que veux-tu, Hal ?

— Te parler de ton vélo. Puis-je t'accompagner ? Nous discuterons pendant le trajet.

Une Land Rover ancien modèle était garée devant la maison. Il ouvrit la portière. Le véhicule était haut, ce qui obligea Claire à se hisser sur son pied blessé. Comme elle étouffait un petit gémissement, il posa les mains autour de sa taille pour l'aider.

— Ça va ?

— Ça va.

L'instant d'après, il se glissa au volant et démarra en silence tandis que, masquant sa gêne, elle attachait sa ceinture de sécurité.

— Alors, quel verdict pour mon vélo ?

— Mauvais. Il va te falloir une nouvelle roue et un nouveau garde-boue. Je vais essayer de t'en dégoter.

— Tu pouvais me téléphoner pour me dire cela… Enfin, je veux dire que tu n'avais pas besoin de te déplacer.

— J'étais juste à côté.

— Tu inspectais ton domaine ?

Il la regarda en biais.

— En quelque sorte.

Oh non ! Elle avait un millier de questions à lui poser et elle venait de tout gâcher par une réflexion mal placée. A présent, sa seule chance d'y arriver était de poursuivre sur sa lancée.

— Quand allais-tu me dire que tu avais acheté le domaine de Cranbrook ?

— Tu m'aurais cru si je l'avais fait ce matin ?

— Sans doute…

Elle hésita.

— Ou peut-être pas…

Sa franchise lui valut un sourire de Hal. Ils étaient si rares…

Comme la voiture ralentissait devant l'école, un groupe de mamans se retourna pour voir qui arrivait.

— Je vais te laisser, dit-il. Les ouvriers vont arriver au manoir.

— Le nouveau seigneur du château serait-il un actif ?

— Disons que je m'octroie quelques jours pour m'amuser avec ce jouet qui m'a coûté si cher.

— Cher, je n'en doute pas. Mais le domaine de Cranbrook n'a rien d'un jouet.

— En effet et, à l'instar de mes autres investissements, il devra être rentable pour que je le garde.

— Comment vas-tu le rentabiliser ? Quels sont tes projets ?

Il se pencha vers elle — si près qu'elle sentit son eau de toilette — et lui ouvrit sa portière.

— J'enverrai quelqu'un te rapporter ton vélo quand il sera réparé.

Elle descendit et se retourna.

— Demande à Gary. Je suis sûre qu'il pourrait même

réparer la roue lui-même. Il est comme toi : adroit de ses mains.

Elle rosit.

— Au revoir, Claire.

— Au revoir, Hal.

Elle regarda la vieille Land Rover s'éloigner cahin-caha.

« Il devra être rentable pour que je le garde. »

Etait-ce un avertissement ? Le faible loyer qu'elle payait pour le cottage Primrose en échange de son entretien scrupuleux allait-il augmenter ? Sans doute. Cela expliquait pourquoi il lui avait déconseillé de changer le papier peint de la chambre d'Ally.

Elle pâlit. Le risque de perdre son travail venait de se doubler de celui de perdre sa maison…

— Maman !

La petite vola dans ses bras.

— Bonjour, mon ange. Comme je suis rentrée tôt, j'ai eu envie de venir te chercher. Je propose à Savannah de venir goûter à la maison ?

— Sûrement pas. Je ne l'aime plus et je ne lui adresserai plus jamais la parole.

Oh…

Il aurait pu téléphoner au lieu de venir, il aurait *dû* téléphoner. Se repassant en boucle la phrase de Claire, Hal s'interrogeait. Pourquoi éprouvait-il pour elle la même irrésistible attirance que pour Cranbrook ?

Car sir Robert avait raison au moins sur un point : posséder le domaine avait été une véritable obsession, comme s'il avait toujours su, au fond, que c'était une affaire de temps.

Mais il n'avait pas prévu que sa rencontre avec un petit chapardeur le déstabiliserait dès le premier jour, et encore moins que Claire Thackeray et ce bourricot d'Archie achèveraient physiquement de le faire.

UN GARÇON DE CHEZ NOUS
SAUVE LE DOMAINE DE CRANBROOK

Les avocats de sir Robert ont annoncé ce matin que le domaine de Cranbrook avait été vendu au milliardaire Henry North.

Pour M. North, fondateur et P.-D.G. de la compagnie de fret international Halgo, il s'agit d'un retour aux sources bien particulier.

Né à Maybridge, où ses parents travaillaient tous deux pour sir Robert Cranbrook, il fréquente ensuite l'école primaire de Cranbrook puis le collège et le lycée de Maybridge. A moins de vingt ans, il quitte la région pour monter son affaire.

Mme Mary Bridges, institutrice à la retraite, se rappelle bien Henry North, qu'elle décrit comme un enfant « plein de vie ». Au lycée de Maybridge, on se souvient aussi de cet élève prometteur déjà doté de l'esprit d'entreprise.

Les habitants de l'époque connaissent quant à eux M. North comme un pêcheur redoutable. Nul doute qu'il saura profiter du Cran, le cours d'eau riche en truites qui a donné son nom au domaine.

Après avoir quitté l'école, Henry North lance une entreprise de coursiers. S'appuyant sur des qualités d'organisateur hors pair, il la fait fructifier jusqu'à concurrencer, en quelques années, les plus grandes compagnies de fret nationales puis internationales.

A son entrée en Bourse il y a trois ans, sa fortune personnelle était estimée à 9 chiffres.

Toute la semaine, des rumeurs ont circulé d'après lesquelles le domaine serait transformé en centre de loisirs. Mais M. North, 33 ans, divorcé, garde encore ses intentions secrètes. Il a cependant confirmé que, comme tous ses investissements, le domaine de Cranbrook devrait être rentable pour qu'il le conserve, ce qui ouvre des perspectives plutôt encourageantes pour l'emploi dans la région.

Maybridge Observer, *lundi 24 avril.*

— Excellent travail, Claire.

Brian s'adossa à sa chaise.

— D'autant que, pour un personnage de son envergure, les infos sur internet étaient plutôt maigres. L'as-tu personnellement connu ?

— Il est un peu plus âgé que moi.

— En effet. Tu n'étais donc pas bien vieille quand il est parti. En tout cas, bravo, tu as fait vite.

— Merci.

Elle lui tendit sa note de frais. Un aller-retour en classe éco pour Londres, les copies de l'acte de naissance de Hal, de son mariage et de son divorce, et la note du repas léger qu'elle avait pris près du siège de Halgo, dans un café. Elle n'y avait d'ailleurs pas perdu son temps, repérant immédiatement le personnel de l'entreprise venu déjeuner. Prétendant qu'on lui avait offert un poste chez eux, elle avait délié les langues, et les employés avaient répondu sans se faire prier, surtout les femmes, visiblement sous le charme de leur séduisant patron.

— Le problème, dit Brian, c'est que nous n'en savons pas assez sur sa vie personnelle pour titrer de nouveau sur lui.

— Ne t'inquiète pas, je te trouverai chaque jour une nouvelle anecdote sur lui. Cela ne vaudra peut-être pas un gros titre mais cela fera vendre. Surtout avec sa photo en première page. Comme les journaux nationaux avec la famille royale…

Brian signa la note de frais d'un air un peu contrarié.

— En tout cas, plus de voyage à Londres…

La sonnerie retentit une, deux, trois fois. Hal regarda sa montre. Puis, décrochant le combiné, il s'assit dans le fauteuil de cuir usé par des générations de Cranbrook.

— Que veux-tu, Claire ?

— Bonjour à toi aussi, Hal. Quel temps magnifique, en effet.

— Je n'ai rien remarqué.

— Honte à toi ! Moi qui viens de récolter mes pommes de terre en compagnie d'un rouge-gorge.

Lui bataillait avec ses messages et des courriels qui tombaient plus vite qu'il ne pouvait les relever.

— J'espère que tu n'es pas arrivée de nouveau en retard à ton travail.

— Si, mais seulement à cause du bus. Des nouvelles de ma bécane ?

— Je m'en occupe. C'est tout ?

La question était purement rhétorique. Il attendit la suite.

— Que dirais-tu d'une petite mise à jour de tes plans concernant l'avenir du domaine ?

Elle s'efforçait de parler d'une voix distincte et musicale, mais jamais sa position de quémandeuse ne lui avait parue aussi ingrate.

— Juste un indice… Quelque chose que je pourrais utiliser dans le journal de demain.

— « Cela ne te regarde pas » te conviendrait-il ?

— Ma foi… tu n'aurais rien de plus consistant ?

— Cela ne te regarde pas, Claire Thackeray.

— Bon, très bien, laissons tomber pour le moment. Mais

pourrais-tu au moins expliquer à mes lecteurs pourquoi tu as condamné le sentier public derrière le Cran ?

— S'en soucient-ils vraiment ? A ma connaissance, il n'y a pas eu de réactions.

— Tu as dû sauter la rubrique « Nos lecteurs ont la parole ».

— Je ne lis pas *l'Observer*, dit-il, ce qui était faux. Bref, pas de commentaire.

— Cela ne fait pas lourd.

— Claire, comment va ton pied ?

— Je vais garder une cicatrice jusqu'à la fin de mes jours, attends-toi à une lettre recommandée de mes avocats. Quant à ce sale bourricot d'Archie, savais-tu que, l'année dernière, il a chargé des quadeurs qui ont fini dans le ruisseau ? Je t'envoie le lien de l'article.

— Ce n'est pas beau de dénoncer les autres, répondit-il tandis que le courriel tombait dans sa boîte. Comment as-tu obtenu mon adresse électronique ?

— Pas de commentaire. Le portrait est réussi, tu ne trouves pas ?

Il cliqua sur le lien. Une photo d'Archie apparut, confondant d'innocence.

— Ne rien croire de ce qu'on lit et seulement la moitié de ce que l'on voit, dit-il.

— Et mon vélo ?

— Demande à Gary. C'est lui qui s'en occupe.

— Je vais le faire et… Hal ?

— Oui ?

— Merci de lui avoir donné sa chance. N'oublie pas non plus que mon offre de gâteau tient toujours. C'est quand tu veux.

— Arrête juste de m'appeler et nous serons quittes.

Il raccrocha avant de se laisser fléchir, et ce fut avec le sourire qu'il se replongea dans le dossier concernant la réparation de la toiture de son manoir.

— Il va falloir que tu trouves autre chose que des histoires de sentier fermé par le propriétaire si tu veux reproduire le succès de ton « garçon d'ici qui sauve Cranbrook ».

Claire le savait très bien. Brian le lui avait déjà dit. Mais si Tim aussi s'y mettait ! Quelle idée d'avoir annoncé à tout le monde une anecdote par jour sur Hal North !

— Ce n'est pas le sentier, Tim, qui fait l'article, tenta-t-elle, mais le mot « nouveau », le mot « milliardaire » !

— Ils commencent à avoir tous deux beaucoup servi. Les lecteurs vont vite en avoir marre.

— Je viens d'apprendre qu'il avait décidé de supprimer le pique-nique traditionnel des Oursons. Pour qui se prend-il ?

Cette fois, elle avait même essayé de mettre de l'indignation dans sa voix.

— Pour Henry North, répondit Tim avec sarcasme, propriétaire du domaine et milliardaire...

Sans relever, elle se pencha sur l'article. Le photographe avait retouché son cliché : à l'entrée du sentier condamné, l'inscription « Fermé pour le plaisir » s'étalait, bien visible. Quant à Brian, il avait ajouté une photo de Hal en costume et cravate blanche lors d'un dîner huppé. La juxtaposition des deux images suggérait l'arrogance et l'indifférence d'un homme bien loin des préoccupations du lecteur moyen du *Maybridge Observer.*

Tim grogna.

— Personnellement, je comprends qu'il refuse de voir des dizaines de mômes envahir le domaine qu'il vient d'acheter.

— A côté de toi, Grincheux est un homme ouvert et chaleureux.

Quant à Hal, faillit-elle ajouter, il n'est pas comme ça. Mais elle s'arrêta. A temps. Car après tout, que savait-elle de lui ? Il n'était pas la créature qu'elle avait créée dans sa tête, alternant entre le Prince charmant et la Bête. Pas plus qu'elle n'était Blanche-Neige.

Pour le moment, son problème principal était qu'elle avait

eu un jour l'ambition de devenir grand reporter et qu'elle végétait au *Maybridge Observer*. Oui, mais tout de même… Henry North, le célèbre milliardaire, s'était aussi agenouillé devant elle pour déposer une bassine d'eau chaude à ses pieds et nettoyer sa plaie …

Bien sûr, elle aurait pu livrer aux lecteurs du quotidien des anecdotes de l'époque où il était le *mauvais garçon* du village, mais elle n'avait pas envie de contrarier l'homme qui avait le pouvoir d'augmenter brutalement — et conséquemment — son loyer.

— C'est tout de même dur pour l'organisme qui compte chaque année sur le pique-nique des Oursons pour récolter des fonds et financer ses œuvres de charité, dit-elle en se concentrant de nouveau sur sa discussion avec Tim.

— Il ne se rend pas compte. Il est trop riche. Je me demande d'ailleurs combien il a acheté le domaine.

— Pas forcément très cher car il était grevé de dettes et sir Robert au bord de la banqueroute. En réglant ses arriérés d'impôts, North l'a sauvé de poursuites administratives qui l'auraient mis à genoux.

— En tout cas, vu l'état du domaine, la restauration, elle, va coûter une fortune. A mon avis, North va la financer en faisant construire des maisons qu'il louera très cher, par exemple sur la berge derrière le May. C'est si beau là-bas.

Elle hocha la tête. Evidemment.

— Mes enfants, mes enfants ! dit à cet instant Jessica Dixon, la rédactrice des publications, la seule chose qui intéresse Maybridge aujourd'hui est de savoir qui sera la prochaine Fée Marraine.

Se tournant vers Tim, elle ajouta avec un clin d'œil :

— Ou la Fée Parrain.

Claire s'esclaffa.

— Tim avec des ailes et une baguette magique ! Je paierais cher pour voir cela !

6

Maybridge à l'heure des vœux !

La semaine de vœux est arrivée.

Sacrifiant à la tradition, le Maybridge Observer *est heureux de serrer la main… pardon, la baguette de la Fée Marraine et d'émettre quelques vœux pour la communauté.*

Dans le passé, ce sont une salle de cinéma puis un centre de loisirs et un centre sportif qui ont jailli de terre.

Et cette année ?

Rejoignez-nous et faites-nous savoir quel projet vous voudriez voir aboutir.

Maybridge Observer, *le 27 avril.*

— Tu as lu cela ?

Par-dessus l'épaule de Béa, Hal regarda le journal qu'elle lisait.

— « La Fée Marraine » ? fit-il d'un ton interrogateur.

Il étudia le dessin qui accompagnait l'article, une fée qui, d'un large geste de la main, éclaboussait de poudre d'or le texte de la chronique. Aussi incroyable que cela pût paraître, elle lui faisait exactement penser à Claire Thackeray.

— A les en croire, dit Béa, les distractions sont bannies à Cranbrook depuis que tu as acheté le domaine.

Il lui prit le journal des mains et le jeta à la corbeille. Il craignait tout ce qui lui rappelait Claire, qui téléphonait chaque jour à la même heure pour l'interroger sur ses intentions. Le pire était sa propre impatience lorsque, vérifiant l'heure à sa montre, il réalisait qu'elle était en retard pour son appel.

— J'ai besoin de quelqu'un à plein temps au bureau là-bas, Béa, dit-il en changeant de sujet. Quand tu verras Penny, tu lui demanderas si elle serait prête à faire plus d'heures.

Béa secoua la tête.

— Pourquoi ne pas coller au projet initial et confier tout cela à une agence, Hal ?

Bonne question.

Claire rêvait devant son écran lorsque la voix de Brian s'éleva derrière elle.

— As-tu avancé sur cette histoire de pique-nique des Oursons ?

— J'y travaille, Brian. Je me demandais justement si je ne devrais pas aller photographier les sous-bois de Cranbrook où les Oursons devaient pique-niquer.

— Pas besoin. J'y ai envoyé Marcus il y a trois jours. En ce qui te concerne, je veux que tu te concentres sur l'angle : « North, qui possède à présent tout Cranbrook, ne veut rien partager, ne serait-ce que pour une seule journée et même pour une bonne cause. »

Elle se sentait au bord de la déprime quand il ajouta, soudain hésitant :

— En même temps, il ne serait peut-être pas superflu que tu retournes traînailler là-bas. Prends quelques clichés si tu repères quoi que ce soit. En trois jours, la situation a pu évoluer.

— Tu as entendu dire quelque chose ?

— Malheureusement pas. Charlie Peascod est anormalement discret en ce moment. Oui, va fouiner un peu pour essayer d'en apprendre plus et prends ta fille avec toi. Tu n'auras qu'à raconter que tu veux l'initier à la nature ou ce que tu voudras.

— Je n'emmènerai pas Ally ! Imagine que l'on nous arrête pour violation de propriété privée !

— Le journal n'aura pas cette chance, hélas.

Brian dut s'apercevoir qu'il allait trop loin car il ajouta très vite :

— C'est l'heure du déjeuner, vas-y tout de suite si tu veux. Mais n'y passe tout de même pas la journée !

A peine Béa fut-elle partie que Hal se dirigea vers son garage. Il s'arrêta devant le vélo de Claire, comme chaque jour depuis une semaine. Quand il le lui aurait rendu, elle n'aurait plus de prétexte pour lui téléphoner.

— Gary ?

Il avança, se guidant au bruit de pièces métalliques qui s'entrechoquaient, et découvrit le jeune homme, à genoux au milieu des pièces détachées d'une vieille moto de récupération. En un éclair, il bascula plusieurs années en arrière.

A peine arrivée chez elle, Claire se changea : jean, sweat-shirt et bottes. Glissant son appareil photo dans sa poche arrière, elle se dirigea à grandes enjambées vers la prairie.

Oubliées, les consignes de Brian, elle devait d'abord parler à Hal pour découvrir ce qu'il tramait.

— Passe-moi l'écrou.

— Celui-ci ?

Hal tourna vivement la tête.

Claire Thackeray, toute en jambes dans son jean moulant, lui tendait un écrou papillon.

— Ecoute ! Même quelqu'un doté d'une moitié de cerveau verrait que c'est celui-là dont j'ai besoin !

Elle suivit son index tendu et s'empara du bon écrou.

— Oh là là, désolée !

Mais, au lieu de le lui donner, elle lui enveloppa la main de ses doigts.

— Où est Archie ? Je ne l'ai pas vu dans la prairie en venant.

— Je ne veux pas que l'accident du quad se reproduise.

— Jamais je n'aurais dû t'envoyer le lien. Où est-il ?

— Donne-moi cet écrou et je te le dirai.

Il la regardait bien en face. Quelques petites mèches fauves, brillant dans le soleil, flottaient sur son front. *La fée...* En attrapant l'écrou, il réalisa qu'elle tremblait. A moins que ce fût lui... Leurs regards se scellèrent. Puis le contact froid du métal lui rappela ce qu'il était censé faire.

— Passe-moi la clé à molette.

Elle la lui tendit avec une grimace.

— Pouah, c'est graisseux !

— Il ne fallait pas demander à Gary d'aller faire du thé.

— Je voulais te parler.

— Eh bien, cela attendra que j'aie fini mon travail sur ce vélo.

Claire regarda sa montre. Une demi-heure... Elle avait à présent de la graisse sur la main et du marron sur la joue, mais elle ne se plaignait pas.

— N'importe qui penserait que tu as fait cela toute ta vie, fit Hal en lui tendant un chiffon propre.

— J'ai démonté et remonté une fois ou deux ma tondeuse à gazon.

— Tu es une femme pleine de ressources. A présent, allons voir si Gary ne s'est pas endormi sur la théière... D'après ce que je vois, tu n'as même pas apporté le gâteau dont tu me menaces depuis des jours.

— Hal...

Elle semblait si inquiète qu'il comprit.

— Quoi ? Le baudet ? Il est dans l'étable. Et il y restera jusqu'à ce que mon entrepreneur ait clôturé la prairie.

— Oh...

— Qu'est-ce que tu t'imaginais ? Rassure-toi, la chair d'âne ne me tente pas du tout. Mais encore un peu et ton journal brodait un article sur moi encore plus pathétique que sa réputation...

— Nous ne sommes pas à ce point en manque d'anecdotes. Je te fais d'ailleurs remarquer que je n'ai pas publié une seule ligne sur le fait d'avoir été chargée, sur un sentier public, par un animal qui, contrairement à ce que stipule la loi, n'était pas attaché.

— Et pourquoi ?

— Tu connais la réponse : parce que le propriétaire du sentier a déjà assez mauvaise presse pour ne pas en rajouter.

— N'est-ce pas ton devoir de prévenir tes lecteurs des dysfonctionnements communaux ?

Il la provoquait. Il était tout près. Trop près. Elle ne répondit pas.

— Dans ton article sur mon passé, dit-il, tu n'as pas rappelé mes petits méfaits de l'époque. Pourquoi, Claire ?

— C'est le présent qui m'intéresse. Mais... étais-tu vraiment méchant ?

Le brusque sourire de Hal la prit au dépourvu. Une chaleur monta en elle tandis que le souvenir de leur baiser l'assaillait. Il lui saisit la main.

— Non, bien sûr..., répondit-elle dans un murmure, mais

est-il vrai que tu aies passé la porte du manoir de Cranbrook à vélomoteur le jour de tes dix-neuf ans ?

Il semblait stupéfait.

— Bien sûr… Tout le monde l'a su à l'époque. Pas toi ?

— On ne me parlait pas. J'étais tenue à l'écart de tout.

Elle s'arrêta, honteuse de son ton pathétique, et demanda en hâte :

— Est-ce à cause de cela que sir Robert t'a chassé du domaine ?

— Ce n'est pas lui qui a fait cela, Claire, c'est ton père.

La main de Hal quitta la sienne.

— Mon père ?

— Il suivait les instructions de Robert Cranbrook, bien sûr, mais sa satisfaction n'en était pas moins grande.

— Je ne savais pas.

Elle déglutit.

— Cela appartient au passé, dit-elle. Dans le cadre de mon travail, seul le chemin que tu as suivi pour devenir l'homme d'affaires milliardaire que tu es aujourd'hui m'intéresse.

— Vraiment ? demanda-t-il, laissant clairement entendre l'intérêt qu'elle lui portait *personnellement*. En tout cas, tu n'iras pas loin dans ce métier si tu ne te durcis pas.

— Est-ce ainsi que tu as réussi ?

— C'est incontournable.

— Dans ce cas, je ne suis pas une vraie journaliste.

Un silence suivit, durant lequel elle prit pleinement conscience de ce qu'elle venait de dire.

— Qu'est-ce que cela signifie ? demanda-t-il. Que tu joues seulement à l'être ?

Elle ouvrit la bouche pour répliquer, mais rien ne vint. Il eut de la peine pour elle. Pourquoi avait-elle choisi cette profession qui lui ressemblait si peu ?

— Cela te ferait-il plaisir d'apprendre que c'est moi qui, à l'époque, ai utilisé les pommes pour me faire un allié d'Archie ? demanda-t-il pour détendre l'atmosphère.

— Un allié ? Comment cela ?

— Une fois habitué à recevoir mes pommes, il faisait un foin de tous les diables dès que quelqu'un approchait sans lui en donner.

— Ses braiements te donnaient le temps de déguerpir en vitesse, dit-elle avec un petit sourire. Et les pommes provenaient déjà du pommier où je cueille celles que je lui donne aujourd'hui...

— Exact.

Elle secoua la tête.

— Alors là...

— Comme tu dis. Attends...

Lui soulevant le menton du bout de l'index, il attrapa son mouchoir dans sa poche et tenta de lui débarbouiller la joue.

Elle avait la peau douce et ses lèvres étaient roses, comme pour l'inviter au baiser. Pas celui, violent et sauvage, qu'il lui avait désagréablement infligé sur le sentier, mais un autre d'une nature bien différente.

— C'est parti ? demanda-t-elle.

— Non, j'ai tout étalé. Tu ferais mieux d'entrer te passer un peu d'eau sur le visage.

Gary se trouvait dans la cuisine et terminait consciencieusement la boîte de biscuits.

— La pause est terminée, dit Hal.

Le jeune homme se leva en hâte.

— Votre thé est dans le boudoir.

Il semblait si gêné que Hal se fit moins rude.

— Nous finirons ta moto ensemble demain.

— Vraiment ? Super, merci, monsieur North..., euh, Hal. En fait...

Il attendit.

— ... est-ce que ça vous ennuierait si j'amenais une amie pour regarder ? On voudrait monter une équipe tous les deux et...

— Pas de problème, mais retourne au travail à présent.

— C’est gentil de ta part, dit Claire quand Gary fut parti.

— Ce n’est rien… Je me fais plaisir.

— Non, aider Gary n’est pas rien. Reconquérir ton adolescence non plus.

— Je n’ai pas le temps pour cela.

Elle soupira.

— Où puis-je me débarbouiller ?

— La salle d’eau est à ta disposition, répondit-il en indiquant une porte sur sa gauche. Je t’attends dans le boudoir.

Claire s’aspergea le visage d’eau fraîche. Lorsque Hal avait tenté d’effacer la trace de graisse sur son visage, il n’avait qu’une envie : l’embrasser. Il avait manqué le faire, elle le savait. Elle-même en avait eu très envie.

Lorsqu’elle se redressa, son T-shirt était inondé, rendu transparent par les éclaboussures d’eau. Elle le frotta énergiquement avec la serviette pour le sécher, remit de l’ordre dans ses cheveux et, après un coup d’œil au miroir qui ne la satisfit pas, quitta la petite pièce.

Hal n’était plus dans la cuisine. Elle poussa la porte matelassée menant à l’escalier. Les murs du corridor étaient tels qu’en son souvenir, tapissés de portraits de famille.

— Tu reconnais les lieux ? demanda-t-il en apparaissant en haut.

— Je suis surprise qu’ils soient encore tous là, mais je suppose qu’il n’y a guère de preneurs pour des ancêtres de seconde main.

— On ne choisit pas ses ancêtres.

— Même si on le pouvait, il arrive à tout le monde de faire de mauvais choix. Cela t’est-il arrivé ?

— Je me suis marié avec la mauvaise femme.

Elle crut un instant qu’il allait en dire plus, mais il se contenta de la regarder.

— Et toi ?

— Je suis tombée amoureuse du mauvais homme. Et j'ignore si cela a un rapport, mais j'ai laissé tomber ma famille.

— Comme Robert Cranbrook.

— En quelque sorte.

Elle leva les yeux vers un portrait de la mère de sir Robert tenant son fils dans ses bras, et survola les autres du regard.

— J'entends presque ce que tu te dis, Claire, mais je t'assure qu'il n'y a rien à raconter sur tout cela.

Elle avait l'impression contraire.

— Allons boire le thé, dit-il. Gary y a passé assez de temps…

Le boudoir, où une théière et deux tasses les attendaient, ouvrait par deux portes-fenêtres sur un jardin à l'abandon.

Elle porta sa tasse à ses lèvres.

— Le jardin de roses… Cela me brise le cœur de le voir dans cet état.

— Tu adores jardiner, apparemment.

— Oui. Faire surgir la beauté du chaos me passionne.

— Il est à l'abandon depuis que la femme de Cranbrook l'a quitté. Il va falloir que je replante toutes les roses.

— Tu n'imagines tout de même pas t'en charger toi-même ! Fais-toi aider, trouve des spécialistes ! Il y a des paysagistes très talentueux, qui ne t'imposeront rien mais sauront te conseiller. Ils pourraient par exemple…

S'interrompant brusquement, elle regarda sa montre.

— Il faut que je retourne au journal.

— Apporte le gâteau, la prochaine fois.

— Est-ce une invitation ?

— Au revoir, Claire.

— J'apporterai la confiture que je fais avec les myrtilles du jardin.

— Ce sera parfait. Et n'oublie pas que tu dois une pomme à Archie.

— Vu ce qu'il m'a fait, je ne lui dois rien du tout ! fit-elle, mimant la colère.

— Alors viens telle que tu es. Il commence à se morfondre de solitude dans l'étable.

— Et toi, Hal, dans cet endroit immense…

— N'oublie pas : deux pommes, un gâteau et de la confiture de myrtilles de ton jardin. Tu peux aussi m'envoyer les coordonnées de paysagistes. Finalement, peut-être vais-je me faire un peu aider.

7

Devant la porte-fenêtre, Hal écoutait le chant mélodieux d'un merle noir tout en essayant d'oublier Claire Thackeray.

L'intérêt qu'elle avait manifesté pour un vieil âne un peu agressif, un jardin à l'abandon et un jeune homme peinant à s'insérer dans le village avait ébranlé la détermination qu'il entretenait depuis longtemps de lui faire payer les injustices commises par son père.

Prise dans un tourbillon d'émotions, Claire eut à peine conscience de son chemin de retour vers sa jolie petite maison.

En découvrant Gary penché sur les pièces détachées de sa moto, c'était Hal au même âge qu'elle avait vu, et elle s'était sentie redevenir adolescente.

Cela ne pouvait pas durer.

Inconsciemment, elle avait toujours plus ou moins deviné la probable implication de son père dans le bannissement de Hal. En tant que gestionnaire du domaine, c'était lui qui dirigeait Cranbrook. Il embauchait et renvoyait le personnel, s'assurait que la propriété était bien entretenue et organisait les parties de chasse et de pêche.

A présent, elle comprenait pourquoi Hal s'était montré aussi acariâtre lors de leur rencontre sur le sentier. Ce n'était pas seulement à cause de la collision mais parce qu'elle était une Thackeray. A sa place, elle aurait eu la même réaction.

Mais cela ne l'empêchait pas de décrocher quand elle appelait. Pourtant rien ne l'y obligeait : Penny était là pour cela et, à défaut, il lui restait le répondeur. Peut-être était-ce simplement par volonté de s'investir dans la vie de la commune.

S'asseyant dans l'herbe, elle prit son téléphone et appela Brian.

— C'est toi ! s'exclama-t-il en décrochant. Mais qu'est-ce que tu fabriques ? Où étais-tu ?

— Dans le parc, bien sûr, et je te rappelle qu'il est immense. Ceci dit, je n'ai rien remarqué de bizarre ni de nouveau.

— Rien ?

Brian avait du mal à cacher sa déception.

— Rien, mais j'ai entendu dire que M. North allait réhabiliter le fameux jardin de roses.

— Et… ?

— Il était très célèbre en son temps.

Elle consulta sa montre.

— Inutile que je repasse au journal à l'heure qu'il est, mais je vais continuer les recherches de chez moi. Nous pourrons peut-être en tirer quelque chose demain.

La réponse ne se fit pas attendre.

— Non. Demain, nous communiquons sur l'histoire du pique-nique des Oursons.

— Je n'ai pas tout à fait terminé l'article.

— Moi si. Nous titrerons : « M. Mesquin casse la fête ». Ton histoire de jardin paraîtra dans le supplément du week-end.

Puis il mit fin à la conversation sans lui laisser le temps de répondre. Il lui avait raccroché au nez ! Elle le traita d'un nom qu'elle n'aurait jamais pensé utiliser pour lui et appuya sur la touche deux de son mobile.

— North…, dit-il en décrochant.

— Hal…

— Claire… Deux fois dans la même journée.

— Désolée, mais il faut que je te parle de l'annulation du pique-nique des Oursons.

— Non.

— Vraiment ?

— Vraiment.

— Dommage, dit-elle, car la femme du rédacteur en chef du *Maybridge Observer* est la trésorière d'une association de protection des animaux. A laquelle sont reversées les sommes générées par ce pique-nique.

— Que veux-tu que j'y fasse ?

— Un bon conseil : n'achète pas le journal demain. Sauf si tu tiens vraiment à te voir en photo à l'âge de 6 ans, déguisé en ourson entre deux gamins dans le même costume.

— Je retire ce que j'ai dit tout à l'heure. Tu es dure et sans pitié.

Il plaisantait à moitié mais elle sentit quand même son cœur dégringoler dans sa poitrine.

— Tu as tout de même la possibilité de changer d'avis jusqu'à ce que l'article parte à l'impression…

— Je ne te demanderai pas à quelle heure cela se passe.

— Non ? Très bien…

Elle ne voulait pas raccrocher.

— J'ai oublié de demander à Gary quand mon vélo serait prêt.

— La roue à remplacer ne se fait plus. Je t'en achèterais bien un neuf mais tu annoncerais au monde entier que j'ai essayé de te soudoyer.

Elle dit silencieusement adieu à ce vélo neuf qui lui aurait fait tant plaisir et coûté si peu à Hal, et répondit :

— Pas au monde entier. Juste à Maybridge.

— Dommage, j'en ai vu un sur internet qui aurait été parfait pour toi. Rose et blanc comme celui que tu avais quand tu étais petite.

— Je suis grande aujourd'hui, Hal.

— Au revoir, Claire.

Hal repêcha le journal dans la corbeille à papier, chercha le dessin de la fée et lui trouva la même ressemblance avec Claire que quelques heures plus tôt. Il n'avait pas rêvé.

Mais cela ne l'avançait guère car, quoi qu'il en soit, Claire resterait la fille de son ennemi. Ses mâchoires se crispèrent. Faire l'amour à la fille de Thackeray dans le fossé où elle l'avait fait tomber… Sous un chêne… Dans le lit de la reine… Claire Thackeray, l'ancienne petite princesse du domaine dont il n'était que le crapaud. Pourquoi ne lui avait-elle pas réglé son compte en révélant qu'il avait été chassé du domaine ? A sa place, n'importe quel journaliste l'aurait fait.

De même qu'aucune vraie journaliste ne lui aurait révélé la une du numéro du lendemain…

Il se connecta sur le site du *Maybridge Observer* et cliqua sur le lien menant à l'équipe des journalistes. Claire apparaissait en milieu de liste, représentée par une photo qui ne lui ressemblait pas du tout.

Décidément, qui était cette femme ? Les différentes images qu'il avait d'elle ne collaient pas entre elles. Pas plus que son étrange parcours. Il fronça les sourcils. Il avait connu Mme Thackeray et trouvait pour le moins surprenant qu'elle n'ait pas convaincu sa fille de ne pas garder son bébé. A moins que Claire ne l'ait désiré. Après tout, elle lui avait bien dit qu'elle avait été amoureuse…

Il poussa un soupir excédé. Oui, il était là pour la faire payer mais, compte tenu de la manière dont elle avait changé, ne devait-il pas oublier son désir de vengeance ?

— Puis-je réclamer votre attention quelques instants ?

Plantée au centre du podium, Jessica Dixon, la rédactrice des publications, embrassait l'assistance du regard.

— Comme vous le savez tous, nous avons lancé la semaine dernière la campagne annuelle « Faites un vœu pour Maybridge » et avons reçu un tas de suggestions intéressantes.

Elle consulta sa fiche :

— Construire une aire de jeux supplémentaire pour les enfants, restaurer, le long des berges, les jardins détruits par les pluies de l'année dernière, etc. Ce sera le travail de notre Fée Marraine de se mettre en contact avec les groupes locaux et les associations pour faire aboutir ces requêtes. Pour cette année, la bonne surprise est que nous avons un important commanditaire pour « Faites un vœu pour Maybridge ».

— Un commanditaire ? l'interpella quelqu'un dans le public. Cela signifie-t-il que notre « Fée Marraine » devra arborer un gros logo publicitaire sur ses jolies ailes transparentes ?

— Justement pas, car nous avons la chance qu'il ne s'agisse pas d'une entreprise mais d'un particulier. Tout le mérite en revient à Claire, que nous devons chaleureusement remercier.

Plongée dans son smartphone, Claire leva le nez en entendant son nom.

— Quoi ? Qu'est-ce que j'ai fait ?

— Un truc bien, apparemment, répondit Tim à côté d'elle. Grâce à toi, nous avons un commanditaire qui n'est pas une entreprise…

Elle l'observa en silence tandis que le jour se faisait doucement dans son esprit. Ses yeux s'écarquillèrent.

— Tu… tu veux dire que, cette année, « Faites un vœu pour Maybridge » va être soutenu par Henry North ?

— Pas possible, fit Tim avec un soupir, elle a compris…

— Qu'offre-t-il ? demanda-t-elle, consciente que la nouvelle la rendait curieusement nerveuse. Son argent, son temps ? Son travail ? Et surtout, que demande-t-il en retour ?

Jessica haussa vaguement une épaule.

— Qu'on l'aide à réaliser son propre vœu.

Quelqu'un se retourna brusquement vers le trio.

— Comment un milliardaire pourrait-il faire un vœu puisqu'il peut tous les réaliser ?

— Essayons de deviner…, fit Tim d'une voix pleine de sous-entendus. Il veut peut-être renvoyer Claire…

— A mon avis, dit Jessica qui n'était pas sensible à l'humour du rédacteur en chef de la rubrique « Sports », il veut choisir la prochaine « Fée Marraine ».

Tim haussa les épaules, agacé.

— Ouais, probablement une vedette décolorée et refaite de partout.

— Au moins, cela nous garantira de la publicité dans les magazines à gros tirage !

— Pour ma part, dit Claire, je pencherais plutôt pour une outsider. Une femme de notre équipe, par exemple.

Il lui sembla que l'on se mettait à la scruter curieusement. Elle regarda autour d'elle, interloquée, puis son regard se figea. *Noooon…*

Baissant la tête, elle s'activa avec une hâte injustifiée à dépoussiérer le bas de sa robe pourtant d'une propreté immaculée.

Se durcir, avait recommandé Hal, devenir impitoyable. Pas facile.

— Si M. North veut soulager sa conscience en faisant quelque chose dont tout le monde bénéficiera, dit-elle seulement, nous ne pouvons que l'encourager dans ce sens car chacun y trouvera son intérêt.

Au même moment, elle entendit qu'on l'appelait sur le podium.

Vas-y Claire ! Ne te dégonfle pas !

Elle rejoignit Jessica Dixon, guettant les rires et les sarcasmes. Mais un grand silence l'accueillit. Même Tim ne trouva pas de vanne à lui envoyer. De l'autre côté du podium, apparut soudain Willow Armstrong. Présidente-directrice générale du *Maybridge Observer*, elle dirigeait également le *County Chronicle* et des dizaines de quotidiens régionaux.

Hal North la suivait de près, en costume de tweed gris… Claire sentit son sang quitter ses joues.

— Hal…

Willow Armstrong venait de briser le silence.

— … je crois que vous connaissez Claire Thackeray.

Il acquiesça de la tête, l'air grave et sérieux. Seule une petite lueur amusée au fond de ses yeux suggérait qu'il s'amusait. On ne pouvait en dire autant de Claire…

— Claire…, poursuivit Willow, après avoir étudié le programme de « Faites un vœu pour Maybridge », M. North a généreusement proposé son aide. Et puisque vous manifestez un intérêt qui ne s'est jamais démenti pour le domaine de Cranbrook, il a souhaité pouvoir travailler avec vous sur notre projet phare.

Et pourquoi pas ? En le côtoyant tous les jours, Claire se faisait fort de découvrir ce qu'il avait fait pendant toutes ces années, pourquoi il était revenu. Elle écrirait l'article qui ferait enfin démarrer sa carrière.

Se composant une attitude, elle tendit la main à Hal et lui offrit son plus beau sourire commercial.

— Quelle surprise…, fit-elle à voix basse tandis que Jessica Dixon reprenait le fil de son discours, toi qui me répètes sur tous les tons que tu ne t'adresses jamais à la presse.

— Est-ce l'impression que je t'ai donnée récemment ?

— Tu as décroché ton téléphone, c'est vrai, mais en refusant chaque fois de répondre à mes questions.

— Ne jamais abandonner la partie, Claire, voilà le secret…

Elle sentit ses jambes flageoler.

Ses lèvres brûler.

— Allons discuter autour d'un café, dit-il à mi-voix.

Son rédacteur en chef avait les yeux rivés sur elle. Il fallait lui prouver qu'elle était une vraie professionnelle.

— Ce ne sera malheureusement pas possible. Willow a dû t'expliquer que la Fée Marraine est bénévole. En ce qui me concerne, mon travail reste évidemment prioritaire. Or, dans vingt minutes, je dois interviewer une habitante de Maybridge qui vient d'avoir des triplées.

Ensuite, elle avalerait un casse-croûte et irait chercher

Ally. Avec Penny qui travaillait maintenant cinq matinées par semaine pour Hal, le baby-sitting devenait plus compliqué.

— Dans ce cas, répondit-il tranquillement, déjeunons ensemble. Nous parlerons de ton vélo et du jardin de roses.

Soudain, Willow, qui avait tout entendu, glissa silencieusement vers eux.

— Ne vous inquiétez pas pour les triplées, dit-elle. J'ai toujours rêvé d'en voir de mes propres yeux ! De plus, j'ai très envie d'écrire un nouvel article… cela me distrairait de ma routine. Quant à vous, Claire, je suis sûre que vous ferez une délicieuse Fée Marraine…

Elle se tourna vers Hal.

— J'ai appris que vous aviez de gros soucis avec les plafonds de votre manoir. Mon secrétaire vous communiquera les coordonnées d'entrepreneurs très sérieux.

— Merci, Willow. C'est aimable de votre part.

Elle regarda sa montre et s'éloigna à la hâte en lançant à la cantonade :

— A présent, je vais m'occuper de nos triplées…

— Je trouve cette femme très impressionnante, dit Hal.

— Moi aussi, renchérit Claire, pour qui Willow avait toujours été un modèle.

Elles avaient — à quelques années d'écart — fréquenté la même école de journalisme. Dès sa sortie, Willow avait accepté un poste dans un journal national tandis que Claire, enceinte, restait travailler pour le quotidien local.

— Tu t'es durcie depuis notre dernière rencontre, Claire, dit soudain Hal.

— Qu'est-ce qui te fait dire cela ?

— Le fait que tu n'aies plus pris de nouvelles d'Archie ou que tu aies chargé Gary de me livrer ton gâteau, par exemple…

— J'ai été très occupée. Le jardin réclame un tel soin à cette époque de l'année.

— Je sais. L'entrepreneur vient la semaine prochaine sarcler le jardin de roses.

— Hal ?

Il ne répondit pas.

— Tu n'as pas contacté les paysagistes que je t'avais indiqués ?

— Pas eu le temps. J'ai une entreprise à gérer et un domaine à restaurer.

— Et une moto avec laquelle jouer…

— Cela aussi.

Elle s'interdit la plaisanterie complice. *Travailler avec Hal North — Règle numéro un : maintenir un rapport professionnel.*

— La salle de conférences est libre à présent. Si nous allions le prendre, ce café ? Comment le veux-tu ?

— Pas en poudre.

Il resserra imperceptiblement sa pression sur le bras de Claire et l'entraîna vers la porte.

Elle réfléchit très vite. Quel que fût le conte de fées qu'il avait raconté à Willow, elle était maintenant certaine d'une chose. Il était revenu à Cranbrook pour se venger de ce que lui avait fait subir Peter Thackeray. Mais celui-ci était mort et elle n'avait pas l'intention de le remplacer.

— Je t'appellerai demain du journal pour que nous organisions une rencontre officielle, dit-elle en se dégageant.

Travailler avec Hal North — Règle numéro deux : maintenir des rapports strictement professionnels.

Sans attendre son approbation, elle regagna sa place pour rassembler ses affaires.

— Voici notre ambitieuse demoiselle Thackeray réduite à un vulgaire rôle de faire-valoir, fit Tim dans son dos.

— Prends garde, Tim. D'un coup de baguette magique, je peux à présent te faire retourner à ton état originel de crapaud.

8

— J'espère que ce n'est pas moi qui te fais fuir, dit Hal.

— Improbable…

L'aveu avait échappé à Claire mais il le prit pour une boutade.

— On dit cela… Moi, j'ai l'impression que tu aurais filé par la porte de derrière si tu avais su que je t'attendais devant.

Elle prit un air d'autant plus indigné qu'il avait touché juste…

— Pourquoi aurais-je fait une chose pareille ? C'est toi qui fuis la presse, pas moi.

— Je la fuyais…

— Trêve de discussion, allons boire ce café, à présent. Que dirais-tu de la brasserie Le Petit Resto dans le centre-ville ? C'est le préféré d'Ally.

— Ally ?

La petite venait d'apparaître, posant sur lui un regard hésitant entre l'ennui et l'indifférence.

— Viens dire bonjour à M. North, mon trésor, dit Claire. Il va peut-être t'offrir un milkshake…

— Un milkshake ?

L'enfant se hissa sur la pointe des pieds pour mieux voir son bienfaiteur.

— C'est vrai ?

— Absolument.

Il se pencha vers elle.

— Dis-moi, Alice, tu n'aimes que Le Petit Resto ou te laisserais-tu tenter par un déjeuner au bord de la rivière ?

Si tel était le programme, il ne devait pas se sentir obligé d'emmener Ally.

— Penny est en train de te préparer à manger, dit Claire à sa fille avant qu'elle réponde. Spaghetti à la bolognaise, tes préférés.

Ally fronça les sourcils.

— Mais… le milkshake alors ?

— Je t'en ferai un en rentrant.

— C'est pas pareil.

— *Penny ?* demanda Hal. La mère de Gary ? C'est elle qui garde Ally ?

— Oui.

— Je comprends maintenant pourquoi elle a refusé le plein temps que je lui proposais !

— Tu lui as proposé un plein temps ? Je l'ignorais !

— Dans ce cas, appelle-la pour lui dire que tu n'auras pas besoin d'elle cet après-midi. Elle pourra travailler quelques heures de plus au bureau.

Puis, se tournant vers la petite :

— Quant à toi, Alice, tu ne trouves pas que La Cage aux Oiseaux est ce qui se fait de mieux comme restaurant ?

Les beaux yeux gris en amande de la petite s'élargirent.

— L'endroit qui est comme une cage et où il y a des oiseaux ?

— Exactement.

— Je n'aime pas les oiseaux dans les cages parce qu'ils ne peuvent pas voler. Ils sautent comme la perruche de Savannah.

— A ton âge, ta maman allait souvent là-bas.

— J'y suis allée une fois ! dit Claire, lui signifiant clairement du regard qu'elle préférait raconter elle-même sa vie à sa fille. Du reste, le problème n'est pas là.

— Où est-il ?

— Tu as l'intention d'aller là-bas en voiture, je suppose…

— Bien sûr.

— Eh bien, je n'ai pas le siège d'Ally et tu n'ignores pas qu'il serait à la fois dangereux et illégal de s'en passer.

Elle compta jusqu'à trois.

— Ceci dit, si tu tiens vraiment à revoir La Cage aux Oiseaux, nous pouvons prendre le bus.

— Pourquoi pas ? On pourrait aussi emprunter le siège que Béa a acheté pour sa fille. Il est dans ma voiture.

Claire hocha la tête. L'assistante de Hal, avec sa voix veloutée, devait beaucoup fréquenter son patron pour que sa fille ait son petit siège dans la Land Rover…

Dix minutes plus tard, sous le regard attentif de Hal, elle installait Ally à l'arrière et se glissait à l'avant.

— Te souviens-tu de la fois où tu es allée là-bas ? demanda-t-il.

— Oh oui…

— Quel souvenir en gardes-tu ?

— Tu veux la vérité ?

— Bien sûr.

— Détestable.

Il eut un petit sourire satisfait.

— Normal, je n'étais pas là…

Mais Claire n'avait plus le cœur à rire.

— Jamais ma mère ne t'aurait invité à boire le thé avec un groupe de petites filles, dit-elle.

— Filles ou garçons, je n'étais de toute façon pas son genre. Et comme elle n'était pas le mien, nous étions quittes… N'empêche que les petites filles auraient été en parfaite sécurité avec moi.

— Je n'en doute pas. Nous étions du menu fretin pour toi. Tu avais des vues plus… élevées.

Leurs regards se croisèrent. Elle avait jusqu'à présent réussi à rester impassible, mais elle se sentit répondre à son sourire. Même si ce n'était pas gagné au départ, l'idée de déjeuner avec lui sur les berges de la Cran lui mettait du baume au cœur.

— Voyons voir… C'était pour l'anniversaire de mes huit ans. Tu devais donc en avoir quatorze ou quinze.

Elle prétendait hésiter mais elle se rappelait cette journée en détail, à commencer par le moment où, apercevant Hal par le pare-brise arrière de la voiture, elle avait, de rage, froissé exprès sa robe. Pour son goûter d'anniversaire, on l'avait en effet affublée d'une robe de cauchemar avec des fronces ridicules d'un horrible bleu lavasse. La ceinture de la robe lui cisaillait le ventre, ce qui la gênait atrocement.

En passant devant l'arrêt de bus, elle avait revu Hal. Il tenait familièrement contre lui une fille dans une somptueuse minijupe rouge.

Sans quitter la route du regard, la mère de Claire avait émis un *Tttt…* réprobateur tandis que, consumée d'envie, Claire se tortillait sur la banquette arrière pour dévorer Hal des yeux. Elle s'était fait reprendre par Mme Thackeray, qui lui avait ordonné de se tenir correctement pour ne pas froisser sa robe.

— Si je ne m'abuse, dit-elle comme si sa mémoire lui faisait défaut, c'est l'année où tu sortais avec l'incroyablement… précoce Lily Parker.

— Ah oui ?

Le sourire de Hal lui fit comprendre qu'elle venait de trahir l'intérêt qu'elle lui portait déjà à l'époque. Elle détourna les yeux. *Règle numéro trois pour travailler avec Hal North : bannir les échanges de regards.*

— J'étais tellement fascinée par sa petite jupe en cuir rouge, dit-elle pour détourner le problème, que je m'étais juré d'avoir la même quand j'aurais quatorze ans.

— Et ?

— Je t'en prie ! Tu imagines ma mère me laisser m'exhiber dans une tenue pareille !

— La mère de Lily non plus n'était pas d'accord, alors elle se changeait une fois dehors…

Elle retint un rire nerveux. Il n'avait aucune idée de l'éducation qu'elle avait reçue.

— De toute façon, on me donnait tant de devoirs à faire à la maison qu'il ne me restait plus de temps libre pour me distraire à l'extérieur.

Puis elle se tourna vers Ally :

— Ça va, mon trésor ?

La petite hocha la tête sans un mot. Son amie Savannah lui manquait, mais elle ne voulait pas le dire.

— Et ces plafonds dont parlait Willow, demanda-t-elle ensuite, changeant complètement de sujet, que se passe-t-il avec eux ?

— Il se passe qu'ils sont très anciens et n'ont jamais été entretenus. Leur réhabilitation va coûter une fortune.

— Et comme le rachat de domaine t'en a déjà coûté une… Moi, si j'avais décidé de consacrer plusieurs millions à une propriété, je n'aurais sûrement pas choisi Cranbrook.

— Je croyais que tu l'adorais ! Tu y as passé tant de réveillons de Noël ! Tu as participé à tant de pique-niques et d'épreuves équestres !

— C'est vrai que je l'adore et que j'y suis liée depuis ma plus tendre enfance, mais ce n'est pas une raison pour ne pas regarder les problèmes en face !

— Je comprends mais, moi, je suis né à Cranbrook, ce qui me le rend encore plus cher. Ceci dit, mon comptable et mon assistante partagent ton point de vue.

— Mlle Webb n'apprécie donc pas la campagne ? A moins que ce soit *madame*…

— Est-ce important ?

— Pas pour moi, mais sûrement pour elle.

— C'est *madame*. Divorcée, et…

— Les détails ne me regardent pas.

Il y eut un silence, puis il reprit :

— Ce n'est pas la campagne que Béa n'aime pas.

— Mais… ?

— Les problèmes de plomberie à la campagne.

— Un peu snob, la dame, non ?

— Je ne lui répéterai pas.

Elle retint un rire. Il était devenu quelqu'un de bien, elle en était sûre. Non, le problème entre eux ne venait pas de lui.

Mais d'elle. De son nom.

Elle portait le mauvais nom.

Un coup d'œil dans le rétroviseur lui assura que, plongée dans ses pensées, Ally n'avait besoin de rien.

— Alors ? demanda-t-elle en tentant de garder une voix aussi légère que possible, pourquoi as-tu acheté le domaine de Cranbrook ?

Il la considéra quelques instants avant de répondre :

— Peut-être parce que j'en avais les moyens…

Règle numéro quatre pour travailler avec Hal North : rester totalement insensible à l'humour dont il se servait pour éluder les questions dérangeantes.

— Mmm…, fit-elle, exprimant son peu de conviction.

Le stratagème réussit.

— A vrai dire, répondit-il finalement, c'est pour tenir la promesse que je me suis faite le jour de mon départ.

C'était un souvenir pénible, s'il fallait en croire son air crispé.

— Tu avais décidé de revenir un jour ici, riche comme Crésus, pour détrôner le félon ?

Il resta si longuement silencieux qu'elle crut qu'il ne répondrait pas.

— Un peu, même si j'avoue que cela fait un peu cliché.

— Les drames en sont pleins, tu sais.

Et l'enfance de Hal avait été un véritable drame. En grande partie à cause de Jack, son père si rude. Et sa mère ? Pourquoi n'en était-il jamais question ?

— Comment va ta mère ?

Il la considéra d'un air un peu interloqué. Pourquoi lui posait-elle cette question ?

— Plutôt bien. Elle s'est installée en Espagne.

— La verrons-nous bientôt ? Que pense-t-elle de ta dernière… acquisition ?

— Elle n'est pas au courant.

— Oh…

C'était de plus en plus étrange.

— Elle s'est toujours comportée gentiment avec moi, dit-elle. Quand elle est partie après l'accident mortel de ton père, elle m'a manqué.

Il plissa les lèvres.

— Emprunter un chemin de halage par une nuit de brouillard n'a jamais été très conseillé à un homme soûl…

— Hal…

Il posa sur elle un regard interrogateur.

— Je suis désolée, dit-elle. J'ignorais que, cette nuit-là, ton père était ivre…

— Pour le savoir, il aurait fallu que tu aies les mêmes horaires que lui…

Il paraissait si blessé qu'elle chercha très vite quelque chose de gentil à lui dire.

— Tu sais, lorsque sir Robert t'a chassé de Cranbrook, j'ai demandé à ma mère d'aller lui parler. Son geste me paraissait si cruel !

— Vraiment ?

Souriait-il ? Elle sentit son cœur s'affoler.

— Vraiment.

— T'a-t-elle écoutée ?

— Non, bien sûr. Elle a simplement répondu que je ne pouvais pas comprendre, que les choses n'étaient pas aussi simples et que, de toute façon, tu ne reviendrais jamais.

Cette fois, son sourire fut triste.

— Sait-elle qu'elle s'est trompée ?

— Que tu as racheté le domaine ? Non.

— Si tu le lui dis un jour, précise bien que j'avais décidé de partir pour l'Inde quand sir Robert m'a chassé. Ma mère avait accepté de me soutenir aussi bien moralement que financièrement dans ma démarche.

— Je… je le ferai. Personnellement, je ne me suis jamais doutée de rien. Ni de cela ni de ton séjour en Inde. Je suis désolée. Surtout pour la mort tragique de ton père.

— Si tu n'étais pas journaliste, je pourrais poursuivre cette conversation, mais tu l'es, hélas, et comme je te sais à l'affût de détails croustillants, tu comprendras que je préfère me taire.

Elle n'hésita pas.

— Si je te promets que notre discussion restera entre nous, me parleras-tu en toute confiance ?

— Me le promets-tu vraiment ?

— Je te le jure.

— Jack North n'était pas mon père biologique.

Comme elle le considérait d'un air stupéfait, il éclata d'un rire presque choquant.

— Voilà notre grande journaliste qui perd la voix !

Elle hocha lentement la tête, incapable de lui demander qui était son géniteur. Un habitant de Maybridge ou un homme de passage ? Le connaissait-elle, ne serait-ce que de nom ? Elle lui jeta un regard soupçonneux. *Règle numéro cinq pour travailler avec Hal North : ne pas croire tout ce qu'il disait.*

Pourquoi irait-il inventer un mensonge pareil ?

Pour se débarrasser d'elle ?

Règle numéro six pour travailler avec Hal North : oublier la règle numéro cinq.

Ces révélations éveillaient bien sûr sa curiosité, mais elle ressentait une intense satisfaction à l'idée de ne pas devoir les révéler dans un article.

A peine furent-ils arrivés que, se glissant prestement hors du véhicule, Hal alla ouvrir la portière d'Ally et la libéra de son siège.

— Le premier arrivé à la rivière aura droit à une glace au chocolat !

La petite s'élança comme une flèche tandis que sa mère lançait, inquiète :

— Ne t'approche pas trop de l'eau, Ally !

Il glissa le bras sous le sien dans un geste rassurant.

— Il faut se méfier un peu avec Ally, dit-elle pour se justifier, c'est un vrai volcan, et une éruption est toujours à craindre.

Ally se retourna une minute plus tard vers eux, triomphante.

— J'ai gagné ! J'ai gagné !

— Bravo, dit Hal. Tu nous as battus ! Pour la peine, tu auras droit à la plus grosse glace. Viens, on va les acheter à la cahute à côté des canetons !

Ally sauta à pieds joints, aux anges.

— C'est ridicule…, dit Claire dans un murmure.

— Quoi donc ? Les canetons ? Le chocolat ? La Fée Marraine ?

Elle haussa les épaules sans répondre. L'instant d'après, il achetait à tout le monde une glace au chocolat avec un supplément de crème Chantilly pour Ally. En tendant son cornet à Claire, il lui effleura involontairement la main. Elle se sentit envahie d'une telle chaleur qu'il lui sembla que sa glace allait fondre.

Ils longèrent la berge sans perdre de vue l'enfant qui courait devant.

— Finalement, tu es une fée avec un faible pour les oursons, les vieux ânes désagréables et les jeunes en déshérence.

Comme elle souriait, il ajouta :

— En fait, pour presque tout le monde, sauf moi.

9

S'asseyant dans l'herbe près de Claire, Hal s'étira et croisa ses longues jambes. Elle le fixa avec un sourire.

— Pour te remercier de ton soutien à la cause des Oursons, tu as droit à un vœu. Exprime-le et je ferai de mon mieux pour le réaliser.

Il tourna la tête vers elle.

— N'importe quel vœu ? demanda-t-il, avec un regard soutenu.

— Du moment qu'il est décent, répondit-elle, à la fois agacée et troublée. A moins que tu aies déjà obtenu ce que tu voulais ? Me mettre sur la touche au journal, par exemple…

Grâce aux glaces dont ils étaient bien obligés de se soucier, la conversation conservait un semblant de légèreté, mais l'insinuation était précise.

— Tu n'as pas été mise sur la touche, Claire, au contraire. Tu vas avoir un rôle central et permettre à Maybridge de devenir un endroit encore plus agréable à vivre. N'est-ce pas la cause que tu défends à longueur d'année en soutenant les pique-niques des Oursons ou l'accès aux sentiers publics ?

— Je me moque de ce titre de Fée Marraine. On l'attribue d'habitude à une petite étudiante toute fière de se pavaner avec des paillettes dans les cheveux et des ailes collées dans le dos. Moi, après Ally, ma priorité c'est ma carrière.

— Qu'est-il arrivé à la petite fille qui rêvait de se montrer en minijupe de cuir rouge quand elle aurait quatorze ans ?

— La même chose qu'au jeune garçon qui entrait en vélomoteur dans le manoir du domaine : elle a grandi.

— Tu pourrais choisir la jupe d'une autre couleur.

— Non, elle doit précisément être rouge. C'est le charme des vêtements sulfureux. Le but est de susciter la désapprobation des adultes, de leur faire faire « tttt ».

Le souvenir de la jupe rouge restait vivace en elle à l'instar de son lancinant désir — tout aussi sulfureux — d'être à la fois la fille qu'il tenait contre lui à l'arrêt de bus et celle qu'il entourerait peut-être de son bras dans quelques instants…

Dès leur première rencontre, elle avait eu envie d'attirer son attention, de se faire remarquer de lui. Et elle se retrouvait en sa compagnie, des années plus tard, au bord de la rivière et par un beau dimanche, en train de déguster une glace.

— Grandir…, fit-il en sourdine. Nous en mourions tous d'envie ! Accéder à la liberté de faire ce que nous voulions, de devenir qui nous voudrions. Nous ne savions pas que nous étions en train de gâcher de précieuses années où aucune responsabilité ne nous incombait.

— Il doit falloir en prendre d'énormes pour devenir milliardaire. Dis-moi, Hal, si tu disposais d'une journée rien qu'à toi, à quoi la passerais-tu ?

— Tu sais bien. Rappelle-toi, tu étais là.

— A démonter et remonter ta moto ?

— A aller pêcher la truite sans permis dans la Cran.

— Idiot !

— J'ai taquiné la truite ce matin. Cela faisait des années que cela ne m'était pas arrivé. J'en ai tenu une entre mes mains, ronronnant de plaisir, avant de la laisser filer.

— C'est vrai ? Tu sais taquiner la truite ?

— Tu veux que je te montre ?

Sa proposition s'accompagnait d'un si joli sourire qu'elle sentit son cœur ralentir. Des ridules se dessinaient autour de ses lèvres, ses pommettes semblaient remonter, ses yeux vert foncé s'éclairaient d'une lumière intense.

— Je croyais que c'était des racontars de pêcheurs.

— Pas du tout. Dès que tu sais où le poisson se cache, tu avances ta main et tu attends là sans bouger avec une infinie patience. Puis tu les caresses très doucement et tu attends de les avoir ensorcelées pour qu'elles en réclament davantage.

L'allusion n'était pas fine. Elle agaça Claire.

— Je déteste le poisson. Ally, fais attention s'il te plaît !

— Ne t'inquiète pas, je la surveille.

— Moi aussi, merci… Oublies-tu que je suis sa mère ?

— Elle ne peut pas se blesser.

— Non, mais se mouiller et attraper froid.

A son âge, jamais elle n'aurait eu le droit de jouer aussi près de l'eau.

— Détends-toi, Claire…

— A condition que tu arrêtes ton petit jeu. Je ne suis pas une de tes truites. J'élève seule mon enfant et ce n'est pas facile. Il faut être partout à la fois, remplir tous les rôles.

— Je comprends, mais ne deviens pas comme ta mère.

— Pardon ?

Elle eut l'impression d'avoir reçu une gifle.

— De quoi rêve Alice ? demanda-t-il. Le lui as-tu déjà demandé ?

— Je fais tout ce que je peux pour elle ! répondit-elle, sur la défensive.

Elle eut consciente d'en savoir trop peu sur les pensées de son enfant. D'ignorer, par exemple, pourquoi elle s'était disputée avec Savannah.

Il avait terminé sa glace et débarrassait soigneusement son sweat-shirt violet des miettes du cornet.

— Vouloir bien faire ne signifie pas forcément faire bien. Comment tes parents ont-ils réagi à la naissance d'Ally ?

Elle soupira.

— Mon père est mort une semaine avant.

— Mauvais tempo.

— Y en-t-il un bon pour mourir ?

— Dans son lit, à l'issue d'une vie bien remplie, peut-être…

— Eh bien, la sienne a été écourtée par un cancer du pancréas. Deux ans de chimiothérapies, de rémissions, de nouvelles chimios. Mais il a continué à travailler presque jusqu'à la fin, répétant non sans courage qu'il aurait tout le temps pour se reposer après…

Il ne lui présenta pas ses condoléances et elle ne s'en offusqua pas. Comment l'aurait-il pu concernant l'homme qui lui avait annoncé son bannissement ? Elle se mordit la lèvre, se demandant si son père lui avait annoncé la nouvelle directement ou s'il était allé voir Mme North.

En tant que journaliste, elle n'avait aucun mal à poser des questions. Pourtant, elle n'était pas sûre de vouloir connaître la réponse à celle-ci. Son père était la seule personne qui l'avait toujours comprise et assez aimée pour la soutenir au moment le plus difficile de sa vie. C'était ainsi qu'elle avait besoin de se souvenir de lui.

— Cela a dû être dur pour toi, dit-il enfin.

— Moins que pour mon père ou ma mère. Lorsque je leur ai annoncé que j'attendais un enfant, ils ont compris que je leur avais menti toutes les fois où je prétendais sortir avec des copines et qu'ils m'accordaient leur confiance.

— Moi, au moins, comme je sortais en cachette, je n'ai jamais eu ce problème…

Mais il en avait eu d'autres. Elle aurait voulu l'interroger sur son enfance, sur sa souffrance de devoir obéir à un homme qui buvait. Savait-il déjà à l'époque que Jack North n'était pas son père biologique ? Sûrement pas. Autrement, l'enfant sauvage se serait rebellé.

— A la naissance du bébé, dit-elle, sir Robert a proposé à ma mère d'acheter la maison, mais elle a préféré partir.

— Et toi, tu as continué à la louer pour demeurer près du père d'Ally.

Le regard de Claire se voila.

— Ce n'est pas exactement cela, car Jared était déjà parti. En fait, je voulais qu'Ally ait les mêmes racines que moi.

Son regard se posa sur sa fille, qui jouait à quelques mètres.

— Pourquoi ta mère est-elle partie quand Ally est venue au monde ? Cette naissance et la mort de ton père auraient dû vous rapprocher.

— Elle voulait façonner mon avenir, elle avait constitué un réseau entier de personnes influentes censées m'aider. Elle n'a pas toléré que je décide de m'en passer. Pas plus qu'elle n'avait supporté de voir mon père prendre mon parti.

— Les gens gravement malades savent d'instinct ce qui est vraiment important et ce qui ne l'est pas.

Elle hocha la tête, émue. Jusqu'à présent, à part son père, personne n'avait exprimé les choses aussi simplement. Quelle curieuse ironie du sort que ce soit Hal qui lui succède… *Travailler avec Hal North — Règle numéro sept : s'attendre à l'inattendu.*

— Le père d'Ally était-il d'un milieu comparable au tien ?

— Je l'avais rencontré lors d'une soirée organisée par une copine de lycée. Jared fréquentait la même université que son frère et les deux garçons étaient devenus amis. C'était un étranger, sûrement le plus beau garçon que j'aie jamais vu. Blond, doux…

— … et fuyant.

— Il a vraiment été désespéré le matin où je lui ai appris que j'attendais un enfant. Mais il s'est montré très généreux.

— Il a proposé de te verser une pension pour le bébé ?

— Non, il…

Elle s'interrompit, trop émue pour poursuivre, et ce fut lui qui termina sa phrase.

— Il t'a donné de l'argent pour que tu règles le problème.

— C'était la fin de l'année, il devait rentrer dans son pays. Il était fiancé là-bas… Un mariage arrangé entre familles. Pour lui, j'étais une agréable aventure et il pensait qu'il en était de même pour moi.

Elle haussa les épaules.

— J'ai dit que je comprenais, j'ai pris l'argent qu'il m'offrait et il est parti se marier, certain que j'allais utiliser la somme de la façon prévue.

— Est-ce grâce à elle que tu as retapé le cottage ?

Elle secoua la tête.

— Non, je l'ai versée sur un compte au nom d'Ally. Elle en aura besoin plus tard.

— Sait-elle qui est son père ?

— Bien sûr. J'ai conservé des photos de lui.

— Mais… connaît-il son existence ?

— Il… s'est tué en voiture un an après la naissance de la petite. Je l'ai appris par le frère de mon amie, avec qui il était resté en contact.

— N'as-tu pas été tentée de joindre sa famille ?

Elle secoua la tête.

— Pourquoi l'aurais-je fait ? Je n'avais jamais fait partie de sa vie ni lui de la mienne, et il était marié. De plus, garder le bébé avait été ma décision à moi seule. Je ne l'ai d'ailleurs jamais regrettée.

Pour une raison qu'elle ne comprit pas, la phrase fit sourire Hal.

— Ta mère a donc quitté le cottage et c'est toi qui as pris sa suite. N'est-ce pas extraordinaire ?

— Non, il était vide et je cherchais un endroit où m'installer.

— Tu ne vois plus ta mère ?

— Plus beaucoup. Elle s'est remariée peu de temps après avoir quitté Maybridge et sa nouvelle famille lui prend tout son temps. Voilà, à présent, tu connais tous mes secrets…

— J'en doute.

— En tout cas la plupart.

Elle le regarda avec l'étrange impression de pouvoir lire en lui.

— A ton tour, à présent, de me parler en toute franchise. Je te rappelle que je t'ai promis le silence.

— Je viens de te révéler mon secret.

— C'est de l'histoire ancienne. Et pour la récente ? Je sais que tu as été marié à Suzanne Parsons mais j'ignore si tu as des enfants.

La pensée de la petite fille de Béa lui traversa fugitivement l'esprit.

— Où as-tu vécu après Maybridge ? poursuivit-elle. Comment arrive-t-on à bâtir un empire comme le tien en partant d'une petite société de coursiers ? Quels sont tes projets concernant le domaine de Cranbrook ?

— C'est tout ?

— Non, mais pour le moment, cela suffira.

— Je serais curieux de savoir comment tu as trouvé... à propos de Suzanne.

— Désolée..., secret professionnel... Comment l'as-tu rencontrée ?

— Elle travaillait dans mon entreprise, elle la dirigeait même lorsque je n'étais pas là. Nous étions deux obsédés de boulot, mais nous n'avions rien d'autre en commun. Est venue se greffer là-dessus une certaine attirance physique et une indifférence partagée pour toute forme de vie sociale. Autant dire peu de choses. Je ne comprends même pas pourquoi nous nous sommes mariés.

Sa réponse, apparemment honnête, la surprit. Elle qui s'attendait à ce qu'il l'envoie paître...

— C'est de plus en plus courant de nos jours, tu sais, cela s'appelle le « premier accès au mariage »...

— Le quoi ?

— Comme le premier accès à la propriété. Un truc temporaire pour se jeter à l'eau, après quoi on efface tout et on recommence pour de bon avec une autre personne, une autre maison et quelques rêves en plus...

Il hocha la tête.

— Suz avait sans doute calculé son coup. Heureusement,

nous n'avons pas commis l'erreur de faire un enfant car cela ne s'efface pas d'un coup de gomme.

Il se leva.

— Si nous faisions un petit tour, à présent, pour digérer nos glaces ?

— Bonne idée. Ally, on va se balader ! Il y a des balançoires un peu plus loin.

— Je suis trop grande pour ça, maintenant…

Claire ne put retenir un sourire. Ils se mirent en route sans se presser.

— Veux-tu que je te pousse ? demanda Hal à la petite lorsqu'ils furent arrivés.

Ally lui jeta un regard compatissant avant de s'élancer pour lui prouver qu'elle était capable de le faire sans son aide.

— Tu n'as pas eu envie de te remarier ? demanda Claire, refrénant son envie d'exhorter Ally à la prudence.

— Le mariage demande du temps et de l'énergie. Je préfère les aventures sans lendemain. Elles sont plus simples, non ?

— Tu me demandes si les aventures sans lendemain sont simples ?

Comme il ne répondait pas, elle tourna la tête vers lui, interloquée. Pourquoi gardait-il le silence ?

La réponse était évidente : parce qu'il la regardait. Elle sentit son cœur se décrocher.

— C'est en effet le sens de ma question, répondit-il. Et quelle est la réponse ?

— Elle est vraiment grande, cette cage ! s'écria à cet instant Ally en laissant sa balançoire perdre de la vitesse.

Accueillant la diversion avec soulagement, Claire suivit le regard de sa fille. Construite au début du XXe siècle, la « cage » était à l'origine la résidence d'été d'un vaste domaine situé en amont de la rivière. L'édifice ressemblait de manière si frappante à une cage en bambou qu'il y avait gagné son surnom et servait de point de rencontre à moult promeneurs.

Voyant Claire absorbée dans sa contemplation, Hal redescendit soudain sur terre. Que faisait-il ici avec elle ? Après son premier article, il s'était juré de ne pas lui faciliter la vie. Et pourtant, il se retrouvait quelques jours plus tard en train d'échanger des confidences avec elle. Claire Thackeray, la dernière femme au monde avec laquelle il aurait imaginé sortir un jour…

— La terrasse du restaurant est en train de se remplir, dit-il en se levant. Je vais aller réserver notre table.

A défaut de pouvoir piquer une petite tête dans le cours d'eau — qui lui aurait efficacement remis les idées en place — c'était un moyen comme un autre de se reprendre…

Dix minutes plus tard, attablée avec Claire et Hal à la terrasse de La Cage aux Oiseaux, Ally posait un regard suppliant sur sa mère.

— Maman, est-ce que je pourrais avoir un sandwich jambon-gruyère ?

Venir ici pour manger cela…

— Avec de la mayo en supplément, s'te plaît !

— Bon, d'accord…, répondit Claire, se promettant que c'était la dernière fois. Et avec ceci, qu'est-ce que mademoiselle voudra boire ?

— Un jus d'orange ! Sans paille !

Il aurait fallu un miracle pour qu'Ally réclame un simple verre d'eau, et Claire n'avait pas sa baguette magique…

— Encore d'accord. D'ailleurs, je vais prendre la même chose.

— Je peux aller voir la volière en attendant ?

— Oui, à condition que je puisse te voir.

La petite adressa un large sourire à sa mère, en fit autant pour Hal, et détala.

— Ta mère n'approuverait sûrement pas…, dit-il avec un demi-sourire.

— C'est le moins que l'on puisse dire.

— Au fait, tu nc m'as pas raconté comment s'était déroulé ce fameux goûter d'anniversaire, à l'époque.

— Une horreur. Avec les cinq copines de classe, triées sur le volet, que j'avais eu le droit d'inviter, nous nous sommes retrouvées coincées autour d'une table recouverte d'une nappe brodée de fils d'or. Le goûter se résumait à de petits canapés au concombre et à l'œuf, et à des scones à la crème caillée. Comme boisson, nous avions le choix entre thé et lait.

— Audacieux !

— Autant que nos tenues de petites filles modèles absolument grotesques pour l'époque.

— Quel dommage que tu ne portes pas de minijupe rouge aujourd'hui…

Travailler avec Hal North — Règle numéro huit : se rappeler qu'il lit dans les pensées.

Ally revint soudain vers eux en courant.

— Comment s'appelle cet oiseau ? demanda-t-elle, le doigt pointé vers un arbre.

— Un inséparable, répondit Hal.

— Où est l'autre ? Vous avez des animaux chez vous, monsieur North ?

— Si tu m'appelais Hal et que tu me tutoyais ?

Sitôt dit sitôt fait.

— Tu as des animaux chez toi, Hal ?

— Un âne. Il s'appelle Archie.

— Je le connais, répondit-elle visiblement peu intéressée. Nous, on a deux chats, Tom et Jerry. Mais est-ce que tu as un chien ?

— Tu les aimes, dirait-on …

— Oh oui, je les adore, mais comme maman travaille toute la journée, on ne peut pas en avoir.

— Elle a raison. Les chiens ne sont pas comme les chats, ils ont besoin des gens.

— Quelquefois, les gens ont besoin des chiens.

— Justement, Alice, en me promenant ce matin, je songeais à m'en acheter un. Voudrais-tu m'aider à le choisir ?

— Un chiot ?

— Je pourrais en adopter un à l'animalerie.

Le regard de la petite brilla. Dans la seconde, elle prit une attitude suppliante.

— Maman, s'il te plaît ! On peut y aller après le déjeuner ? S'il te plaît, maman !

Claire prit l'air de réfléchir, puis, acquiesçant de la tête, elle sourit.

10

En entrant dans la boutique, Hal, Ally et Claire furent accueilli par le joyeux bavardage de la propriétaire.

— Bonjour, salut Claire, salut Ally ! Comment vont Tom et Jerry ? J'espère que vous n'êtes pas là parce qu'ils sont…

— Non, Jane, rassurez-vous, ils vont bien. Nous sommes venues pour mon voisin, que voici. Il vient de s'installer et cherche un chien. Ally est là pour l'aider dans son choix.

— Parfait, répondit Jane en souriant à Claire d'un air entendu. Quelle taille souhaiteriez-vous ?

— Ça m'est égal, répondit Hal. C'est son caractère qui m'importe.

— Disposez-vous d'un jardin ? De bonnes barrières ?

— Hal a énormément de place, répondit Claire.

— Dans ce cas, Claire, pourquoi ne lui feriez-vous pas faire le tour du chenil pendant que je montre quelque chose à Ally ?

Comme la tête de la petite s'allongeait, Hal la rassura :

— Je ne me déciderai pas sans ton approbation, promis !

Et il suivit Claire vers le chenil.

— Merci de ne pas avoir cafté, lui chuchota-t-il dès qu'ils furent hors de portée de voix, l'état de mes barrières est plutôt piteux…

— Penny m'a dit que tu avais demandé à son mari de les refaire. C'est bien. Il ne manque plus que tu rétablisses le pique-nique des Oursons.

— Pas question. Certains arbres des sous-bois sont dangereux. Tu ne voudrais pas qu'une branche tombe sur ces charmants bambins…

— Evidemment que non ! Mais pourquoi ne pas l'avoir dit tout de suite au lieu de faire durer le suspens ?

— J'attendais que tu le remarques toi-même. Après tout, tu es venue faire des photos pour ton journal.

— Admettons. En tout cas, je suis au moins sûre d'une chose : tu sauras t'occuper d'un chien.

— Qu'est-ce qui te fait dire cela ?

— Tu en avais un quand tu étais jeune et tu as toujours été très gentil avec lui. C'était d'ailleurs un vrai pot de colle. Il ne te lâchait pas d'une semelle.

Il sourit.

— Après la mort de Paddy, je n'en ai plus voulu d'autre.

Arrivés devant le chenil, ils s'arrêtèrent devant un Jack Russel terrier avec la langue pendante et une cocarde noire sur l'œil.

— Adorable, dit Claire, mais il va te faire des trous partout dans ta pelouse. A propos, le jardin de roses fait-il partie de notre contrat « Je n'en parle pas dans mon journal » ?

— Non, à condition que tu ne te moques pas de mon ignorance en botanique ! répondit-il en se tournant vers un épagneul à la belle robe châtaine.

L'animal leva les yeux vers lui, poussa un soupir mais ne se leva pas. Ce fut ensuite le tour d'un gros labrador, d'un berger allemand et de toute une ribambelle de chiens bâtards, puis d'un bouledogue français.

— En avez-vous trouvé un qui vous plaise ? demanda Jane en arrivant.

Hal sourit.

— Vous voulez dire qu'ils me plaisent tous !

— Dites-nous-en un peu plus sur le labrador, dit Claire.

— Bernd ? Une vraie pâte. Trois ans, muni de tous ses certificats et à jour dans les vaccins ! Ses propriétaires ont dû s'en séparer quand ils ont quitté leur maison pour un appartement en ville.

— J'ai besoin de l'approbation d'Alice, répondit Hal.

— Ally ! s'écria alors Jane en poussant une porte du pied, tu es demandée d'urgence !

L'enfant apparut, assise par terre, deux chiots minuscules sur les genoux. Leur mère, un joli westie tout pareil à eux, ne les quittait pas du regard.

— Maman ! Hal ! Regardez comme ils sont mignons !

— Leur mère a été retrouvée abandonnée, dit Jane, et seulement deux de ses trois chiots ont survécu. On va les garder jusqu'à ce qu'ils soient sevrés.

— Ils vont rester ensemble ? demanda Ally, inquiète.

Il y eut un silence gêné à l'issue duquel Hal déclara :

— Bien sûr.

Il se tourna vers Jane :

— Si j'adopte toute la famille, puis-je l'emporter avec moi maintenant ?

— Vous les prenez tous les trois ! Mais… je croyais que vous vouliez le labrador ?

— Lui aussi, répondit Claire.

— Etes-vous bien sûr ? demanda Jane. Même si Claire s'est portée garante de vous, je suis dans l'obligation de venir chez vous vérifier que vous pouvez vraiment tous les accueillir ? Quatre chiens…

— Pas de problème, répondit Hal en sortant une carte de visite de sa poche intérieure. Quand pouvez-vous venir ?

Jane baissa les yeux vers la carte. Fronça les sourcils.

— North ? Vous êtes Henry North ? Du domaine de Cranbrook ? Pourquoi ne pas l'avoir dit tout de suite ?

Claire fit une petite grimace.

— Il adore le suspens.

— Si je peux faire quelque chose pour vous, dit Jane sans oser rire, n'hésitez pas…

— Justement, je cherche un copain pour mon âne. Pourriez-vous me conseiller ?

— Quatre chiens et un poney borgne ! Es-tu devenu complètement fou ?

— C'est possible. En fait, c'est là que je sors mon joker.

— Oh ?

— La chienne et ses chiots vont réclamer beaucoup plus de temps et d'attention que je ne pourrai leur en accorder. Je vais donc demander à Alice de s'en occuper à ma place jusqu'à ce que les petits soient sevrés. De mon côté, je m'occuperai du labrador.

Claire tourna la tête vers la petite. Elle parlait aux chiots et ne voyait plus qu'eux. Mais elle était autant sous leur charme que sous celui du grand et gentil monsieur qui venait de lui offrir une glace, l'appelait Alice et illuminait sa journée en lui portant une attention de tous les instants.

— Ce n'est pas une bonne idée, Hal, répondit-elle. Quand il faudra qu'elle te les rende, elle aura le cœur brisé.

Il la considéra quelques instants sans répondre, puis se tourna vers la petite.

— Alice ! Comme ta maman va travailler chez vous pendant plusieurs semaines, c'est à toi que je vais confier les chiens. Pourras-tu t'en occuper ?

— Ouaiiiis, génial ! hurla-t-elle, perdant tout sens de la mesure.

— C'est dégueulasse..., dit Claire entre ses dents. Et qu'en feras-tu quand tu retourneras chez toi, à Londres ?

— Je demanderai à Jane de me trouver quelqu'un. A présent, qu'attends-tu pour lui dire qu'elle n'aurait pas dû me laisser les adopter ?

— Je ne le ferai pas. Elle les reprendrait et cela briserait le cœur d'Ally.

Sur ce dernier échange, ils firent grimper les chiens

dans le véhicule de Hal, en leur parlant doucement pour les habituer à eux.

— Il va falloir leur donner un nom ! dit Ally.

Hal hocha la tête.

— Tu as raison. Dresse-nous une liste et nous ferons notre choix demain.

Claire entendit Hal dire au revoir à la petite. Puis la Land Rover s'éloigna.

— Ally, mon trésor, tu dois laisser ces chiens tranquilles à présent.

— Alice.

— Pardon ?

L'enfant leva les yeux.

— Hal m'appelle Alice.

— Oui mais *Ally* est le diminutif d'Alice-Louise.

— Je sais, mais, avec *Alice*, je me sens plus grande.

Dont acte…

— Eh bien, Alice Thackeray, il se trouve que Hal North, ce gros malin, est parti en emportant la nourriture pour chiens que Jane nous avait remise en partant. Nous allons donc devoir aller en acheter.

— Ils vont rester tout seuls !

— Ils ont de l'eau, et les chats ont visiblement décidé de ne pas les embêter. Je pense donc que nous pouvons les laisser une petite heure tranquilles. Cette coupure leur permettra de se remettre paisiblement de leurs aventures.

Et à moi de reprendre mes esprits…

Elle n'eut malheureusement pas cette chance. Jessie Michaels arriva en même temps qu'elles au magasin avec sa fille Savannah.

— Eh bien, Ally ? dit Mme Chaudry, la gérante de la supérette, en avisant la nourriture pour animaux dans le Caddie. Tu as un chien maintenant ?

— Non, rétorqua l'enfant d'une voix claire et distincte à l'intention de Savannah, j'en ai trois. Deux bébés chiots et leur mère. Ils ont le poil tout doux, je les adore !

Du coin de l'œil, elle vit Savannah, interpellée, tourner la tête vers elle.

— Que c'est mignon ! répondit Mme Chaudry d'un air attendri. Comment s'appellent-ils ?

— Ils n'ont pas encore de noms, mais c'est moi qui vais les trouver ! Hal m'a chargée de faire une liste. Si vous voulez, maman peut faire des photos avec son téléphone et vous les envoyer.

— J'ai hâte de voir ça…

Claire et Jessie entamèrent une conversation et constatèrent qu'Ally et Savannah, après s'être insensiblement rapprochées, se trouvaient à présent côte à côte. Mais toutes deux s'obstinaient à s'ignorer, attendant que l'autre fasse le premier pas.

— Comment va-t-elle ? demanda Jessie à voix basse.

— Ally ? Elle s'ennuie. Savannah lui manque.

— C'est bizarre, les filles. Elles s'entendent bien jusqu'à ce qu'une broutille fasse tout voler en éclats.

— Que s'est-il passé au juste ?

Jessie haussa les épaules, mal à l'aise.

— Ally aurait raconté que son père était un prince, ce qui faisait d'elle une princesse ou quelque chose du genre, et Sav a pris cela pour une marque de mépris.

— C'est ma faute, je lui ai raconté trop de contes de fées.

Jessie lui sourit gentiment.

— Je suis sûre qu'elles ont déjà oublié l'incident. Comment ça va au journal, en ce moment ?

— On vient de me charger d'une mission un peu différente de ce que je fais d'habitude, répondit Claire, je vais travailler depuis chez moi pendant plusieurs semaines. Cela va me faire drôle…

Elle suspendit son récit, assaillie pour la centième fois par la même question. Allait-elle manquer aux rédacteurs et aux journalistes ou se diraient-ils, à son retour, qu'ils s'étaient parfaitement passés d'elle ?

Il y eut des rires étouffés dans leur dos. Penchées l'une vers l'autre, les fillettes étaient redevenues amies comme seuls les enfants savent l'être.

— Maman, demanda Ally, est-ce que Sav peuvent venir voir les chiens ?

Le téléphone dans une main, Claire s'assit à son bureau. En bas, les chiens s'étaient assoupis. En haut, Alice et Savannah leur choisissaient des noms.

Elle composa le numéro du domaine. Fut-elle déçue ou soulagée de tomber sur le répondeur ? Elle avait tant de choses à raconter à Hal, notamment sur les retrouvailles d'Alice et de Sav. Toujours était-il que, quand le bip retentit, elle resta complètement muette.

Hal leva les yeux de son ordinateur et tendit l'oreille vers son répondeur. Pas de message. Que du silence. Même Bernd semblait surpris. Enfin, la sonnerie occupée s'éleva dans la pièce. Claire — car il savait que c'était d'elle — avait raccroché.

— Quoi ? demanda-t-il au chien. Tu ne voudrais quand même pas que je la rappelle !

Il hésita. Après tout, pourquoi pas ? Il n'aurait qu'à demander des nouvelles des bébés chiots.

— Allez, viens, dit-il au chien en se levant, on va se promener.

Claire travailla tard sur son blog de jardinage. Sans prétendre être experte, elle avait acquis, au fil des ans, de vraies connaissances en la matière. Elle envoya ensuite quelques lignes à Brian sur la vraie raison de l'annulation du pique-nique des Oursons, catapultant ainsi Hal au rang de quasi-héros. Ce soudain revirement s'expliquait peut-être par le parallèle qu'elle faisait avec la réaction de son père après les tempêtes qui avaient ravagé les sous-bois de Cranbrook. A l'époque, Peter Thackeray s'était d'ailleurs plaint du manque de moyens mis à sa disposition pour réparer les dégâts.

Très concentrée, elle ressortit le journal où son père avait consigné ses faits et gestes pendant des années, et parcourut les clichés de l'époque, cherchant un visage — pas celui de North, bien sûr — mais de quelqu'un d'autre susceptible de la mettre sur la voie. Elle se plongea même dans les albums et les boîtes en carton pleines de photos jusqu'à une heure avancée, cherchant une ressemblance, un indice…

11

Malgré sa courte nuit, Claire descendit de bon matin dans le jardin pour faire des plantations, puis rentra se préparer un café.

— Tu es bien matinal, dit-elle lorsque Hal poussa la porte, n'attendant pas d'être invité pour entrer chez elle.

Le gravier était un excellent avertisseur, elle l'avait entendu arriver et avait eu le temps de calmer les battements effrénés de son cœur.

— Que se passe-t-il ? demanda-t-elle. Tu es tombé du lit ?

— Il se passe que les entrepreneurs sont arrivés à 7 heures pour les travaux de soutènement du toit. D'ailleurs, au risque de paraître paranoïaque, je jurerais que Cranbrook a sabordé lui-même la toiture quand il a été contraint de vendre le manoir.

Elle le regarda bien en face.

— Cela ressemble fort à de la paranoïa, en effet.

— Tu ne l'as pas vu le jour de la signature…

— Parce qu'il s'est déplacé ! Je croyais qu'il avait eu une attaque. Comment allait-il ?

— Disons qu'il avait de la voix…, répondit-il, mystérieux, en s'approchant de la fenêtre. Quant à moi, j'ai un autre rendez-vous tout à l'heure.

— Je vois. As-tu pris ton petit déjeuner ?

— Oui, merci, mais je ne dirais pas non à une tasse de café, si la cafetière était en route. Alice est par là ?

— Elle fait ses devoirs. Une chance, du reste, car elle ne pense plus qu'à tes chiens. D'ailleurs, qu'en feras-tu quand tu retourneras vivre à Londres ?

— Qui t'a dit que j'allais retourner y vivre ?

Elle fut interloquée par la question, mais lui tout autant. Comme si celle-ci lui avait échappé.

— Salut, Hal !

Il se retourna avec soulagement et n'eut pas besoin de se forcer pour sourire.

— Salut, Alice !

— Dis-moi, toi, dit Claire avec un louable effort pour ne pas s'agacer de cette interruption, n'es-tu pas censée faire tes devoirs ?

— Je les fais depuis deux heures et j'avais besoin d'une pause, répondit Ally avec impertinence. Et puis, Hal et moi, on a besoin de se mettre d'accord sur les noms des chiens. On ne peut pas continuer à les appeler bébé chiot I, bébé chiot II et maman chien.

— En effet, dit Hal en s'asseyant. Dis-moi un peu à quoi tu as pensé.

— J'ai pensé à Yasmine pour la maman parce qu'elle est blanche et qu'elle sent bon.

— Très joli.

— Pour les chiots…

Elle hésita.

— Avec Savannah, on a plusieurs idées…

— Je t'écoute.

— Chardon pour le bébé chiot I.

— Ça me va très bien.

— Pour le second, j'aime bien Persil comme celui que maman fait pousser dans le jardin, mais Sav préfère Ronce.

— Savannah est la meilleure amie d'Alice, dit Claire. Elle est venue voir les chiots hier.

Ally poursuivit sur sa lancée.

— Le problème, c'est que les fleurs des ronces sont blanches, mais pas duveteuses.

— Je vois. Pour ma part, j'aime beaucoup Persil mais, si cela fait plaisir à Savannah, pourquoi ne pas choisir un nom qu'elle aime ?

Alice réfléchit à peine quelques secondes avant de décréter :

— Yasmine, Chardon et Ronce. Il faudra inscrire ces noms sur leurs colliers.

Hal acquiesça de la tête.

— Je vais m'en occuper de ce pas. Vous avez fait du beau travail, ta copine et toi.

Le visage d'Ally resplendit.

— As-tu amené Bernd avec toi ?

— Non, après sa longue promenade matinale, il a préféré rester se reposer sous le bureau de Penny.

Comme elle semblait déçue, il ajouta très vite :

— Mais le poney arrive après le déjeuner. Si tu viens lui dire bonjour, tu verras Bernd. Et si tu veux amener Sav, il n'y a pas de problème.

— Génial ! Maman, est-ce que je peux prendre ton ordinateur ? C'est juste pour vérifier si je fais bien ce qu'il faut avec les chiots.

— D'accord, ma chérie, répondit Claire, versant le café dans les tasses.

Puis, pour éviter de se laisser attendrir, elle se tourna vers Hal et se repositionna sur un plan plus professionnel :

— Willow disait que tu avais quelques idées sur la campagne annuelle « Faites un vœu pour Maybridge » ?

— Que penserais-tu d'une piste cyclable qui, traversant le domaine, relierait le village à la ville ?

— Le projet est séduisant. Où passerait-elle exactement ?

Il avait étudié la question. Sortant un plan de sa poche, il l'étala devant lui et traça une route imaginaire du doigt.

Elle le regarda faire en souriant. Ses cheveux commençaient à pousser, il n'était pas aussi parfaitement rasé que d'habitude et tout cela lui donnait un air plus détendu.

— Claire ?

Les lèvres de Hal s'étaient étirées en un sourire sensuel qui n'était pas dû à la piste cyclable. Il lui replaça derrière l'oreille une mèche de cheveux. Des chants d'oiseau et un bruit de tracteur leur parvinrent par la fenêtre ouverte.

Sentir soudain les lèvres de Hal sur les siennes parut tout à fait normal à Claire.

— A présent, dit-il en la repoussant avec une nonchalance un peu affectée de longues secondes plus tard, concentrons-nous sur la piste cyclable.

Il plaisantait, sans doute…

— Que lui reproches-tu ?

Elle déglutit. Se concentrer… ? Après leur baiser…

— Euh…, rien, je trouve même que c'est une riche idée. Les élèves pourraient se rendre au lycée en toute sécurité et moi à mon travail. Si, à la fin des travaux, j'ai toujours un travail…

Elle marqua une pause avant d'ajouter :

— Et un vélo.

— Je vois… Si tu pouvais faire un vœu concernant le domaine, quel serait-il ?

— D'habitude, dit-elle en souriant, les fées ne font pas les vœux, elles les réalisent ! Mais, soit : que tu fasses restaurer le kiosque à musique derrière le lac. Cela ne te coûterait rien comparé à ce que tu vas devoir débourser pour le reste.

— Quel reste ?

— Eh bien…

— Tu étudieras cela, dit-il en posant une feuille de papier pliée en deux devant elle, c'est la liste de mes projets. Tu me diras ce que tu en penses quand nous emmènerons les filles voir lc poncy cet après midi ?

— Parce que je suis également invitée ?

— Oui, mais seulement si tu apportes un nouveau gâteau. Gary a presque entièrement mangé le premier.

Comme elle éclatait de rire, il ajouta :

— Encore une chose, Claire Thackeray.

Elle inclina la tête sur le côté.

— Oui ?

— Je dois assister samedi soir à un dîner de charité et j'ai besoin d'être accompagné.

Il l'invitait à un dîner, maintenant ?

— Cela se passe à Londres. Soirée habillée et tout le tremblement. Est-ce un problème pour toi ?

Soudain, elle eut l'impression qu'il regrettait de l'avoir conviée et attendait qu'elle décline son offre. Mais peut-être n'était-ce qu'une impression ?

— Figure-toi que je possède une robe longue, Hal. Achetée en soldes, il est vrai, pour un réveillon de Noël du *Maybridge Observer*... Elle est bleue nuit mais tout le monde s'obstine à la voir noire.

— Peu importe que tu l'aies achetée en soldes ou pas. J'ai juste besoin de quelqu'un pour m'accompagner.

— Et comme plus personne n'était disponible dans ton entourage, tu as pensé à moi…

Quelle délicatesse.

— Es-tu encore libre ?

Répondre non… Prétendre qu'elle était prise… Mais à quoi bon ? On ne dupait pas un homme comme Hal North.

— L'es-tu ? répéta-t-il impatiemment.

— J'avais une soirée bingo, mais…

— Ciel, tu décommanderais une soirée bingo pour moi ?

— La question ne se pose pas…, elle a été annulée.

— As-tu encore le temps de trouver une baby-sitter ?

— Je te dirai cela quand je le saurai.

Il sortit une carte de visite de sa poche et griffonna quelque chose au verso.

— Voici mon numéro de mobile. Appelle-moi.

Et il sortit.

Elle attendit le bruit de ses pas sur le gravier. Comme rien ne venait, elle s'approcha de la fenêtre. Il considérait le jardin sans bouger. Puis il se dirigea vers la petite aire de jeux qu'elle avait aménagée pour Ally et s'arrêta devant la marelle. Il n'allait quand même pas sauter à cloche-pied jusqu'au ciel…

L'instant d'après, il passait la barrière et s'éloignait dans la prairie.

Claire attrapa son téléphone et appela Penny.

— J'ai une soirée de travail samedi. Si tu n'as rien de prévu, pourrais-tu garder Ally ?

— Heureusement que je n'ai pas un travail comme le tien !

— Euh…, je risque de rentrer tard. Est-ce un problème ?

Un empêchement l'aurait presque soulagée.

— Pas du tout. Ally n'a qu'à venir dormir à la maison.

— Oui, mais… elle prend son rôle auprès des chiots très au sérieux, elle va sans doute vouloir les emmener.

— Pas de souci, au contraire. Si elle acceptait qu'on les sépare, j'en prendrais même volontiers un pour moi…

— Tu es un ange.

Le téléphone de Hal bipa, annonçant la réception d'un texto.

Baby-sitting O.K. Quelle heure ?

Claire lui envoyait un message. C'était curieux… Lui en voulait-elle ou craignait-elle au contraire qu'il ne change d'avis si elle l'appelait ?

Du reste, pourquoi l'avait-il choisie, elle, au lieu de la demi-douzaine de femmes qui se seraient fait une joie, même en étant prévenues aussi tard, de l'accompagner et de finir la nuit avec lui ? Oui, une relation purement physique était plus simple qu'un engagement affectif, du moins c'était ce qu'il avait affirmé à Claire… sans préciser qu'il s'agissait alors de relations sans âme et qu'avec elle il avait envie de plus. Jusqu'où pousserait-elle le flirt avec lui pour apprendre ce dont elle avait besoin et écrire *l'article* qui lui ferait prendre du galon ?

Se risquerait-elle à une nouvelle étreinte ?

Le souvenir de son corps épousant le sien lui coupa le souffle.

Il tapota sur le clavier de son téléphone :

19 heures. Je n'attendrai pas.

12

A 19 heures précises le samedi suivant, la sonnette de la porte d'entrée retentit.

Claire se jeta un dernier regard dans le miroir, prit une longue inspiration et ouvrit.

La beauté de Hal North dans son smoking la cloua sur place.

— Tu es prête ? demanda-t-il en guise de bonsoir. La baby-sitter est là ?

En cas de rendez-vous avec Hal North — Règle numéro un : il ne s'agit pas d'un vrai rendez-vous.

— Ally et les chiens sont chez Penny. Dis-moi, ta tenue est très belle mais il manque l'épée qui va avec.

— Pas très pratique pour danser.

— De toute façon, je te préfère désarmé.

— Qu'as-tu dit à Penny ?

— Que j'avais une soirée boulot. Ce qui est la vérité. Mais, entre nous, sache que ta belle voiture redeviendra citrouille à minuit : j'ai dit à ma fille que je rentrerai juste après.

Il écarquilla les yeux.

— Depuis quand les enfants fixent-ils les heures de retour de leurs parents ?

— Depuis qu'ils ne croient plus aux contes de fées. Où allons-nous exactement ?

— A un gala de charité pour les sans-abri.

— Si tu me l'avais dit plus tôt, j'aurais préparé un chèque.

— Je t'avancerai l'argent et tu me le rembourseras. Je voudrais te demander quelque chose.

Il n'attendit pas son aval pour enchaîner :

— As-tu un homme dans ta vie ?

S'imaginait-il qu'elle l'aurait embrassé si cela avait été le cas ? A l'évidence.

En cas de rendez-vous avec Hal North — Règle numéro deux : ne pas prendre ses baisers trop au sérieux.

— Je vais me pavaner à ton bras. Cela ne te suffit pas ?

— Avec ton physique tu devrais…

— Béa n'était pas libre ?

— Elle me dépanne parfois, il est vrai, quand je reçois une invitation au dernier moment, mais depuis qu'elle s'est mise aux rencontres *via* internet, elle est beaucoup plus prise…

— En tout cas, j'ai décidé de profiter de cette soirée pour me distraire. Ce n'est donc pas en tant que journaliste que je m'y rends. Par conséquent, tu peux baisser ta garde.

— Super. Comment va ton pied ?

— Complètement guéri.

— Tu n'auras donc aucune excuse pour ne pas danser. Car tu sais danser, j'espère…

— Disons que je pratique peu et qu'il me faudra peut-être un peu de temps pour m'y remettre. Comment va le poney ?

Hal n'était pas là lorsqu'elle avait déposé Ally et Sav après l'école.

— Bien. Archie lui enseigne toutes ses ficelles. Mais dis-moi, je n'ai pas trouvé le gâteau escompté en rentrant tout à l'heure au manoir.

— Les couvreurs venaient de commencer leur pause quand je suis arrivée. Inutile de te préciser qu'il n'a pas fait long feu.

Il hocha la tête, interloqué. L'explication lui avait cloué le bec. Puis il déclara, en lui prenant le bras :

— Tu ne vas pas regretter d'avoir accepté mon invitation. Nous allons tous les deux bien profiter de notre soirée : bonne nourriture, bon vin et bonne musique dans un beau décor pour soutenir une belle action…

Elle rit.

— Que demander de plus en effet ? Jusqu'au douzième coup de minuit, la soirée sera à nous !

Il plongea le regard dans le sien.

— Ensuite, Cendrillon, nous essaierons de te raccompagner chez toi avec tes deux pantoufles de vair…

Les cheveux de Claire étaient retenus en chignon mais beaucoup plus lâche que celui qu'elle se faisait au quotidien. De petites boucles très fines s'en détachaient et lui caressaient les joues. Son seul bijou consistait en une paire de pendants d'oreille en argent émaillé qui frôlaient parfois son cou d'une finesse remarquable. Sa robe — en soldes, ah oui — semblait, sur elle, sortie des ateliers d'un grand couturier, et mettait extraordinairement en valeur les courbes de sa longue silhouette déliée.

Elle eut un succès considérable au cours de la soirée. Charmant les hommes sans s'aliéner les femmes, elle abordait des sujets qui intéressaient tout le monde.

Malgré la promesse qu'elle lui avait faite, Hal se demandait parfois si elle n'attendait pas le moment opportun pour lui soutirer des confidences qu'elle révélerait dès le lendemain dans son journal.

Elle tourna la tête vers lui.

— Pourquoi me fixes-tu ainsi ? J'ai du noir sur le nez ?

Il haussa les épaules, cherchant une explication.

— C'est parce que, tout à l'heure, Elizabeth admirait tes pendants d'oreille.

En entendant son nom, ladite Elizabeth tourna la tête vers eux. Il ne se démonta pas.

— J'expliquais à Claire que vous appréciiez beaucoup ses pendants d'oreille.

— C'est vrai qu'ils sont superbes, dit Claire en toute simplicité.

Comme Elizabeth acquiesçait d'un signe de tête, Claire lui raconta comment et où elle se les était procurés. Hal n'entendit pas. Le regard fixé sur sa partenaire d'un soir, il admirait sans réserve sa grâce, son élégance et son incroyable naturel. Elle était d'une classe inouïe.

Soudain, on braqua un projecteur sur le maître de cérémonie qui venait d'empoigner un micro.

— A présent, chers amis qui avez répondu à notre appel, notre vente aux enchères va commencer. Comme vous le savez, l'argent collecté sera versé aux sans-abri à qui nous avons décidé de venir en aide. Puis, nous ouvrirons ou, plutôt, *vous* ouvrirez le bal !

Comme Claire rentrait la tête dans ses épaules, Hal se tourna vers elle.

— Je veux que tu enchérisses pour moi.

Les yeux gris se mirent à briller.

— J'aimerais bien mais… imagine que l'objet soit adjugé.

— C'est l'idée… Tant qu'il s'agit d'une noble cause…

Saisissant la liste des pièces mises à prix, elle lut à mi-voix :

— Un trophée sportif, une batte de cricket dédicacée par l'équipe gagnante de l'an dernier, la mascotte d'une Rolls-Royce, l'aileron d'une voiture de formule 1…

Il ne réagissait pas, trop occupé à la contempler. Il se trouvait à quelques centimètres d'elle et brûlait d'envie de la toucher. Comment tout cela avait-il commencé ?

Grâce à ses recherches, il en savait à présent bien plus sur elle qu'elle n'en savait sur lui. Penny avait été une mine d'informations. Aucun commérage de sa part, mais des informations judicieuses et des réflexions bienvenues. Claire vivait seule, avait retapé seule sa maison et créé son jardin seule aussi. Il n'y avait pas de zones d'ombre dans sa vie, mais elle menait une existence plutôt difficile.

Claire attrapa un verre d'eau fraîche et, fermant les yeux, le posa sur sa joue. Savoir qu'elle tournerait bientôt sur la piste de danse dans les bras de Hal lui donnait la fièvre.

Jusqu'ici pourtant, elle avait parfaitement maîtrisé la soirée, plaisantant, riant, en un mot, dissimulant à tous que seul Hal l'intéressait.

En cas de rendez-vous avec Hal North — Règle numéro trois : regarder les autres hommes pour l'oublier un peu.

A cet instant, le commissaire-priseur souleva son marteau et ouvrit les enchères.

— Le premier lot est un maillot de rugby porté par Johnny Wilkinson conservant la trace de sa sueur et de ses efforts. Mise à prix cinq cents livres…

— Lève la main, Claire.

— Quoi ?

— Lève-la tout de suite.

Elle s'exécuta tandis qu'il annonçait :

— … Mille livres.

— Nous commençons merveilleusement bien avec une ravissante jeune femme assise juste en face de moi.

Tout le monde la regardait.

— Mille livres pour un maillot qui n'est même pas propre ! glissa-t-elle à Hal en baissant la main.

Trop tard.

— Quel est votre nom ? demanda à cet instant le maître de cérémonie.

— Claire… Claire Thackeray.

— Eh bien, ce maillot est à vous à moins que… Mesdames, allez-vous laisser cette jolie créature partir avec le maillot de l'un des plus extraordinaires joueurs d'Angleterre pour mille malheureuses livres ?

Il posa la main en coque contre son oreille.

— Allez-vous faire cela, mesdames ?

Il y eut aussitôt une nouvelle enchère.

— Est-ce que tu t'amuses ?

— Pas vraiment. Ce n'est pas l'idée que je me fais d'une soirée distrayante.

— Dans ce cas, j'ai une meilleure idée.

Lui saisissant le poignet, il se leva et lança :

— Dix mille livres…

Ils gagnèrent la porte tandis que le marteau retombait.

— Adjugé ! La précieuse relique appartient maintenant au mystérieux cavalier de la jolie Claire Thackeray. A tout à l'heure, Hal !

— C'est énorme ! dit-elle quand ils furent dans l'ascenseur.

— Nous cherchons bien à collecter le plus d'argent possible pour aider les sans-abri, non ? répondit-il en la prenant dans ses bras.

Mais au lieu de lui donner le baiser auquel elle s'attendait, il la serra contre lui, le regard plongé dans le sien.

L'ascenseur arriva au rez-de-chaussée.

— Mais…, dit-elle en balbutiant, nous partons ? La soirée est loin d'être terminée. Les gens t'ont vu et…

— Nous allons chez moi.

Il n'y avait pas de négociation possible.

Pendant le trajet, il ne la toucha pas. Pas plus que dans l'ascenseur menant au sommet de l'immeuble dont il occupait le dernier étage.

L'air vibrait entre eux. L'atmosphère était saturée de quelque chose de très ancien, de primitif.

Elle tremblait du désir de sentir encore sa peau contre la sienne. Sa peau de velours, de soie et de cuir…

Décidément, Hal North faisait partie de son destin et le moment était arrivé de le sceller. Lorsqu'ils se serreraient l'un contre l'autre, il n'y aurait plus de retour en arrière possible. Ils arrivèrent au dernier étage. Hal ouvrit sa porte et la referma sur eux. Elle avait les nerfs à fleur de peau. Son corps brûlait, son sang se consumait dans ses veines.

Il retira sa veste, fit le petit pas qui les séparait encore et lui posa les mains sur les épaules, caressant son cou du bout de ses pouces, la dévorant des yeux.

Elle avait envie de crier.

Baissant la tête vers elle, il commença à l'embrasser tandis qu'elle basculait la tête en arrière. Les yeux fermés, elle desserra sa cravate, ouvrit le col de sa chemise.

— Regarde-moi, Claire.

Son souffle était doux contre sa joue.

— Dis mon nom…

Sa robe glissa le long de ses hanches jusqu'à ses chevilles.

— Danse avec moi, Hal North, murmura-t-elle se suspendant à son cou, danse avec moi.

13

Ouvrant les paupières, Hal reconnut par sa baie vitrée le paysage familier de la Tamise, qui se nimbait de rose dans le jour naissant.

Claire dormait contre lui, un bras enroulé autour de sa taille. Fragile et sienne. Dans un instant, elle allait se réveiller et cet instant parfait serait anéanti par leur incontournable séparation.

Mais pour le moment, il pouvait encore regarder ses paupières closes.

— Ne bouge pas, dit-il quand elle commença à remuer.

— J'en ai si peu envie…

Sa voix était ensommeillée et douce. Il n'avait qu'une caresse à lui prodiguer pour qu'elle oublie tout. Comme cette nuit…

Résistant à la tentation, il lui effleura l'épaule d'un baiser avant de s'extirper du lit.

— Je vais faire le café pendant que tu prends ta douche.

Comme il attrapait son peignoir derrière la porte, il perçut un glissement derrière lui et se retourna. Le drap enveloppé autour de son corps, Claire s'éloignait en silence.

— Après le petit déjeuner, je te raccompagnerai en moto, dit-il lorsqu'elle le rejoignit.

Une délicieuse odeur de café et de pain grillé régnait dans la cuisine.

Elle sourit.

— Tu n'as jamais renoncé aux motos.

— Bien sûr que non. Et je suis aussi resté le mauvais garçon du village…

— Tu n'es pas un mauvais garçon, Hal.

— Non ?

Elle avait la peau et les cheveux humides. La poussant doucement dans un angle de la pièce, il décida de lui prouver que si. Elle n'opposa aucune résistance quand il se pencha vers elle et glissa les mains sous le peignoir qu'elle avait trouvé dans la salle de bains.

— Pas mal…, dit-elle, avec une moue délicieuse lorsqu'il se détacha d'elle quelques instants plus tard. Très bien, même…

— Le café est servi, répondit-il en s'écartant d'elle.

Comment Claire Thackeray avait-elle réussi ce prodige de lui faire oublier qui il était, qui *elle* était.

— Je n'ai jamais vu un appartement aussi beau ni aussi magnifiquement décoré, Hal. Tu as fait du chemin depuis le cottage Primrose… !

Ils prirent leur petit déjeuner en silence, savourant chaque instant. Puis elle reprit la parole.

— Je ne suis jamais montée à moto, mais j'imagine que ma robe de soirée d'hier ne sera pas idéale…

— Je vais te prêter des vêtements à moi, et des bottes.

— Elles vont être cent fois trop grandes !

— Je les ai rembourrées avec des chaussettes. Tu es partie en Cendrillon et tu vas rentrer en motarde…

Ils éclatèrent de rire.

Une demi-heure plus tard elle se regardait dans la glace, les bras comiquement écartés sur les côtés.

— En fait de motarde, on dirait plutôt un Bibendum !

Il lui embrassa le bout du nez.

— *Une* Bibendum ! Viens, il est temps de partir.

Le trajet vers Maybridge fut rapide et euphorique. Claire se cramponnait à Hal comme une adolescente, riant et s'extasiant dans les virages.

C'était de la folie pure. Une adulte responsable, mère d'une petite fille, était-elle censée rentrer chez elle à l'aube, troublant la tranquillité du village, affolant les cerfs et les lapins, pour se faire déposer par son chevalier servant devant la barrière de sa maison ?

Hal descendit. Sans la quitter du regard, il se débarrassa de son casque et lui ôta le sien. Puis il la souleva de la selle pour la poser, comme une plume, sur ses deux jambes.

— Ça va ? demanda-t-il en la stabilisant par les épaules pour qu'elle retrouve son équilibre.

— Très bien. Hal…

Il attendit.

— A demain ?

— Demain ?

Demain, maintenant, n'importe quand.

— C'est demain que l'on fait les photos pour « Faites un vœu ». Tu sais, moi en tutu avec ma baguette magique…

Comme il ne répondait pas, elle baissa la tête.

— Je croyais que tu apprécierais ce grand moment…

— J'ai déjà eu mon grand moment, Claire, répondit-il en lui frôlant la joue du bout des doigts. A présent, je dois rentrer à Londres.

— Oh ! mais…

— J'ai négligé beaucoup de dossiers ces derniers temps.

— Bien sûr. Prends bien soin de toi.

Elle le regarda remettre son casque, enfourcher sa moto et s'éloigner. Elle n'avait même pas eu le temps de lui proposer d'entrer partager un dernier café…

A partir de maintenant, rien ne serait plus comme avant. Mais elle parviendrait à se reprendre. Ne l'avait-elle pas déjà fait quand son père était mort, puis quand sa mère l'avait abandonnée ? Se concentrer sur son enfant, sur sa carrière, c'était la seule solution et elle s'y tiendrait.

Sauf que, cette fois, ce serait beaucoup plus dur.

Prise d'un accès de panique, elle ouvrit fébrilement son sac, en sortit son téléphone d'une main tremblante et le consulta du regard, espérant l'impossible.

Rien. Ni message ni texto.

Il fallait se ressaisir. Penny ne ramènerait pas Ally avant plusieurs heures, ce qui lui laissait le temps de dormir un peu. Mais si elle se couchait, elle allait penser à Hal, rêver de lui…

Filant se changer, elle prit son appareil photos et se dirigea vers la Cran, cherchant les preuves de ce que Hal avait avancé pour fermer le sentier. A peine les eut-elle photographiées qu'elle rentra lui envoyer les clichés avec ces simples mots :

J'ai vu.

Une sorte d'excuse pour avoir douté de lui.

Vers le milieu de l'après-midi, Alice vint fouiner dans la chambre de Claire et ouvrit les boîtes de vieilles photos.

— C'est qui ces monsieurs ? demanda-t-elle en en sortant un cliché.

— Ces *messieurs*, Alice… Des employés qui travaillaient au domaine quand ton grand-père était encore en vie.

— Et lui ?

Claire se pencha sur le portrait d'un petit garçon perché sur un poney à côté d'un homme qui en tenait les rênes. Elle fronça les sourcils. Que faisait cette photo dans la boîte à photos de son père ? Elle était beaucoup trop ancienne pour lui avoir appartenu !

— Je pense que c'est sir Robert quand il était petit. Il est mignon, n'est-ce pas ?

— Et le monsieur qui tient le poney, c'est qui ?

Les vêtements de l'homme étaient ceux d'un *gentleman farmer* plutôt que d'un employé, et sa posture était fière.

— Son père, je dirais, sir Harry Cranbrook.

Alice scruta la photo de plus près.

— Qu'est-ce qu'il ressemble à Hal !

Hal ?

— En tout cas, ce n'est pas lui, répondit Claire. La photo est trop ancienne. Il n'était même pas né à l'époque.

— Il a les mêmes beaux cheveux que Hal !

— Beaucoup de gens ont de beaux cheveux noirs, heureusement !

— Mais ils font pareils que sur la tête de Hal !

Quoi ?

La petite insista.

— Je peux la garder ?

— Non. Elle fait partie des archives de ton grand-père. Comme ses journaux.

Le téléphone sonna au moment où Claire terminait sa phrase et elle bondit vers lui.

Mais ce n'était pas Hal. Seulement Jessie Michaels qui demandait si Alice voulait les accompagner au parc safari.

En moins de temps qu'il ne fallait pour le dire, Ally oublia tout et courut se préparer dans sa chambre.

Claire jeta un nouveau coup d'œil au cliché.

Pareils sur sa tête…

La carrure aussi était la même. Comme la façon de tenir la tête. Oui, Hal et Harry se ressemblaient vraiment. Plus même que Harry et Robert. Etait-il possible que… ? L'explication s'imposa soudain à elle. Elle était limpide. Oui, Hal était bien le fils de sir Robert et le petit-fils de sir Harry. Les gènes, comme cela arrivait parfois, avaient sauté une génération. La ressemblance entre Hal et son grand-père biologique étant beaucoup trop visible sur la photo, elle avait été purement et simplement *interdite*, ce qui n'avait pas empêché lady Cranbrook de quitter son mari infidèle. Car c'était sûrement pour son infidélité avec la femme de Jack North qu'elle avait demandé le divorce, même si cette raison n'avait jamais été officiellement évoquée.

Une question continuait à tarabuster Claire. Pourquoi cette photo se trouvait-elle dans les affaires de son père ?

Prise d'une intuition, elle ressortit ses journaux, cherchant le jour où Hal avait été banni du domaine. Lorsqu'elle le trouva enfin, elle retint son souffle.

Aujourd'hui, j'ai fait quelque chose d'ignoble. J'ai dit au jeune Hal North que, s'il ne quittait pas le domaine, sir Robert démolirait la maison de sa mère et la laisserait, elle et son mari, sans travail.

Il est évident qu'il fallait réagir après que ce garçon a pénétré à l'intérieur du manoir en vélomoteur et l'a garé sous le portrait de l'homme qui est indéniablement son grand-père.

Je n'ai jamais aimé ce jeune. Il est arrogant, suffisant et s'amuse à me pousser à bout par tous les moyens. Mais lui avoir fait cela est horrible. Si j'avais un endroit où aller, je partirais dès demain, mais la maison va avec le travail et sir Robert paie l'école de Claire. Laura ne me pardonnerait jamais si j'abandonnais tout cela pour une question — même grave — de principe.

Il y a tout de même une chose que je me suis refusé de faire : détruire le portrait de sir Harry. Je l'ai simplement caché sous les chevrons du fenil. Ce n'est pas grand-chose, mais j'ai indiqué la cachette à la mère du jeune North. Peut-être justice lui sera-t-elle faite un jour, et je pourrai reposer en paix.

Claire ferma le journal d'un geste lourd, se rappelant les

horribles journées durant lesquelles son père, comme miné de l'intérieur, n'adressait la parole à personne. Si elle avait su…

— M'man, où est mon… ?

Alice, qui venait de faire irruption dans la pièce, s'arrêta net.

— Pourquoi tu pleures ?

— Ce n'est rien, ma chérie, je pensais à ton grand-père. J'aurais tant aimé que tu le connaisses !

Dès qu'Ally fut partie, Claire appela le domaine.

Elle tomba sur le répondeur et raccrocha.

Personne non plus sur le téléphone mobile de Hal. Mais cette fois, elle lui laissa un message pour qu'il la rappelle.

Cheveux, peau, ongles…

Etre une fée n'était pas un travail de tout repos. Estimant avoir passé l'âge des tutus courts, Claire avait opté pour un modèle long, qu'elle était en train de choisir sur internet avec son rédacteur en chef.

Brian s'arrêta sur l'une des photos qui défilaient.

— Celui-ci t'irait bien, je pense.

— D'accord, mais il faudra me payer le taxi pour mes déplacements, car je ne me vois pas voyager ainsi en bus…

— Accordé. A présent, tu ferais mieux de regarder ceci.

Il lui tendit une grosse enveloppe.

— Tu l'ouvriras plus tard, dit-il.

Elle fronça les sourcils.

— Entendu, j'attends d'être rentrée chez moi…

— Parfait et… je ne t'ai rien donné, d'accord ?

Une heure plus tard, Claire s'assit à l'arrêt de bus et décacheta l'enveloppe. A l'intérieur, la photocopie d'une demande émanant de M. Henry North concernant la démolition du… cottage Primrose.

Elle n'en crut d'abord pas ses yeux.

Sa maison. Celle qu'elle avait refaite du sol au plafond pour elle et sa fille… Décidément, l'avenir était plus qu'incertain.

Lorsque sir Robert avait dû vendre le domaine, elle savait que le loyer risquerait de grimper avec le nouveau propriétaire, mais de là à…

« J'ai déjà eu mon grand moment, Claire. »

Bien sûr…

Qui lui avait manifestement suffi puisque, entre hier et aujourd'hui, Hal ne lui avait laissé ni message ni texto.

14

Lorsque Claire découvrit le tableau à l'endroit exact où son père l'avait dissimulé quelques années plus tôt, Gary, qui l'avait aidée à le sortir de sa cachette, n'y jeta même pas un coup d'œil. A 17 ans, les vieilles croûtes ne l'intéressaient pas.

Hal n'avait qu'un an de plus lorsqu'il avait été banni de Cranbrook.

Elle serra les dents. Etait-ce cela qu'il voulait lui faire payer en détruisant aujourd'hui la maison qu'elle occupait avec sa fille ? Probablement. Quand avait-il découvert la vérité sur sa filiation ?

En tout cas, il n'était pas étonnant que sir Robert ait souhaité qu'il disparaisse. La ressemblance entre son père et son fils était frappante. C'était plus évident encore sur le tableau que sur la photo qu'elle avait trouvée dans les affaires de son père et qui avait attiré l'attention d'Ally !

Elle photographia la toile, alla la déposer dans le bureau de Hal et rentra chez elle.

Là, elle ouvrit son ordinateur, déterminée à connaître, à son tour, son « grand moment ».

Henry North, fils du baronet en faillite.

La révélation est fracassante et date d'aujourd'hui. Henry North, fondateur milliardaire des transports internationaux Halgo, est le fils naturel de sir Robert Cranbrook.

Il passe son enfance dans un humble cottage du domaine avec sa mère Sarah North — la cuisinière de sir Robert — et son beau-père Jack North.

Dès le départ, sir Robert Cranbrook refuse de le reconnaître, puis le bannit du domaine lorsque, le jour de ses 18 ans, Henry, dit Hal, pénètre dans le manoir en vélomoteur et gare son véhicule sous le portrait de sir Harry, son grand-père.

Le portrait illustrant cet article, dont sir Robert avait ordonné la destruction mais qui a été retrouvé caché dans un fenil du domaine, est criant de ressemblance.

Par un remarquable retour de fortune, Henry North a racheté le domaine périclitant à sir Robert qui, divorcé et sans héritier ni héritière légitimes, vit aujourd'hui dans une maison de repos.

N'ayant pu contacter M. North, nous nous contenterons de rapporter la phrase qu'il répète à l'envi lorsqu'on l'interroge sur ses investissements : « Le domaine devra être rentable pour que je le garde. »

Certaines sources affirment que le manoir est promis à devenir un hôtel et un centre de conférences. Un nouvel épisode dans l'histoire de ce domaine attribué par le roi Henry XIII à sir Thomas Cranbrook, à l'époque de la dissolution des monastères, pour services rendus à la Couronne ?

Claire hocha la tête. Tout y était, même le portrait de sir Harry.

Il ne lui restait plus qu'à appeler le *Herald* où on lui offrirait immédiatement un pont d'or pour ce scoop.

Elle cligna des yeux. Un gros chèque et un article dans un quotidien national ! L'argent et la consécration à la fois…

Elle avait le téléphone en main. A sa place, n'importe quel journaliste aurait déjà…

— Ça va, Claire ? Le maire nous attend.

— J'arrive.

Où était le problème ? Le numéro du *Herald* était enregistré dans la mémoire dans son mobile. Il suffisait d'appuyer sur une touche.

Non.

C'était une autre histoire qu'elle aurait voulu écrire. Celle d'un jeune garçon dont l'existence commençait mal et finissait bien. Une histoire dont elle aurait été fière.

En comparaison, cette… révélation n'était que ragots et racontars. C'était indigne du journalisme qu'elle défendait, et de la journaliste qu'elle ne désespérait pas devenir.

Enfouissant son téléphone dans sa poche, elle suivit la secrétaire qui était venue la chercher.

Un petit groupe se trouvait déjà réuni dans le cabinet du maire : Willow Armstrong qui l'accueillit avec un sourire, le maire lui-même, le rédacteur en chef de l'*Observer*…

Et Hal North.

— Te voilà, dit-il. Nous craignions que tu ne sois perdue.

Elle resta coite, les mots bloqués dans sa gorge. Pourquoi était-il là ? Ce n'était pas prévu…

— Que faisais-tu ? demanda-t-il. Tu comptais tes pièces d'argent ?

— Quoi ? !

— Fais-nous voir ta baguette magique.

Elle leva légèrement la main, abasourdie.

— Cela n'a pas marché, dit Hal. Je n'ai pas disparu dans un nuage de fumée…

Son regard était câlin, son sourire envoûtant. Quel hypocrite… Et comme il jouait bien la comédie…

Il la saisit par le poignet.

— Vous voudrez bien m'excuser, monsieur le maire, j'ai quelque chose à dire à Claire concernant la liste des souhaits.

Celui-ci eut l'air gêné.

— En fait, monsieur North, j'espérais que nous pourrions…

— Appelez Penny pour convenir d'un rendez-vous au manoir. Pour déjeuner par exemple ?

— Oh… Oui… Merci.

— Hal…, dit Claire.

— Pas un mot, répondit-il.

Il la précéda jusqu'à la Land Rover et attendit près de la portière pendant qu'elle montait, bloquant toute velléité de fuite.

Mais elle ne voulait pas fuir. Elle voulait comprendre comment elle avait pu se tromper à ce point — et pour la seconde fois — dans sa vie. Si Hal avait été honnête envers elle quant à sa décision de démolir sa maison, elle ne serait évidemment pas tombée amoureuse de lui.

Lorsqu'ils arrivèrent à son cottage, elle ne fit pas le tour. A la campagne, la porte de derrière est traditionnellement réservée aux amis. Aussi se dirigea-t-elle exprès vers celle de devant. Lorsqu'ils furent entrés, au lieu de le conduire dans la cuisine, elle le fit asseoir dans le salon, plus officiel, et lui fit face.

— A quoi joues-tu ? demanda-t-elle.

Il parut surpris.

— Je te rappelle que c'est toi qui as étalé ma vie et mes secrets dans tous les tabloïds.

— Pardon ? !

Il posa le *Herald* du jour sur la table. Sur deux colonnes, s'étalait un titre presque identique à celui qu'elle avait écrit.

— Ce n'est pas moi qui… !

— Gary m'a rapporté votre petite incursion au fenil.

— Hal, dit-elle en parcourant, éberluée, la page des yeux, j'admets avoir écrit un article sur ce sujet, mais il n'a pas quitté le dossier brouillons de mon ordinateur, et il s'y trouve toujours. D'ailleurs, tu vas pouvoir le vérifier par toi-même.

Sans attendre, elle se précipita dans l'escalier et pénétra comme un ouragan dans son bureau, Hal sur les talons.

Ils se penchèrent ensemble sur l'ordinateur.

Le dossier brouillons était vide…

Elle se tourna, blême, vers lui.

— Je ne l'ai pas envoyé, je te le jure ! Oui, j'ai été à deux doigts de le faire, mais j'ai renoncé.

La boîte d'envoi, en revanche, contenait bien l'article. Elle regarda l'heure de son émission.

— Alice…, murmura-t-elle. Elle utilise mon ordinateur quand je ne suis pas là pour envoyer des courriels à Savannah et naviguer sur internet.

— Et cela ? demanda-t-il en saisissant le document de Brian qu'elle avait posé à côté de son ordinateur, qu'est-ce que c'est ?

Elle haussa durement les épaules.

— Tu devrais le savoir, puisque c'est toi qui l'as écrit. C'est ton ordre de faire raser ma maison.

Elle le fusilla en silence du regard.

— Que feras-tu ensuite, Hal ? Tu brûleras la terre de mon jardin ? Me hais-tu donc à ce point ?

Il lut le document et jura.

— J'ai eu la même réaction, dit-elle.

— Où t'es-tu procuré cela ?

— Privilège de l'information.

— Un de tes amis, je suppose.

Elle resta silencieuse.

— Et le portrait de… sir Harry, où se trouve-t-il ? demanda-t-il.

— Dans ton bureau. Tu n'y es donc pas entré ?

— Pas encore. J'ai passé tout mon temps avec les entrepreneurs. Il était primordial pour moi de boucler mon projet pour pouvoir te le présenter.

— Ton projet ? Quel projet ?

— Celui concernant par exemple le fameux sentier où nous nous sommes… croisés, et bien d'autres choses.

Il baissa les yeux vers le document qu'il tenait à la main.

— Si je tenais Charlie Peascod, je lui tordrais le bras.

— Je ne comprends rien à tes mystères. Ne peux-tu t'exprimer clairement ?

— Et toi ? Pourquoi ne m'as-tu pas dit que tu avais découvert mon secret ?

— J'ai voulu le faire, Hal. Je voulais te montrer la toile, une photo, et ce que mon père avait consigné dans son journal. Je t'ai d'ailleurs appelé, tu as dû trouver mon message sur ton mobile.

Il se passa la main sur le visage.

— J'ai perdu mon téléphone samedi soir. Depuis quelques jours, rien ne se passe comme prévu.

— Pour moi non plus. Pourquoi as-tu ordonné la destruction de ma maison, Hal ?

— J'aurais pu le faire il y a encore quelques semaines, voire quelques jours. Brûler cette maison, ses meubles, ses murs, tout…

— En avais-tu un souvenir si terrible ?

— Pire que cela. Jack North savait que ma mère l'avait trompé avec Cranbrook et il le lui a fait payer jusqu'à la fin de sa vie. En buvant chaque penny qu'il gagnait. Lorsqu'il est mort, ma mère n'avait plus rien, sauf l'argent de la honte que Cranbrook lui avait donné — par l'intermédiaire de ton père — pour ne plus jamais entendre parler de moi et m'éloigner à jamais. Je haïssais le domaine, Cranbrook, ton père, cette maison, jusqu'à ton nom même. Et puis nous nous sommes… percutés sur le sentier et je t'ai trouvée merveilleuse. Puis tu as essayé de me soudoyer avec ton billet de dix livres et cela m'a permis de te détester de nouveau. Mais j'ai vu ton merveilleux jardin et je t'en ai voulu. Comment allais-je faire ? Ensuite, il y a eu Alice, les chiots, enfin…, j'étais pris. Sous le charme. Et je le suis encore tellement que j'ai décidé de te confier la restauration du jardin de roses du parc de Cranbrook.

— Et le cottage Primrose ?

— Je ne veux pas le faire détruire, au contraire, je veux l'étendre. Mais, pour réaménager la propriété, il faudra abattre une petite partie de la maison.

— L'étendre ?

— Imagine, Claire, quatre chiens, deux adultes, une petite fille. Ton bureau et le mien.

— Mais…

Elle était perdue.

— … le manoir n'est donc pas assez grand pour toi ?

— Claire, ma chérie, tu ne comprends pas ! Je veux fonder un foyer avec toi ! Toi que j'ai tant cherchée, toi la dernière femme avec laquelle je n'aurais jamais imaginé vouloir un jour passer ma vie. Mais, en vérité, tu es une fée. Epouse-moi, Claire.

Eperdue de bonheur, elle ouvrit les bras et les referma autour de son cou.

— Se marier pour la vie…

— Pour l'éternité…

Lorsque leurs lèvres se touchèrent, elle comprit qu'elle avait enfin trouvé le bonheur.

Ils se marièrent le dernier week-end du mois de juillet dans les ruines de l'ancienne abbaye du parc de Cranbrook.

Leurs demoiselles d'honneur étaient bien sûr Alice et Savannah, et Penny la maîtresse de cérémonie.

Selon le journaliste du *Maybridge Observer*, le seul représentant de la presse invité au mariage, la mariée portait une robe argentée avec un boléro en dentelle ajourée auxquels étaient assorties les tenues des demoiselles d'honneur.

Quant au marié, il devait bien porter un spencer ou une jaquette, mais la seule chose de véritablement notable fut, de l'avis général, son large sourire radieux.

DONNA ALWARD

Un nouveau départ...
à trois

Traduction française de
STAN B. TRAVERSE

HARLEQUIN

Titre original :
A FAMILY FOR THE RUGGED RANCHER

Ce roman a déjà été publié en 2017.

1

— Nous sommes arrivés, maman ? Est-ce que papa est là ?

Même si la question lui brisait le cœur, Emily parvint à sourire à son fils. Pas une seconde ne passait sans que Sam ne cherche son père.

— Oui, mon chéri, voici notre nouveau lieu de vie. Mais papa n'a pas prévu de nous rejoindre, tu te souviens de ce que je t'ai expliqué ? Je suis venue ici pour travailler. Et j'espère bien que tu m'aideras.

Elle appuya sur la pédale de frein en s'engageant dans la cour de ferme d'Evans & Fils. La propriété, qui s'étendait sur plusieurs hectares parsemés de clôtures et de peupliers feuillus, était infiniment plus vaste que ce qu'elle avait imaginé. Elle ralentit encore davantage lorsqu'elle s'approcha de la maison blanche à deux étages au bout de l'allée. La bâtisse était entourée d'une gigantesque écurie et d'un atelier non moins impressionnant. On apercevait d'autres dépendances disséminées aux quatre coins de la cour, comme posées sur le gazon fraîchement tondu.

L'entreprise Evans & Fils donnait l'impression d'être prospère et bien tenue. Tout le contraire de son quotidien depuis quelques mois. Mais, à partir d'aujourd'hui, tout allait changer !

Elle gara sa voiture à droite de la demeure principale, s'efforçant de recouvrer ses moyens en inspirant profondément à plusieurs reprises. Lorsqu'elle se retourna vers la banquette arrière, les yeux de Sam la fixaient avec une expression à la fois inquiète et interrogatrice.

— Je veux voir papa !

— Je sais, mon chéri. Je te promets que, une fois que nous serons installés, je t'aiderai à lui écrire une lettre. Tu pourrais même lui envoyer un dessin. Qu'est-ce que tu en penses ?

L'expression désolée de Sam la plongea comme toujours dans des abîmes de souffrance. Ces derniers temps, son fils avait réclamé plus d'attention que d'habitude. Il y avait de quoi. Elle avait mis leur maison en vente et entassé toutes leurs affaires dans un entrepôt. Elle lui avait annoncé qu'ils allaient quitter la ville ainsi que, par conséquent, tous ses camarades et son univers familier. On ne pouvait raisonnablement pas attendre d'un petit garçon de cinq ans qu'il accepte tous ces bouleversements sans protester. Mais la maison de Calgary était chargée de trop de souvenirs, aussi bien heureux que malheureux. Ils y étaient déjà restés bien trop longtemps dans l'espoir d'un retour définitif de Rob. Mais son ex-mari était passé à une nouvelle étape de sa vie avec, à la clé, non seulement la cessation de tout soutien financier, mais aussi, et de manière plus radicale, une rupture affective totale avec sa femme et son fils.

Elle ne parvenait toujours pas à comprendre ces choix brutaux, surtout par rapport à leur fils. Mais elle n'avait plus le loisir de s'interroger sur les raisons de cet échec. Il appartenait au passé. Il fallait aller de l'avant et construire une nouvelle vie. Où ils seraient heureux. Où elle ferait en sorte que son fils ait la plus belle enfance possible. Malgré la situation difficile dans laquelle elle se trouvait, elle ressentait une certaine griserie à l'idée qu'elle était maîtresse de ses choix. Elle n'avait plus de comptes à rendre à personne. C'était une responsabilité, bien sûr, mais aussi une libération.

— Attends-moi un instant dans la voiture, le temps que je me présente.

— On n'entend aucun bruit ici.

— Je sais, tout est calme. Mais il y a les sons de la nature, que tu connais moins bien. Tends l'oreille. Ensuite, tu me raconteras tout ce que tu auras entendu.

Sam avait toujours vécu en ville. Les bruits qui lui étaient familiers étaient surtout des voix innombrables, des Klaxon, des sirènes. Mais Emily, elle, savait encore ce que c'était que d'être réveillée par les chants d'oiseaux et le frémissement de feuilles agitées par le vent. Sam tomberait très vite sous les charmes de la campagne, elle en était persuadée.

— Reste-là, j'en ai pour quelques minutes, le temps de faire connaissance avec M. Evans. Ensuite, je viens te chercher.

— Oui, maman, répondit-il docilement en ouvrant machinalement son livre favori.

— Je serai très vite de retour, dit-elle en lui soufflant un baiser.

Elle sortit de la voiture, ferma la portière et lissa son T-shirt pour qu'il se pose harmonieusement sur ses hanches. Pour le bas, elle avait choisi le jean qui lui allait le mieux. De toute façon, elle n'avait plus les moyens de faire des efforts vestimentaires. Pourvu que tout se passe bien, elle avait tellement besoin de ce travail ! Elle s'entraîna une dernière fois à sourire et à paraître détendue. Puis, ayant rassemblé tout son courage, elle gravit les quelques marches du perron et frappa à la porte.

Aucune réponse.

Voilà qui était de mauvais augure. En un quart de seconde, tous ses doutes l'assaillirent de plus belle. N'avait-elle pas pris une décision trop radicale en quittant la maison de Calgary ? Que ferait-elle si Sam s'avérait incapable de s'habituer à sa nouvelle vie ?

Au bout de quelques instants, elle réussit à se calmer. M. Evans ne l'avait sans doute pas entendue, tout simplement. Cette fois-ci, elle tambourina de toutes ses forces. Toujours rien ! Que faire ? A l'agence, on lui avait dit qu'elle avait toutes les qualifications pour le travail. Il ne restait plus que la dernière étape : faire connaissance avec l'employeur. Elle ne se rappelait plus à quand remontait son dernier entretien d'embauche. Ces derniers mois, son CV avait été impitoyablement renvoyé sans que le moindre rendez-vous ne soit même évoqué. Evidemment. Qui aurait voulu engager une technicienne de laboratoire qui avait cessé toute activité professionnelle depuis cinq ans ?

Elle ferma les yeux pour ne pas céder à la panique. Pourquoi n'y avait-il personne alors qu'elle était parfaitement à l'heure pour son rendez-vous ?

— Vous cherchez quelque chose ?

La voix était venue de la droite. Elle tourna la tête dans sa direction. Son ventre se noua lorsqu'elle vit un homme émerger de l'atelier. Vêtu d'un jean délavé, chaussé de bottes poussiéreuses, il approchait d'elle à grands pas en essuyant des mains qui avaient manifestement été plongées dans le cambouis. M. Evans ? Lui ? Il paraissait si jeune !

La casquette de base-ball qu'il avait sur la tête l'empêchait de bien voir ses yeux. En revanche, son T-shirt sale ne cachait rien de sa musculature. Elle s'en voulut de cette dernière considération. Comment pouvait-elle avoir des pensées à connotation sexuelle alors que son avenir immédiat était en jeu ?

— Je… je suis Emily Northcott. C'est l'agence qui m'envoie. L'agence « Personnel de maison à la demande ».

Tout en se présentant, elle avait redescendu les quelques marches du perron pour aller à la rencontre de son interlocuteur. Elle tendit la main.

— Luke Evans, enchanté. Je crois que je ferais mieux de ne pas vous toucher. Je ne voudrais pas vous enduire la main de graisse de moteur.

— Je suis désolée, je vous ai dérangé en plein travail.

— La routine, ne vous en faites pas, mais pour ne rien vous cacher je me demande ce que vous faites là.

— Vous n'avez pas été prévenu par l'agence ?

— Comme je suis très rarement à l'intérieur, je n'entends jamais le téléphone.

Emily fronça les sourcils. Cet entretien commençait fort mal. A l'âge des portables, d'internet et des innombrables systèmes de messagerie, il fallait faire preuve de mauvaise volonté pour passer à côté des informations importantes.

— On m'a dit de venir aujourd'hui chez vous pour mon premier jour de travail.

— L'agence a dû s'entretenir avec ma sœur. C'est elle qui s'est occupée de l'annonce, mais elle n'habite pas ici.

— Votre sœur ?

— Cait. Ils ont dû essayer de l'appeler, mais elle est à l'hôpital.

— Je suis désolée, j'espère qu'il ne s'agit de rien de grave.

Elle était décontenancée à la fois par la sécheresse et la monotonie du ton de Luke Evans. S'il voulait signifier qu'il n'avait aucune envie d'avoir une longue conversation avec elle, c'était réussi. Mais, maintenant qu'elle était là, elle n'allait pas s'avouer vaincue si vite.

Heureusement, elle aperçut enfin une esquisse de sourire sur ses lèvres. Ce qui dessina des fossettes… tout à fait charmantes sur ses joues. Et, comme il avait légèrement relevé sa casquette, elle fut en mesure de mieux voir ses yeux gris acier, d'une incroyable intensité.

— Bien au contraire, elle est sur le point d'accoucher, dit-il.

Sans savoir pourquoi, une nervosité extrême sans doute, elle éclata de rire. Elle se reprit aussitôt, se tordant fébrilement les mains en tâchant de redevenir maîtresse d'elle-même. Comment aurait-elle pu soupçonner que le propriétaire du ranch — qu'elle avait en outre imaginé beaucoup plus vieux — allait être si beau ? Plus troublant encore, elle avait été capable de remarquer son apparence physique. Car, après l'enfer qu'avaient été les derniers mois avec Rob, elle s'était dit qu'elle en avait terminé avec les hommes.

Mais elle ne pouvait faire autrement que d'admirer le

corps bien bâti, grand et fort, qui était devant elle. Elle avait également perçu avec un certain ravissement le timbre rocailleux de sa voix. Tout à coup, l'idée d'être en tête à tête avec lui au milieu de nulle part lui parut une perspective à hauts risques.

— M. Evans, je ne veux pas vous donner l'impression de m'imposer, mais je vous assure que j'ai été embauchée par l'agence.

— Vous me l'avez déjà dit. Et vous êtes prête à commencer dès aujourd'hui ?

— Oui, monsieur, aujourd'hui !

Ouf ! Après un piètre début, les choses paraissaient prendre une meilleure tournure.

— Maman, je peux sortir ? Il fait chaud ici !

Elle fut tétanisée par le son de la voix de son fils. Le regard de Luke Evans était fixé sur la voiture, et il semblait très contrarié. Elle maudit Sam de ne pas lui avoir laissé le temps de préparer le propriétaire du ranch aux particularités de sa situation personnelle.

— Je vous présente Sam, mon fils.

— Vous avez des enfants ?

— Un seul. Il a cinq ans et n'a jamais posé le moindre problème. C'est une crème de petit garçon, je vous assure.

Evidemment, elle arrangeait quelque peu la vérité. Comme tous les bambins de son âge, Sam était d'une curiosité sans bornes et adorait fouiner partout. Et il lui arrivait bien sûr de faire une colère de temps à autre.

De toute façon, il suffisait de voir l'agacement dans les yeux de Luke Evans : il n'avait aucune envie d'avoir un enfant dans les pattes. Elle allait donc devoir se montrer persuasive. Car, outre qu'elle n'avait pas de solution de repli si jamais elle était priée de quitter les terres d'Evans & Fils, elle aimait l'atmosphère qui se dégageait de cet endroit.

Elle voulait rester ! Elle se sentait capable de supplier pour arriver à ses fins. Non ! Il ne fallait quand même pas aller jusqu'à une telle extrémité. Elle pouvait toujours retourner chez ses parents, même si elle n'en avait aucune envie, sachant qu'elle serait accueillie par un « nous t'avions prévenue ». Ils l'avaient toujours mise en garde contre Rob et lui avaient déconseillé de vendre la maison de Calgary.

Surtout, elle voulait montrer — et en premier lieu à elle-même — qu'elle était capable de prendre son destin en main.

— Madame Northcott, je suis à la tête d'un élevage, pas d'une nurserie.

Le sourire qui l'avait séduite quelques instants plus tôt avait disparu pour être remplacé par une expression de froide distance. Comme chaque fois qu'on attaquait son fils, elle sentit son sang bouillonner. C'était plus fort qu'elle.

— S'il vous plaît, monsieur Evans, c'est *Mlle* Northcott. Comme je vous le disais, Sam a cinq ans, ce n'est plus un nourrisson qu'il faut surveiller vingt-quatre heures sur vingt-quatre. Et si je peux me permettre ce petit rappel historique : depuis la nuit des temps, les femmes réussissent à mener de front leur rôle de mère et les tâches domestiques.

— Vous avez raison. Mais je n'ai pas placé d'annonce pour une famille. Je cherche simplement quelqu'un qui puisse tenir la maison.

— Votre sœur, monsieur Evans, est entrée en contact avec l'agence. S'il y a des zones d'ombre, c'est auprès d'elles qu'il faut se plaindre car je n'ai jamais caché que j'avais un fils. Et j'ai bien été recrutée. Peut-être devriez-vous changer de prestataire si vous êtes mécontent des candidats que l'on vous envoie ?

Si elle voulait conserver quelques chances d'être embauchée, elle devait absolument quitter ce ton acerbe et vindicatif. Mais elle était encore très énervée par la réaction de rejet de Luke Evans à la vue de Sam. S'il ne voulait pas d'elle, qu'il le dise clairement plutôt que de la culpabiliser d'avoir un fils.

— Je suis passé par cette agence parce que mes précédentes

démarches n'avaient donné aucun résultat et… enfin peu importe… je ne sais même pas pourquoi je vous explique cela.

Il avait l'air gêné, enfouissant maladroitement ses mains encore sales dans les poches de son jean.

— Si vous n'aimez pas les enfants…

— Je n'ai jamais dit cela, fit-il d'une voix vive.

— Alors, pourquoi semblez-vous me reprocher la présence de mon fils ?

— Maman !

Cette fois, elle ne pouvait plus ignorer l'appel de Sam. S'il faisait une colère, tout serait définitivement perdu.

— Je vous prie de m'excuser, dit-elle.

Il faisait effectivement très chaud dans la voiture. Le pauvre.

— Tu peux sortir maintenant, excuse-moi de t'avoir fait attendre aussi longtemps.

— On va habiter ici, alors ?

— Je ne sais pas encore.

Doucement, il glissa sa main dans la sienne… C'était un geste qu'il ne faisait plus que très rarement depuis qu'il était entré à l'école et qu'il se considérait comme un grand garçon. Peut-être Luke Evans serait-il amadoué en rencontrant son fils ? Bien sûr, le propriétaire du ranch n'y pouvait rien si la vie de cet enfant avait été bouleversée. Rien ne l'obligeait à s'intéresser à son sort. Mais elle savait qu'un été à la campagne lui ferait le plus grand bien. Dans un endroit nouveau et radicalement différent de ce qu'il avait connu jusqu'ici, il pourrait mettre à distance les mauvais souvenirs liés à la séparation de ses parents.

— Monsieur Evans, je vous présente mon fils, Sam.

— Bonjour, Sam, dit-il sans sourire.

— Bonjour, monsieur, répondit l'enfant.

— Sam, va faire un tour dans la cour pendant que je termine de discuter avec M. Evans.

Hésitant, le garçon leva un regard interrogateur vers le maître des lieux.

— Vas-y, mon garçon, dit Luke Evans avec un visage moins fermé. Fais attention à ne pas te faire mal.

Elle attendit que Sam soit suffisamment loin et ne puisse pas entendre ses paroles pour revenir à la charge.

— Encore une fois, je vous assure que l'agence était parfaitement au courant de l'existence de mon fils. Il ne m'est jamais venu à l'idée de vous forcer la main. Si la présence de Sam vous pose réellement un problème insurmontable, dites-le franchement et allez faire une réclamation auprès de ceux qui m'ont envoyée chez vous. Permettez-moi toutefois de plaider ma cause. Je suis parfaitement qualifiée pour le poste. Je sais cuisiner, nettoyer, jardiner et je n'ai jamais renâclé à la tâche. Si vous m'embauchez, vous ne le regretterez pas.

Il fit un signe négatif de la tête et, une fois de plus, elle remarqua ses yeux. Tellement lumineux. Ils dégageaient également une touchante candeur. Elle avait devant elle un homme bon qui, de plus, était capable de provoquer chez elle des bouffées de chaleur incontrôlées. Alors pourquoi ne voulait-il pas lui donner ce travail ? S'il avait ne serait-ce qu'une once de psychologie, il devait bien se rendre compte qu'elle était dans une situation difficile ! Quoi qu'il en soit, il fallait rester digne, ne pas montrer qu'elle était déçue.

— Je suis désolé, dit-il.

— Et moi je suis navrée de vous avoir fait perdre votre temps, répondit-elle avant de tourner les talons et de regagner sa voiture.

— Où allez-vous ? demanda-t-il.

Il avait enlevé sa casquette et passait sa main dans des cheveux couleur sable, une teinte en harmonie avec la poussière de son T-shirt.

— Je pars, je vous ai déjà suffisamment dérangé.

— Restez, c'est un malentendu. Je n'ai jamais dit que vous n'aviez pas le poste. J'essayais, maladroitement je l'avoue, de vous faire des excuses pour vous avoir si froidement accueillie.

— Ah bon… d'accord… je… c'est formidable. Et nous

sommes bien d'accord que nous sommes logés, nourris et blanchis ?

— J'avais offert cela pour une personne… et vous êtes deux…

— Soyez sûr, encore une fois, que Sam ne vous causera aucun dérangement. Si vous voulez, je suis prête à revoir mon salaire à la baisse pour qu'il puisse avoir une place sous votre toit.

Elle devait faire attention, il ne fallait pas aller plus loin dans le compromis. Ne pas montrer à ce propriétaire de ranch aussi touchant qu'étrange qu'elle était dans une situation désespérée.

— Je suppose qu'un estomac de cinq ans ne peut être bien grand. Mais promettez-moi que votre fils ne sera pas dans mes pattes. J'ai une ferme à faire tourner, mademoiselle Northcott.

Enfin ! Il avait dit oui ! Pour la première fois depuis cinq ans, elle allait gagner de l'argent et faire un premier pas vers l'indépendance. Certes, aujourd'hui, elle devait se contenter d'un poste de gardienne de maison, mais elle sentait que des ailes pouvaient rapidement lui pousser.

— J'espère que vous n'avez pas menti sur vos qualités de cuisinière, dit-il, avec cette fois un large sourire.

— Absolument pas, je suis mère au foyer depuis que Sam est né. Vos papilles vont être comblées, monsieur Evans. Et je suis tout aussi experte en ménage et en lessive.

Elle savait également coudre, faire des origamis ou encore découper des costumes pour Halloween dans du carton, mais elle passa ces talents sous silence. Ils n'étaient peut-être pas indispensables au bon fonctionnement d'un ranch.

— Bienvenue à bord, mademoiselle Northcott. Gardez simplement en tête que cette ferme fonctionne à plein régime et qu'il y a beaucoup de machines en mouvement. Faites en sorte que le petit garçon ne soit pas au mauvais endroit et ne perturbe pas les travaux.

— Il s'appelle Sam et je me porte garante de lui.

— Parfait. Je vais vous aider à transporter vos affaires. Ensuite nous ferons un rapide tour de la maison. Mais, preuve que je ne vous attendais pas, vos chambres ne sont pas encore prêtes. Je vous laisserai vous installer pendant que je finirai la réparation de la ramasseuse-presse.

— Merci infiniment. Et je suis désolée si vous avez eu l'impression d'être mis devant le fait accompli.

— Peu importe, je vois bien que vous avez besoin de ce travail. Et moi j'ai besoin de quelqu'un qui s'occupe de la maison. Votre fils n'était pas prévu, mais tout va bien se passer.

Finalement, il était plus sensible qu'il n'y paraissait. Il avait quand même compris que sa situation financière n'était guère brillante. Mais il suffisait de voir l'usure de ses sandales et les trous dans le pantalon de Sam pour s'en rendre compte.

Elle avait déjà quasiment épuisé la totalité de son compte épargne, Rob ne versait aucune pension alimentaire et la maison de Calgary n'était pas encore vendue. Effectivement, ce travail arrivait juste à temps.

2

Luke ne pouvait l'ignorer, son corps était en tension chaque fois qu'Emily Northcott passait un peu trop près de lui. Elle dégageait un parfum qui titillait ses narines, une odeur aussi subtile et aérienne qu'elle. Ses cheveux couleur vison encadraient un visage magnifique. Et c'était la première fois qu'il voyait d'aussi grands yeux marron et des cils aussi longs.

Lorsqu'il avait placé son annonce, jamais il n'avait imaginé qu'on lui enverrait quelqu'un comme elle. Il avait pensé à quelqu'un du cru et, surtout, à une personne plus vieille, une figure maternelle, avec des cheveux gris et un tablier.

Au départ, il aurait également préféré une personne qui puisse rentrer chez elle tous les soirs. Mais, au bout de quelques semaines sans réponse, il avait demandé à sa sœur Cait de se charger des démarches. Quand elle lui avait parlé de cette agence de placement d'intendantes, il l'avait félicitée pour son efficacité.

Et voilà qu'il se retrouvait avec une créature magnifique chez lui… et un enfant pour couronner le tout.

Il aurait dû dire non, cela aurait été tellement plus simple.

Car il fallait dire la vérité : Emily Northcott était certainement la plus belle femme qui ait jamais franchi les portes de la propriété. Bien sûr, il n'était pas en quête d'une compagne mais, après tout, il était un homme comme un autre.

Pourtant, il était difficile d'expliquer à une personne

qu'elle n'était finalement pas apte pour un poste en raison d'un excès de charme.

— Jetez un premier coup d'œil, dit-il après avoir fait entrer la mère et le fils dans la maison. Je vais me débarbouiller. Ensuite je vous ferai faire un tour en bonne et due forme.

Il les laissa dans le hall d'entrée et se réfugia dans la cuisine où il se lava fébrilement les mains. Toute la logique derrière l'embauche d'une personne à la maison était de faciliter son été, de le décharger de certaines responsabilités. Or, il pressentait qu'il allait se passer exactement l'inverse. Parce qu'il y avait un petit garçon imprévisible au milieu d'équipements tranchants et coupants. Et, surtout, une femme dont l'image, il le savait déjà, était susceptible de hanter ses nuits.

Par-dessus tout, il tenait à une vie sans complications, où tout était réglé comme du papier à musique. Et il sentait qu'ils allaient perturber sa quiétude. Mais il avait bien fallu dire oui à Emily Northcott car, pendant des semaines et des semaines, personne, pas même un adolescent désireux d'affirmer son indépendance, ne s'était manifesté.

Il travaillait déjà du lever du soleil jusqu'au crépuscule et il avait désespérément besoin d'aide pour traverser les mois d'été. La maison se couvrait de poussière et il en avait assez d'avaler des sandwichs secs après une dure journée de labeur.

Il retrouva Emily dans le salon. Elle promenait ses doigts sur une radio ancienne et un vieux phonographe qui avaient cessé de fonctionner depuis longtemps. Leur seule fonction était de servir de support à des photos de famille.

— Prêts pour la visite ? demanda-t-il.

— Ces appareils sont magnifiques…

— Ils appartenaient à mes grands-parents. Nous avons encore des 33 tours, mais le tourne-disque ne marche plus.

— Et je présume qu'il s'agit de photos de famille ?

Il s'approcha des clichés. Il y avait trois images de remise dc diplôme, une pour chacune de ses sœurs et une pour lui, des prises de vue des mariages de Cait et de Liza, d'autres des enfants de Liza. Bientôt, il y aurait celui de Cait. Il y avait également une photo des deux sœurs et du frère remontant à un âge d'or déjà lointain et une autre, trônant au milieu de toutes, de ses parents, sa mère posant une main sur l'épaule de son père. Regarder de près ces deux dernières images était toujours bouleversant car elles avaient été prises l'année où tout avait basculé. D'abord sa mère puis son père.

— C'est ma sœur qui tient à cet étalage, elle perpétue une tradition de mes parents.

A titre personnel, il se serait bien passé de la mise en valeur de cette galerie de souvenirs douloureux. Mais il savait à quel point Cait y était attachée. Il n'avait jamais rien pu lui refuser, pas plus qu'à Liz d'ailleurs.

— Votre père a une sacrée allure. Vous lui ressemblez on dirait. Surtout la forme des joues et de la bouche.

Il eut une sorte de haut-le-cœur. Oui, bien sûr, son père avait été un bel homme, mais aujourd'hui son corps était ravagé par la vieillesse et la maladie.

— Comme ma journée de travail n'est pas encore finie, je vous propose de commencer la visite tout de suite.

Elle se tourna vers lui avec un grand sourire. Pourquoi paraissait-elle si radieuse ? Il savait pourtant qu'il n'était pas la chaleur incarnée.

— Avec plaisir, répondit-elle.

— Allons-y alors, je suis déjà en retard sur mon programme.

Il était conscient qu'il y avait de l'agacement dans sa voix, mais il n'y pouvait rien. Il était tellement troublé par la présence de cette femme au milieu de son intimité qu'il souhaitait être seul au plus vite.

Emily fit une grimace dans le dos de Luke. Quel ours ! Cela faisait trop longtemps qu'il habitait seul. Il était urgent qu'il prenne des cours en sociabilité élémentaire ! Elle aussi venait de vivre une période difficile, mais cela ne l'empêchait pas d'être cordiale pour autant. En tout cas, elle n'allait pas se laisser gâcher la journée par le caractère grincheux de monsieur-son employeur.

— Puis-je allumer la télévision pour Sam ? Cela nous permettra d'aller plus vite. Je ne veux pas abuser de votre temps précieux plus que de raison.

Sans relever son ton ironique, il acquiesça d'un signe de la tête puis l'entraîna vers l'escalier.

— Je suis navré de l'état déplorable de la maison. Cela fait des semaines que ni ma sœur ni moi n'avons pu faire le ménage, avec les foins et la naissance des veaux.

— Ne vous excusez pas. N'est-ce pas précisément pour cette raison que je suis là ?

Il commença à monter les marches. Elle ne put s'empêcher d'admirer ses fesses et ses cuisses manifestement musclées.

Dès qu'ils furent arrivés sur le palier du premier étage, elle constata qu'il n'avait pas exagéré. Sur les meubles des chambres non utilisées reposait une épaisse couche de poussière. Les tapis n'avaient pas été aspirés depuis des mois et des poils de barbe étaient éparpillés dans le lavabo de la salle de bains de Luke. Dans les armoires, les draps et les serviettes étaient rangés n'importe comment.

— Quel magnifique plancher ! dit-elle, résolument décidée à rester positive.

— C'est le sol original, il est rayé partout.

— Ce qui lui donne encore plus de caractère. Et j'aime également beaucoup les portes de bois épais des pièces. Leur patine est splendide.

— Elles auraient quand même besoin d'être rafraîchies.

Il lui montra ensuite une petite chambre à coucher, avec des murs peints en vert pâle et une vue sur les champs à travers une incroyable fenêtre ovale. La deuxième chambre était rose, et l'un des murs était tapissé d'un papier couvert de boutons de roses. Elle tomba instantanément sous le charme de ces deux lieux.

Mais le choc esthétique fut encore plus grand lorsqu'il ouvrit une troisième porte, qui donnait accès à un espace gigantesque où le temps avait été comme suspendu. Des meubles sombres luisaient dans la lumière, une couverture de lit en chenille, couleur ivoire, voisinait avec des tapis crochetés au sol et des rideaux en dentelle fine.

— Quelle beauté ! dit-elle en regardant Luke, dont le visage était encore plus crispé que d'habitude.

— C'était la chambre de mes parents, répondit-il, refermant aussitôt la porte.

Ils redescendirent vers la cuisine, où il lui montra l'emplacement de tous les ustensiles nécessaires à la préparation des repas. Elle nota qu'il faudrait faire briller le chêne des placards et que le réfrigérateur méritait un nettoyage de fond en comble. Puis elle remarqua une liste de numéros de téléphone, s'arrêtant sur les noms Cait et Liz. Ne connaissait-il pas les coordonnées de ses sœurs par cœur ? Elle se garda de l'interroger à ce sujet, sentant que l'heure n'était pas à des questions personnelles.

— Vous avez une maison magnifique, monsieur Evans. Tout ce dont elle a besoin, c'est de quelques coups de brosse.

— Je vous remercie, mademoiselle Northcott, mais je vous laisse à vos tâches, je dois absolument retourner au travail.

— Un instant, je vous prie, où devons-nous nous installer ?

— A mon avis, l'une des petites chambres à l'extrémité du salon devrait convenir à votre fils. Pas la rose, qui était celle de ma sœur Liz, mais l'autre, la verte. Elle fait un peu moins fille. Quant à vous, je vous propose la grande, celle de mes parents.

— Vous êtes sûr que je ne ferais pas mieux de m'installer dans la chambre rose ? La chambre de vos parents est si… si… si grande.

Elle se rappelait surtout l'expression torturée qui avait déformé son visage lorsqu'il lui avait montré cette pièce, mais elle n'osait pas lui demander pourquoi cela le faisait tant souffrir.

Luke s'efforça de ne pas imaginer Emily dans la chambre parentale. Il n'avait pas trouvé le courage de changer d'un iota la décoration de ce lieu, qui était presque devenu un sanctuaire au fil du temps. Il aurait pu s'installer dans cette pièce, mais il aurait eu l'impression d'un sacrilège. Il avait aimé la manière dont elle avait relevé les charmes de la chambre. Elle respecterait ce lieu tout en lui redonnant un peu de vie.

— La pièce rose est toute petite. Vous serez mieux dans la grande, je vous assure.

— Monsieur Evans, je ne sais comment vous remercier. Je me sens très honorée de pouvoir dormir dans le plus bel endroit de la maison.

Ses yeux semblaient n'exprimer qu'une enthousiaste franchise. Pourtant il devait y avoir autre chose. De toute évidence, elle était mère célibataire et elle avait été contrainte d'accepter un travail aussi ingrat qu'intendante de maison. Qu'elle n'ait même pas tenté de renégocier le salaire était symptomatique de son pressant besoin d'argent. Tout à coup, il fut dévoré par la curiosité.

— Qu'est-ce qui vous a amenée jusqu'ici ? Je veux dire… je ne peux que constater l'absence d'un père. Vous êtes divorcée ?

Avec son insistance à se faire appeler mademoiselle et l'absence d'alliance à son doigt, c'était presque une question rhétorique.

— Est-ce que cela change la donne pour vous si je vous réponds par l'affirmative ?

— Pas du tout, c'est simplement pour en savoir un peu plus sur vous.

— C'est étonnant, car vous ne me paraissez pas être une personne qui s'intéresse aux autres.

Il avait légèrement rougi. Parce qu'elle avait mis le doigt sur l'un de ses traits de caractère fondamentaux.

— Je vous prie de m'excuser si je vous ai fait une fâcheuse impression.

Elle sourit, affichant un air de victoire. Non seulement cette femme était très belle, mais en plus elle faisait preuve d'une grande finesse psychologique. Cet été ne s'annonçait décidément pas de tout repos !

— Oui, je suis divorcée. Le père de Sam habite en Colombie-Britannique. J'essaie de refaire ma vie avec comme unique souci le bien-être de mon fils, monsieur Evans.

— Je vous en prie, maintenant que vous faites partie de la maison, appelez-moi Luke, dit-il en lui tendant la main.

Une délicieuse sensation l'envahit lorsque ses doigts fins touchèrent les siens. Ce fut au tour de ses joues à elle de se teindre de rouge et il crut apercevoir qu'elle se mordait l'intérieur des lèvres.

Cela ne pouvait signifier qu'une chose ! Qu'il n'était pas le seul à être traversé de pulsions qui n'avaient pas lieu d'être dans une relation professionnelle ! Comme si les choses n'étaient pas déjà suffisamment compliquées.

— Luke, répéta-t-elle d'une voix douce. Appelez-moi Emily.

Pourquoi avait-il envie de la serrer dans ses bras alors qu'elle n'était là que pour s'occuper de sa maison ? Pourquoi ne pas déchirer le contrat d'embauche devant ses yeux et s'éviter ainsi une montagne de soucis.

Il n'avait pas le temps de se préoccuper de quelqu'un d'autre. Encore moins de quelqu'un dont la vie venait manifestement de connaître un bouleversement radical. Mais il ne pouvait plus revenir en arrière. Emily et son parfum enivrant allaient passer les mois d'été à côté de lui !

3

Dès que Luke fut parti, Emily commença à nettoyer les chambres que Sam et elle allaient occuper. Son fils fit de son mieux pour l'aider, avec les moyens d'un petit garçon de cinq ans. Il l'aida à enlever la poussière, à changer les draps, puis il rangea ses affaires dans le placard à côté de son lit.

Plus tard dans l'après-midi, elle s'attaqua à la cuisine, faisant la vaisselle et fouillant dans le congélateur en quête d'ingrédients susceptibles d'être utilisés pour un dîner. Les côtes de porc grillées, accompagnées de riz et de légumes, furent prêtes à être dégustées dès 18 heures. Elle les garda au chaud pendant une demi-heure puis, Luke n'apparaissant toujours pas, elle décida de se mettre à table avec Sam. Ce ne fut qu'au moment où ils entamaient le dessert — une tarte aux myrtilles — qu'il entra dans la cuisine.

Il jeta un coup d'œil à la vaisselle du repas et son visage se durcit aussitôt. Elle sentit une sourde colère monter en elle. Ce n'était pas sa faute s'il ne lui avait pas dit à quelle heure il rentrait. Elle avait attendu le plus longtemps possible !

— Nous ne savions pas à quelle heure vous vouliez manger, dit-elle d'un ton calme en se levant pour lui préparer une assiette. Nous avons pris la liberté de commencer sans vous.

— Il ne fallait pas m'attendre, dit-il en se dirigeant vers l'évier pour se laver les mains.

Elle sentit tous les muscles de son corps se tendre. Certes, en vieil ours solitaire, Luke Evans ne semblait guère accorder d'importance à l'idée de partager un repas. Mais devait-il pour autant s'exonérer des règles élémentaires de politesse ? Dire bonsoir par exemple. Ou mettre à l'aise Sam, qui avait commencé à manger sa tarte sans oser lever les yeux de son assiette. Les derniers mois avec Rob avaient été tellement tendus qu'elle ne supportait plus les situations de malaise.

— J'estime qu'il est important de se mettre à table ensemble. Sans compter qu'un plat est toujours meilleur quand il sort du four.

— Ne vous donnez pas tant de mal, répondit-il froidement, s'asseyant sur une chaise à côté de Sam sans lui prêter la moindre attention.

Il avait décidément besoin d'un cours élémentaire de savoir-vivre. Elle s'installa en face de lui, le regardant droit dans les yeux.

— Je n'ai pas l'habitude de cuisiner à la demande.

— J'ignorais que j'étais soumis à des contraintes horaires pour le dîner. Dois-je vous rappeler que je suis en charge du bon fonctionnement d'une ferme ?

— J'en suis parfaitement consciente, mais vous auriez pu me donner une heure indicative. Un simple coup de fil aurait suffi. Sam, si tu as fini, je te propose de monter dans ta chambre et de te mettre en pyjama.

Obéissant, son fils s'exécuta aussitôt.

— Vous avez beaucoup d'autorité sur lui, dit Luke.

— J'essaie de l'élever le mieux possible. Apparemment cela n'a pas été votre cas. Sinon vous vous seriez fendu d'un petit mot de remerciement pour le plat que j'ai préparé. Sans compter que toute personne normalement constituée aurait eu une phrase gentille pour un garçon de cinq ans.

Elle avait largement dépassé les bornes, mais les phrases étaient sorties de sa bouche toutes seules. Elle était tremblante, mais fixait son employeur droit dans les yeux. Qui posa tout à coup bruyamment ses couverts sur son assiette.

— Il me semble que je vous ai engagée pour tenir ma

maison. Dans le contrat d'embauche, il n'est précisé nulle part que vous devez reprendre mon éducation à zéro.

— Je vous prie de m'excuser de m'être emportée, monsieur Evans, mais je suis très à cheval sur les principes de courtoisie et de respect. Que vous ne vouliez pas manger avec nous, soit, mais ayez au moins l'amabilité de me prévenir. Pour que je puisse m'organiser le mieux possible.

— Vous avez raison, je n'ai pas été correct. Si vous acceptez qu'il ne m'est pas toujours possible d'interrompre une tâche, je m'engage à vous donner une heure de repas et de m'y tenir. Et n'oubliez pas de m'appeler Luke.

— Merci…, Luke.

— Il n'était pas dans mon intention d'ignorer votre fils.

— Même s'il est encore jeune, Sam a beaucoup de sensibilité. Depuis que son père est parti, il a rapidement l'impression d'être rejeté.

— Je n'avais pas vu la situation sous cet angle.

— C'est bien normal, nous ne nous connaissons qu'à peine.

Elle se sentit tout à coup apaisée. A la vue de son visage contrit, son irritation avait fondu. Elle eut toutes les difficultés du monde à ne pas sourire devant l'expression d'enfant pris la main dans le sac qu'il affichait.

— Cela fait très longtemps que j'habite seul. Il va falloir que je me réhabitue à vivre en société. Cela peut prendre un certain temps.

— Nous allons tous devoir faire preuve de patience, mais je suis sûre que tout va bien se passer, répondit-elle d'une voix pleine de chaleur.

Il sourit. De toutes ses dents. C'était comme un miracle ! Et cela le rendait incroyablement beau.

— Voici votre part de tarte.

— Merci…, Emily.

Une fois la cuisine rangée et astiquée, Emily monta mettre Sam au lit pendant que Luke retournait à l'étable. Plutôt que de redescendre, elle imita son fils et s'endormit comme une masse tant la journée, nerveusement surtout, avait été épuisante.

Mais, s'étant couchée très tôt, elle se réveilla à l'aube, peut-être à cause des mouvements de Luke, qui faisait craquer le bois du plancher. Elle se leva et, sur la pointe des pieds, traversa le couloir pour voir si le sommeil de Sam était paisible. Comme chaque fois dans ces circonstances, elle fut émue par l'innocence et la confiance qui rayonnaient de son visage enfantin. Pour la millième fois, elle se promit de toujours être là pour cet adorable garçon, de lui éviter le plus possible les affres de la séparation de ses parents.

De retour dans sa chambre, elle enfila un pantalon et un T-shirt et décida de se mettre au travail. Elle voulait préparer un bon petit déjeuner pour son employeur et pour son fils, mettre en route la lessive, commencer à récurer. Elle tenait à prouver à Luke qu'il avait donné sa chance à la meilleure employée de maison du pays.

Elle était en train de battre la pâte à pancakes lorsque Luke, de retour du premier soin apporté au bétail, fit son entrée dans la cuisine. Il marqua un coup d'arrêt dès qu'il la vit.

— Déjà debout ?

— C'est, si j'ose dire, vous qui m'avez réveillée. J'en ai profité pour bien démarrer la journée. Vous arrivez juste à temps pour les premiers pancakes.

— Quel luxe, cela fait des mois que je ne mange que des céréales le matin, merci beaucoup, Emily.

Apparemment, la « leçon » de la veille avait porté. Il allait même presque trop loin dans l'expression de sa gratitude.

— Je vous en prie. Et, surtout, je suis ravie de vous servir ce plat tout chaud. Ce ne sera pas du réchauffé comme hier soir.

Elle voulait lui poser d'autres questions sur ses habitudes, sur la manière dont il vivait. Cependant, il lui paraissait tellement énigmatique — et il commençait à exercer un tel charme sur elle — qu'elle ne savait pas par où commencer.

— A quelle heure voulez-vous déjeuner ?

— En général, je me contente d'un sandwich.

— Cela va changer, un homme comme vous doit prendre davantage de forces à midi.

Il éclata de rire et la regarda avec une sorte de complicité qui faillit la faire rougir. Elle se sentait tellement troublée par lui qu'elle en venait presque à regretter le côté bougon qu'il avait montré lors de leur prise de contact. Car elle n'avait aucune envie de vivre une amourette d'été. Ce n'était pas pour cela qu'elle était venue. Mais pourquoi diable avait-il des yeux aussi limpides ? Et des épaules aussi musclées ?

— Je ferai un effort pour venir déjeuner, je vous tiendrai au courant.

Quelle métamorphose entre cette gentillesse matinale et la froideur de la veille ! Elle se rappela soudainement qu'elle avait eu des paroles très dures pour lui au début du dîner.

— Je voudrais encore m'excuser pour hier. Je suis dans votre maison, je n'ai aucune leçon à vous donner.

— Vous n'avez rien à vous reprocher. Au contraire, vous avez eu raison d'édicter quelques règles élémentaires. Si vous cuisinez pour moi, il est normal que je vous tienne au courant du déroulement de la journée. Cela relève du bon sens.

Sur ce, il lui adressa un regard... qui aurait pu passer pour tendre. Dans quelle situation s'était-elle mise ! Pourquoi ne parvenait-elle pas à détacher ses yeux de lui ?

— Je dois me rendre en ville cet après-midi, dit-il. Pour aller chercher une pièce détachée. J'en profiterai pour faire un détour par l'hôpital, Cait et Joe ont eu une petite fille hier soir. Si vous avez besoin de quelque chose, dites-le moi.

Le bébé était arrivé ! Et il annonçait cela d'un ton morne, comme si c'était une information anodine qu'on ne livrait qu'en passant. Quel étrange personnage ! Bien sûr, il ne s'agissait que de sa nièce, mais quand même, personne ne pouvait rester insensible devant un nouveau-né. Elle se souvenait encore de l'incroyable émotion qui l'avait saisie lorsqu'on lui avait mis Sam entre les bras juste après l'accouchement. Cait et son mari devaient ressentir la même chose. Luke, en tant que frère et oncle, aurait pu manifester davantage de joie.

— Une petite fille ! C'est formidable ! Tout s'est bien passé ?

— Parfaitement bien, répondit-il d'une voix toujours aussi égale.

— Pardonnez-moi de vous poser une question peut-être indiscrète, mais pourquoi cette enfant semble-t-elle vous laisser de marbre ? Vous êtes sûr que tout va bien ?

— Oui, oui… disons que c'est une autre fille. Cela fait quatre nièces.

— Et alors ? Vous avez quelque chose contre le sexe féminin ?

— Pas du tout. Mais nous espérions tous un garçon. Je vous rappelle que cette ferme s'appelle Evans & Fils.

Abasourdie, elle l'observa longuement. Comment pouvait-on encore avoir une conception aussi rétrograde ? En attendant, il avait commencé à presser des oranges. Il lui tendit un verre, en prit un pour lui et en prépara un pour Sam. Elle ne put s'empêcher d'être attendrie par cette attention.

— Luke, nous sommes au XXIe siècle. Une femme peut diriger une ferme avec la même efficacité qu'un homme. Evans & Nièces sonne également très bien. Et puis, qui vous dit que vous n'aurez pas vous-même la ribambelle d'héritiers mâles dont vous rêvez ?

Elle avait posé cette question sur le ton le plus léger possible, mais elle savait qu'elle s'était engagée sur un terrain glissant. Et cela ne manqua pas. Son visage changea du tout au tout. Il la fixait avec un air exprimant à la fois de la souffrance et de la colère.

— Je n'ai pas l'intention de fonder une famille, dit-il d'un ton sec.

Puis il plongea le nez dans son assiette, faisant affreusement crisser ses couverts sur la porcelaine.

Elle fut clouée sur place. Heureusement, l'odeur de pâte brûlée lui rappela qu'elle avait des pancakes sur le feu. Elle se précipita vers les fourneaux, soulagée de pouvoir se donner une contenance.

Il termina son petit déjeuner en silence pendant qu'elle empilait les crêpes dans un silence pesant. Elle se creusait la tête pour relancer la conversation, mais que dire après la phrase choc qu'il avait prononcée ?

Il se leva et vint vers elle d'un pas décidé. Elle aurait voulu avoir la force de caractère d'être insensible à sa présence à son côté. Mais qui pouvait résister à plus d'un mètre quatre-vingts de muscles virils ? Dans ses veines, son sang circulait à une vitesse deux fois supérieure à la normale. Comme pour évacuer la tension érotique qui s'était emparée de son corps, elle serra à toute force la spatule avec laquelle elle étalait la pâte.

— Y a-t-il encore des crêpes, Emily ?

Elle ne put s'empêcher de pousser un soupir de soulagement. Il ne s'était pas lancé dans une entreprise de séduction, il voulait simplement à manger.

— Prenez-en autant que vous voulez, j'en ferai d'autres pour Sam.

Il souleva le couvercle du plat où étaient posées les crêpes et en prit quatre. Quel appétit ! Machinalement, elle le compara à Rob. Son ex-mari, féru de costumes italiens et de voitures de sport, s'était toujours contenté pour le petit déjeuner d'un gobelet de café, qu'il emportait avec lui en s'installant derrière le volant.

A l'époque, son monde s'était écroulé quand cette scène du quotidien — et toutes les autres — avait brutalement disparu avec la séparation puis le divorce. Maintenant, elle était prête pour un nouveau départ. Elle leva la tête et aperçut les vastes étendues de champs qui s'offraient à ses yeux. C'était cela l'univers de Luke. Quel contraste avec le bureau confiné de Rob dans un gratte-ciel anonyme !

Elle sourit. Le grand air et l'espace lui avaient manqué pendant si longtemps. Bien sûr, les souvenirs douloureux de sa vie maritale n'allaient pas disparaître d'un coup de baguette magique, mais elle se redit qu'elle avait fait le bon choix en venant ici.

— Peut-on savoir pourquoi vous souriez ? demanda Luke en posant sa fourchette et en la regardant avec une sorte de curiosité amusée.

— J'imaginais simplement combien il devait être très agréable de travailler en plein air, répondit-elle en s'asseyant, fébrile, en face de lui.

— Suspendez votre jugement jusqu'aux jours de pluie. Mais cela me rendrait dingue de rester enfermé toute la journée. Ce qui a apparemment été votre cas jusqu'ici.

— Pourquoi dites-vous cela ?

— Votre teint. Il est aussi blafard que celui de tous les citadins.

— Vous avez raison, même si Sam et moi avons mis un point d'honneur à aller tous les jours au parc le plus proche. Nous avions bien un jardin, mais il était minuscule.

— Les garçons ont besoin d'espace.

— Je sais, dit-elle en se versant du café. Il n'était pas prévu qu'il naisse en pleine ville. Cela étant dit, je connais la campagne, j'ai grandi à Regina.

— Ah bon ? A Regina ?

— Aux abords de la ville. Ma mère était femme au foyer et mon père vendait des voitures.

En évoquant ses origines modestes devant un quasi-inconnu, elle prit soudainement conscience qu'avec Rob elle avait toujours eu honte de l'endroit d'où elle venait. Il n'avait jamais fait le moindre effort pour s'intégrer à sa famille et elle avait inconsciemment pris ses distances avec ses parents, se faisant passer pour quelqu'un qu'elle n'était pas.

Elle n'avait pas tout de suite envie d'affronter son père et sa mère. Parce qu'elle avait été injuste avec eux, parce qu'elle redoutait qu'ils lui fassent la leçon. Mais, surtout, elle voulait attendre d'avoir remis sa vie en ordre de marche avant de revenir vers eux. Ses parents s'en étaient toujours sortis. Et ils étaient restés soudés. Parfois, elle avait le sentiment que leur exemple l'écrasait.

Tout à coup, elle se rendit compte qu'elle était perdue dans des pensées dont elle ne pouvait évidemment faire état à Luke.

— Pourquoi êtes-vous allée à Calgary ? lui demanda-t-il.

Elle se contenta de lever les sourcils.

— Je vois, dit-il. Vous avez suivi le père de Sam.

Elle acquiesça de la tête, résistant à la tentation de se confier tant il la fixait avec des yeux pleins d'empathie. Mais elle était là pour travailler, pas pour raconter sa vie. Une vie qui, à part Sam, était une succession d'échecs plus qu'autre chose.

— Et vous ? demanda-t-elle, décidant de retourner le projecteur vers lui. Je présume que vous avez toujours vécu ici.

— En effet.

— Pourquoi est-ce vous, et pas vos sœurs, qui avez repris la ferme ?

— Parce qu'elles se sont mariées et qu'elles ont fondé des familles. Joe — l'heureux père depuis ce matin — gère une affaire de vente d'équipements agricoles. Le mari de Liz est instituteur. Tous connaissent bien la ferme, mais ils sont passés à autre chose.

— Vous êtes donc tout seul.

— Je me fais aider… par vous par exemple.

— D'où vient le nom de ce lieu, « Evans & Fils » ? Est-ce vos parents qui l'ont trouvé ? Depuis combien de temps ont-ils disparu ?

Il se leva brutalement, prit son assiette et sa tasse et les déposa dans l'évier.

— Je dois y aller. Il faut que je donne mes ordres aux garçons de ferme avant d'aller en ville.

Elle s'était montrée trop curieuse, elle en avait parfaitement conscience. Elle avait déjà remarqué que ses parents étaient un sujet particulièrement sensible.

— Si je puis me permettre, dit-elle, vos placards à provisions sont vides. Est-ce que nous pourrions vous accompagner ? Nous ferons les courses pendant que vous vous occuperez de vos affaires, vous ne perdrez pas de temps.

— D'accord, soyez prêts vers 9 heures, j'ai un programme chargé aujourd'hui.

— A vos ordres, patron, répondit-elle en se lançant dans la vaisselle.

Le visage crispé, il mit son chapeau et s'apprêta à sortir. Elle le regarda partir, déçue qu'il soit redevenu froid et distant. Cependant, avant d'ouvrir la porte, il se retourna avec un léger sourire.

— Emily ?

— Oui ?

— Je vous félicite pour vos crêpes.

Elle fut ravie de ce compliment, car ce n'était que le début d'une nouvelle ère culinaire. Ce soir, elle concocterait un plat qui le laisserait sans voix.

4

Luke pesta à la vue des nombreuses pièces rouillées de la ramasseuse-presse. Et s'en prit également à la pénombre du soir qui l'empêchait de voir correctement. Pourquoi s'échiner sur une machine qui avait surtout besoin d'être remplacée ? Encore fallait-il avoir l'argent pour le faire. Il espérait que ses rafistolages allaient permettre à l'engin de passer l'été. L'année prochaine, il en rachèterait un nouveau chez Joe. Son beau-frère lui ferait sûrement un prix.

Il donna un dernier tour de vis puis se redressa, se frottant le bas du dos après être resté courbé trop longtemps. Entre ses obligations en ville, le détour par l'hôpital et la ramasseuse-presse, il n'avait passé qu'une demi-heure dans les champs au cours de la journée. Ce qui était bien insuffisant à ses yeux.

— Bonsoir.

Il se retourna vers l'endroit d'où était venue cette petite voix et vit Sam, pieds nus et en pyjama, qui le fixait avec un regard espiègle. Avec ses boucles brunes et ses yeux couleur chocolat, comme sa mère, c'était vraiment un garçon adorable.

— Ne devrais-tu pas être à la maison ? Voire dans ton lit ?

— Je n'arrive pas à dormir, il fait trop chaud.

— Tu aurais pu demander à ta maman d'ouvrir la fenêtre.

— Elle m'a dit qu'elle ne voulait pas entendre le moindre bruit.

Luke sourit. Merveilleuse enfance qui pense que s'échapper de sa chambre est moins grave que de faire du bruit.

— A mon avis, tu devrais aller te recoucher au plus vite. Sinon je connais quelqu'un qui va être très fâché.

Sam fit mine de partir puis revint sur ses pas.

— Pourquoi n'aimes-tu pas ma maman ?

Quelle question ! Les bras lui en tombèrent.

— Qu'est-ce qui te fait dire cela ?

— Parce que tu n'as rien dit pendant le dîner. Pourtant, elle avait préparé du veau, je le sais puisque je l'ai aidée. Elle le fait pour les occasions spéciales.

La viande avait été très bonne, de même que les pâtes et la salade. Ce menu l'avait radicalement changé de son ordinaire.

— J'avais la tête remplie de choses encore à faire. Et puis je ne suis plus habitué à avoir de la compagnie à table, je ne suis pas doué pour la conversation.

Il s'arrêta. Quelle absurdité de se justifier devant un petit garçon de cinq ans ! Et plus encore avec des excuses faiblardes. Quand il était entré dans la maison, il avait été saisi par l'odeur des meubles cirés et des branches de lilas disposées çà et là dans le salon. Comment Emily avait-elle trouvé les vases de sa mère ? La sensation que la maison avait retrouvé vie était particulièrement troublante. Comme si Emily avait actionné la machine à remonter le temps. Il avait instantanément retrouvé l'image des sourires de sa mère, celle des mimiques de son père. Grâce à sa nouvelle employée, il avait brièvement pu goûter de nouveau au bonheur qui lui avait, il y a si longtemps, été volé.

Pendant tout le repas, il n'avait cessé de l'observer. La douceur de ses traits. Sa beauté. Son attention aux autres. Sa sensualité. Mais il avait été tellement bouleversé — aussi bien par la bouffée de nostalgie que par le condensé de charme féminin qu'elle incarnait — qu'il n'avait pas pipé mot de la soirée.

— Tu lui as fait de la peine, dit Sam d'un ton sévère. Elle est pourtant gentille, elle fait très bien à manger, elle me lit des histoires et elle fait parler mes dinosaures.

— Je suis désolé, Sam, je t'assure que j'apprécie ta maman, répondit-il.

L'enfant ne se dérida pas pour autant.

— Maman dit que, si nous ne pouvons pas rester ici, nous devrons aller chez grand-mère et grand-père. Je ne sais même pas à quoi ils ressemblent.

— Tu es sûr ? Tu les as déjà vus, non ?

— Elle dit que la dernière fois, j'étais un bébé.

Luke calcula que cela faisait trois ou quatre ans. Emily voulait-elle éviter que des liens ne se tissent entre son fils et ses grands-parents ? C'était surprenant venant d'elle.

— Tu devrais vraiment rentrer maintenant, sinon tu risques de te faire gronder très fort. Allez, vas-y.

Sam ne bougea pas d'un millimètre. Luke vit qu'il serrait les poings.

— Tu n'aimes pas ma maman et tu ne m'aimes pas non plus, dit-il.

— Et si c'était le cas, qu'est-ce que cela changerait ? répliqua-t-il avec une voix agacée. Remonte dans ta chambre, tout de suite.

— De toute façon, je m'en fiche. Mon papa ne m'aime pas non plus, mais avec maman on se débrouille très bien.

Il tourna les talons et s'enfuit en courant.

Luke poussa un soupir de soulagement. Mais il s'en voulut tout de suite d'avoir été trop dur. Cet enfant ne savait plus très bien où était sa place. Même s'il n'était pas judicieux de se mêler du drame familial que vivait Sam, il était quand même invraisemblable que le garçon ne voie jamais son père.

Il secoua la tête, s'efforçant de ne plus penser à cette famille brisée qui avait fait irruption dans son quotidien. Depuis qu'Emily, si belle, était arrivée deux jours auparavant, il avait plus réfléchi à lui-même qu'il ne l'avait fait au cours des dernières années. Par quelle magie avait-elle réussi à bouleverser ses certitudes ? Et pourquoi l'image de cette femme à la fois forte et fragile était-elle toujours présente à son esprit ?

Emily finissait d'essuyer les dernières assiettes lorsque Luke fit son apparition dans la maison. Sam était déjà endormi depuis longtemps. Il devait être épuisé. Il l'avait beaucoup aidée tout au long d'une journée consacrée à nettoyer les chambres et les salles de bains.

Elle-même était à la fois éreintée et contente d'elle. Grâce à ses efforts, la maison avait retrouvé une partie de son cachet. Elle ne pouvait s'empêcher de ressentir un certain sentiment d'étrangeté d'astiquer ce qui, en fin de compte, relevait de l'intimité de son employeur. Tellement beau et mystérieux. Pour ne pas montrer le trouble croissant qu'elle commençait à éprouver en sa présence, elle prit le parti de lui poser des questions pratiques.

— Vous avez réussi à réparer la ramasseuse-presse ?

— Pas complètement, mais je compte bien passer de longues heures dans les champs demain. Je serai d'ailleurs peut-être en retard pour le dîner.

— Merci de me prévenir. Je préparerai quelque chose qui puisse se réchauffer facilement.

— Je voulais vous dire, Emily… C'est un privilège de rentrer chez soi et d'avoir un vrai plat qui vous attend. Je vous remercie.

Un compliment ! C'était inespéré ! Il était décidément un homme plein de surprises. Passant en moins de vingt-quatre heures d'un rustre à un être civilisé.

— Cela me fait plaisir de préparer à manger pour un autre adulte. J'aime cuisiner, mais Sam n'a pas le palais suffisamment développé pour apprécier mes différentes spécialités.

— Pourtant, votre menu de ce soir était divin. Et la maison resplendissante.

— Je suis ravie que vous soyez content de mes services.

Encore une fois, elle fut prise de court par cet assaut d'amabilités. Mais aussi flattée, presque étourdie. Elle se rendit brutalement compte que la volonté de plaire à cet homme dépassait peut-être le strict cadre professionnel.

— Vous êtes une cuisinière hors pair.

— Arrêtez, vous allez me faire rougir.

— Parlez-moi de vous. Je ne voudrais pas me mêler de ce qui ne me regarde pas, mais je ne peux m'empêcher de me demander pourquoi vous avez choisi un emploi qui vous éloigne tant de Calgary. Cela va être compliqué pour Sam de voir son père.

Elle n'avait aucune envie de parler de Rob. Elle voulait oublier son ex-mari, qui avait brisé bon nombre de ses rêves. En même temps, elle voulait montrer à Luke qu'elle était une femme pleine de ressources, capable de rebondir dans l'adversité. Elle se lança dans le récit de sa vie.

— Avec Rob, nous avions convenu d'une sorte de marché. Nous devions travailler chacun notre tour pour permettre à l'autre de progresser dans ses études. Puis Sam est arrivé et mon ex-mari s'est mis en tête d'assurer seul les revenus du foyer. Cela me convenait très bien. J'étais ravie de mettre entre parenthèses ma carrière dans la pharmacie, décidée à me consacrer à plein temps à mon fils. Cela peut vous sembler rétrograde, mais ça ne l'a jamais été pour moi puisque m'occuper de Sam était un choix pleinement assumé… Puis Rob est parti et tout s'est écroulé…

Elle jeta machinalement un coup d'œil vers l'escalier, comme pour s'assurer que son fils ne pouvait entendre le récit de la séparation.

— Vous avez peur qu'il ne surprenne des paroles peu amènes sur son père ? demanda Luke.

— Il a déjà suffisamment souffert. Je sais qu'il dort, mais la moindre référence à Rob est susceptible de le mettre dans tous ses états.

— Il est persuadé que son père ne l'aime pas.

— Comment ? Pourquoi dites-vous cela ?

— C'est ce qu'il m'a confié. Il pense que je ne l'aime pas, que son père ne l'aime pas, tout en assurant qu'il s'en moque. Cet enfant a un caractère bien trempé. Mais je ne peux m'empêcher de m'inquiéter pour lui. Et pour vous. Est-ce que tout va bien, Emily ?

Elle ignora la question, se préoccupant uniquement de Sam. Son fils pensait-il vraiment cela ? Que son père ne l'aimait pas ? Pauvre enfant ! Elle était assaillie à la fois par une immense tristesse et une sourde colère. Pourquoi Rob ne se manifestait-il pas auprès de son fils ?

— Je suis désolée qu'il ait eu de telles paroles. Je vous promets qu'il vous présentera des excuses.

— Ce n'est pas la peine. Il a exprimé ce qu'il avait sur le cœur. Je n'ai aucun reproche à faire à cet enfant. Vous avez bien réussi son éducation. Ce qui n'est pas toujours facile quand on est parent unique.

— Je vous remercie. Parfois, je me demande si je lui suffis. Comment compenser le manque qu'il doit forcément ressentir ?

— Vous faites de votre mieux, c'est l'essentiel.

— Si nous allions dehors ? dit-elle.

Elle avait besoin d'un grand bol d'air frais. A la fois pour se remettre de ce que Luke venait de lui dire à propos de Sam. Et pour avoir autre chose à regarder que son corps. Une vision qui la rendait ivre de désir…

Dès qu'ils furent dehors, elle s'assit sur l'une des marches du perron et contempla les étoiles, sans pour autant cesser de penser à Luke. Qui, ce soir, faisait preuve d'une telle empathie qu'il ressemblait davantage à un allié qu'à un employeur. Et cela faisait très longtemps qu'elle n'avait pas eu une oreille amie à qui se confier.

Elle prit une profonde inspiration, se délectant de l'odeur des lilas.

— J'adore ces fleurs, dit-elle en les pointant du doigt.

— C'est ma mère qui les a plantées, dit-il en s'asseyant à son côté. Je ne suis pas doué pour le jardinage et, surtout, je n'ai pas le temps. Mais j'ai toujours fait ce qu'il fallait pour ces lilas. Ils sentaient tellement bon sur la table ce soir. Maman aussi avait l'habitude de remplir la maison de bouquets.

— Que lui est-il arrivé ?

— Elle est morte quand j'avais dix-neuf ans. Une rupture d'anévrisme.

Elle perçut nettement dans sa voix la douleur d'une perte abrupte. Même si le décès remontait à plus de dix ans.

— Je suis désolée, Luke.

— Avec le temps, je m'en suis remis. Et puis nous parlions de vous, ce soir. De votre ex-mari, qui vous a abandonnée sans vous offrir le moindre soutien.

— C'est évidemment parce qu'il est parti que j'ai commencé à chercher un travail. Mais, sans surprise, personne ne voulait d'une technicienne de laboratoire qui n'avait pas quitté son foyer depuis cinq ans. Pourtant, je n'avais pas le choix. Rob n'a pas versé le moindre kopeck de pension alimentaire.

— Pourquoi ne faites-vous pas appel à la justice ?

— Dans la province d'Alberta, j'aurais pu. Mais il s'est installé en Colombie-Britannique. De toute façon, je n'ai pas les ressources financières pour intenter un procès.

— On peut dire qu'il vous a mise dans un sacré pétrin.

Jamais elle n'aurait cru qu'il puisse faire preuve d'autant d'empathie. Alors qu'il était encore malgré tout un quasi-inconnu, elle ressentait plus de chaleur chez lui qu'auprès de bon nombre de ses proches.

— Cela aurait pu être pire. Il aurait pu s'en prendre physiquement à nous. Il s'est contenté de partir. Il a dit que la vie de famille que je lui offrais ne le satisfaisait plus et il a fait ses bagages.

— La douleur psychologique est souvent plus violente que celle provoquée par des traumatismes physiques.

— Comme vous avez raison. Je sais que Rob a fait beaucoup

de dégâts. Je parle de moi, mais surtout de Sam. Les blessures qu'il lui a infligées mettront du temps à se cicatriser. Dans ce contexte, la question matérielle de la pension alimentaire est secondaire. Je n'arrive toujours pas à comprendre comment il peut délaisser son fils. Cela me fait penser que je me suis trompée sur lui dès le début. Lorsqu'on est entrés en crise, je me disais pour me rassurer qu'on avait au moins connu une époque heureuse. Mais son désintérêt total à l'égard de Sam me fait tout remettre en cause. Et, surtout, je plains tellement ce pauvre petit bonhomme, perdu sans présence paternelle.

Luke garda le silence pendant quelques instants.

— Ne vous accablez pas, dit-il. Vous ne pouviez pas savoir que les choses allaient prendre une telle tournure.

Elle n'avait aucune envie de souligner les failles de sa vie passée. Au contraire, elle voulait lui renvoyer l'image d'une femme pleine de ressources, capable de renverser des montagnes pour arriver à ses fins. Mais elle était tellement prise à contre-pied par la gentillesse et l'écoute dont il faisait preuve qu'elle devait résister à la tentation d'aller encore plus loin dans le récit de ses malheurs.

— Si on faisait quelques pas ? suggéra-t-il.

D'un bond, ils se levèrent et empruntèrent l'allée menant à la route. La lune était déjà levée et, dans la lumière blafarde qu'elle diffusait, Emily ne pouvait détacher les yeux du T-shirt de Luke, dont la fonction semblait être de mettre en valeur le moindre de ses muscles. Elle dut se pincer pour ne pas se laisser aller à des pensées encore plus inavouables. Elle s'efforça de se raisonner. Après tout, il n'était pas anormal d'avoir des bouffées de désir après près d'un an de célibat. Mais elle n'était pas moins surprise des sensations qui l'assaillaient dès qu'elle était en présence de Luke.

— Excusez-moi d'insister sur un sujet qui ne doit pas être facile pour vous, mais j'ai l'impression que vous n'avez pas vu le coup venir.

Comme il était difficile de parler de Rob ! Non qu'elle

l'aimât encore, mais elle s'en voulait d'avoir été tellement aveugle.

— Vous avez raison. Un jour, il m'a annoncé qu'il allait se lancer dans une nouvelle carrière. Naïvement, j'ai longtemps cru qu'il nous demanderait de le rejoindre. Mais non, il avait quitté la maison pour ne plus jamais revenir. Heureusement, j'ai pu, juste à temps, mettre la main sur un compte d'épargne que nous avions alimenté au fil des ans. C'est grâce à cet argent que Sam et moi avons pu vivre jusqu'à ce que vous fassiez appel à mes services.

— L'existence vous joue parfois de sacrés tours. Sans comprendre pourquoi, on se retrouve au fond du trou. Pour en sortir, il faut accepter de procéder petit pas par petit pas.

On aurait dit un sage, une de ces personnes auprès de qui l'on vient chercher un peu de réconfort quand tout va mal. Sans nul doute, il s'était forgé cette philosophie à la suite de la mort de sa mère. Même s'il avait tenu ces propos d'une voix détachée, elle sentait ses tourments, qui affleuraient sous une couche de sérénité. Elle brûlait d'envie d'en savoir plus sur le drame qui l'avait apparemment tant marqué. Mais elle n'osait pas, de peur de nouer une trop grande intimité avec un homme qui mettait ses sens dans tous leurs états.

Ils firent demi-tour pour regagner la maison. Le hululement d'une chouette la fit sursauter. Tout à coup prise de frissons, elle se frictionna les bras.

— Vous avez froid, dit-il.

— Pas du tout. Je suis bien ici, je sais que j'ai fait le bon choix. Pour moi, pour Sam. A Calgary, tout nous rappelait notre ancienne vie. Cette rupture géographique va enfin permettre à mon fils de comprendre qu'il ne sert plus à rien d'attendre son père. Bien sûr, ce sera douloureux, mais plus cette prise de conscience interviendra tôt, mieux ce sera. Et puis j'ai trouvé le travail idéal, qui me permet d'avoir un salaire et d'être avec Sam. Bientôt j'aurai l'argent de la vente de la maison de Calgary et tout ira pour le mieux.

— Je ne m'en fais pas pour vous, dit Luke. Je ne vous connais pas encore très bien, mais je crois bien que vous appartenez à cette catégorie de personnes qui retombent toujours sur leurs pattes.

Luke admira le visage d'Emily, qui s'était tournée vers lui, tout sourires. Elle était non seulement incroyablement belle, mais elle dégageait une sorte de volonté à toute épreuve qui la rendait encore plus attirante. Elle ne rechignait pas à la tâche — il était encore impressionné par la métamorphose de la maison en moins de deux jours — et ne perdait jamais sa bonne humeur. Et ses qualités de mère étaient hors pair, Sam avait bien de la chance de l'avoir.

— J'espère que vous ne me dites pas cela parce que vous avez pitié de moi ? demanda-t-elle.

— Bien sûr que non, je crois en vous.

Sauf qu'elle avait partiellement raison. Il était touché par ce qui lui était arrivé. Il savait ce que c'était d'avoir soudainement de lourdes responsabilités sur les épaules alors qu'on n'avait rien demandé. De devoir prendre des décisions susceptibles d'affecter la vie de ses proches. Il aurait tellement aimé avoir quelqu'un à qui parler quand sa mère était morte. Puis quand l'Alzheimer de son père s'était déclaré. Depuis deux jours, il se demandait s'il n'avait pas fait une grosse erreur en laissant Emily et Sam rester sur le ranch. Maintenant qu'il en savait davantage sur leur situation, il était heureux de son choix.

Ce qui était en revanche problématique, c'était l'effet que la présence d'Emily exerçait sur lui. Dès qu'elle apparaissait, son corps était comme tendu vers elle.

— Je vous remercie de m'en avoir dit un peu plus sur vous, fit-il en prenant l'air le plus détaché possible.

— C'est normal. Après tout, nous partageons le même toit. Et vous êtes si bon de nous avoir acceptés. Un jour, ce sera à vous de me raconter votre histoire.

— Sûrement pas, il n'y a pas grand-chose à dire.

Elle éclata de rire, un son qui sonnait comme une musique enivrante à ses oreilles.

— Je ne vous crois pas une seule seconde, Luke.

— En attendant, c'est moi qui pose les questions. Une fois que votre… comment dire… mission d'été ici sera terminée, envisagez-vous de rechercher du travail dans le secteur pharmaceutique ?

— Je ne le pense pas. Je suis persuadée que mon énergie peut être utilisée bien mieux ailleurs. Mais je ne sais pas encore où.

Pendant de longues secondes, ils se regardèrent droit dans les yeux. Etait-ce le clair de lune ? Le fait que des boucles soyeuses entouraient le cou d'Emily comme une écharpe de fourrure ? Mais, aussi absurde que cela puisse paraître, il fut saisi d'une brûlante envie de l'embrasser.

Comme si elle avait senti que l'atmosphère s'était soudainement chargée d'émotion, elle fit quelques pas en direction des marches du perron.

— Monsieur Evans, je vous remercie pour cette délicieuse soirée, mais je crois que nous avons tous deux une rude journée qui nous attend demain. Je prévois, par exemple, de m'attaquer au jardin potager.

— Je vous préviens, cela fait des mois qu'il est en friche.

Tout en prononçant ces paroles anodines, il s'était rapproché d'elle, comme hypnotisé par la vision de ses lèvres rondes et pulpeuses. Il tendit la main, prit ses doigts entre les siens et les sentit trembler.

Que diable était-il en train de faire ? Cette incroyable femme venait de lui résumer à grands traits l'échec de son mariage, et tout ce qu'il avait en tête, c'était de la prendre entre ses bras. Il se ressaisit et recula, manquant de trébucher.

— La journée a été longue, murmura-t-elle, enfouissant dans sa poche les doigts qu'il avait effleurés dans une frénésie de désir.

— Je ne vous empêche pas plus longtemps de dormir, dit-il d'une voix mal assurée. A demain.

Elle rentra aussitôt, refermant doucement la porte derrière elle. Pendant plusieurs minutes, il fixa le porche comme cloué sur place, traversé de mille et une questions.

Comment un homme pouvait-il abandonner du jour au lendemain femme et enfant ? Un responsable de famille digne de ce nom mettrait au moins un point d'honneur à ce qu'ils ne manquent de rien.

Allait-il pouvoir résister encore longtemps au charme d'Emily ?

Il le fallait pourtant. Parce que sa vie — avec le ranch et la santé de son père — était déjà tellement remplie qu'il n'avait pas le temps pour une complication supplémentaire. Il lui suffirait de contenir ses ardeurs pendant les mois d'été. Dès qu'elle serait partie, tout rentrerait dans l'ordre.

5

Dès qu'elle eut un moment de solitude après le petit déjeuner, Emily passa un bref coup de téléphone à ses parents. Elle s'en tint à l'essentiel, se contentant de faire le résumé de sa nouvelle situation professionnelle et de donner le numéro où elle pouvait être jointe.

En raccrochant, elle s'en voulut de ne pas leur avoir tout dit. Elle avait notamment passé sous silence la gravité de ses difficultés financières. Mais elle ne voulait pas être un souci pour eux. De plus, elle mettait un point d'honneur à s'en sortir par ses propres moyens. Quand tout serait définitivement réglé, elle leur ferait un récit circonstancié des épreuves qu'elle avait traversées.

En attendant, elle qui avait tourné en rond pendant d'interminables mois, elle se sentait bien sur les terres du ranch de Luke Evans malgré la précarité de sa situation. Sa vie avait retrouvé un sens. Et le grand air lui faisait tellement de bien ! Même étendre du linge par une belle matinée de soleil était un plaisir.

— Je me plais beaucoup ici. Et toi ? demanda-t-elle à Sam, qui lui tendait les pinces.

Son fils haussa les épaules.

— C'est très calme. Pour l'instant, je n'ai pas fait grand-chose.

— Cet après-midi, nous pourrions aller nous promener.

Partir en quête de fleurs sauvages et observer les oiseaux, répondit-elle avec un pincement au cœur.

Si au moins Sam avait un frère ou une sœur, il s'ennuierait moins.

— Et, si tu veux, je peux me renseigner sur des activités que tu pourrais faire.

— J'aimerais bien monter sur un des chevaux de la ferme. Tu crois que j'ai le droit ?

— Je n'en sais rien. J'ai l'impression que Luke a besoin de ses bêtes pour faire tourner le ranch.

Grosse déception sur le visage de Sam.

— Ne t'en fais pas, dit-elle en lui passant la main dans les cheveux. Une fois que nous serons complètement installés, tu t'amuseras comme un petit fou ici, j'en suis sûre.

De retour dans la cuisine, son fils se lança dans une série de coloriages pendant qu'elle procédait à quelques menus rangements. La conversation lui trottait encore dans la tête. Comment faire en sorte qu'il soit heureux dans ce nouvel environnement ? Qu'il soit toujours occupé ?

Faute de trouver une idée pour le plus long terme, elle lui proposa de faire de la pâtisserie. A son grand soulagement, il fut enchanté par la perspective de confectionner des cookies. Ravie de voir qu'il avait retrouvé le sourire, elle ne put s'empêcher de repenser au contact furtif entre les doigts de Luke et les siens. Est-ce qu'il avait vraiment eu l'intention… de l'embrasser ? Ce n'était pas possible !

Elle réussit à effacer son employeur de son esprit en se concentrant sur sa collaboration culinaire avec son fils. Elle donnait leur forme aux biscuits tandis que lui traçait des décorations à l'aide d'une fourchette. Au moment où elle installait Sam devant un verre de lait et une assiette de gâteaux sortis du four, elle entendit la porte claquer.

Luke ! Etait-il déjà de retour ? Son cœur se mit aussitôt à battre à toute vitesse.

— Luke ? Tu es là ? fit une voix, résolument mâle, qui n'était pas celle de son employeur.

Ordonnant d'un geste à Sam de ne pas bouger, elle sortit de la pièce.

— Bonjour, qui est là ? demanda-t-elle en se dirigeant vers le bruit de pas venant du corridor.

A peine eut-elle prononcé ces paroles qu'elle tomba nez à nez avec un homme encore plus grand que Luke. Contrairement à ce dernier, il n'était pas en jean et T-shirt mais en costume et cravate. La fixant avec des yeux chaleureux, il tendit une main vers elle. L'autre portait une grosse boîte en carton.

— Vous devez être la nouvelle intendante, dit-il. Je suis Joe, l'un des beaux-frères de Luke.

Le mari de Cait, celui qui vendait des équipements agricoles.

— Le tout jeune papa ! s'exclama-t-elle. Toutes mes félicitations. Je suis Emily Northcott.

— Il faut que vous sachiez que ma femme est ravie que vous soyez enfin là. Elle s'inquiète tellement pour son grand frère. Dites donc, cela sent rudement bon ici.

— Avec mon fils, nous avons préparé des cookies. Venez en goûter quelques-uns avec une tasse de café.

— Avec plaisir, répondit Joe en posant son paquet par terre. Comme Cait est à l'hôpital, je dois préparer moi-même mes repas. C'est peu de dire que je ne suis pas doué.

Estimant qu'elle devait jouer le rôle de maîtresse de maison, elle l'invita à entrer dans la cuisine.

— Voici Sam, mon grand garçon. Sam, je te présente Joe, le beau-frère de M. Evans.

— Vous n'avez pas l'air d'un cow-boy comme Luke, dit Sam.

— Tu as raison, je travaille dans un magasin de tracteurs, dit Joe avec un air amusé. Mais ne te fie pas à mon apparence, j'en connais un bout sur le travail de ferme. Pas autant que Luke, bien sûr, mais je viens donner un coup de main de temps en temps.

Emily tendit une tasse de café à Joe, qui s'assit en face de Sam.

— J'imagine que votre femme va bientôt sortir de l'hôpital, dit-elle en lui proposant un gâteau.

— Peut-être même cet après-midi.

— Vous devez être ravi.

— Cela faisait longtemps que nous voulions cet enfant. Je sens que cela va être formidable. Cait est tellement heureuse. Elle peut enfin penser à quelqu'un d'autre qu'à son frère. Et, du coup, je m'inquiéterai moins pour elle. Comme tout cela coïncide avec votre arrivée, tout est pour le mieux dans le meilleur des mondes.

Franc et jovial, Joe était manifestement très amoureux de sa femme. Dès qu'il parlait d'elle, ses yeux s'illuminaient. Elle ne put s'empêcher de faire la comparaison avec Rob. L'avait-il jamais regardée comme cela ? Elle l'avait longtemps cru mais, aujourd'hui, elle n'était plus sûre de rien.

— Emily, est-ce que monsieur vous importune ?

Cette fois, c'était la voix de Luke. Il était sur le seuil de la cuisine, un grand sourire aux lèvres.

— Comment se porte le nouveau papa ? poursuivit-il.

— Il est surtout impatient de ramener sa famille à la maison.

— La mère et l'enfant, tout le monde va bien ? demanda Luke en pénétrant dans la pièce.

Son entrée eut l'effet d'une décharge électrique pour Emily. Elle dut combattre une violente envie de se jeter dans ses bras.

— Ils devraient être libérés dans la journée, enfin je l'espère. J'ai apporté la pièce que tu m'avais demandée. Prends un cookie, Luke, ils sont rudement bons. J'ai l'impression que tu as tiré le bon numéro avec Mlle Northcott.

— Tu es gentil, Joe, j'aurais pu aller chercher mon matériel moi-même. Tu as d'autres choses à faire en ce moment que de venir me voir. A moins que ce ne soit Cait qui t'ait envoyé pour voir si tout se passait bien sur le ranch.

— On ne peut rien te cacher, Luke. Que veux-tu, elle se fait un sang d'encre pour toi. En tout cas, je lui dirai que tu es entre de bonnes mains.

Luke prit un gâteau et croisa le regard d'Emily. Ce simple contact visuel provoqua aussitôt une sorte de réaction alchimique entre eux. Elle en eut le souffle coupé. Elle savait maintenant que le désir était réciproque.

Il mordit dans le biscuit, laissant quelques miettes s'échapper. Fascinée, elle admira le mouvement de ses lèvres. Il semblait apprécier la douceur. Quand il sortit la langue pour lécher les petits morceaux restés accrochés à sa lèvre inférieure, elle crut qu'elle allait s'évanouir de plaisir.

Tout à coup, devenue rouge comme une pivoine, elle se rendit compte que Joe les observait avec un air à la fois perplexe et amusé. Ne sachant que faire pour sauver les apparences, elle s'empara d'un torchon et commença à faire couler de l'eau dans l'évier.

— Je suis désolée, la cuisine est dans un état lamentable, dit-elle d'une voix mal assurée.

— Je vais vous laisser. Ravi d'avoir fait votre connaissance, Emily.

— Pareillement. Et encore toutes mes félicitations.

Elle savait que c'était impoli, mais elle n'osait pas regarder Joe. Elle avait l'impression de s'être tellement mise à nue qu'elle avait peur de rougir de nouveau devant lui.

— Merci de m'avoir dépanné, dit Luke.

— Avant que je n'oublie, j'ai également de la rhubarbe pour toi. De la part de Liz. Elle a précisé que tu pouvais la congeler si tu ne l'utilisais pas tout de suite. Mais je crois que l'on peut faire confiance à Emily.

— Je chercherai des recettes, répondit-elle sans lever le nez de sa vaisselle.

Elle entendit les deux hommes quitter la cuisine et put enfin se détendre. Malgré le vif embarras qu'elle venait d'éprouver en présence de Joe, elle se sentit étrangement à l'aise au milieu de ce qui paraissait être une famille unie. Même l'idée, évoquée par Luke, que Joe était spécialement venu pour faire un compte rendu à sa femme sur la nouvelle employée ne la dérangeait nullement. Quoi de plus normal qu'une sœur veuille le bien de son frère ? Quand Luke avait besoin d'une pièce de mécanique, son beau-frère la lui apportait. Quant à l'autre sœur, elle lui faisait parvenir de la rhubarbe. Des petits signes montrant une grande solidarité entre membres d'une même fratrie. C'était exactement l'image qu'elle s'était toujours faite de la grande famille qu'elle n'avait jamais eue.

Sam descendit de sa chaise et demanda la permission d'aller jouer dehors. Elle le laissa d'autant plus volontiers sortir qu'elle ne voulait pas qu'il remarque les larmes qui perlaient au coin de ses yeux. Malgré ses doutes, elle savait qu'elle était une bonne mère. Sam était sa joie de tous les instants et elle serait toujours là pour lui. Mais qui allait s'occuper d'elle ?

Ravalant ses sanglots, elle frotta frénétiquement le saladier qui avait contenu la pâte. Que n'aurait-elle donné pour avoir un frère ou une sœur ? Quelqu'un auprès de qui chercher refuge quand tout va mal dans l'existence. Une oreille, une écoute. Comme Luke lors de leur promenade au clair de lune. Mais ce qu'elle ressentait pour lui n'avait rien de fraternel, bien au contraire. Et c'était diablement effrayant !

— Il faudrait peut-être mettre la rhubarbe au frais.

Pour une fois, toute à son apitoiement sur elle-même, elle ne l'avait pas entendu venir.

— Merci Luke, je vais faire une tarte dont vous me direz des nouvelles.

— Tout va bien ? On dirait que vous avez pleuré ?

— Ce n'est rien. Quelques pensées noires qui m'ont furtivement assaillie.

— Pourquoi ? demanda-t-il, se rapprochant dangereusement.

— Je ne sais pas… Ou plutôt si, c'est le fait de constater

que vous êtes une famille unie. C'est réconfortant… et quelque chose que je n'ai jamais connu.

— Vous avez dû traverser seule les moments difficiles de votre vie, c'est cela ?

— Effectivement. Bien sûr, j'ai des amis, mais ils se sont vite lassés du récit de mes malheurs. Et puis bon nombre d'entre eux sont en couple. En tant que célibataire, je ne rentrais plus exactement dans le cadre. D'autant qu'ils appréciaient également Rob et que je ne voulais pas les sommer de choisir leur camp. Alors… je… je…

— Vous vous êtes renfermée dans votre coquille.

Elle le regarda droit dans les yeux, une nouvelle fois bluffée par sa perspicacité psychologique.

— On peut le dire. Je suis devenue grave et renfermée. Parfois je regrette la femme spontanée, plus légère, que j'étais… avant.

— On n'a pas d'autre choix que d'adapter sa personnalité aux aléas de la vie. Mais je vous assure, vous vous en sortez très bien.

— Je ne sais pas. Tant que je n'aurai pas réussi à nous tirer définitivement d'affaire, Sam et moi, je resterai hantée par un sentiment d'échec.

Il posa délicatement une main sur son visage et, avec une infinie douceur, essuya du pouce les nouvelles larmes qui coulaient de ses yeux.

— On ne peut parler d'échec que quand on ne fait plus rien pour essayer de s'en sortir. Et je sais que vous êtes très loin d'abandonner la partie.

Une fois de plus, il avait trouvé les paroles justes, celles auxquelles elle pouvait s'accrocher comme à une bouée de secours. Mais ce n'était pas cela qui lui donnait l'impression de flottement qui venait de la saisir. C'étaient les mains de Luke, qui s'étaient fermement posées sur ses épaules et qui l'attiraient imperceptiblement vers lui. Pendant quelques secondes, ses lèvres frémirent à moins d'un millimètre des siennes. Emily sentait battre son cœur à toute allure, désirant encore plus que la veille ce baiser de tous les dangers.

Tout à coup, il recula, se passant une main sur le visage.

— Qu'est-ce que je suis en train de faire ? demanda-t-il, plus à lui-même qu'à elle.

Il était écarlate. Une expression de peur panique avait pris possession de ses traits.

— Je suis désolé, Emily. Je suis impardonnable de n'avoir pas réussi à contrôler mes pulsions, ça n'arrivera plus.

Cela ne l'aurait nullement gênée d'être embrassée. Bien au contraire. Puis elle pensa à son fils. Quel choc cela aurait été pour lui s'il les avait vus dans une attitude aussi… équivoque.

— Il ne faudrait pas perturber Sam, dit-elle d'une voix mal assurée. Et puis je ne suis pas, comme vous pouvez vous en douter, prête pour une nouvelle relation.

— Bien sûr, c'est normal. Encore une fois, Emily, je ne sais pas ce qui m'a pris. D'habitude, je suis tout le contraire d'un séducteur et je ne veux certainement pas vous causer le moindre tort. Considérez ce qui vient de se passer comme une aberration.

— Je suis tout aussi coupable que vous, répondit-elle, sans oser le regarder.

Puis elle leva les yeux vers lui… et son désir redoubla. Elle aurait dû s'éloigner de lui, vaquer à des tâches ménagères, mais elle était incapable de bouger. Lui non plus n'esquissait pas le moindre geste pour rompre l'enchantement qui, malgré leurs dénégations, les poussait l'un vers l'autre.

— Au diable la raison, dit-il, avant de passer le bras autour de son cou et de poser un long baiser sur ses lèvres.

Elle sentit le sol se dérober sous ses pieds et fut étourdie par la chaleur mâle de ce corps musclé qui la pressait de plus en plus fortement contre lui. Les lèvres de Luke avaient encore le goût des cookies qu'il avait mangés avec tant de sensualité. Elle voulait se fondre entre ses bras, qu'elle commençait à caresser avec délice.

Le téléphone portable de Luke brisa net la magie du moment. Elle fit quelques pas en arrière, s'efforçant tant bien que mal de recouvrer son équilibre en s'appuyant d'une main tremblante sur le plan de travail. Luke, l'air absent, répondit au téléphone.

Machinalement, elle se mit à essuyer des assiettes. Qu'avaient-ils fait ? Ils avaient échangé un baiser torride juste après avoir fait le constat qu'il ne fallait pas franchir la ligne jaune. Comment avait-elle pu perdre autant le contrôle d'elle-même en l'espace de quelques secondes ? Cela ne pouvait dire qu'une seule chose, qu'elle était fragile et vulnérable. Pas exactement les caractéristiques rêvées pour remettre sa vie — et surtout celle de son fils — sur les rails.

— Je dois y aller, dit Luke, qui venait de raccrocher.

— Je comprends, le travail vous attend.

— Emily… je…

— Ne dites rien, allez-y.

— Promettez-moi que nous parlerons plus tard.

— Peut-être ce soir.

Après une telle étreinte, des paroles étaient-elles encore nécessaires ?

6

Luke entama un dernier tour de champ, laissant derrière lui l'odeur vivifiante d'une herbe fraîchement coupée. Le soleil brillait de mille feux, mais dans quelques jours, selon les prévisions météorologiques, il laisserait la place à des pluies, voire à des orages. Pourvu qu'ils puissent terminer les foins d'ici là.

Il regarda sa montre. Presque l'heure du déjeuner. Les frères Orrick, qui s'étaient occupés de la partie orientale de la propriété, allaient sûrement se contenter d'un sandwich dans leur camionnette. Il aurait également pu apporter son déjeuner, mais il était attiré comme un aimant vers la maison où vaquaient Emily et Sam.

Il orienta le tracteur vers le sud, vers la maison, et se fit la leçon. Il ne devait pas s'habituer à être près d'Emily. Surtout après le baiser de la veille ! Qu'est-ce qui lui était passé par la tête ? Tout simplement que sa toute nouvelle employée de maison était la plus belle femme qui lui ait jamais été donné de voir. Certes, mais ce n'était pas une raison pour se jeter sur elle !

Il avait été tellement ému par ses yeux tristes, elle lui avait paru tout à coup si vulnérable. Pauvre femme abandonnée par un rustre qui n'avait apparemment jamais eu conscience du joyau qu'il avait eu entre les mains.

Mais il ne fallait pas se leurrer. Ce n'était pas de la pitié qui ramenait toujours ses pas vers elle, c'était du désir brut.

D'autant plus que, contrairement à bon nombre d'autres femmes d'aujourd'hui, la vie à la campagne ne semblait pas la rebuter. Elle paraissait sincèrement apprécier d'être au grand air et de jouir d'un immense espace. Et il aimait également sa manière d'être avec Sam. Les petits gestes permanents d'affection maternelle qu'elle lui prodiguait. Qui lui rappelaient tellement sa mère. Cette dernière avait été à la fois ferme et aimante… comme Emily.

La maison était en vue. Il aperçut Emily et Sam, qui s'activaient dans le jardin potager. Pendant un bref instant, il lui parut tellement naturel qu'ils soient là, comme s'ils avaient toujours fait partie de sa vie. Mais non ! Ce n'était pas possible. Elle se remettait à peine de son divorce. D'ailleurs il aimait bien Sam, mais il ne voulait pas d'enfants. Parce qu'il redoutait de leur faire traverser les mêmes épreuves qu'il avait subies. Chaque fois qu'il allait rendre visite à son père, il se disait qu'il n'avait pas le droit d'imposer une telle responsabilité à une éventuelle progéniture. Non, décidément, la ferme suffisait à son contentement. Il laissait le mariage et les enfants à ses sœurs.

Il gara le tracteur à côté de la grange. A sa grande joie, il fut accueilli par Sam, qui courait vers lui. C'était vraiment un petit garçon très attachant. A la fois spontané, gentil et bien élevé.

— Luke, nous avons enlevé toutes les mauvaises herbes ! Je dois te dire que j'ai également arraché un plant de haricots, je suis désolé.

— Ce n'est pas grave, répondit Luke en souriant, constatant au passage que le petit garçon avait perdu sa première dent.

— La petite souris est passée ? demanda-t-il.

— Oui, elle m'a donné un dollar.

Comme tout était simple. Pourquoi s'était-il tellement inquiété, assis sur son engin ? Il n'y avait rien à craindre. Certes, il y avait eu un baiser, mais il n'était pas en train de tomber amoureux. En même temps, le seul fait de la voir, de loin, lui avait immédiatement donné envie de la reprendre dans ses bras.

Et maintenant qu'elle était à quelques pas de lui, nonchalamment penchée au-dessus de la section des petits pois, son désir redoubla d'ardeur. Comment rester insensible aux magnifiques courbes qui s'offraient à son regard ?

Sentant qu'il s'approchait, Emily se redressa, se tourna vers lui et lui adressa un magnifique sourire. Elle était vêtue d'un court short en jean qui dévoilait d'interminables jambes et d'un T-shirt de la même couleur que les lilas. S'il n'y avait pas eu Sam, il se serait instantanément jeté sur elle et l'aurait embrassée à perdre haleine au milieu des légumes.

Il était tellement troublé qu'il n'osait pas lui parler. Pour se donner une contenance, il entama une discussion avec le fils de celle qui ne cessait de troubler sa raison.

— J'espère que tu as aidé ta maman, Sam ?

— Bien sûr. Et je sais reconnaître toutes les différentes plantes.

— C'est bien. Tu me rappelles moi à ton âge. J'adorais travailler dehors avec mes parents.

— Luke, tu sais quoi ? J'aimerais beaucoup monter sur un de tes tracteurs. Mais maman a dit que tu étais trop occupé.

Il réfléchit un bref instant. Sam avait presque cinq ans. A son âge, il avait déjà conduit tous les tracteurs de la ferme avec son père. Ces heureux souvenirs étaient encore très vivaces dans sa mémoire. Pourquoi ne pas offrir les mêmes à Sam ?

— Je vais ramasser les foins cet après-midi. Tu peux venir avec moi si tu veux.

Le visage du petit garçon s'illumina.

— Maman ? Oui ?

— Ne vous sentez pas obligé, Luke. Je sais que vous avez beaucoup de travail. Sam peut attendre.

L'enfant était manifestement déçu. Il donnait des grands coups de pied rageurs dans la terre. Pourquoi lui refuser un petit plaisir alors qu'il avait tant souffert ces derniers temps ? En même temps, Luke ne voulait pas décider à la place d'Emily. Le tout était de la convaincre de dire oui.

— Vous savez, il ne me dérangera pas. J'avais de toute façon prévu de passer mon après-midi sur le tracteur. Moi je ramasse ce que nous avons coupé et les garçons de ferme en font des petits tas. Sam pourrait même nous aider.

— S'il te plaît, maman.

— Il sera en toute sécurité avec moi, Emily, je vous assure. Accordez-lui cette petite sortie dans les champs. Vous aurez ainsi un moment pour vous.

Emily réfléchit un instant aux paroles de Luke. Il semblait presque insinuer qu'elle le couvait trop. Elle avait pourtant bien le droit de le couvrir d'amour et de tendresse après la séparation d'avec Rob. Elle voulait surtout éviter qu'il ne subisse une nouvelle déception.

— Je vais y réfléchir pendant le déjeuner, dit-elle. Il est prêt d'ailleurs. J'ai préparé une salade de poulet et une tarte à la rhubarbe.

— Vous me gâtez, dit Luke. A ce régime, je vais finir en surpoids.

Joignant le geste à la parole, il gonfla son estomac et marcha comme s'il était obèse. Sam éclata de rire. C'était incroyable comme, en quelques jours, son fils avait développé un attachement pour lui. A bien y penser, il avait remplacé une figure de père par une autre. Elle était mal placée pour reprocher au petit garçon d'apprécier Luke.

— Sam, va te laver les mains avant le déjeuner.

Elle profita de son départ pour mettre les points sur les *i*.

— Vous m'avez prise de court avec votre tracteur. Vous auriez pu me demander mon avis avant d'accéder à sa demande.

— Je ne pensais pas que cela vous poserait problème. Vous avez peur qu'il tombe de l'engin ?

— Ce n'est pas le tour sur votre machine qui me chiffonne. C'est le fait qu'il commence à vous admirer et que cela me fait peur. Il a trouvé en vous le père qui lui manque tant.

Il ne put s'empêcher de sourire.

— Je n'en suis pas si sûr. Vous vous souvenez de l'autre soir ? Quand il est venu me dire que son père ne l'aimait pas, que je ne l'aimais pas ? Cela m'a fait prendre conscience que je n'avais pas été suffisamment gentil avec lui. Emily, je lui propose un simple tour de tracteur, pas de devenir je ne sais quelle figure paternelle.

— Je comprends, mais sa confiance a été tellement ébranlée par Rob.

— La sienne seulement ? Il faut réapprendre à faire confiance, Emily.

— Je sais, mais elle se mérite.

— Ce n'est pas qu'une question de temps.

— De quoi d'autre, alors ?

Parfois, elle était agacée par son côté « monsieur-je-sais-tout ». Comme s'il avait tout compris.

— L'instinct.

Elle n'était pas sûre de vouloir explorer cette voie car la première chose que lui avait dite son instinct à son arrivée sur les terres de la ferme Evans était que Luke était un homme à qui l'on pouvait se fier.

— Pour le moment, je ne parierais pas toutes mes économies sur mon instinct, répondit-elle.

— Je vois… Il est vrai que j'ai fait quelque chose hier qui vous rend méfiante.

Elle était coincée. Elle ne voulait surtout pas évoquer ce baiser. Elle l'avait autant désiré que lui et il aurait été malhonnête de prétendre qu'il avait profité d'un moment de faiblesse. Il fallait simplement ne plus penser à cet écart.

— Disons que je suis prudente, très prudente. Je n'en dirai pas plus.

— Bon, alors, pour Sam, c'est oui ou c'est non ?

— Je réfléchis encore.

Elle avait déjà décidé de le laisser partir avec lui, mais elle ne voulait pas lui donner l'impression qu'il avait facilement gagné la partie.

Juste avant la fin du repas, leurs regards furent attirés par un nuage de poussière soulevé par une voiture. Luke poussa un long soupir.

— Qui est-ce ? demanda Emily.

— Ma sœur Liz.

— Celle de la rhubarbe.

— Tout à fait… je suis désolé, Emily, que vous soyez l'objet de toutes les curiosités de la famille. Mais, comme vous êtes jeune et belle, je suis sûr que mes deux sœurs se sont mis en tête de me marier avec vous. Ceux et celles qui vivent en couple sont toujours persuadés qu'il n'y a pas de salut hors d'une vie à deux.

Elle fut troublée. Non pas par les manigances, réelles ou supposées, de ses sœurs — il fallait s'y attendre. Mais par le double compliment « jeune et belle » qu'il avait fait en passant. Elle n'avait que vingt-huit ans, certes, mais elle avait parfois le sentiment d'en avoir le double. Et comment pouvait-il parler de beauté alors qu'elle était en T-shirt et en vieux pantalon à longueur de journée ?

— Nous marier ? N'y allez-vous pas un peu fort ?

— Vous ne connaissez pas mes sœurs… Bon, je vais l'accueillir.

Liz venait vers la maison, un bébé blond dans un bras, deux autres enfants marchant derrière elle. Emily était un peu nerveuse. Pas parce qu'elle allait être jaugée, soupesée, examinée. Elle avait surtout peur de ne pas passer le test.

— Quel bon vent t'amène, Liz ? demanda Luke.

— Des fraises, je t'ai apporté des tonnes de fraises.

Pendant que Luke et Liz s'embrassaient, les deux petites filles coururent vers les champs, ravies de dépenser l'énergie accumulée dans la voiture.

— Je suis en pleins foins. Tu crois que j'ai du temps pour des fraises ? Merci beaucoup, ma sœur chérie.

Emily, cachée derrière la porte-moustiquaire, les vit s'approcher du porche. Pourquoi ne pas se montrer ? Elle ne savait pas à quoi cela était dû, mais elle était comme tétanisée, n'osant pas bouger le moindre doigt.

— Joe nous a dit que tu avais enfin fait appel aux services de quelqu'un pour la maison. Il était temps. Joe raconte également que cette personne est fort jolie.

— C'est pour cela que tu as ressenti le besoin pressant de m'apporter des fraises… Au risque de te décevoir, ce n'est pas moi qui ai embauché Emily, mais Cait.

— Tu veux bien aller chercher les fruits dans le coffre de la voiture ? lui demanda Liz.

Emily était déjà toute rouge quand Liz ouvrit la porte et tomba nez à nez avec elle. Elle avait l'impression d'avoir été prise la main dans le sac. Sans comprendre pourquoi, elle éclata de rire.

— Joe avait raison, vous êtes ravissante. Je me présente, Liz, sœur de Luke.

— Emily Northcott. Entrez, je vous en prie, nous en étions au dessert. Une tarte à la rhubarbe.

Liz était très avenante. Mais, comme Luke l'avait prédit, elle ne se gênait guère pour l'examiner de la tête aux pieds. Si elle avait su qu'elle avait embrassé son frère !

— Vous ne souffrez pas trop en compagnie de Luke ? C'est un véritable ours, surtout en période de foins. On ne peut pas dire qu'il parle beaucoup.

Emily faillit la corriger. Pas plus tard que la veille, il s'était montré un interlocuteur hors pair. Et il avait également laissé entendre qu'il avait pris beaucoup de responsabilités sur ses épaules pour que ses sœurs mènent leur vie comme elles l'entendaient. Mais elle n'allait surtout pas aborder ce sujet avec Liz et courir le risque d'ouvrir la boîte de Pandore.

— D'après Luke, il va bientôt pleuvoir, dit Emily.

— Il a raison. Et il va donc sûrement travailler très tard ce soir. Que pensez-vous de la maison ?

— Elle est splendide.

— Je suis contente que vous l'appréciiez. Luke a eu du mérite de la garder et de la conserver dans un bon état. Elle n'a guère bougé depuis le temps de notre enfance.

Luke revint dans la cuisine, portant un cageot débordant de fraises.

— J'ai l'impression que les jumelles se sont fait un nouvel ami, dit-il.

Emily et Liz se précipitèrent vers la fenêtre. Sam et les filles de la sœur de Luke se pourchassaient à travers la cour de la ferme, apparemment engagés dans un jeu de chat débridé.

— Tant mieux pour Sam. Cela fait tellement longtemps qu'il n'a pas joué avec des amis…

— Je l'inviterai à la maison. Cela me fera du bien de ne pas avoir tout le temps mes deux grandes dans les jambes, dit Liz.

Etablir de nouveaux liens qu'il faudrait rompre ensuite ? Etait-ce une bonne idée pour Sam ? En même temps, cela lui ferait du bien.

— Bonne idée, répondit-elle.

— Appelez-moi simplement auparavant. Et, avec Luke, vous êtes invités à venir dîner quand vous voulez.

— Liz ! dit Luke d'un ton sévère.

— Quoi, qu'est-ce que j'ai dit ? Nous sommes ravies, Cait et moi, qu'il y ait enfin quelqu'un pour t'aider. A part toi, cette pauvre Emily ne connaît personne. Il faut bien qu'elle ait une vie sociale, sinon elle va repartir aussitôt.

Il observa sa sœur d'un air soupçonneux.

— Je m'en vais. Les autres vont se demander ce que je fais. Emily, vous direz à Sam que je l'emmènerai un autre jour. Je le laisse profiter des filles tant qu'elles sont là.

Elle acquiesça d'un signe de la tête et l'accompagna à la porte.

Ça ira avec ma sœur ? demanda-t-il d'une voix étouffée.

— Ne vous en faites pas, elle est charmante.

— Je vois bien qu'elle essaie de nous mettre en couple, ne vous laissez pas faire.

— Je sais me défendre. Et puis je suis contente que Sam ait un peu de compagnie de son âge. Vous allez travailler jusqu'à quelle heure ?

Avant de répondre, il la fixa longuement. Comme s'il voulait lire dans ses pensées… qui étaient inavouables. Elle s'imaginait déjà le retrouver dans la pénombre… Sam couché depuis longtemps… elle s'offrirait à lui. Non ! Il fallait à tout prix chasser cette image de son esprit !

— Tard. Ne m'attendez pas pour le dîner.

Pourvu qu'elle ne soit pas endormie à son retour.

7

Quand Emily revint dans la maison, elle y trouva les trois enfants réclamant un goûter à cor et à cri.

— Doucement, dit Liz, tout sourires.

Occupée à confectionner un en-cas, elle n'avait pas vu que le bébé avait commencé à grimper les marches de l'escalier. Sans hésiter une seconde, Emily prit l'enfant dans ses bras et le serra contre elle. Quel plaisir de retrouver la fraîche odeur d'un nourrisson. Cela faisait tellement longtemps. Elle s'était toujours dit qu'elle aurait un autre enfant après Sam, mais la vie en avait décidé différemment. Bien sûr, au vu des circonstances actuelles, elle était contente de n'avoir qu'une seule âme sous sa responsabilité. Mais se dire qu'elle n'aurait probablement pas d'autre enfant lui faisait toujours un pincement au cœur. Elle qui avait toujours rêvé d'avoir une grande famille.

— Allons retrouver ta maman, dit-elle tout doucement à l'oreille du bébé.

Dans la cuisine, Liz préparait une limonade, observée par trois paires d'yeux avides. Elle semblait tellement à l'aise dans ce lieu. Ce qui était parfaitement normal puisqu'il s'agissait de la maison de son enfance. Emily ne pouvait s'empêcher d'envier cette femme, certes un peu envahissante mais très chaleureuse, et qui semblait épanouie dans son statut de femme mariée.

— Allez, dehors tous les trois. Un seul gâteau par personne.

Elle les accompagna sur le perron puis revint vers Emily.

— Merci de vous être occupée d'Alyssa. Je parie qu'elle était encore dans l'escalier. C'est son obsession du moment.

Emily ne put s'empêcher de rire. Liz était une sorte de tornade, mais fort sympathique. Cela faisait longtemps qu'elle n'avait pas été en compagnie d'une autre mère. Rencontrer quelqu'un de nouveau était une distraction plus que bienvenue.

— Alors, dites-moi tout. Il n'est pas trop difficile de côtoyer mon frère au jour le jour ?

— Au début, j'ai été cueillie à froid par son côté distant. Mais nous apprenons à nous apprivoiser.

— Luke est tellement sérieux. En même temps, je suis mal placée pour le lui reprocher. Cait et moi lui avons causé tellement de soucis.

— Que voulez-vous dire ?

— Après la mort de maman et le placement de papa en centre de santé, il était directement responsable de nous. Cela l'a rendu grave. Avant, il était comme les autres jeunes hommes, à sortir avec ses amis jusqu'à point d'heure.

Un centre de santé ? Luke n'avait jamais parlé de son père. Il lui avait fait comprendre qu'il avait dû s'occuper très jeune de ses sœurs. Mais il n'avait jamais précisé dans quelles circonstances.

— Quel âge aviez-vous ? demanda-t-elle.

— Luke devait avoir vingt ans. Cait dix-sept et moi quinze. Ma sœur et moi étions encore au lycée, essentiellement préoccupées par des choses de notre âge... enfin vous savez ce que c'est.

Evidemment. Et c'était pour cela que l'image d'un Luke attendant que Cait et Liz rentrent le soir était d'autant plus poignante. Tel qu'elle le connaissait, il avait dû se faire un sang d'encre pour elles à d'innombrables reprises. Etait-ce pour cela que son regard, malgré la clarté de ses yeux, dégageait toujours quelque chose de sombre ?

— Comment Luke a-t-il vécu cette période ?

— Il ne vous en a pas parlé ?

— Pas vraiment. N'oubliez pas que cela ne fait que quelques jours que je suis là, Liz. Nous n'avons pas encore eu le temps de nous faire des confidences.

— Je préférerais qu'il vous raconte lui-même ce qu'il a vécu.

— Vous savez bien qu'il n'est pas très causant.

— Certes, mais il s'ouvrira peut-être davantage à vous qu'à nous. Il ne nous dit jamais rien.

D'une certaine manière, elle avait raison. Emily éprouva une certaine gêne à parler de lui alors qu'il n'était pas là.

— Joe nous a dit qu'il se passait quelque chose entre vous, poursuivit Liz d'un ton anodin.

Emily se raidit. La camaraderie qu'elle avait commencé à ressentir pour elle disparut d'un coup.

— Vous avez le mérite de la franchise, dit-elle.

— Luke est notre frère, nous l'aimons et nous voulons qu'il soit heureux.

— Ce ne sera pas avec moi. Je suis une mère célibataire ne disposant que de très peu de ressources.

— Et alors ? La question de l'argent n'a aucune importance. Ce n'est pas de cela que Luke a besoin.

— De quoi alors ?

— De compagnie.

— Il peut prendre un chien.

— Arrêtez de faire l'innocente. Vous savez très bien ce que je veux dire. Cela lui ferait du bien d'avoir quelqu'un qui l'aide à la ferme, qui le décharge d'une partie de ses responsabilités. Cela fait tellement longtemps qu'il porte tant de choses seul sur les épaules. Il ne s'est jamais plaint, bien sûr, mais il aurait besoin d'être un peu secoué. Pourquoi pas par vous ?

Luke n'avait pas menti en disant que ses sœurs voulaient absolument le caser. Partagée entre l'étonnement et la colère, Emily refusait de se laisser traiter comme une simple marchandise qui conviendrait au mâle encore valide de la famille Evans.

— Cela ne m'intéresse pas du tout. Je n'ai rien contre votre frère, bien au contraire. C'est un homme très gentil. Mais je ne cherche ni un petit ami ni un mari. En l'état actuel des choses, je ne veux compter que sur moi-même.

— Je n'ai jamais parlé de mariage.

— C'est ce que vous aviez en tête, avouez-le. Liz, je comprends parfaitement que vous vouliez le bien de votre frère. Mais vous devez également vous rendre compte que cette discussion est absurde. Je travaille pour lui, un point c'est tout.

— Très bien, si vous le dites. Excusez mon indiscrétion. J'espère que vous n'êtes pas fâchée. Je vous en prie, soyons amies.

Amies ? La requête était étonnante de la part de quelqu'un qui venait de la soumettre à un interrogatoire en règle. En même temps, comment refuser ? Elle avait pris ses distances avec toutes ses connaissances d'avant le divorce.

Liz prit la bouilloire et mit de l'eau à chauffer.

— Prenons le thé. Les enfants jouent dehors et Luke ne rentrera pas avant des heures.

— D'accord, avec plaisir. De toute façon, il m'avait prévenue que vous alliez me passer au crible.

— Evidemment, il se méfie toujours de nous.

— Je suis ravie à la perspective de passer l'après-midi avec vous mais, de grâce, cessez de vouloir nous fiancer. Luke n'est pas plus intéressé par moi que je ne le suis…

Elle ne finit pas sa phrase. Parce qu'elle savait en son for intérieur qu'elle pensait à lui bien plus que de raison.

— Je ne dirai plus rien à ce sujet. De toute façon, Luke a toujours dit qu'il ne voulait pas se marier. Le sujet est clos.

Pendant les heures qui suivirent, profitant de la sieste du bébé, les deux femmes nettoyèrent les fraises et parlèrent de choses et d'autres dans une joyeuse ambiance. Emily ne cessa pourtant pas une seule seconde de penser à Luke. Son cœur avait-il été à ce point brisé qu'il se refusait à rencontrer l'âme sœur ? C'était une question qu'elle ne pourrait évidemment jamais lui poser. Elle ne put s'empêcher de soupçonner Liz d'avoir attisé sa curiosité par les quelques bribes d'information qu'elle avait distillées à ce sujet.

La cour de ferme était plongée dans l'obscurité, à l'exception du rai de lumière qu'elle apercevait sous la porte du hangar à machines. Il était 22 heures passées et Luke n'était toujours pas rentré. Il n'avait pas dîné. Sam dormait depuis longtemps. Après l'avoir couché, elle avait repassé en boucle dans son esprit l'après-midi avec Liz. Ce qu'elle avait appris sur Luke. Ce qu'elle-même avait dit… et passé sous silence.

Elle prépara un plateau-repas fumant et traversa l'espace qui séparait la maison du garage en faisant crisser les graviers. Luke ne pouvait rester l'estomac vide plus longtemps. Tenant sa charge d'une main, elle ouvrit la porte de l'autre. Tout ce qu'elle aperçut de lui, ce furent ses jambes. Le reste de son corps était sous sa voiture. D'un coup d'œil, elle comprit qu'il était en train de faire la vidange de son véhicule.

— Luke ?

Il glissa aussitôt de sous le châssis. Malgré la graisse qui recouvrait ses vêtements, elle était heureuse de revoir les muscles puissants de cet homme de la terre. Elle eut soudainement très chaud, comme si l'émotion qu'elle ressentait à sa vue avait un effet physique sur elle.

— Que faites-vous sous ma voiture ?

— Je change l'huile. C'était plus que nécessaire.

— Vous auriez pu me demander la permission.

— Ce n'est rien, Emily.

— C'est vous qui dites cela. Il faut quand même payer le filtre et l'huile.

C'était la fierté de la femme qui voulait à tout prix être indépendante qui parlait.

— Si vous y tenez vraiment, je déduirai tout cela de votre première paie.

Ah non ! Elle avait trop besoin de cet argent pour en perdre une partie pour des dépenses tout à fait secondaires.

— Je n'avais pas vraiment envisagé de m'offrir une vidange avec mon salaire. Cela fait tellement longtemps que je n'en ai pas eu. Je n'aime pas être mise devant le fait accompli, voilà tout. Pourquoi ne rentrez-vous pas dîner, vous devez être épuisé ?

— Qu'y a-t-il sur ce plateau ?

— On dirait que vous m'évitez… j'ai compris. Vous avez peur que Liz ait caché un microphone dans mes cheveux. Des lasagnes, avec du pain frotté à l'ail.

— Cela sent tellement bon. La dernière fois que j'ai mangé des lasagnes remonte à… je ne sais plus. Asseyez-vous à côté de moi, où vous pouvez. Vous n'avez pas apporté de l'eau par hasard ?

— Mieux que ça ! Une bière bien fraîche.

— Vous êtes formidable. C'est exactement ce dont je rêvais. Ce n'était pas la peine de venir me nourrir, vous êtes trop bonne pour moi.

— Tout était tellement calme dans la maison.

— C'est vrai qu'elle est très silencieuse la nuit.

Il avait dit cela d'un ton léger. Mais elle n'osait imaginer ce que c'était de vivre pendant des années sans personne d'autre dans cette immense demeure. Elle, au moins, avait Sam. Lui était tout seul.

— Racontez-moi, comment s'est passée la journée avec Liz ?

— Très bien, nous avons devisé autour d'un thé et des fraises.

— Et parlé de moi, je présume.

— Vous êtes bien présomptueux, mon bon monsieur.

Il éclata d'un rire franc, un son qui emplit tout à coup tout le volume du hangar. Cela lui fit prendre conscience qu'il avait très longtemps qu'elle-même n'avait pas ri.

— Mais il faut avouer que vous connaissez bien votre sœur. Elle m'a bombardée de questions, tout en me disant toutes sortes de choses sur vous.

— Comme quoi ?

— On rigole moins maintenant, vous êtes un peu inquiet, n'est-ce pas ?

Elle avait dit cela d'un ton léger mais, de fait, toute trace de sourire avait disparu du visage de Luke.

— Ne vous en faites pas, Liz n'a pas dit grand-chose. Elle a simplement admis que cela avait dû être un enfer pour vous que de vous occuper de deux filles sortant à peine de l'adolescence. Rien de plus.

Il parut se détendre, faisant tourner sa bouteille de bière vide entre ses doigts.

— Liz m'a conseillé de vous demander directement le reste.

La bouteille s'arrêta de tourner.

— Parlez-moi de votre père, Luke.

— Il n'y a rien à dire, répondit-il d'un ton sec.

— Il est dans un centre de soins spécial ?

Il leva la tête vers elle et la regarda droit dans les yeux.

— Liz est décidément trop bavarde.

— Alors, expliquez-moi pourquoi vous êtes si différent de votre sœur. Je crois que cela a à voir avec le fait que vous avez dû renoncer à votre jeunesse pour reprendre la ferme.

Elle s'avança vers lui et posa une main sur son bras.

— Je vous en prie, Luke. Je vous ai raconté une bonne partie de mon passé douloureux. Faites de même, s'il vous plaît.

— Cela ne sert à rien.

— Vous vous sentirez peut-être moins seul si vous dites les choses. En tout cas, cela m'a fait du bien de vous parler.

Il garda le silence pendant quelques instants puis, la tête

penchée vers le sol, il entama son récit d'une voix monocorde, comme s'il voulait gommer toute émotion de son discours.

— Nous avions constaté, mes sœurs et moi, que papa commençait à se comporter de manière étrange. Au début, nous mettions cela sur le compte de l'émotion liée à la mort de maman. Mais, très rapidement, il est apparu que ce n'était pas qu'un dérèglement temporaire. Quand il a failli mettre le feu à la maison en voulant se faire cuire des œufs en pleine nuit, nous avons compris qu'il y avait un vrai problème.

— De quoi souffre votre père ?

— D'une forme d'Alzheimer. Depuis le jour où l'incendie a été évité de justesse, il est dans un centre spécialisé. La maladie, lentement mais sûrement, n'a cessé de progresser. Pendant longtemps, il retrouvait de temps à autre un moment de lucidité. Nous pouvions alors lui parler du fonctionnement de la ferme, de ses petites-filles, de maman. Mais ces moments d'échange se sont imperceptiblement faits de plus en plus rares. Et, récemment, sa santé a vraiment décliné. Je crois qu'il n'en a plus pour longtemps.

Elle repensa à la manière dont son visage s'était soudainement assombri lorsqu'elle avait attiré, le jour de son arrivée, son attention sur les photos familiales. Comme il devait être étrange pour lui de savoir qu'elle dormait dans la chambre de ses parents alors que son père était encore en vie. Pourquoi l'avait-il installée dans cette pièce ?

— Vous vous êtes donc retrouvé chef de famille du jour au lendemain ?

— Et chargé de la bonne marche d'une ferme.

— Vous vous êtes sacrifié.

— Je n'avais pas le choix. Je me sentais responsable de mes sœurs. J'ai tout fait pour qu'elles soient heureuses. Et mon grand plaisir est de voir qu'elles le sont. Elles ont mené leurs études à bien, trouvé un travail, épousé des hommes de qualité et fait de beaux enfants. Je suis tellement soulagé qu'elles n'aient pas souffert de la soudaine disparition de leurs parents.

— Quels sont les rêves auxquels vous avez dû renoncer, Luke ? Pour le bien-être de vos sœurs.

— Cela n'a plus aucune importance maintenant.

— Je ne le pense pas. En tout cas, exprimer des regrets ne peut pas faire de mal.

— Je voulais aller à l'université. Etudier la génétique pour parfaire mes connaissances dans l'élevage. Et il ne m'aurait pas déplu de quitter la maison pendant quelques années. Même après la mort de maman, je n'avais pas renoncé à l'idée de partir. Mais, avec la maladie de papa, je n'avais pas d'autre choix que de prendre la direction de la ferme. Vous savez ce que c'est quand on a une famille, vous le vivez tous les jours avec Sam. Le bonheur de ceux dont on a la responsabilité passe avant le nôtre. Mais ce n'est pas parce que j'ai renoncé à mes ambitions que vous devez renoncer aux vôtres, Emily. Sinon vous finirez aigrie et vieille avant l'âge comme moi.

Il se leva de sa chaise et se rapprocha d'elle, voulant prendre sa main dans la sienne. Puis il sembla se rappeler l'état de saleté dans lequel il se trouvait et se ravisa.

— Vous n'êtes ni vieux ni aigri, chuchota-t-elle. Je vous remercie de vous être ouvert à moi, Luke. Cela n'a pas dû être facile pour vous. Maintenant que l'on se connaît un peu mieux, pour marquer le coup, je propose que l'on se tutoie.

— Parler m'est toujours très difficile, mais vous… tu as raison, cela m'a soulagé. Liz et Cait n'ont pas les mêmes souvenirs que moi de cette période. Parce qu'elles étaient plus insouciantes et c'est tant mieux. Mais, à cause de cette différence, il m'est difficile d'évoquer le passé avec elles. Je ne veux surtout pas les accabler avec mes souffrances. Et je sais qu'elles me sont reconnaissantes, sinon elles ne seraient pas — même si c'est parfois un peu envahissant — si prévenantes à mon égard.

Elle lui sourit.

— Je vais devoir rentrer, il se fait tard.

— Il ne me reste plus qu'à installer le nouveau filtre. Va te coucher, je n'en ai plus que pour quelques minutes.

— Luke ?

— Oui ?

— Tu me montreras un jour comment on vidange une voiture ? J'aimerais pouvoir le faire moi-même.

— Lors des prochaines pluies, promis. Maintenant rentre, il est 23 heures passées. Le matin va arriver très vite.

— A vos ordres, patron. A demain. Merci pour cette conversation.

8

Luke jeta un coup d'œil au ciel. Des nuages noirs et menaçants continuaient de s'accumuler à l'ouest. Ils étaient encore loin, mais il savait qu'ils étaient synonymes d'orages violents. De toute façon, il faisait tellement lourd — il était trempé de sueur — qu'un déchaînement céleste semblait inévitable. Pour une fois, les prévisions météorologiques allaient être vérifiées.

Il tourna la roue du tracteur, faisant un dernier passage avec le râteau, tandis que les frères Orrick le suivaient avec la ramasseuse-presse. S'il y avait de la grêle avant qu'ils ne mettent la récolte à l'abri, ils auraient travaillé pour rien. C'était pour cela qu'ils ne s'arrêtaient pas une seconde.

Engagés dans une course contre la montre, les trois hommes ne prirent pas la peine de déjeuner, tendus vers un seul objectif : avoir un temps d'avance sur la tempête annoncée.

Luke pensa à Emily et Sam, restés à la maison. Il aurait dû prendre son portable. Il voulait entendre la voix de sa délicieuse employée. Pour le plaisir que cela ne manquait jamais de lui procurer, mais aussi pour s'assurer qu'elle n'était pas à l'extérieur. Pour voir si Sam allait bien.

Il secoua la tête. Pourquoi s'inquiétait-il autant pour cette petite famille ? Pourquoi la pensée d'Emily surgissait à tout moment dans son esprit, même quand il était, comme maintenant, en plein travail ?

Le tonnerre avait commencé à gronder lorsque le dernier

ballot sortit de la machine. James et John Orrick ôtèrent leurs casquettes pour s'essuyer le front. Le soleil brillait toujours, mais la tornade allait arriver. Le doute n'était plus permis.

Luke inspecta le champ. Le foin serait bien protégé par l'épaisse couche de plastique qui le recouvrait. Rien ne serait perdu aujourd'hui. Enfin, normalement. Il fallait que l'orage sur le point d'éclater ne soit pas trop fort. S'il y avait une chose qu'il avait apprise en neuf années de métier, c'était à accepter les caprices de la météo. Ne pas lutter contre ce qui était inéluctable.

Les images d'Emily et de Sam dansaient de nouveau devant ses yeux. C'était décidément plus fort que lui. Il ressentait le besoin urgent de les retrouver. Il se sentait responsable de leur sécurité et de leur bien-être. C'était idiot, mais il n'y pouvait rien.

— Nous ferions mieux de rentrer. Merci les gars. Fermez bien vos volets !

Au moment où les trois hommes se séparèrent, l'atmosphère changea du tout au tout. L'air, devenu tout à coup comme plus léger, semblait murmurer qu'un cataclysme était imminent. Le vent retenait son souffle avant de se déchaîner.

De retour dans la cour de la ferme, Luke constata qu'Emily avait rentré les pots de fleurs. Elle avait donc pris conscience qu'un orage se préparait. Ouf ! Alors que son estomac criait famine, il vit que les chevaux, manifestant des signes de nervosité, étaient toujours dehors. Il valait mieux les rentrer. Il remit son repas à plus tard et s'occupa des bêtes, leur donnant à boire, les caressant pour les rassurer.

Quand il pénétra enfin dans la maison, tout était calme. Sam était attablé dans la cuisine, occupé à colorier des images du dernier superhéros à la mode. Emily fit son apparition sur le seuil de la salle à manger. Son sourire masquait mal une certaine nervosité.

— Tu es de retour, tant mieux. Tu as réussi à terminer ?

— Oui, il était moins une. Je vois que tu as rentré les plantes.

— S'il n'avait tenu qu'à moi, j'aurais protégé tout le jardin potager. Pourvu qu'il ne grêle pas, sinon tout notre travail serait fichu. Comment sera cet orage, Luke ?

— Je n'en sais rien. Il faut attendre.

Le visage d'Emily se détendit enfin.

— Je ne savais pas quand tu allais revenir. Je t'avais préparé un sandwich. Il est au réfrigérateur.

Emily n'avait jamais été une épouse de fermier. Comment se faisait-il alors qu'elle sache toujours exactement ce qu'il voulait, au moment où il le voulait. Il se lava les mains puis, soudain rattrapé par la fatigue, s'affaissa dans un des fauteuils du salon. Cela faisait plusieurs jours qu'il travaillait douze heures d'affilée et plusieurs nuits qu'il dormait très mal.

Cela faisait également deux semaines qu'il n'avait pas rendu visite à son père, et il se sentait coupable. Il pensait tout le temps à Emily et cela aussi, à sa manière, était épuisant. Bref, il faisait tout de travers en ce moment. Il sentit une lassitude, aussi bien morale que physique, l'envahir.

Il but un grand verre d'eau froide puis s'attaqua au sandwich qu'Emily lui avait apporté. Il termina son repas par une part de tarte à la rhubarbe.

— Merci, Emily.

— De rien.

Il voulut se lever pour ranger le plateau, mais elle le devança. Troquant le fauteuil pour le sofa, il ferma les yeux.

— Si cela ne te dérange pas, je vais me reposer pendant quelques instants. Avant que le ciel ne se déchaîne.

— Ça va ?

— Oui, un simple coup de fatigue, c'est tout.

Il se lèverait dans quelques minutes, il avait simplement besoin d'une petite pause. Sa respiration ralentit pendant qu'il passait en revue toutes les menues choses qu'Emily avait faites pour redonner du cachet à la maison. Grâce à elle, il se sentait de nouveau vraiment chez lui.

C'était comme avant. Quand papa rentrait d'une dure journée de travail et que maman allait à sa rencontre avec un baiser et une tasse de café…

Emily entendit les ronflements discrets en provenance du salon. Elle avait bien vu que Luke était exténué. Les cernes autour de ses yeux et la manière dont il s'était littéralement effondré dans le fauteuil en disaient long à cet égard.

Elle observa Sam, toujours aussi concentré sur ses coloriages, et soupira. L'air devenait vraiment suffocant. Les arbres étaient tournés dans tous les sens, rudoyés par des vents violents annonçant l'imminence de l'orage.

Elle fit quelques pas dans la cuisine puis se risqua à jeter un coup d'œil dans le salon. Elle admira le visage de Luke. Il avait recouvré une grande sérénité dans le sommeil. Plus aucune trace de la mine renfrognée qu'il portait comme une seconde peau. Ses lèvres étaient légèrement entrouvertes. Pour la première fois, elle remarqua qu'il avait des cils inhabituellement longs pour un homme. Tout à coup, il tourna la tête, découvrant une petite cicatrice derrière son oreille gauche.

Comment allait-elle tenir deux mois si elle ressentait déjà un tel désir pour lui après seulement quelques jours ? La scène du baiser ne s'était pas répétée. Il n'y avait pas eu même un frôlement de mains. Mais elle pensait sans arrêt à leur brève étreinte. Au lit, quand elle écoutait le coassement des grenouilles ; dans la cuisine, quand elle battait des œufs ; dehors, quand elle pliait le linge. Tout le temps. Elle se repassait, au ralenti, ce baiser incroyable qui lui avait enfin donné l'impression d'être redevenue une femme. Grâce à ce moment magique, elle avait retrouvé des émotions, des sensations qu'elle croyait avoir enfouies à tout jamais. Elle commençait à faire confiance à Luke et à prendre conscience qu'il n'y avait pas que des hommes comme Rob sur terre.

Apparemment, son ex-mari avait estimé qu'elle n'était pas assez bien pour lui. Mais, pour la première fois depuis le divorce, elle ne se dévalorisait pas pour autant. Rob avait été égoïste, tout simplement. Lâche. Et incapable d'apprécier ce qu'il avait. Luke, si beau et fort, ne serait jamais comme cela. Il l'avait embrassée avec une fougue digne des plus beaux romans d'amour. Il disait merci pour la moindre chose qu'elle faisait. Il était attentionné et la regardait avec une intensité qui lui donnait l'impression d'être la reine du monde.

Elle se força à retourner dans la cuisine, secouant frénétiquement la tête. Il ne fallait pas qu'elle se laisse aller à la rêverie amoureuse. La priorité était de poser les fondations d'une existence stable pour Sam… et pour elle-même. Dans cette optique, elle ne devait compter que sur elle-même. Que dirait son fils s'il la voyait s'enticher de Luke ? Il ne comprendrait plus rien. Sans compter que, même s'il avait fait des efforts avec Sam, Luke préférait garder ses distances avec les enfants.

Perdue dans ses pensées, elle n'avait pas remarqué à quel point la pièce était devenue sombre. Ni que le bruit de tonnerre, encore distant il y avait quelques minutes, semblait frapper à la porte de la maison. Un éclair illumina un bref instant la pièce. Sam, qui avait posé ses crayons, la regarda avec un air effrayé.

— Ça va exploser, maman ?

— J'en ai bien peur, mon chéri.

Il essayait de faire bonne figure, mais elle savait qu'il détestait les orages. Pauvre enfant.

— Ne t'en fais pas, nous sommes parfaitement en sécurité ici, il ne peut rien nous arriver.

Il descendit de sa chaise au deuxième éclair, voulant se rapprocher de sa maman.

— Attends, Sam. Je dois monter au premier étage pour

m'assurer que toutes les fenêtres sont fermées. Je ne voudrais pas qu'il pleuve à l'intérieur.

— J'ai peur de monter, je vais rester ici, dépêche-toi, maman.

Elle courut de chambre en chambre. Aucune fenêtre n'était ouverte. Sauf dans l'antre de Luke. Elle se précipita pour la fermer, mais elle n'y parvint qu'à moitié. Le vent s'engouffra dans la pièce, soulevant les rideaux autour d'elle. Au moment où elle était sur le point de parvenir à ses fins, un incroyable éclair fendit le ciel en deux, éclairant une seconde la maison comme si on était en plein jour.

La vive luminosité fut aussitôt suivie d'un coup de tonnerre assourdissant. Le choc fut si violent que tout son corps en fut ébranlé. Elle entendit Sam hurler, réussit à refermer la fenêtre et sortit de la chambre de Luke pour dévaler l'escalier. Elle entra dans la cuisine — pas de Sam. Se passant une main dans les cheveux, elle fut tout à coup prise d'une peur panique.

— Sam ? cria-t-elle pendant qu'un autre éclair s'abattait sur la maison.

— Il est ici.

C'était la voix grave de Luke en provenance du salon. Elle trouva son petit garçon serré contre lui dans la vieille chaise à bascule de bois de noisetier. Les pieds de Luke touchaient terre, évidemment, tandis qu'un Sam terrifié s'agrippait à sa chemise. Ses pieds nus reposaient sur les cuisses de Luke. Ce dernier faisait doucement, régulièrement, bouger la chaise.

Elle ne put s'empêcher d'être émue devant ce tableau. Il confirmait ce qu'elle avait toujours pressenti : que Luke était un homme bon et généreux qui se cachait derrière un masque de dureté et d'indifférence. Plutôt que d'essayer de raisonner Sam, de dire qu'un garçon ne devait pas avoir peur, il le tenait tout simplement dans ses bras. Il n'y avait pas de meilleur réconfort pour un enfant de cinq ans.

La pluie était devenue torrentielle, faisant un bruit de

tous les diables sur les vitres. Le regard de Luke, empli de sérénité, croisa le sien.

— Sam, dit-elle doucement. Je suis là, tout va bien.

Sam secoua la tête et se colla encore davantage contre Luke.

— Ne t'en fais pas, Emily, il va se calmer.

Comment avait-elle pu imaginer l'espace d'une seule seconde qu'il n'aimait pas les enfants ? Il avait avec Sam des gestes et des paroles d'une infinie justesse. Et il était manifeste, au vu de ses réactions, que le petit garçon était en manque de présence masculine.

Nouveau coup de tonnerre terrifiant. Elle se laissa choir sur une chaise à côté d'eux, ébranlée par la violence de l'orage. Elle vit Luke murmurer des paroles apaisantes à l'oreille de Sam.

Tout à coup, ils furent plongés dans l'obscurité la plus totale. Le lecteur DVD ne donnait plus l'heure, le réfrigérateur ne vrombissait plus, les plombs avaient sauté. Quelques minutes plus tard, l'orage passa son chemin. Sam s'était endormi.

— Je peux le mettre au lit, si tu veux, dit-elle.

— Laisse-le, il est confortablement installé.

Il devait arrêter d'être aussi gentil. Sinon la séparation, et pour elle et pour Sam, allait être incroyablement douloureuse.

— C'est fou comme il se sent déjà en confiance avec toi.

— Et toi ?

— Je ne sais pas, oui sûrement. Ce qui m'inquiète surtout, c'est de savoir ce qui va se passer en août. Quand il devra te dire au revoir, quitter le ranch. S'il s'attache trop à toi et à ce lieu, ce sera une nouvelle torture de l'arracher d'ici.

— C'est un garçon intelligent. Il sait parfaitement que vous n'êtes ici que de manière temporaire.

— Je te rappelle qu'il n'a que cinq ans. Ce n'est pas forcément un âge où l'on arrive à tout intellectualiser.

— Cela ne sert à rien de se projeter dans deux mois, Emily, car même si vous partiez demain il serait triste. J'ai l'impression que tu parles de ton propre cas. Tu as peur de trop te plaire ici.

— C'est une maison tellement formidable.

— Tu redoutes les adieux.

— J'y arriverai, ne t'en fais pas, je suis une grande fille.

— Je ne le sais que trop bien.

Sam poussa une espèce de grognement. Tous deux durent s'efforcer de ne pas rire.

Elle ferma les yeux. Bien sûr qu'il s'agissait autant d'elle que de Sam. Elle sentait, même si elle refusait de l'admettre, que, de manière souterraine, des liens forts commençaient à se tisser avec Luke. Elle avait l'impression qu'ils avaient atteint une sorte d'entente, de compréhension mutuelle, de complicité instinctive qu'elle n'avait jamais connues auparavant.

Mais, malgré tous les dangers que cette situation représentait, elle n'avait pas d'autre choix que de rester ici. Alors, autant en profiter le plus possible. Quand le moment de dire au revoir viendrait, il serait temps d'aviser.

Elle rouvrit les yeux et vit que Luke s'était endormi à son tour, tenant toujours aussi fermement Sam dans ses bras.

9

Pendant la semaine qui suivit, Emily, Sam et Luke s'installèrent dans une joyeuse routine. Luke passait la journée dans les champs, emmenant parfois son fils, tandis qu'elle entretenait la maison, faisait des courses ou partait en balade avec Sam.

Le soir, Luke mettait un point d'honneur à arriver à l'heure pour le repas et ils dînaient ensemble. Une fois Sam endormi, ils conversaient, se racontaient leur journée puis allaient se coucher.

Chaque nuit, elle se mettait au lit en pensant qu'elle n'était séparée de lui que par une mince cloison. Elle se sentait rassurée de le savoir si près d'elle dans cette grande maison. Mais cette proximité alimentait également son désir. Il était toujours là, sous-jacent. Il lui suffisait de regarder Luke pour comprendre qu'il était tout aussi fort chez lui. Mais ils n'en parlaient pas et se tenaient même à distance respectable l'un de l'autre pour ne pas succomber à l'attirance physique.

Vint le 1er juillet, fête nationale du Canada. Emily eut enfin l'occasion de rencontrer Cait et la dernière de la famille Evans, Janna. La seconde sœur de Luke était plus réservée que Liz. Qui était également de la partie pour les festivités ainsi que son mari, Paul, et ses trois filles. Les jumelles entraînèrent Sam dans différents jeux.

Confortablement installée avec la plupart des habitants de la ville la plus proche sur des couvertures dans le jardin municipal, la petite troupe dégustait guimauves et hot dogs au ketchup et à la moutarde en attendant le feu d'artifice.

Le soir tombant, Sam et les deux filles revinrent s'asseoir auprès des adultes. Comment ne pas se sentir membre de cette grande famille ? Emily savait que ce n'était pas le cas, bien sûr, mais elle savourait ce moment d'harmonie. Etait-il possible qu'un jour… non, surtout pas, ne pas s'engager sur cette voie-là !

Assise les jambes croisées sur la couverture, elle regardait Sam dont les yeux, malgré ses efforts, commençaient à se fermer. Son heure de coucher était déjà largement dépassée, mais elle n'avait pas eu le cœur de lui refuser de regarder le feu d'artifice. Il avait posé sa tête sur sa jambe. Si les premières fusées n'étaient pas tirées bientôt, il allait s'endormir.

— Il est fatigué.

C'était la voix de Luke qui avait murmuré à son oreille.

— Mais il ne raterait ça pour rien au monde.

— Je comprends, moi non plus.

Elle tourna légèrement la tête et fut surprise de voir à quel point il était proche d'elle. Ses tempes faillirent cogner sa mâchoire. Alors que ses deux sœurs étaient juste à côté de lui, il avait préféré venir auprès d'elle et de Sam, prolongeant ainsi l'impression, ressentie tout au long de la semaine, qu'ils formaient un sacré trio.

— Luke, je…

Mais elle avait déjà oublié ce qu'elle avait voulu dire. Elle perdait tous ses moyens quand il était trop près d'elle. En réalité, elle voulait lui signifier qu'elle était heureuse, que Sam était heureux. A tel point que, parfois, elle estimait qu'elle ne devait pas être payée pour le travail qu'elle faisait. Car le bonheur n'avait pas de prix.

Il y eut une explosion. Les premières couleurs flamboyantes illuminèrent le ciel. Sam s'était aussitôt redressé, admirant le spectacle d'un air émerveillé. Elle entendit deux voix de petites filles appeler son fils. C'étaient les jumelles de Liz, qui invitaient Sam à venir les rejoindre sur leur couverture.

— Vas-y, si tu veux. Rejoins-les, je ne bouge pas.

Sam ne se fit pas prier, la laissant seule avec Luke.

Il faisait nuit à présent, et toute l'assistance avait les yeux rivés sur le ciel. Emily aussi, mais elle était surtout concentrée sur les mouvements de Luke, juste derrière elle. Il s'était installé de telle façon qu'elle puisse appuyer sa tête sur son épaule musclée.

Les explosions se succédèrent à un rythme de plus en plus rapide, mais elle entendait surtout son propre cœur, qui battait à toute vitesse en la présence de Luke. Tout à coup, elle sentit le bout de ses doigts sur sa joue. Docile, elle se laissa faire, tournant la tête vers lui. Il la regardait avec une incroyable intensité. Il allait l'embrasser et cela la rendit ivre de désir.

— Emily…

Elle ne l'entendit pas prononcer son prénom à cause du bruit du feu d'artifice, mais elle le lut sur ses lèvres. Plongeant son regard dans ses yeux encore clairs malgré l'obscurité, elle frotta sa tête contre le bras de Luke, lui signifiant qu'elle était prête pour un deuxième baiser. Si possible encore plus torride que le premier. Il n'en fallut pas plus pour l'inciter à passer à l'acte. Il prit son visage entre ses deux grandes mains et l'embrassa avec une formidable voracité.

Elle se sentit comme étourdie par l'ardeur des lèvres sensuelles de Luke, qui exploraient goulûment les siennes. A son tour, elle fut saisie par une envie de le manger, de se l'approprier. En un flash érotique, elle se demanda comment il était quand il cessait de se contrôler et se laissait complètement aller.

La fureur de son désir augmentait avec le crescendo du feu d'artifice. A en croire les clameurs du public, le final était proche. Mais elle n'avait aucune envie que ce baiser se termine.

Jusqu'à ce que, ayant ouvert un œil, elle voie Cait et Liz qui les observaient avec un air ébahi. Constatant au passage que les deux maris affichaient un sourire plutôt moqueur, Emily, terrifiée, s'assura que Sam n'avait rien vu de la scène. Assis entre les jumelles, il était absorbé par les dernières fusées du feu d'artifice. Ouf !

Elle se leva d'un bond, s'efforçant de lisser son chemisier tout chiffonné par l'étreinte. Luke resta étonnamment calme, se redressant lentement puis repliant la couverture. Ne voulant pas réfléchir à ce qui venait de se passer — et dans quel cadre cela s'était passé ! — Emily se donna une contenance en rassemblant toutes les affaires.

Cait et Joe, tous deux manifestement embarrassés, prirent rapidement congé de tout le monde. Liz faisait comme si de rien n'était et demanda si Sam voulait aller au centre aéré avec les filles. Luke portait son fils, à deux doigts de s'endormir, dans ses bras.

Sur le chemin du retour, elle fut incapable de dire quoi que ce soit. Alors ils roulèrent dans la nuit dans un silence pesant. Une fois qu'ils furent arrivés devant la maison, elle se précipita hors de la voiture et prit Sam dans ses bras.

— Je vais aller le mettre au lit, dit-elle, sans oser regarder Luke.

Ce dernier ne fit rien pour l'arrêter. Pourtant, comme la fois précédente, il semblait attendre une suite à ce baiser. Elle peina à monter l'escalier. Depuis quand Sam était-il devenu si lourd ? Lorsqu'elle le déposa dans son lit, elle était hors d'haleine.

Une fois sortie de la chambre, elle hésita, ne sachant que faire. Il y avait toujours de la lumière dans la cuisine. Luke l'attendait, elle le savait. Elle posa une main sur la rampe de l'escalier, fit mine de faire un premier pas puis s'arrêta net.

Si elle le rejoignait, ils allaient devoir parler. Et elle redoutait ces paroles, craignant d'en dire trop sur les sentiments déjà forts qu'elle nourrissait pour lui. Après la discussion, il y aurait d'autres baisers. Et alors, elle ne répondrait plus de rien. Elle avait rêvé tellement souvent qu'il l'emmenait dans sa chambre pour une nuit d'amour sans fin…

C'était trop pour elle. Il fallait savoir résister. Alors elle se rendit dans sa chambre, se mit en chemise de nuit, sentant la frustration poindre au creux de ses reins au moment où elle se glissait entre les draps.

Quelques minutes plus tard, elle l'entendit éteindre la lumière, probablement lassé d'attendre. D'un pas lent, il monta l'escalier. Lorsqu'il s'arrêta un long moment devant sa porte, elle retint son souffle, espérant secrètement qu'il se faufilerait discrètement à côté d'elle.

Mais il n'était pas du genre à s'imposer. Il rentra dans sa propre chambre et se coucha, faisant grincer son matelas si près du sien. Quelques instants plus tard, elle crut percevoir la respiration lente et régulière du sommeil.

Elle ne parvint pas à s'endormir avant l'aube.

Le soleil du matin était déjà haut quand Luke eut fini de passer en revue le troupeau. La robe noisette de Caribou — son cheval fétiche — luisait dans la clarté estivale. L'animal secoua la tête, piaffant d'impatience de repartir.

Il avait passé une partie de la matinée à vérifier la clôture du pâturage. Il était en selle depuis 7 heures du matin. De quoi lui donner largement le temps de réfléchir. Caribou ne tenait plus en place, et il décida d'abandonner les commandes à la bête, se laissant entraîner sur le chemin de boue filant entre deux champs.

Caribou avait besoin de se dépenser, d'une bonne course à plein galop, il avait de l'énergie à brûler. Tout comme lui, tendu comme un arc à cause d'Emily, son irrésistible employée avec sa chevelure couleur vison et ses grands yeux marron. Avec son sourire si doux et sa peau soyeuse. Ses mains s'agrippèrent aux rênes.

Comment avait-il pu ainsi se donner en spectacle la veille au soir ? En public et, surtout, sous le nez de sa famille ! Il avait lui-même ouvert la porte aux ragots et aux questions pressantes de ses sœurs. Elles ne cesseraient de l'interroger sur ce qu'il y avait entre lui et Emily. Elles lui demanderaient s'il avait enfin trouvé l'âme sœur. Il leur ressortirait la sempiternelle même réponse. Qu'il n'y aurait jamais de Mme Luke Evans. Qu'il refusait de prendre une épouse alors qu'il pouvait être affecté de la même maladie que son père.

Mais, dans ce cas, pourquoi avait-il quand même embrassé Emily devant tout le monde ? Il aurait pu ravaler ses pulsions et laisser cette pauvre femme tranquille. Cela faisait des heures qu'il cherchait des réponses à ses questions et il ne les avait toujours pas trouvées.

Si, il était un imbécile égoïste. Il avait non seulement mis Emily dans une situation embarrassante, mais en plus il se l'était aliénée. Elle ne lui avait pas parlé de toute la matinée. Elle l'avait même soigneusement évité au prétexte qu'il fallait préparer Sam pour le centre aéré. Puis elle avait vaqué à ses occupations sans lui accorder le moindre regard. Le message était on ne pouvait plus clair. Et il le faisait souffrir.

Il approcha d'une des barrières encadrant le chemin. A son grand étonnement, il vit Emily au loin, qui courait à toute vitesse vers lui, dans toute la splendeur des longues jambes bronzées que laissait apparaître un short beige. Son T-shirt rouge mettait parfaitement en valeur ses seins, qui bondissaient au rythme de sa course. Il ne pouvait voir ses yeux, qu'elle avait masqués derrière des lunettes de soleil, mais il ne fallait pas être un expert en gestuelle pour comprendre qu'elle ne venait pas annoncer une bonne nouvelle.

Il éperonna Caribou et arriva rapidement à la hauteur d'Emily. Cela devait vraiment être important pour qu'elle se donne la peine de venir jusqu'ici. Elle avait couru plusieurs kilomètres.

— Qu'est-ce qui se passe ? demanda-t-il.

Elle leva la tête vers lui et ôta ses lunettes.

Il eut un haut-le-cœur en lisant dans ses yeux qu'un événement grave s'était produit.

— Il est arrivé quelque chose à Sam ?

— Non, il ne s'agit pas de Sam. Il est au centre aéré avec les jumelles. C'est ton père, Luke.

Son père. Il sentit toutes les forces de son corps le quitter d'un coup.

— Il est mort ?

Le son de sa voix était étrangement monocorde. Il avait la très nette impression que les oiseaux s'étaient brutalement arrêtés de chanter.

— Non. Mais Liz a appelé et il faut que tu viennes.

Le soulagement qui l'envahit fut aussitôt remplacé par une sourde inquiétude. Cet appel de sa sœur ne présageait rien de bon. D'autant plus qu'il avait constaté que son père allait de moins en moins bien ces derniers temps, ce qui n'avait rien d'étonnant avec la maladie qu'il avait depuis dix ans déjà. Mais, entre les pronostics et la réalité, il y avait un monde de douleur qu'il n'avait soupçonné jusqu'à ce jour.

— D'accord.

— Luke ?

Il regarda vers elle, l'esprit complètement vide.

— Tu n'as pas l'air bien, Luke.

Il avait envie de vomir.

— Que puis-je faire ?

Tout à coup, il se reprit. Ce n'était pas le moment de se laisser aller. Il fallait filer au chevet de son père ! Au plus vite ! Comment faire avec Emily, qui avait marché tous ces kilomètres en plein soleil pour venir le prévenir ?

— Monte. Nous allons rentrer au galop vers la maison.

— Je… je ne peux pas.

— Mais si. Tu mettras tes pieds dans les étriers et tu t'accrocheras à ma taille. Donne-moi ta main pour que je puisse te hisser.

Mais elle ne bougea pas le petit doigt. La rebutait-il tellement qu'elle ne voulait même plus le toucher ? Il sentit une colère mâtinée de tristesse monter en elle.

— Je t'ordonne de grimper sur ce cheval. Nous devons regagner la ferme au plus vite. C'est une question de vie ou de mort.

Elle agrippa son avant-bras et, s'appuyant sur l'étrier, réussit à s'installer sur la selle. Il avait avancé vers l'encolure du cheval pour lui faire un peu de place. Ils n'en étaient pas moins collés l'un à l'autre. Il commanda à Caribou de se mettre doucement en route.

— Où est Sam ?

— Au centre aéré, je viens de te le dire.

— Ah oui, c'est vrai, excuse-moi, je suis un peu perturbé. Accroche-toi, nous allons accélérer.

10

Ils regagnèrent rapidement la ferme. Emily descendit du cheval en silence. Luke sauta ensuite d'un bond. Puis, avec des gestes à la fois rapides et précis, il dessella Caribou et le mena à l'écurie.

Mais, même s'il semblait maître de ses mouvements, il l'inquiétait vivement. Emily décida tout à coup qu'il ne pouvait se rendre seul en ville dans cet état. Au moment où il se dirigeait vers sa voiture, elle lui barra le passage.

— C'est moi qui conduis, dit-elle.

— Tu n'es pas obligée, Emily.

— J'insiste. Accorde-moi deux secondes pour aller chercher mon sac et nous sommes partis.

Etonnamment, il ne protesta pas davantage.

Liz et Cait attendaient devant le centre de soins, assises sur un banc entouré de pétunias et de géraniums. Janna était endormie sur sa mère et la plus jeune fille de Liz jouait avec des doudous dans sa poussette. Quand elles virent Luke arriver, Liz se leva d'un bond, se jetant à son cou. Cait mit plus de temps à venir le rejoindre, mais dès qu'elle fut près de lui il ouvrit un bras et elle s'engouffra dans l'espace ainsi libéré.

Emily retint difficilement ses larmes à la vue de cette fratrie unie dans la douleur. En l'absence de parents, Luke avait toujours fait office de figure de père pour ses deux sœurs, même s'il n'avait que quelques années de plus qu'elles. Restée en retrait, elle l'entendit poser la difficile question à ses sœurs.

— Que s'est-il passé ?

Liz, secouée de sanglots, fut incapable de répondre. Cait s'en chargea.

— Il est tombé hier soir. Il n'a rien de cassé, mais le médecin a dit…

Cait dut s'interrompre un instant, à son tour traversée par de vives émotions. Il attendit en serrant ses deux sœurs contre lui.

— Il a dit qu'il fallait envisager de placer papa dans une unité de soins palliatifs.

Il reçut cette information comme un coup de poing en plein visage. Mais il devait être fort pour trois.

— Nous savions tous les trois que ceci viendrait un jour, dit-il.

— Cela ne rend pas les choses plus faciles pour autant, répondit Liz.

— Tu as raison. Je vais parler au médecin.

Emily se sentait de trop. Luke n'avait pas besoin d'elle puisque ses sœurs étaient là. Il s'agissait d'un drame familial et elle ne faisait pas partie de la famille. Mais elle voulait quand même aider. Les deux sœurs et le frère devaient rester auprès de leur père. Elle s'avança vers eux.

— Je suis tellement désolée pour votre père. Que puis-je faire pour soulager vos peines ?

— Merci d'être là, Emily, répondit Luke. Tu en as déjà fait beaucoup.

Puis, après un moment d'hésitation, il déposa un baiser sur sa joue.

Malgré la gravité des circonstances, elle fut galvanisée par le contact de ses lèvres. Elle eut tout à coup une idée et se tourna vers Liz.

— Si j'allais chercher les jumelles ? Comme cela, vous pourriez rester aussi longtemps que nécessaire.

Liz esquissa un sourire pendant qu'Emily sentit la main de Luke lui caresser délicatement le dos. Il voulait probablement lui signifier qu'elle agissait exactement comme il le fallait.

— Ce serait formidable, Emily.

— Vous avez besoin d'être auprès de votre père. Tous les trois. Je peux aussi m'occuper d'Alyssa. Il faut juste me dire ce qu'il faut faire.

Liz lui tendit les clés de sa maison tandis que Luke écrivait sur un bout de papier l'itinéraire à suivre pour se rendre chez elle.

— Encore merci, dit-il, une fois qu'elle fut prête à emmener Alyssa pour aller chercher Sam et les jumelles.

— C'est normal de s'entraider quand les temps sont durs. Tu devrais y aller maintenant, ton père a besoin de toi. Nous parlerons plus tard.

— Tu as raison, bon courage avec les enfants.

Elle démarra, vérifiant dans le rétroviseur que la plus jeune fille de Liz était bien installée à l'arrière de sa voiture.

Elle était heureuse de pouvoir se rendre utile. Mais le fait que Luke ne lui ait pas demandé de rester à ses côtés était comme un pincement au cœur. Car il ne servait plus à rien de se voiler la face, elle était en train de tomber éperdument amoureuse de son employeur. Un sentiment qui n'était apparemment pas réciproque.

Paul et Liz vinrent la relayer peu après 19 h 30. Les enfants avaient déjà dîné et les jumelles et Sam étaient confortablement installés sur le canapé, regardant un classique de Walt Disney.

Elle avait mis Alyssa au bain et avait retrouvé le plaisir de s'occuper d'un bébé. Tout en enduisant la petite fille de lotion, elle s'était rendu compte qu'elle était moins ferme dans sa résolution de ne plus agrandir sa propre famille. Bien sûr, il fallait remettre de l'ordre dans sa vie et s'assurer que plus personne ne puisse faire souffrir Sam. Luke pouvait être la réponse idéale à ses interrogations… non, il ne fallait pas y penser.

— Merci beaucoup, Emily, d'avoir été une baby-sitter de luxe. Tu ne peux pas savoir quel cadeau tu nous as fait en nous permettant de passer plusieurs heures auprès de papa.

Probablement sous le coup de l'émotion, Liz était soudainement passée au tutoiement.

— Tout s'est très bien passé. Je crois que les enfants se sont bien amusés. J'ai fait des spaghettis pour le dîner. Il en reste d'ailleurs, si vous avez faim.

— Tu es vraiment formidable. Excuse-moi si je me mêle de ce qui ne me regarde pas… mais Cait et moi, nous espérons tant que tu ne nous quittes pas à la fin de l'été.

Elle ressentit comme un coup de poignard dans le cœur. Elle aussi voulait s'installer au ranch Evans & Fils. Mais cela ne dépendait pas d'elle.

— Je m'en tiens à mes plans, Liz. Mais je pourrai vous aider pendant les deux mois de mon contrat. J'espère que l'état de santé de ton père se sera stabilisé d'ici là.

— Ce n'est pas pour faire appel à tes services que nous souhaitons ta présence. Après ce qui s'est passé hier soir…

— N'y accorde pas trop d'importance. C'était juste un baiser.

Un baiser qui, comme le premier, n'avait été mentionné ni par elle ni par Luke. Comme si ces deux moments d'intimité, pourtant chargés de désir partagé, n'avaient jamais existé. Mais si Luke ne ressentait rien pour elle, comment se faisait-il que, chaque fois, il l'ait regardée comme si elle était la seule femme sur la terre ?

— Je ne suis pas d'accord, dit Liz. Il y avait beaucoup d'émotion dans ce baiser.

Il fallait absolument changer de sujet.

— Où est Luke ? Toujours auprès de votre père ?

— Il voulait rester seul avec lui.

Elle ressentit une pointe d'agacement à l'encontre de Liz. Ne pouvait-elle pas comprendre que, même s'il affirmait le contraire, son frère avait aussi besoin de soutien ? Pourquoi Luke devait-il être seul dans cette épreuve ?

Elle devait aller le retrouver. Mais que faire avec Sam ? Elle ne pouvait l'emmener.

— Je vais aller chercher Luke, dit-elle en prenant son sac. Est-ce que je peux te laisser mon fils pendant une heure ?

— Pourquoi ne dormirait-il pas ici ? Nous avons un matelas gonflable, un sac de couchage, ce sera une aventure pour lui. Je te dois bien ça après ce que tu as fait pour moi aujourd'hui. Je l'emmènerai demain au centre aéré, comme cela, tu n'as à te soucier de rien.

C'était la solution parfaite.

— Tu es sûre que…

— Pas de manières avec moi. Cela me fait plaisir de garder Sam à la maison.

Emily prit le temps d'expliquer les arrangements au petit garçon qui, évidemment, était ravi.

Le soleil avait commencé à se coucher quand elle s'approcha du centre de santé. A l'intérieur, tout était silencieux. Ses chaussures faisaient des bruits étouffés sur le sol poli. Elle consulta les membres du personnel et obtint le numéro de la chambre.

Luke était assis sur une chaise à côté du lit, les coudes posés sur les genoux, la mine défaite. Les stores étaient baissés et seule une petite lampe de chevet diffusait un peu de lumière. Le vieil homme allongé sous les draps restait parfaitement immobile, mais elle vit que Luke avait pris sa main dans la sienne. Des larmes coulaient sur ses joues bronzées. Il porta les doigts de son père à sa bouche et les embrassa.

Elle se retira de l'embrasure de la porte et se colla au mur de la chambre, bouleversée par le spectacle qu'elle venait de voir. Luke, un roc pour le monde extérieur, le pilier de Cait et de Liz, était en train de pleurer !

Elle ferma les yeux. Comment ne pas tomber amoureuse d'un tel homme ? Elle avait été attirée par lui dès le début. Par sa force, sa gentillesse, sa sollicitude. Mais de voir qu'il était fragile, qu'il avait ses faiblesses derrière la carapace qu'il endossait face au monde extérieur, achevait de la conforter dans ses sentiments pour cet admirable être humain. Tellement marqué par la cruauté du sort. Il avait de l'amour à revendre, mais il s'était forcé à rester seul. Quelle force de caractère ! Quelle tristesse !

Dans sa main, celle de son père lui semblait tellement frêle. Quel contraste avec son enfance, quand il était son héros, son modèle. Luke se souvenait qu'il voulait toujours tout faire comme lui. Il le suivait partout, dans les champs, dans la grange. Il avait appris à monter à cheval avec lui, à conduire un tracteur, à diriger un troupeau, à travailler la terre.

Du temps de l'adolescence, l'entente avait été moins parfaite. Luke avait voulu explorer de nouveaux territoires, rencontrer d'autres personnes à mesure qu'il entrait dans l'âge adulte. Ils s'étaient disputés, avaient nourri des rancœurs. Aujourd'hui, tout cela n'avait plus aucune importance. Les rôles s'étaient inversés. Il avait endossé celui du parent et son père lui avait, depuis longtemps, confié les clés de la ferme et de la famille.

Le pire dans tout cela, c'était le sentiment d'impuissance qui le minait depuis dix ans. Que faire contre une maladie qui ne peut qu'évoluer en pire ? Seul dans la chambre avec son père, il était soulagé de pleurer. De laisser libre cours à toute la souffrance accumulée depuis tant d'années sans que personne ne le voie. Il serra la main de son père, posa sa tête sur le bord du lit et sanglota.

Une main lui caressa la nuque. Il sut tout de suite que c'était Emily. Pourquoi était-elle venue ? Il ne voulait pas qu'elle le trouve dans un tel état d'abattement. Il tâcha de ravaler la boule qui s'était formée dans sa gorge et essuya les larmes de son visage. Il fallait lui montrer qu'il restait maître de lui-même. Et puis, à quoi bon ? Elle n'était pas une de ses sœurs. Il n'était pas obligé d'afficher devant elle une façade permanente de force et de sérénité. En sa présence, il pouvait être lui-même…

Elle était debout derrière lui, entourant son cou de ses bras. Puis elle posa un baiser délicat sur le sommet de son crâne. Pendant quelques minutes il ne bougea pas, appréciant le réconfort qu'elle lui apportait. Puis il lui prit la main et la fit asseoir à côté de lui.

— Tu es venue, dit-il.

— Bien sûr.

— Je n'arrivais pas à le quitter.

— C'est normal, Luke.

— Je n'ai jamais pleuré comme cela.

— Il était temps que tu extériorises ta douleur. Tu veux rester seul ?

Emily retint son souffle. Qu'allait-il répondre ? Il pouvait la renvoyer et c'en serait fini du lien spécial qui, pensait-elle, les unissait. Mais, à son grand soulagement, il serra très fort ses doigts entre les siens. Pour la première fois, il montrait qu'il avait besoin d'elle.

— Reste, je t'en prie.

Elle ne dit rien, se contentant d'être assise à côté de lui. D'être là, simplement. Elle savait que, à ce moment précis, c'était exactement ce qu'il lui fallait. Une présence amie et aimante.

Au bout d'une heure, il finit par pousser un long soupir et releva la tête.

— Nous ferions mieux d'y aller. Mais… où est Sam ?

Elle sourit. C'était la seconde fois de la journée que Luke se demandait où était son fils.

— Il passe la nuit chez Liz. Et il est très content.

— Tu l'as confié à ma sœur ?

— Je n'aurais pas dû ?

— Si, mais cela m'étonne de ta part. Tu es une telle mère poule.

Il avait raison, elle couvait beaucoup trop son fils.

— C'est toi qui m'as fait comprendre que je devais lui laisser un peu plus de liberté. Et, ce soir, tu avais plus besoin de moi que lui.

— C'est un petit garçon formidable, Emily. Grâce à sa mère.

— C'est toi qui es formidable. Tu t'es sacrifié pour tes sœurs. Elles te doivent tout. Tu es leur phare dans la nuit.

Tout en devisant à voix basse, ils sortirent de la chambre.

— Parfois, j'ai l'impression qu'elles ne se rendent pas compte de tout ce que j'ai fait pour elles, mais je ne leur en veux pas.

Il lui prit la main et, d'un pas lent, ils marchèrent vers la sortie.

— Ce que je redoute, c'est qu'elles oublient de penser à toi, dit-elle. Ou plutôt, qu'elles partent du principe que tu iras toujours bien. Elles sont adorables, mais elles pourraient te rendre un peu plus tout ce que tu leur as donné.

— Elles étaient jeunes, elles avaient d'autres préoccupations que leur frère tellement sérieux. Maintenant, elles ont des maris, des enfants.

— Et pourquoi ne t'es-tu jamais marié ? Parce que tu les as élevées ? Tu avais trop de responsabilités pour t'engager dans une relation ?

— Je n'ai pas rencontré la bonne personne.

C'était un peu court comme réponse. Elle savait qu'il y avait autre chose.

— Dis-moi la vérité, Luke !

— A propos de quoi ?

— De toi. Pourquoi as-tu érigé une telle barricade autour de toi ? Laisse-moi entrer, s'il te plaît. Je veux voir le vrai Luke, ne serait-ce qu'une fois.

— Tout à l'heure, Emily, à la maison. Pas ici. Je te dirai tout sur moi. Tu m'as tendu une main en pleine détresse, je ne peux plus rien te cacher.

11

Le trajet de retour fut interminable. Luke, les mains crispées sur le volant, se reprochait d'avoir promis à Emily de s'ouvrir à elle. Parce qu'il l'aimait. Et qu'il ne voulait pas la blesser. Mais, s'il devait lui raconter toute son histoire, il savait que cela finirait en drame.

Il gara la voiture et sortit du véhicule. L'air frais de la campagne lui faisait du bien. Il n'avait pas envie d'entrer dans la maison.

— Tu as faim ? As-tu pris un repas depuis le petit déjeuner ?

La voix d'Emily était comme une douce mélodie. Il avait envie de l'embrasser, de lui dire qu'il n'avait jamais rencontré une femme aussi formidable. Mais il ne pouvait pas, il n'avait pas le droit. Alors il resta comme tétanisé, ne sachant ni que dire ni que faire.

— Luke ? Ça va ? Tu m'inquiètes.

— Excuse-moi. Entrer dans cette maison remplie de souvenirs est au-dessus de mes forces pour l'instant.

— Alors marchons. Il fait doux et, pour une fois, je n'ai pas à rester près de Sam.

Soulagé, il hocha la tête. Il pointa un doigt vers le nord, sachant exactement où il voulait aller. Elle mit sa main dans la sienne et il l'entraîna. L'avoir à son côté le rendait plus fort. La vie semblait tellement plus légère avec elle.

Il la guida à travers champs jusqu'à ce qu'ils atteignent le sommet d'un tertre. De là, dans la faible lumière du crépuscule finissant, ils purent admirer le paysage à des kilomètres à la ronde. Toute l'étendue de la propriété Evans. Son royaume. Sa responsabilité. Son héritage.

— Quel spectacle ! murmura-t-elle.

Il tourna la tête vers elle. Quelle femme magnifique ! Il avait été frappé par sa beauté dès leur première rencontre. Il ne voulait pas la perdre. Et, pourtant, c'était ce qui allait arriver.

— J'ai peur, Emily.

— L'imminence de la mort est toujours effrayante.

— Pourquoi cela nous est-il tombé dessus ? Coup sur coup, la mort de maman et la maladie de papa. Quand il m'a donné les pleins pouvoirs sur la propriété, il devait déjà savoir qu'il était condamné. Comme cela a dû être horrible pour lui d'être obligé de prendre une telle décision. De pressentir qu'il laisserait bientôt ses enfants à leur triste sort.

— Continue de parler, Luke, tu te sentiras mieux. Laisse remonter le flot de souvenirs que tu as enfouis en toi.

— Je voulais partir, fuir mon destin d'héritier désigné de la ferme Evans & Fils. Nous avons souvent eu des mots à ce sujet.

— Il était déjà malade à ce moment-là ?

Tout en lui posant cette question, elle s'était approchée de lui. Elle se colla contre lui et posa sa tête sur son torse.

— Oui, même si nous n'avions pas encore mis un nom sur le mal qui le rongeait. Comme je te l'ai déjà dit, c'est le feu dans la cuisine qui a précipité les choses. Placer mon père dans un centre de soins spécialisé a été la plus affreuse expérience de ma vie. Surtout après avoir été aussi dur avec lui au sujet de mon choix d'avenir. Quant à mes sœurs, elles étaient affolées.

Il marqua une pause, se demandant s'il devait vraiment tout lui dire.

— J'ai eu mon lot de responsabilités. J'ai endossé les rôles de fils, de frère, de parent et de gérant de ce ranch.

J'ai fait bouillir la marmite, j'ai élevé les miens et cela a été une expérience éprouvante. Je ne veux plus jamais vivre ça.

Il sentit qu'elle s'était raidie. Il l'avait blessée, il le savait. Pourtant, il n'avait pas encore tout dit. Mais il ne trouva pas la force d'aller jusqu'au bout de son récit. A quoi bon la faire souffrir plus que nécessaire ?

— Je vois, dit-elle d'une voix blanche.

Il ressentit une douleur aiguë dans le ventre. Il était en train de la perdre.

— J'ai voulu que tu le saches pour que… que tu ne nourrisses pas d'espoir à notre sujet.

— Les baisers ne comptent donc pour rien ?

— Je n'aurais jamais dû t'embrasser. Non pas que tu ne sois pas désirable, Emily, bien au contraire. Tu es une femme exceptionnelle. Mais je ne veux pas d'épouse.

Parcourue de frissons, elle lui tourna le dos. Au bout d'un long moment, elle fit volte-face. Il craignait le pire, des cris et des torrents de larmes. Mais elle le regarda avec des yeux froids, presque hautains.

— Tant mieux, parce que moi je ne suis pas en quête d'un mari.

Pendant la marche de retour vers la maison, Emily réussit à contrôler ses émotions. Elle réussit même à se laver les dents, à se mettre au lit sans craquer. Mais, une fois qu'elle eut posé sa tête sur l'oreiller, les larmes affluèrent. Elle s'efforça de ne pas sangloter, ne voulant surtout pas que Luke l'entende.

Il avait brisé ses rêves, lui avait fendu le cœur. Mais ce n'était pas sa faute, en tout cas pas entièrement. C'était elle qui avait baissé la garde, qui s'était laissé envahir par un sentiment amoureux alors qu'elle s'était promis qu'elle ne laisserait plus jamais aucun homme entrer dans sa vie. Elle n'avait qu'à s'en prendre à elle-même.

Ce qui était sûr, c'était qu'elle ne pouvait plus rester. Savoir qu'il dormait juste à côté d'elle, qu'elle allait le voir tous les jours était des perspectives insupportables. Il ne s'agissait pas de faire ses bagages tout de suite et de partir à l'aube dans un geste mélodramatique. Elle se donnait quelques jours. Puis elle irait chez ses parents et trouverait un autre poste d'intendante. Elle pourrait même suivre des cours du soir. Pour avoir un diplôme lui permettant de travailler dans des structures d'accueil de la petite enfance.

Elle allait oublier Luke Evans et retrouver le chemin de l'indépendance. Mais, malgré l'esquisse d'avenir qu'elle s'était tracée, elle pleura toute la nuit le futur rêvé puis perdu avec lui.

John Evans fut admis dans une unité de soins palliatifs le lendemain après-midi. Comme la veille, Emily s'occupa des enfants pendant que Luke et ses sœurs restaient près de leur père. Mais elle ne fit rien d'autre pour le réconforter. Les trois jours suivants, ils ne se parlèrent presque pas. Luke était dans les champs, elle dans la maison et Sam au centre aéré.

Mais chaque moment qui passait était une torture pour elle. Dès qu'elle voyait Luke, elle était à la fois triste et émue. Triste parce qu'il l'avait rejetée, émue parce qu'il était de plus en plus marqué par la nouvelle épreuve que la vie lui avait réservée.

Mais ce qui la blessait le plus, c'était que l'incroyable communion entre eux, qui était née tellement spontanément, avait disparu. C'était insoutenable. Le soir du quatrième jour après la discussion sur le tertre, s'assurant que Sam dormait bien, elle n'y tint plus.

— Luke ?

Il leva la tête du magazine qu'il était en train de lire. Il pleuvait dehors et il avait allumé derrière lui, ce qui donnait dans le salon une ambiance chaleureuse. Comme l'était d'ailleurs toute la maison. Pourquoi quitter un endroit où elle se sentait si bien ?

Parce que Luke ne l'aimait pas ! Et qu'elle ne pouvait pas faire comme si de rien n'était. Si toute cette malheureuse expérience lui avait appris une chose, c'était qu'elle était prête à retenter l'aventure du mariage. Malgré Rob, elle était de nouveau persuadée que deux personnes pouvaient s'engager pour la vie. Elle aurait tellement voulu que ce soit avec lui.

Mais il lui avait clairement fait comprendre qu'il n'était pas intéressé. Il fallait en prendre acte. Et aller de l'avant. Le plus tôt serait le mieux.

— Je n'en peux plus, Luke, je sais que je suis censée te prévenir avec un mois d'avance, mais… Sam et moi partons demain. Nous allons nous installer chez mes parents, à Regina.

Il ne bougea pas, mais elle crut voir dans ses yeux — si beaux — une pointe de regret, un éclat de tristesse. Il referma le journal et la regarda d'un air impassible.

— Je redoutais ce moment, dit-il d'une voix neutre.

Dans un dernier espoir, elle s'était dit qu'il allait se jeter à ses pieds, la supplier de ne pas partir. Rien.

— Merci de tout ce que tu as fait pour nous. Travailler à ton service a ouvert de nouvelles perspectives pour moi. Je crois que je vais me réorienter dans l'enseignement pour enfants. En gardant à plusieurs reprises Sam et les jumelles, j'ai compris que j'avais trouvé ma vocation.

— Tu seras une institutrice exceptionnelle.

— Merci de tes encouragements. Je comprends maintenant que je m'étais fourvoyée en voulant absolument travailler pour un laboratoire.

— A mon tour de t'exprimer ma gratitude pour tout ce que tu as fait. Tu as redonné vie à cette maison, tu as réveillé mon goût pour les bonnes choses, tu as été d'un soutien essentiel ces derniers jours… et ta beauté a illuminé la ferme.

La suite logique de cette avalanche n'était-elle pas qu'il

la demande en mariage ? Non ? Elle ne dit rien pendant quelques instants, prête à lui accorder une énième chance de changer d'avis. Mais il resta muet.

— Je dois finir de faire mes bagages, excuse-moi.

— Je vais préparer le chèque pour tes honoraires.

— Merci, Luke.

Il reprit son magazine. Elle dut se précipiter dans sa chambre pour cacher ses larmes.

Quand il entendit les pas d'Emily au-dessus de sa tête, Luke jeta le magazine par terre. Qu'il était difficile de jouer la comédie. D'ailleurs, ces dernières journées avaient été un enfer. Avec d'un côté son père en soins palliatifs et de l'autre une Emily qui prenait ses distances.

Elle avait le sentiment d'être rejetée, mais elle ne comprenait pas pourquoi. Sans cette satanée maladie qui s'était insinuée dans la famille Evans, il l'aurait déjà demandée cent fois en mariage. Mais il ne voulait pas courir le risque de voir Emily, dans dix ans peut-être, se retrouver avec un invalide sur les bras. Le destin s'était cruellement acharné sur lui. Mais il n'avait pas le droit d'entraîner qui que ce soit d'autre dans son odyssée.

Il l'avait entendue pleurer, quelques nuits auparavant. Cent fois, il avait failli bondir de son lit pour aller la réconforter, lui dire qu'il ne fallait pas le prendre au mot. Mais il n'avait rien fait pour la dissuader de partir, il n'avait montré aucun signe d'amour et n'était toujours pas allé au bout de son explication.

L'annonce de son départ n'était donc pas une surprise. Il se leva de son fauteuil et alla vers son bureau, farfouillant pour trouver son chéquier. Sa main tremblait pendant qu'il traçait le nom d'Emily. Comment calculer le prix de tout ce qu'elle lui avait apporté ? Après de longs calculs, il arriva à un total, qu'il doubla. Il mit le chèque dans une enveloppe.

Puis il alla vérifier le niveau d'huile de sa voiture. Il ne pourrait pas honorer sa promesse de lui apprendre comment faire une vidange. Pourvu qu'elle comprenne un jour qu'il lui avait rendu service en la laissant partir.

Le lendemain matin, il pleuvait toujours pendant qu'Emily mettait la valise de Sam dans le coffre. Son fils faisait la moue.

— Je ne veux pas partir d'ici. Je ne connais ni grand-mère ni grand-père. Ils sont vieux et, là-bas, je n'aurai personne avec qui jouer.

— Sam ! Tes grands-parents t'aiment et sont impatients de mieux te connaître. Et tu te feras de nouveaux amis.

Sam entra dans la voiture sans plus dire un mot. Elle soupira, regrettant d'avoir haussé le ton. A peine eut-elle fermé le coffre que Sam ouvrit la portière, courant vers Luke pour se jeter dans ses bras.

Il souleva le petit garçon comme si c'était une plume. Elle devait détourner le regard de cette scène attendrissante sinon elle allait pleurer. Et ce n'était vraiment pas le moment. Sam idolâtrait Luke, qui lui avait appris à rester assis sur un cheval, à reconnaître différentes plantes ou encore à lire les changements météorologiques dans les mouvements du bétail.

— Salut, champion. Sois gentil avec ta mère.

— Promis. Salut, Luke.

Elle éprouvait de plus en plus de difficultés à retenir ses larmes. Elle osa enfin lever les yeux vers Luke. La douleur qui lui nouait le ventre devenait insupportable. Un mot de lui et elle défaisait les valises. Un seul.

— Au revoir, Emily.

— Au revoir, Luke.

— J'ai vérifié le niveau d'huile hier.

— Merci, murmura-t-elle, la main sur la poignée de la porte.

— Sois heureuse.

Cette fois, elle n'y tint plus. Elle s'installa derrière le volant et démarra en trombe. Elle devait quitter au plus vite cet homme qui la rendait absolument folle.

12

Sam tenait à la main des marguerites, des coquelicots et des véroniques, les trois principales fleurs sauvages que l'on trouvait dans le jardin de sa grand-mère. Il se montrait très patient, mais Emily savait qu'il était malheureux. Un voile de tristesse avait recouvert son visage depuis qu'ils avaient quitté le ranch de Luke.

— Que se passe-t-il, mon chéri ? Tu trouves que le bouquet n'est pas assez bien pour grand-mère ?

— Si, enfin je ne sais pas.

— Elle a fait des cookies aujourd'hui. Si nous en prenions pour le goûter après avoir mis ces fleurs dans des vases ?

— Ils ne sont pas aussi bons que les tiens.

— Sam, s'il te plaît. Je sais que tu as dû subir beaucoup de changements ces derniers temps. Cela n'a pas été facile pour toi. Mais, je t'en prie, sois gentil avec grand-mère et grand-père.

Dès leur arrivée, ses parents avaient été incroyables. Ils les avaient accueillis les bras ouverts, sans reproche ni leçon de morale. Dans son malheur, la sensation d'avoir renoué un vrai contact avec eux était un point positif essentiel.

Même si, comme Sam, elle regrettait amèrement le charme de la maison de Luke et l'étendue sans limites du ranch Evans. La demeure de ses parents avait ses propres atouts et était entourée d'un charmant jardin. Mais ce n'était pas la même chose. Surtout parce qu'il n'y avait pas Luke.

Quand elle ne pensait pas à lui, elle se demandait comment allait son père. Ou, de manière plus frivole, s'il n'avait pas oublié de cueillir les haricots et les petits pois qu'elle avait plantés avec Sam.

— Maman ?

— Qu'est-ce qu'il y a, mon canard en sucre ?

— Arrête de m'appeler avec des noms de bébé.

Sam restait une inépuisable source de joie. Elle avait retrouvé un travail à temps partiel dans une maison de retraite et, chaque fois qu'elle rentrait, il lui sautait dans les bras. Puis, après le bain, il lui apportait des livres, un qu'il lisait lui-même et un autre qu'il voulait qu'elle lise. Il était impatient d'aller à l'école. Et elle était admirative de sa soif d'apprendre. Mais, parfois, elle aurait tellement voulu qu'il soit encore un nourrisson.

— D'accord… Sam. Je vais tâcher de faire des efforts. Que voulais-tu me dire ?

— Luke me manque. Et les jumelles et les chevaux et les tracteurs.

— Moi aussi, je suis triste que nous soyons partis. Mais je t'avais toujours dit que nous ne resterions que pendant un temps limité sur le ranch.

— J'avais pensé que…

— Que quoi ?

— Que Luke allait être mon nouveau papa. Comme vous vous étiez embrassés.

Elle rougit.

— Comment sais-tu cela ?

— Je vous ai vus. Pendant le feu d'artifice. Tout le monde a vu.

— C'est vrai que Luke et moi, nous nous entendions bien. Mais, avec la maladie de son papa, les choses se sont compliquées, tu comprends ?

— Je voudrais retourner là-bas, maman.

— Va apporter ces fleurs à grand-mère. Je suis sûre qu'elle te donnera plein de gâteaux en guise de remerciement.

Au moment où Sam se dirigeait vers la maison, elle sentit son téléphone portable vibrer dans sa poche.

Luke !

Son cœur fit un bond de mille kilomètres de haut.

— Allo ?

— Emily ?

Cette voix ! Si rauque et sexy !

— Luke ? Qu'est-ce qu'il y a ?

— Papa est mort, Emily.

— Je suis désolée, Luke. Est-ce que tu tiens le coup ?

— Je crois, oui. Mais j'aurais un service à te demander.

Elle ferait tout pour lui, tout.

— Je t'écoute.

— Peux-tu venir ?

Elle sentit ses jambes flageoler. Il avait besoin d'elle !

— Tu veux que je sois présente à l'enterrement ?

— Je veux aussi te parler.

— De quoi ?

— Il y a certaines choses que je ne t'ai pas dites.

— Tu t'es pourtant exprimé de manière explicite.

— Je sais, mais tu n'avais pas toutes les cartes en main pour réellement comprendre.

— Je ne sais pas si…

— La cérémonie est prévue après-demain. Si tu ne peux pas te libérer, je te rendrai visite peu après. Donne-moi ton adresse.

— Non, pas chez mes parents. Je viendrai.

— Merci, Emily. Ta venue compte beaucoup pour moi.

Et la conversation s'arrêta. Elle n'en revenait pas. Elle allait retourner au ranch de Luke. Revoir celui qu'elle aimait toujours autant. Elle lui dirait tout ce qu'elle avait sur le cœur pour ensuite repartir à jamais.

Emily arriva peu avant midi. Le soleil inondait la cour de la ferme. Elle ne put s'empêcher de constater que les pots de pétunias avaient désespérément besoin d'être arrosés. Le tracteur de Luke était garé dans l'allée ainsi que toutes les autres machines agricoles. Le ranch avait cessé de fonctionner pour rendre hommage à celui qui l'avait fondé.

Luke fit son apparition sur le perron pour l'accueillir. Il avait troqué son éternel T-shirt contre un costume sombre. Qui lui allait à merveille, même si la cravate était quelque peu de travers.

Elle sortit de la voiture et s'avança vers lui, toute tremblante. Comme il lui avait manqué ! Ce fut un enchantement de revoir ses traits virils. Il s'était coupé les cheveux et rasé de près. Malgré les circonstances, elle ne put lutter contre l'afflux de désir qui s'emparait de tout son corps.

— Tu es splendide, dit-il. Et tu as laissé pousser tes cheveux.

— J'avais besoin de changer.

Pourquoi avait-elle murmuré pour dire cela ? Ne s'était-elle pas promis de ne pas se laisser envahir par l'émotion devant Luke ?

— Emily, je…

Il s'interrompit. Elle ne dit rien. Mais, s'il avait une déclaration à faire, il ferait mieux de se dépêcher. Car, une fois la cérémonie commencée, ils n'auraient plus l'occasion de se retrouver en tête à tête. Pour l'encourager, elle s'approcha de lui et posa sa main sur son bras.

— Pourquoi est-ce si difficile de parler ? dit-il. J'ai pourtant répété mon discours un million de fois depuis que tu es partie, Emily.

— Lance-toi, c'est surtout pour cela que je suis venue.

— Je sais, tu as toujours été là quand il le fallait. Tous les jours, j'ai fixé pendant des heures l'allée de la ferme dans l'espoir que tu reviennes.

— C'est toi qui m'as forcée à partir.

— Je sais, tout est ma faute.

— Tu m'as brisé le cœur.

— J'avais mes raisons pour le faire mais, le soir sur le tertre, je ne les ai pas dites. C'est ce que je vais faire maintenant.

— Je t'écoute.

— Tu es tellement patiente avec moi, je ne te mérite pas.

— C'est parce que je t'aime, Luke.

— Ne dis pas cela, Emily, sinon je n'y arriverai jamais.

— Tu attendais le retour de ma voiture, moi je guettais ton appel. Je voulais te donner une seconde chance.

Il l'attira contre lui, la serra dans ses bras.

— Asseyons-nous.

— Je t'en prie, dis ce que tu as à dire, n'aie pas peur.

— Savais-tu qu'il y avait une composante héréditaire à la maladie de papa ?

Elle commençait enfin à comprendre. Il avait peur de tomber malade !

— Non, mais j'imagine que cela doit t'inquiéter.

— La transmission d'une génération à l'autre n'est pas systématique, mais elle peut avoir lieu. Mon père avait cinquante-trois ans quand la maladie s'est déclarée. En pleine force de l'âge, il a soudainement été incapable de reconnaître ses propres enfants. D'une certaine manière, même si je me sens coupable de ressentir cela, je suis presque soulagé que ce soit terminé. Je pourrai enfin retrouver l'image de mon père en pleine possession de ses moyens. Elle avait été reléguée à l'arrière-plan par le spectacle désolant qu'offraient son corps et son esprit en décomposition.

Il avait la voix brisée par l'émotion, mais il poursuivit :

— Tu vois maintenant pourquoi je ne veux pas fonder une famille ? Je ne veux pas que quelqu'un, ma femme ou mes enfants, endurent le même sort que moi.

— Luke…

— Laisse-moi finir. Je ne t'ai pas rejetée parce que je ne t'aimais pas. Bien au contraire. C'est parce que je t'aime par-dessus tout que je veux t'épargner.

Elle fut soulevée par une immense sensation de joie.

— Et pourquoi ferais-tu ce choix à ma place ?

— Emily, je… je ne supporterai pas de te voir souffrir à cause de moi.

— Tu as l'air de croire que tu es forcément condamné à avoir la même maladie que ton père. Or tu as dit toi-même que la maladie ne se transmettait pas nécessairement. De toute manière, la vie n'offre aucune garantie. Je ne comprends pas que tu veuilles sacrifier un bonheur au nom de quelque chose qui pourrait arriver. As-tu pensé à moi ? Et à Sam ? Il te vénère. Nous t'aimons Luke, comme nous aimons cette ferme. Tu ne peux pas m'empêcher de vouloir être avec toi. C'est plus fort que moi.

— Mais c'est pour ton bien que je le fais ! J'ai déjà trente ans. Si cela se trouve, il ne me reste plus que quelques années avant les premiers symptômes.

Il détourna la tête. Il était terrifié. C'était normal. Sa vie n'avait été qu'une succession de traumatismes et il réagissait par rapport à cette expérience. Il avait tellement peur d'être une nouvelle fois blessé qu'il préférait rester seul toute sa vie.

— Luke, je sais ce que c'est que d'être effrayée. D'avoir l'impression d'être vulnérable. Après le drame de Calgary, qui n'a pas la même ampleur que le tien, je te l'accorde, je me suis également dit que je ne me mettrais plus jamais en position d'être blessée. Et puis je t'ai rencontré et tout a changé. Cela ne m'empêche pas d'avoir toujours peur. Parce qu'on ne sait jamais ce qui peut arriver. Tu m'as encouragée toi-même à ne pas abandonner toute ambition, tout rêve à cause d'un mariage qui a mal tourné. Mon rêve, c'est toi Luke. Je suis partie une première fois parce que j'avais peur de me brûler à tes côtés. Parce que je ne voulais pas faire subir une nouvelle épreuve à Sam. Mais je ne te quitte plus.

— Sais-tu ce que cela implique ? Si nous avons des enfants, il y a une chance sur deux pour qu'ils soient touchés par la même affection génétique que mon père.

— As-tu passé des tests ?

— Non. Liz et Cait oui, mais chez elles la probabilité de transmission est moins élevée. Tu te rends compte, Emily, à quel point il est horrible de penser qu'on puisse être l'agent de mort de sa propre descendance ?

— Il n'y a qu'une seule solution. Le test.

— Et si j'apprends que j'ai le gène ? Je passerai mes journées à guetter l'apparition des premiers symptômes.

— Si tu raisonnes comme cela, Luke, c'est que tu vis déjà comme si tu avais la maladie. Tu comprends ce que je veux dire ? Tu as tellement peur de mourir que tu as déjà cessé de vivre. A force de te demander si tu vas finir comme ton père, tu passes à côté du bonheur. A côté de l'amour. D'une femme et des enfants. Et, si tu te disais que tu n'étais pas condamné à souffrir d'Alzheimer, que ferais-tu ?

— Je ne peux pas…

— Oublie tes angoisses une minute. Que ferais-tu ?

Luke fixa le visage lumineux d'Emily et fut tout à coup transporté par un sentiment qu'il n'avait pas éprouvé depuis longtemps. L'espoir !

— Je te demanderais de m'épouser.

Manifestement, au vu de la soudaine blancheur de son visage, elle ne s'était pas attendue à cette réponse.

Il jeta un coup d'œil à sa montre. Il ne restait plus beaucoup de temps.

— Je vais enterrer mon père dans moins d'une heure. D'après ton raisonnement, si je ne change pas d'approche par rapport au risque de maladie, je le suis dans la tombe, c'est ça ?

Elle acquiesça de la tête.

— Tu es la femme la plus forte que je n'ai jamais rencontrée, Emily Northcott. N'importe qui d'autre aurait déjà pris ses jambes à son cou. Et pourtant, tu es là ! Tu nous portes tous les deux. Je t'aime.

— Alors, soumets-toi à ce satané test.

— A une seule condition. S'il s'avère positif, tu dois me promettre de me quitter immédiatement.

Des larmes abondantes coulèrent sur les joues d'Emily, gâchant le maquillage subtil qu'elle s'était appliqué pour l'enterrement.

— Non. Je resterai avec toi, envers et contre tout.

— C'est de la folie.

— Quand on aime quelqu'un, on l'aime sans retenue. On aime même ses imperfections.

— Tu m'as convaincu.

— Et nous aurons beaucoup d'enfants. En attendant, tu as déjà Sam, qui te réclame tous les jours.

Il la serra contre lui.

— Je t'aime plus que la vie, plus que la mort, dit-il.

Il n'arrivait pas à croire qu'il allait avoir une vie normale. Avec une femme et, déjà, un fils. Sam était un cadeau du ciel. Lui, au moins, n'était pas sous la menace d'une tare génétique.

— Tu es sûre de toi ? demanda-t-il. Tu n'as pas peur ?

— Si, mais tu m'as guérie, Luke. Grâce à toi, j'ai retrouvé foi en l'amour. Je veux finir mes jours avec toi… et, si jamais notre vie commune devait être plus courte que prévu, je n'en serais pas moins heureuse.

— Et tes projets professionnels ? Je sais que tu tiens à ton indépendance, Emily. Je ne veux surtout pas te mettre des bâtons dans les roues. Ne te méprends pas sur mes propos. Je t'aime et me saignerai aux quatre veines pour t'offrir la vie dont tu rêves. Mais je veux aussi que tu poursuives tes propres objectifs.

Il s'agenouilla devant elle, prenant sa main dans la sienne.

— Emily Northcott, acceptez-vous d'être ma femme ? De venir habiter avec moi sur ce ranch, avec votre fils, Sam ?

— Oui, de tout mon cœur.

Il se releva et l'embrassa avec fougue.

Son téléphone sonna. Luke savait qu'ils étaient en retard. Mais John Evans aurait sûrement été fier de son fils.

Épilogue

La grisaille de ce jour d'automne ne réussit pas à gâcher l'ambiance au sein de la famille Evans, qui ne cessait de s'agrandir. Cait avait de nouveau le ventre arrondi. Mais aujourd'hui c'était Elina, la fille d'Emily et de Luke, qui était à l'honneur. Tous s'étaient rassemblés pour venir l'admirer.

Cait et Liz avaient préparé un magnifique buffet. Profitant d'un bref tête-à-tête avec son mari dans la cuisine, Emily embrassa Luke.

— Joyeux anniversaire, dit-elle.

— Ah oui, c'est ici que nous avons échangé notre premier baiser !

— J'ai dû lutter pour qu'il y en ait d'autres — à part peut-être le deuxième.

— Tu as eu raison de persévérer.

— Je sais reconnaître un bon produit.

— Je t'aime tellement, Emily. Et nos enfants sont formidables.

Luke avait adopté Sam quelques mois auparavant.

— Moi aussi, je t'aime. Continue de m'embrasser avant que nous soyons interrompus.

— Papa, est-ce que je peux enlever ce costume et montrer les nouveaux chatons aux filles ?

— Bien sûr, va te changer, mais fais en sorte que les jumelles ne salissent pas leurs robes, sinon nous allons nous faire gronder par ta tante.

Luke se retourna vers Emily.

— Je n'arrive pas à croire qu'il m'appelle papa. Comment te remercier pour tout ce que tu m'as donné, Emily ? Je ne pensais pas qu'il était possible d'être aussi heureux.

Le cœur d'Emily était tellement empli de joie qu'elle ne put plus tenir sa langue.

— Luke, tu te souviens qu'on avait évoqué notre désir d'une grande famille ?

— Tu veux déjà un nouvel enfant ?

— Il est déjà là, dit-elle en posant sa main sur son ventre.

— Emily, ma chérie.

— Tu crois que nous allons réussir à interrompre la série de filles ?

— Peu importe, avec toi et tes enfants, chaque journée est un miracle.